Renate Blauth

Blaue Buche

Ein Emsland-Roman

Renate Blauth
Blaue Buche
Ein Emsland-Roman
Geest-Verlag 2023

Fotos: Birgitt Blauth

ISBN 978-3-86685-955-5

© 2023 Geest, Vechta

2. Auflage Juli 2023

Verlag: Geest-Verlag
Marienburger Straße 10
49429 Visbek
Tel. 04445 3895913
info@geest-verlag.de
www.geest-verlag.de

Druck: Geest-Verlag
Alle Rechte vorbehalten

Printed in Germany

Inhalt

Gedanken vorweg   7

Teil 1   9
1. Einladung   10
2. Gedenkfeier 1965   21
3. Das alte Dorf   40
4. Fluch und Segen   51
5. Doppelkopf   57
6. Lauffeuer   68
7. Spritztour   83
8. Das Dokument   95
9. Heim ins Reich   108
10. Ratlos vor der Zukunft   118
11. Das letzte Hochamt   132
12. Unter den Hammer   146
13. Rastdorf   161
14. Das bittere Ende   186

Teil 2   203
1. Pfingsten 1945   204
2. Regina   221
3. Sorgen ohne Ende   236

4	Verbotene Liebe	242
5	Familienfeier	259
6	1947 – Abschied	271
7	Rückenwind	281
8	Polenkind	289
9	Weihnachten	309
10	Post von Emmi	318
11	Hanna	330
12	Ein bisschen Frieden	349
13	Fünfzig Jahre danach – 1992	364
14	Eine polnische Schwester	392
15	Zukunft braucht Erinnerung	410
Epilog	Wahn – unvergessen	429

Anlage: Wahner Braunkuchen	433
Anlage: Dei hümmelske Buur	434
Literatur	437
Danksagung	439

Gedanken vorweg

Es gab einmal ein Dorf im Hümmling, das eines Tages verschwunden ist. Ein Dorf mit einer tausendjährigen Geschichte. Und wo der Feldweg in den Wald abzweigte, stand damals eine alte blaue Buche. Das ist kein Märchen, sondern die bittere Wahrheit, dass dieses Dorf in der NS-Zeit ausgelöscht und danach auch auf der Landkarte ausradiert wurde, so als hätte es dieses Dorf Wahn zwischen Sögel und Werlte nie gegeben.
Den Wahner Dörflern brach die Elimination ihres Dorfes fast das Herz. Doch irgendwie musste es weitergehen, auch für Hinrich und Klara Harms, die es mit ihrer Familie in die Ersatz-Siedlung nach Rastdorf verschlug. Und das mitten im Krieg, der im Leben der beiden Söhne und der Tochter Regina eine besondere Rolle spielt. Im Zweiten Weltkrieg, der überall in der Welt seine grausamen Spuren hinterließ, in erschreckendem Umfang auch im Land an der Ems.
Wie Hinrich ist auch Regina mit ihrem Herzen in der neuen Siedlung niemals ganz angekommen. Doch sie macht ihren Weg, auf dem sie ihrer ersten großen Liebe begegnet, einer verbotenen Liebe. Pawel ist ein Soldat der polnischen Besatzungsarmee. Einige Zeit später rückt Reginas Tochter Hanna in den Mittelpunkt.
Die hier auf dem Hintergrund realen Geschehens entworfene fiktive Familiengeschichte spielt während der Kriegs- und Nachkriegszeit. Sie beginnt im Hümmling, der damals zum Landkreis Aschendorf gehörte. Die Städte und Dörfer und den Fluss gibt es in der Region

tatsächlich; die Namen einiger öffentlicher Personen sind ebenfalls authentisch, alle weiteren sind frei erfunden.

Zukunft braucht Erinnerung, damit die Dinge nicht in Vergessenheit geraten. Verbunden mit Hoffnung und Zuversicht auf eine friedliche Welt, in der die Menschlichkeit über allem steht.

Teil 1

1
Einladung

An diesem Sonntag im Juni 1965 macht Regina sich schon zeitig auf den Weg. Bereits Wochen zuvor hat sie dieses Datum in ihrem Kalender dick eingerahmt. Dahinter hat sie Wahn geschrieben, nur Wahn, jenes Wort, das an dieser Stelle für die lange Geschichte ihres ehemaligen Dorfes steht – und somit auch für den ersten Abschnitt ihres eigenen Lebens.
Jetzt ist Regina mit ihrem ersten eigenen Auto, es ist ein gebrauchter VW-Käfer, den sie erst vor einigen Tagen günstig erstanden hat, im Emsland unterwegs. Vor dem Start hat Regina alle Hebel noch einmal ausprobiert: Blinker links, Blinker rechts, den Scheibenwischer – es gibt nur einen. Zur Sicherheit auch die Handbremse, und danach hat sie einen prüfenden Blick in den Rückspiegel geworfen.
Na ja, die kleine senkrechte Falte über der Nasenwurzel befindet sich nicht erst seit heute an dieser Stelle. Dafür lässt sie die neue Frisur – sie trägt ihre blonden Haare jetzt kürzer, kinnlang mit Seitenscheitel – um einige Jahre jünger aussehen. Lässig streicht Regina sich eine Haarsträhne hinters rechte Ohr.
„Mama, du siehst gut aus!", sagt Hanna, die neben ihr auf dem Beifahrersitz sitzt.
„Du aber auch!", dabei stupst Regina ihre Tochter mit dem Ellenbogen an. ‚Mein Gott, wo ist die Zeit geblieben', denkt sie.
„Aua, Mama!" Sie lachen.

Hanna ist im März schon siebzehn geworden. Die neue hellgrüne Blümchenbluse aus dem Quelle-Katalog hat sie sich selbst ausgesucht, sie passt ausgesprochen gut zu ihren dunklen Haaren und den braunen Augen, die außer ihr niemand in der Familie hat.
Hanna weiß nicht so genau, worauf sie sich heute eingelassen hat. Sie verfolgt das Fahrtalent ihrer Mutter mit kritischen Augen und Ohren. Auch sonst weiß Hanna nicht so genau, was sie heute noch zu erwarten hat. Einen vergnüglichen Spaziergang wohl eher nicht, so viel hat sie schon bemerkt. Was auch nicht schwer ist, denn seit Tagen wirkt ihre Mutter häufig so abwesend, so als sei sie in Gedanken weit fort.
Regina weiß es ja selbst nicht, noch ist es so ein unbestimmtes Gefühl, das in der Magenkuhle drückt. Doch im Augenblick ist Regina ganz bei sich. Schließlich ist das heute eine Premiere, sie muss sich auf den Straßenverlauf konzentrieren und auf die wenigen Autos, die um diese Tageszeit hier unterwegs sind. Zunächst geht es immer geradeaus und allmählich verflüchtigen sich die Dunstschleier, die noch über den feuchten Wiesen und dem nassen Asphalt schweben.
Nach der nächsten Kurve blendet plötzlich die schräg stehende Sonne, Regina kneift ihre Augen zusammen.
„Mama, die Sonnenblende!" Hanna klappt sie mit sicherem Griff herunter.
„Wenn ich dich nicht hätte!" Es ist anerkennend gemeint! Uneingeschränkt!

Nach einem etwas holprigen Start läuft der Käfer nun wie geschmiert. Regina lockert den Griff ihrer Hände und lehnt sich ein wenig entspannt zurück.
Zuerst führt die Fahrt zu Reginas Eltern in die neue Siedlung, die so neu gar nicht mehr ist. Rastdorf gibt es bereits seit mehr als 20 Jahren. Die hochgewachsenen Birken, die nun als endlos wirkende Allee die schmale Straße säumen, zeugen von den verflossenen Jahren. Fast maigrün sind sie um diese Jahreszeit, mit noch weiß leuchtenden Stämmen. Auch sonst hat die ehemals trostlose Siedlung sich inzwischen zu einem aufstrebenden Straßendorf entwickelt. Mühsam! Stück für Stück!
In den wenigen Jahren, die sie selbst hier gelebt hat, konnte Regina sich mit dem Aussiedlerhof ihrer Eltern jedoch nur halbherzig anfreunden. Es gab die ehemals vertraute Umgebung und die bekannten Wege nicht mehr. In der neuen Siedlung fehlten die gewohnten dörflichen Strukturen, mit denen sie aufgewachsen war.
„Mama! Abbiegen!" Beinahe hätte Regina die Einfahrt zum Hof ihrer Eltern verpasst.

Damals eilig aus dem Boden gestampft, gleicht hier im neuen Dorf ein Bauernhaus dem anderen, jedenfalls auf den ersten Blick. Heute fährt Regina bis vor das große Hoftor und stellt ihr Auto ab. Für ein paar kurze Augenblicke schleicht sich auch heute wieder ein unsicheres Gefühl bei ihr ein, so als gehöre sie gar nicht hierher. Als sei sie auf Besuch und nicht die Tochter des Hauses, obwohl auf dem neuen Hof längst das normale Leben eingekehrt ist.

Heute ist es nur so still, weil ihr Bruder Kalle mit seiner Frau Gertrud, dem Sohn und den beiden kleinen Töchtern, es sind Zwillinge, zu einer Familienfeier eingeladen ist. Nach Friesoythe, denn von dort stammt seine Frau. Für Hanna fühlt sich hier alles richtig an. Seit sie denken kann, ist es der Bauernhof von Oma und Opa, hier ist sie in ihren ersten Lebensjahren aufgewachsen und durfte später immer wieder unbeschwerte Ferientage verbringen. Zärtlich streichelt sie die schwarzweiße Katze, die ihr zutraulich um die Beine streicht.

Oma Klara, so nennt Hanna sie, muss die Ankömmlinge bereits gehört oder gesehen haben, denn schon öffnet sich die Haustür und nach wenigen Schritten steht Reginas Mutter vor ihnen. Sie drückt ihre Enkeltochter fest an sich, beide genießen die Nähe und das warme Gefühl.

Nun begrüßt Klara ihre Tochter mit einem festen Händedruck. Er kommt von ganzem Herzen, doch an gegenseitige Umarmungen sind Mutter und Tochter nicht gewöhnt. Sekundenlang stehen sie sich so schweigend gegenüber. Den neuen Haarschnitt ihrer Tochter hat Klara sofort bemerkt.

„Stait di gout, diene naie Frisur!"

Erst jetzt wirft Klara einen flüchtigen Blick auf Reginas Auto und weiß nicht recht, was sie dazu sagen soll, darum sagt sie lieber nichts.

Opa Hinrich kommt gerade aus der Scheune, geht bedächtig einmal um den Käfer herum, fragt nach dem Preis, überlegt einen Augenblick, dann nickt er zustimmend.

„Gout maoket!"

So viel Lob aus seinem Mund, Regina weiß es sehr zu schätzen. Hatte es doch auch Zeiten gegeben, in denen das Verhältnis zwischen Vater und Tochter recht unterkühlt gewesen war. Das ist nun vorbei, aber vergessen ist es noch immer nicht, dieses gewisse Thema, das fortan in der Familie ausgespart blieb. Ganz so, als hätte es dieses Kapitel in Reginas Leben niemals gegeben und als hätte Hanna keinen Vater.

Hinrich schaut auf seine Hände und sagt, dass er sie erst einmal waschen muss. Mit etwas Mühe zieht er vor der Tür seine Gummistiefel aus und folgt den anderen ins Haus.
Als sie eintreten, schweift Reginas Blick kurz in die Runde und bleibt sekundenlang an jedem Möbelstück hängen. Es sind noch die gleichen wie früher. Nicht nur für ihre Augen, sie kann ihre Gegenwart spüren, ganz deutlich.
Den großen Eichentisch in der Küchenmitte, dahinter die alte Bank mit der hohen Rückenlehne, deren harte Sprossen sich durchs Kleid drückten, wenn die Kissen verrutscht waren. Die neuen sind blau-grau-kariert.
Auch den Handtuchhalter mit dem schmückenden Überhandtuch gibt es noch. ‚*Ohne Fleiß kein Preis*‘ ist darauf zu lesen, mit blauen Kreuzstichen auf handgewebtes Leinen gestickt. Frisch gewaschen und gebügelt riecht es nach Persil und Hoffmans Stärke.
Jetzt ist Hinrich auch so weit, dass er Tochter und Enkelin mit Handschlag begrüßen kann – so viel muss schon sein. Danach steckt er sich seine Pfeife an.

‚Seit wann benutzt er dazu Streichhölzer?', fragt sich Regina. Und als habe Hinrich ihre Gedanken gelesen sagt er, dass er sein Feuerzeug, das alte Erbstück, vor ein paar Tagen irgendwo verloren hat und sein Vater sich im Grabe umdrehen würde, wenn er das wüsste. Er bläst den Rauch aus und zuckt mit den Schultern.
Die Tabaksorte ist noch die gleiche, der Feinschnitt von Brinkmann. Regina riecht es sofort.
‚Wie früher!', denkt sie. Der Tabakgeruch hängt in den Gardinen und wird sich auch wieder in das frisch gestärkte Überhandtuch hängen und in Klaras Haare.
„Mama, rookst du nuu uck?", hatte Regina sie vor Jahren einmal gefragt. Klara hatte empört den Kopf geschüttelt. Sie und rauchen!
„Soo wiet kummpt daet noch!", hatte sie geantwortet.

In ihrer Erinnerung steigt Regina plötzlich ein ganz anderer Geruch in die Nase. Ein alles überdeckender Geruch nach feuchtem Zement und frischer Farbe, der sich selbst in den Federbetten, in der Wäsche und der Kleidung im Schrank festgesetzt hatte, ein wenig gemildert durch einige Spritzer *Kölnisch Wasser.* Für sich persönlich bevorzugt Klara nach wie vor *Tosca. Mit Tosca kam die Zärtlichkeit,* dieser Slogan aus der gleichnamigen Oper von Giacomo Puccini ging damals um die ganze Welt. Die elegant geschliffene Flasche mit dem grün-blau-goldenen Etikett kommt bei Klara nach wie vor gut an, zum Namenstag oder zu Weihnachten.
Vielleicht ist sie ihrem Parfüm auch bis heute treu geblieben, weil Hinrich den Hauch von Tosca hinter ihrem

Ohr sehr mag – selbst wenn er solche Dinge nur selten zum Ausdruck bringt. Aber manchmal eben doch. „Du ruukst weer soo gout vandaage!", sagt er dann.

Heute erfüllt der Duft aus Klaras Suppentopf die Küche und macht Appetit auf das Mittagessen. Hühnersuppe gibt es und danach Hühnerfrikassee, was sonst! Es ist Hannas Leibgericht und niemand kann es so zubereiten wie ihre Oma Klara. Und wie vor ihr Oma Gunda, die eigentlich Kunigunde hieß – von ihr hat Klara das Kochen früher gelernt. So gibt es heute zum Nachtisch auch *Birne Kunigunde*.

„Nach dem Rezept meiner Mutter", sagt Klara. Es sind gekochte Birnen mit einer Note von Stangenzimt, Letztere ist das eigentliche Geheimnis, und bedeckt mit Schokoladensoße. Im Kochbuch ist das Rezept als *Birne Helene* zu finden. Klara lächelt versonnen.

Regina lächelt auch. „Köstlich, deine Birnen!", sagt sie, und man weiß nicht so genau, wen sie damit meint.

Oma Gunda ist nun schon seit einigen Jahren tot. Plötzlich stehen viele Erinnerungen im Raum, auch die Gedanken an Opa Heribert.

Dass Hinrich heute bei Tisch so schweigsam ist, fällt Hanna zunächst gar nicht auf. So kennt sie ihn. Doch als sie verstohlen zur Seite blickt, bemerkt sie die tiefen Falten auf seiner Stirn. Da mahnt Regina auch schon zum Aufbruch, will den Tisch aber schnell noch abräumen. Doch Hinrich hält sie zurück. Er will es übernehmen.

„Laat man staan", sagt er, „ick bliew' hier."

Regina versteht sogleich, warum er zu Hause bleiben will, Hanna nicht ganz.

„In Waohn, daa haebb' ick nicks määr tou söüken", sagt er nur.

Ein wenig schwerfällig erhebt er sich, schiebt seinen Stuhl unter den Tisch und stapelt die Teller übereinander, was er nicht alle Tage macht, wie sich aus seinen unbeholfenen Bewegungen leicht erkennen lässt.

Jeder Versuch, Hinrich noch umzustimmen, wäre nun vergebens. Regina kennt ihren Vater nur zu gut, und wenn sie ehrlich zu sich ist, weiß sie auch nur zu gut, dass sie viel von ihm geerbt hat.

Also fahren sie ohne Hinrich los, nicht ohne ihm vorher zu versichern, dass sie rechtzeitig zum Melken zurück sein werden. Und ja, Regina und Hanna werden über Nacht bleiben. Am Abend wird auch die junge Familie zurück sein. Hanna freut sich besonders auf ihren Onkel Kalle.

Klara quält sich auf die Rückbank des Käfers.

„Man gout, daet ick nich soo lange Beine häbb'."

Bei diesen Worten streicht sie die Falten ihres dunkelblauen Faltenrocks unterm Hintern glatt und macht es sich bequem. Hinrich ist noch mit vor die Tür gekommen. Bevor Klara die Autotür schließt, sagt er, dass sie unterwegs gut auf sich aufpassen sollen.

„Seeit tou, daet ih heile weerkaomen dout!" Er dreht sich um und geht ins Haus.

Unterwegs geht es zügig voran, die längste Strecke haben die drei schon zurückgelegt und sind nun auf einer Landstraße im Hümmling unterwegs, irgendwo zwischen Werlte und Sögel. Regina hält abwechselnd Ausschau nach beiden Seiten und mit jedem Kilometer, den sie zurücklegen, kommt ihr die Gegend bekannter vor. Neben der Straße liegen noch die alten Bahngleise. ‚Nur, dass hier kein Zug mehr fährt und der Schrankenwärter längst tot ist', denkt Regina. Dabei ist sie sich nun gar nicht mehr so sicher, ob hier nicht schon wieder ein Zug verkehrt.

Nun sind sie schon an Schloss Clemenswerth vorbeigefahren, diesem Juwel des Hümmlings aus fürstbischöflichen Zeiten, ab hier kennt Regina nun jeden Feld- und Waldweg. Doch ganz neu sind für sie die rot-weißen Absperrungen, die so gar nicht in die Landschaft passen und die sie einfach zu ignorieren versucht. Aber Hanna liest laut vor, was auf den Schildern steht, die sofort ins Auge fallen, schließlich stehen sie genau deshalb an ihrem Platz, wenn auch noch nicht allzu lange.

HALT!
SCHIESSPLATZ
LEBENSGEFAHR
SCHLAGBAUM UMFAHREN VERBOTEN

Die Schilder meinen es ernst mit den Ahnungslosen, die vorbeikommen, mit den Radfahrern, Spaziergängern, Pilzsammlern und mit spielenden Kindern. ‚Ob sich manchmal ein Fuchs noch traut, die Straße zu überqueren? Oder von links nach rechts eine herumstreunende Katze? Hoffentlich ist sie nicht schwarz?', denkt Klara. Ganz offensichtlich wird hier wieder geschossen, nur zu Übungszwecken, wozu sonst? Genauso wie früher, oder

auch ganz anders, denn seit einigen Jahren ist die Bundeswehr Hausherr auf der großflächigen Anlage und die BRD der neue Eigentümer der alten Dorfstelle Wahn.
Für Regina – und nicht nur für sie – ein recht zwiespältiges Gefühl.
Heute, am Wochenende, zeigen die Schlagbäume in den Himmel, ganz offensichtlich ruht der Schießbetrieb.
„Gleich muss es kommen", erklärt Regina ihrer Tochter, „gleich nach der nächsten Kurve." Und schon gerät der Verkehr ins Stocken, parkende PKW zu beiden Seiten der Straße. Regina schaltet einen Gang zurück, mit Zwischengas versteht sich: Gang raus – das Gaspedal durchtreten – Gang wieder rein!
„Mama, meine Ohren!"
Auch Regina schmerzt das Schaltgeräusch in den Ohren.
„Mir fehlt nur die Übung!"
Klara beugt sich leicht vor, sie tippt ihrer Enkelin auf die Schulter und zeigt dann auf den Grünstreifen an der linken Straßenseite.
„Hier stand früher das Ortsschild von *Wahn!* Aber damals gab es dich noch nicht."
Hanna schweigt, was soll sie dazu auch sagen.
Regina kann gar nicht glauben, wie lange das schon her ist.
Kurz darauf fahren sie im Schritttempo an dem kleinen Friedhof vorbei. Es ist der neue. Dass der alte Kirchhof irgendwann aus der Dorfmitte hierher verlegt wurde, sollte ihm später zum Segen gereichen. Im Sprachgebrauch ist er jedoch immer *der Karkhoff* geblieben. Re-

gina biegt nun rechts ab, kurz darauf hält sie an, steigt aus und klappt ihren Sitz nach vorn.

„Aussteigen, wir sind zu Hause", sagt sie, obwohl ihr zum Scherzen gar nicht zumute ist. Warum sagt sie so was? Zu Hause?

Wo ist ihr Zuhause? Sie weiß es nicht. ‚Hier jedenfalls nicht! Nicht mehr! Schon lange nicht mehr.'

Klara steht einfach nur da und deutet mit der Hand geradeaus. „Von hier aus ging es direkt auf die Kirche zu", sagt sie mehr zu sich selbst als zu Hanna.

Regina geht ein paar Schritte, der Sand unter ihren Füßen fühlt sich noch genauso an wie früher. ‚Eigentlich müsste es hier überall noch Fußspuren geben, große und kleine, auch meine eigenen', denkt sie und streicht sich dabei eine widerspenstige Haarsträhne aus der Stirn. Doch die Spuren hat der Wind längst zugeweht.

Regina ist in all den Jahren nur selten hierher zurückgekehrt, und jedes Mal mit eher zwiespältigen Gefühlen, auch heute. Heute ist sie nicht zuletzt ihrer Mutter zuliebe hier, und auch, weil sie Hanna endlich zeigen will, wo sie, Regina Harms, damals am *Heiligen Abend 1927* das Licht der Welt erblickt hat. Eigentlich waren es die Lichter des Tannenbaums gewesen.

„Mien Christkindken", hatte ihr Vater sie deshalb manchmal genannt, damals, als sie noch ein kleines Mädchen war. Damals, als es an dieser Stelle ihr Dorf noch gegeben hatte. Doch das ist nun schon sehr lange her, schon über zwanzig Jahre.

2
Gedenkfeier 1965

Langsam füllen sich die verlassenen Wege. Viele Menschen sind der Einladung zu dieser Gedenkstunde unter freiem Himmel gefolgt. Unter ihnen befinden sich die Alten, auf deren Rücken damals alles abgeladen und danach ausgetragen wurde. Und die nachfolgende Generation, die das schwierige Erbe ihrer Eltern inzwischen angetreten hat. Und Mädchen und Jungen in Hannas Alter, die nicht hier geboren sind.

Gut, dass der Friedhof, der auch im Sperrgebiet liegt, damals erhalten blieb und sich heute als würdiger Versammlungsort anbietet, denn ein schützendes Dach sucht man hier vergeblich – weit und breit. Zu zweit oder dritt nebeneinander überqueren sie nach und nach die Landstraße, es wird kaum gesprochen. ‚Wie früher bei Beerdigungen und zur Gräbersegnung an Allerseelen', denkt Regina. Danach sind es nur wenige Schritte bis zu der niedrigen Backsteinmauer, die den geweihten Platz umgibt, das schmiedeeiserne Tor ist heute weit geöffnet. Geradewegs gelangt man zu den Gräbern, die alten Bäume spenden ihnen lichten Schatten. Im weiteren Bereich grenzt eine niedrige Buchenhecke den Friedhof vom umliegenden Gelände ab. Ein Blick geradeaus – es ist kaum zu glauben:

HALT!
SCHIESSPLATZ
LEBENSGEFAHR
SCHLAGBAUM UMFAHREN VERBOTEN
steht dort auf einem weiteren warnenden Schild.

Die alten Grabinschriften ziehen die Aufmerksamkeit der Besucher auf sich, gleich einem Fingerzeig fällt hin und wieder ein Sonnenstrahl auf einen Namen oder eine Jahreszahl. Die ältesten Gräber sind von 1914. Aus dem Jahr, als der deutsche Kaiser das Attentat von Sarajewo zum Anlass nahm, seine Macht zu stärken und zuerst Russland und danach Frankreich den Krieg erklärte, damit eine Kettenreaktion auslöste, die die ganze Welt ins Wanken brachte, bis in die entlegensten Winkel der Erde. Weit über Europa hinaus in Amerika, Japan und China, in Haiti, Kuba und Panama. Und das Dorf Wahn wurde auf besondere Weise von diesem Krieg berührt. Ängstlich hatten die Wahner Bürger damals verfolgt, was bei ihnen am Rande geschah. Auch Hinrich, er war damals noch keine zwanzig Jahre alt, und natürlich seine Eltern.

Heute gehen die ehemaligen Wahner Dorfleute nachdenklich an den alten Grabsteinen vorbei. Viele von ihnen sind kunstvoll aus Sandstein gemeißelt, der seinen Ursprung in den Steinbrüchen der nahen Grafschaft hat, die so unverkennbar zu ihr gehören wie der Herrgott von Bentheim, der vor mehr als 800 Jahren aus diesem Stein gehauen wurde. Jeder hier aus der Gegend kennt dieses einzigartige Kunstwerk, das sich von allen bekannten

4,5-l-Fassungsvermögen

Digitale Bedienung

8-in-1

UVP* 79.00

39.99

OBST UND GEMÜSE

MOIN
FRISC

Kreuzigungsszenen unterscheidet. Denn dieser Christus steht mit ausgebreiteten Armen vor dem Kreuz auf seinen eigenen Füßen. Weder sie noch seine Hände sind von Nägeln durchbohrt, und er trägt keine Dornenkrone. „Christus lebt!" So lautet die Botschaft.
Hin und wieder bleiben die Besucher stehen und lesen die alten Inschriften. Auch Reginas Großeltern sind hier noch beerdigt worden: *Karl und Johanna Harms*. Und über ihren Namen steht in geschwungenen Lettern der fromme Wunsch: *Ruhet in Frieden*. Dazu ihre Geburts- und Sterbedaten. Sie waren gleich alt gewesen, aber Johanna hatte ihren Mann um einige Jahre überlebt.
„Ich habe meine Oma sehr gern gehabt, deshalb habe ich dich Hanna genannt, Hanna Kunigunde." Regina legt die Pfingstrosen aufs Grab, dunkelrot sind sie, aus dem Garten in der neuen Siedlung.
‚Wenn ihr wüsstet', denkt sie, ‚was hier und in der Welt inzwischen alles passiert ist.'
Hinrich hat mit der Trauer um seine Eltern schon vor Jahren abgeschlossen, äußerlich jedenfalls. Die Grabpflege hat er seinen beiden Schwestern ans Herz gelegt und als Begründung die geringere Entfernung vorgeschoben. Für ihn hat es in der Vergangenheit Tage gegeben, an denen er seine Eltern um ihren Platz auf dem Friedhof beneidet hat, aus tiefstem Herzen. Ihnen waren viele Sorgen erspart geblieben.
Weiter gelangen sie zu den Gräbern der kleinen Wahner Mädchen und Jungen, sie liegen hier ganz unter sich. Regina liest still ihre Namen. Laut sagt sie: „Mit vielen

von ihnen habe ich früher gespielt, sie waren nicht viel älter oder sogar jünger als ich."
Neben ihr bleibt eine Frau stehen. „Bist du es, Regina? Dann musst du auch meine beiden Brüder gekannt haben. Josef und Albert gingen noch nicht mal zur Schule, als sie damals gestorben sind."
„Dann bist du Luise. Ich freu mich, dich wiederzusehen."
„Schön, dass du mich noch erkennst, nach so vielen Jahren!"
Dann erzählt sie von damals. „Dass wir damals Haus und Hof aufgeben mussten, war für meine Eltern sehr schwer. Aber dass sie die Gräber ihrer Söhne hier zurücklassen mussten, ist ihnen noch schwerer gefallen."
Luise war damals gerade erst acht geworden, hatte am Weißen Sonntag gerade noch ihre Erstkommunion in Wahn gefeiert, bevor sie mit ihren Eltern das Dorf verlassen musste.
„Ja, Luise, du bist so alt wie ich", sagt eine männliche Stimme hinter ihr. „Wir waren damals in der gleichen Klasse."
Es ist Franz, der Sohn des Schusters.
„Unser neues Haus war erst vier Jahre alt, als wir hier weg mussten."
„Aber lasst uns doch Platt prooten, oder hast du es schon verlernt?"
Regina schüttelt den Kopf. Franz sagt noch und nun auf Platt: „Miene Öllern häbbt doomaals bolde eern Verstand verlaorn."

Aber auch für sie als Kinder sei es nicht einfach gewesen, sie waren hier doch gemeinsam aufgewachsen, sich Tag für Tag begegnet und wurden dann auseinandergerissen und in alle Winde zerstreut.

Immer mehr Menschen füllen die Wege zwischen den Gräbern. Jemand hat ihre Zahl geschätzt, etwa dreihundert Personen mögen es sein, die der Einladung gefolgt sind. Auf einer freien Fläche vor dem großen Holzkreuz dient ein einfacher Tisch als Altar. Zwischen den Wegen sind einige Stühle und Bänke aufgestellt und zu dritt finden Klara, Hanna und Regina gerade noch einen Schattenplatz.
Das leise Rauschen in den Baumkronen gleicht einer flüsternden, mahnenden Stimme.
Der Geistliche schreitet zum Altar, er ist ein Mönch vom Orden der Heiligen Familie. Ein gebürtiger Wahner Junge, der in seiner Jugend alles hautnah miterlebt hat. Sein Herz hängt noch immer an seinem Dorf und der Sprache seiner Kindheit. Daher fällt es ihm heute auch nicht schwer, die passenden Worte zu finden und den richtigen Ton zu treffen, auch mal im Hümmlinger Platt.
„Eein Deeil van uus Harte is doomaals doobläwen."
Danach spricht er von dem geliebten Dorf, das so unvergessen ist wie die Toten auf dem Friedhof, weil auch sie in den Herzen derer weiterleben, die sie gekannt haben. Verhaltenes Murmeln erfüllt den alten Friedhof, gefolgt vom Wechselgebet einer langen Litanei. Das

wiederkehrende: *bitte für uns, bitte für uns, bitte für uns* lässt die Menschen innerlich ruhig werden.
Regina schließt ihre Augen, ihr steigt ein vertrauter Duft in die Nase. ‚Holunder', denkt sie. Über sich vernimmt sie das aufgeregte Pfeifen eines Vogels, der unruhig von Ast zu Ast hüpft. ‚Ein Buchfink', denkt sie und versinkt in ihren Gedanken.
Plötzlich kehrt Leben in das Dorf ihrer Kindheit zurück. Regina ist neun oder zehn Jahre alt. Sie spielt mit den Nachbarskindern auf dem Schulhof. Emmi und Hedwig sind mit dabei und Maria, Anna und Magdalena. Hinke Pinke spielen sie und Ball an die Wand. Am späten Nachmittag probt Regina mit dem Kinderchor, ihr Opa Heribert ist der Dirigent. Neben ihr steht Emmi, sie hält ihr den Zettel fast vor die Nase. Regina drückt ihren Arm nach unten, damit sie den Text und die Noten lesen kann. Emmi lächelt sie an.
Bis zu ihrem Elternhaus sind es danach nur ein paar Schritte. Sie sitzt mit Emmi auf der karierten Decke unter dem alten Birnbaum, der vorm Küchenfenster steht. Sie können schon häkeln: Puppenkleider und warme Bettschuhe für den nächsten Winter, wenn der eisige Wind wieder über den Hümmling fegen wird. Dann werden sie auch wieder auf ihren Schlittschuhen übers Eis schäöweln. Wenn die überschwemmten Wiesen mit Eis bedeckt sind und die Bäke zugefroren ist und vielleicht sogar die Hase? Oder sogar die Ems? Dann könnten sie bis an die Nordsee gelangen und von dort aus mit einem Schiff in die weite, weite Welt ziehen, so wie Kleinhänschen.

Aber noch ist Sommer. Sie und Emmi sitzen unter der Blauen Buche. Sie denken sich Geschichten aus. Von Elfenkindern, die hier nachts im Mondschein unter der Buche tanzen, immer im Kreis. Man kann sie nur nicht sehen.

Ein bewegter Schatten fällt auf ihre Gesichter. Es ist ein Eichhörnchen, das von Zweig zu Zweig springt. Dann versteckt sich die Sonne hinter einer Wolke.

Emmi und Regina gehen zurück auf den Feldweg und pflücken Blumen. Kornblumen und weiße Margeriten. Die Kornblumen bringen sie dem heiligen Valentin, der in seinem *Hilligenhüüsken* schon auf sie wartet. Nun überqueren sie die Landstraße. Das Tor zum Friedhof klemmt ein bisschen, aber zusammen sind sie stark. Sie gehen ein paar Schritte und verteilen die Margeriten auf die kleinen Kindergräber: „Eeine för di – eeine för di – un för di eeine – un för di – för di – un de lessde för di." Es war das Grab der kleinen Barbara, die als dreijähriges Kind gestorben war.

Die Stimme des Geistlichen holt Regina in die Gegenwart zurück. „Lasset uns für alle beten, die heute nicht hier bei uns sein können."

Damit spricht er aus, was Regina gerade durch den Kopf geht: ‚Schade, dass Emmi heute nicht dabei sein kann.' Die Freundinnen von früher haben sich seit damals nicht mehr gesehen, seit über zwanzig Jahren nicht mehr. Regina öffnet die Augen, der Himmel über ihr ist blau. Nur ein paar Schäfchenwolken ziehen über ihn hinweg. Verstohlen wischt sie sich eine Träne aus dem Gesicht.

„Oremus – Lasset uns beten: Für alle ehemaligen Wahner, die uns vorausgegangen sind."
Auf das gemeinsame *Vaterunser* folgt ein *Ave Maria*. An sie ist auch das letzte Lied gerichtet:
Maria, breit den Mantel aus,
mach Schirm und Schild für uns daraus,
lass uns darunter sicher steh'n,
bis alle Stürm vorüber geh'n.
Patronin voller Güte
und alle Zeit behüte.
Der Gesang verliert sich mit dem Wind.
Zum Abschied noch einmal die Stimme des Priesters, es geht nicht ohne seinen Segen:
Benedicat vos omnipotens Deus,
Pater et Filius et Spiritus Sanctus.
Es segne euch der allmächtige Gott,
der Vater, der Sohn und der Heilige Geist.
Amen.
Als Zeichen tiefer Verbundenheit reichen die Anwesenden einander die Hände. Regina spürt rechts den kraftvollen Händedruck ihrer Mutter, mit ihrer Linken ergreift sie die Hand ihrer Tochter, die sie fragend anschaut.
In einer stillen Prozession gehen die Anwesenden danach gemeinsam zur alten Dorfstelle. Die alten Kastanien haben zur Feier des Tages ihre leuchtenden Kerzen aufgesteckt.

Hier hätten sie am vergangenen Donnerstag das Fronleichnamsfest gefeiert. Früher ein glanzvoller Höhepunkt im kirchlichen und dörflichen Leben, aber heute

fehlt der Glanz. Alles fehlt hier. Alles, was dieses Dorf einst ausgemacht hat. Es gibt hier nichts mehr. Nur die alten Bäume noch, die das Unheil mit ansehen mussten, und die jungen, die aus Sämlingen nachwuchsen und die nicht wissen können, was hier geschehen ist.
Für alle Anwesenden, die einst hier zu Hause waren, ist diese gespenstische Leere nur schwer zu ertragen. Nichts als ein paar klägliche Mauerreste sind von ihrem Dorf übrig geblieben, im Laufe der Jahre von Moos bedeckt und mit Brombeerranken überwuchert. Dazwischen wächst Farnkraut, kniehoch. Nur ein Schuttberg und ein paar Mauerreste des gesprengten Glockenturms lassen die frühere Dorfmitte noch erahnen.
Nur um das Kriegerdenkmal mit der Statue des auferstandenen Christus hat die große Zerstörung damals einen Bogen gemacht, aus Respekt vor den Gefallenen des Ersten Weltkriegs. Hier stehen die Namen der einunddreißig Wahner Männer, die diesen sinnlosen Krieg gern weniger heldenhaft überlebt hätten. Gemeinsam beten sie für die Kriegsopfer der beiden Weltkriege, insbesondere für die Gefallenen aus Wahn und für den Frieden in der Welt.
Der andächtigen Stille folgen freudige Begrüßungsszenen. Und wenn die Menschen sich nach so viel vergangener Zeit noch wiedererkennen, verschwimmen ihre Augen in einem seltsamen Glanz, irgendwo zwischen Wiedersehensfreude und Trauer. Verbunden mit klaren Erinnerungen an das Schicksalsjahr 1938, als die vernichtende Entscheidung gefallen war.
Nun ist es aber nicht so, dass sich alle in den Armen liegen. Es braucht keine großen Gesten, es reicht ein

Händedruck oder ein Schulterklopfen, so passt es zu diesem Menschenschlag im Hümmling.
So lässt sich auch die Freude über das unverhoffte Wiedersehen mit wenigen Worten ausdrücken: „Fein, di vandaage tou seien!"
Und danach die Frage nach dem Wohlergehen: „Woo gaat jou daet daenn?"
Und nach dem Hof, bei dem die Größe in Hektar gern mal zur Sprache kommen kann: „Wo väle Hektar Land häbbt ih daenn doomaals weerkrägen?"
Und die Frage nach den Kindern ist unerlässlich: „Waet is daenn uut jou Kinner woren?"
Fragen über Fragen, die weit zurückreichen.
„Weißt du noch?"
„Weißt du noch?"
„Weißt du noch?"
Und darauf Antworten, die allesamt ausdrücken, dass nichts in Vergessenheit geraten ist. Auch wenn es hier und heute nichts mehr gibt, was man sehen und anfassen kann.
Alles ist bewahrt in der Erinnerung, die guten und die schlechten Zeiten.
Aber niemand beklagt sich noch – es ist wie es ist –, aber dass die Zeit alle Wunden heilt, ist ein Trugschluss.
Die Zeit bedeckt die Wunden wie ein schützendes Pflaster, doch wenn plötzlich alles wieder gegenwärtig wird, schmerzen sie noch immer.

Klara und Regina begrüßen immer wieder alte Bekannte, Hanna steht schweigend bei ihnen.

„Miene Dachter Hanna", stellt Regina sie den Umstehenden vor, um sie in die Unterhaltung mit einzubeziehen, was für Hanna jedoch nicht so einfach ist, da sie auf Platt geführt wird. Lieber hört sie nur zu, verstehen kann sie alles. Und da ist diese Frau, die Hanna kurz mustert und die folgende Bemerkung nicht unterdrücken kann: „Waet du nich seggst? Diene Dachter! Deei is jao gaue groot wooren!"
Der Unterton in der Stimme entgeht Regina dabei nicht. ‚Immer noch', denkt sie.
„Hollt jou munter, ick mout nuu wieder", sagt die Frau, sie hat es plötzlich eilig,
„Holl di munter", sagt Klara. Auch Regina sagt „Munter holl'n", so wie es im Emsland üblich ist. Bloß nicht zu viele Worte. Nur „Munter" reicht zum Abschied auch. Hanna fragt sich, weshalb die Frau sie so komisch angeguckt hat, vielleicht hat sie sich das ja auch nur eingebildet.
Weit kommt man nicht auf der alten Dorfstraße, auch hier müsste dringend mal das Gestrüpp weggeräumt werden. Hin und wieder schiebt sich eine dunkle Wolke vor die Sonne. Vom Kirchplatz bis zur damaligen Schule ist es nicht weit. Klara bleibt stehen.
„Ich sehe den Tag noch vor Augen, an dem ich damals mit meinen Eltern hier angekommen bin."
„Ja, Opa Heribert und Oma Gunda", seufzt Regina, „bei ihnen war immer mein zweites Zuhause."
‚Auch später noch', fügt sie in Gedanken hinzu, ‚als ich nicht wusste, wie es mit meinem Leben weitergehen sollte.'

„Sicher wären sie heute auch hier, wenn sie noch am Leben wären", meint Hanna gerührt.

Klara scheint es plötzlich eilig zu haben. Mit ihren Händen schiebt sie das Strauchwerk beiseite und bahnt sich einen Weg durch das Gestrüpp. Sie ist den beiden immer einen Schritt voraus, wobei ihre Gedanken weit zurückeilen, bis sie plötzlich wieder stehen bleibt. Vor einem Brennnesselhaufen auf einem Schuttberg.

„Hier stand unser Haus!"

Und dazu passend kramt sie ein Foto aus ihrer Tasche, das eigentlich alle längst kennen. Es zeigt den ehemaligen Familienbesitz aus einer alles umfassenden Perspektive. Die Giebelseite mit dem hohen Dielentor, durch das ein Pferdewagen beladen mit Heu oder Stroh hindurchpasste. Das Dach ist weit nach unten gezogen, darunter fanden Pferde und Kühe ihren Platz. Etwas zurückversetzt schließt sich seitlich nach hinten das Wohnhaus an, man sieht die eichene Haustür und die weißen Sprossenfenster. Das ehemalige Fachwerk ist längst durch Bockhorner Klinker und das Reetdach durch Tonziegel ersetzt. Der Dachausbau hat zusätzlichen Wohnraum geschaffen, das Haus bietet großzügig Platz genug für drei Generationen.

Und Klara erzählt, dass sie es war, die den Blumengarten damals in Schuss gebracht hat, bald nach der Hochzeit. Der weiße Lattenzaun wurde jedes Jahr zu Ostern frisch gestrichen. Dann blühten die Osterglocken, zu Pfingsten die dunkelroten Pfingstrosen und im Sommer waren es Dahlien und Astern. Am ausgestreckten Arm bringt Klara das Foto in eine ganz bestimmte Position.

„Mein Vater muss diese Aufnahme von hier aus gemacht haben, genau von der Stelle aus, an der wir jetzt gerade stehen." Klara ist sich ganz sicher.
Heute geht der Blick ins Leere. Hier gibt es weder Haus noch Hof. Kein Dach, keinen Giebel, weder Tür noch Tor, und erst recht keinen Blumengarten. Nur Brennnesseln und Gestrüpp. Klara hat sich ihren Strumpf zerrissen.
„Oma, du hast rechts eine breite Laufmasche."
Klara schaut nur flüchtig hin.
Doch dann! Regina kann es gar nicht glauben.
„Guck mal, Mama! Der alte Birnbaum! Es gibt ihn noch!"
Unbedingt muss sie Hanna von dem alten Birnbaum erzählen.
„Direkt vorm Küchenfenster stand er. Wenn ich auf die Fensterbank kletterte, konnte ich bei offenem Fenster Birnen pflücken, aber Papa durfte es nicht sehen. Er hatte es verboten, weil es zu gefährlich war."
Regina erinnert sich an die jährliche Aktion, dass Hinrich die Birnen meistens eigenhändig gepflückt hatte, und wie sie danach geschält und eingeweckt wurden. Unabhängig von der Jahreszeit kamen sie dann hin und wieder auch als Birne Kunigunde auf den Tisch, allerdings nur zu besonderen Anlässen.
Obwohl sie nicht allzu nah am Wasser gebaut hat, kann Klara ihre Tränen nicht länger zurückhalten. Sie benötigt schon wieder ein Taschentuch. Sie vermisst das alles noch immer und insbesondere auch ihre Eltern. Und ein wenig vermisst sie heute auch Hinrich an ihrer Seite, aber der hat nun mal seinen eigenen

Kopf, einen Emsländer Dickschädel – und ein weiches Herz.

„Oma, nicht weinen, es lässt sich doch nicht mehr ändern."

Für einen kurzen Augenblick schiebt sich eine dunkle Wolke vor die Sonne, dann ist der Himmel wieder blau.

„Ist schon vorbei, Kind. Aber, schau nur, diese Laufmasche!"

Sie schweigen eine Weile. Dann treibt es Regina voran.

„Hier war Bramlages Hof. Hier wohnte Emmi mit ihrer Familie. Und ein Stückchen weiter, das war der größte Bauernhof von Wahn. Er gehörte Holzenkamps Hermann. Der älteste Sohn hieß auch so, er war Kalles bester Freund.

Und hier ging es auf die Windmühle zu. Davor war der Hof von Rietkötters. Mit Clemens traf Hinrich sich immer zum Kartenspielen."

Jetzt sind sie mitten im Dorf angekommen,

„Hier war die Bäckerei Kramer", sagt Regina. „Der alte Kramer war schon früh umgesiedelt, nach Rupennest, sein Bruder blieb noch bis zum Ende hier.

Und ein Stück weiter der Laden von Kaufmann Berens, der hat bei uns in Rastdorf wieder einen Gemischtwarenladen gekriegt. Mit den Jungs war Reinhold befreundet."

„Den Laden an der Birkenallee kenn ich doch", sagt Hanna, „da gab es manchmal einen Lutscher umsonst, wenn wir viel eingekauft hatten." Dabei schaut sie Klara an.

Bisher kannte Hanna das Dorf nur von wenigen Fotos und aus alten Erzählungen, immer dieselben alten Geschichten, die man ja schon auswendig kannte. Doch hier vor Ort fühlte sich alles ganz anders an. So anders, dass ihr dafür kein passendes Wort einfallen wollte. Und Hanna verstand nun auch, warum ihr Opa Hinrich diesen Ort heute nicht ertragen hätte.
Sie hatte nun auch die Redensart halbwegs verstanden, dass Erinnerungen das halbe Leben ausmachen. Die guten und die anderen, mit unterschiedlichem Gewicht.
Trotzdem konnte sie sich nur schwer vorstellen, wie es in Wahn früher ausgesehen hatte und wie die Leute hier gelebt haben. Und wie sollte sie verstehen, was hier damals, vor mehr als zwanzig Jahren, geschehen war? Herausfordernd schaute sie ihre Mutter an.
„Und ihr? Habt ihr damals einfach zugeguckt? Warum habt ihr euch nicht gewehrt?"
Ganz schön mutig, ihre Tochter, doch leider musste Regina passen. Wie sollte sie ihrer Tochter erklären, was sie selbst nie ganz verstanden hatte. Damals, als sie von einem Tag auf den anderen ihre kindliche Unbeschwertheit verlor, die sich danach nicht wiederfinden ließ. Fortan teilte sie die Sorgen und Ängste der Erwachsenen, die das ganze Dorf lähmten. „Ich war doch noch ein Kind damals, jünger als du heute." Fragend schaute Hanna ihre Großmutter an. „Kind, das kannst du nicht verstehen. Es war eine ganz andere Zeit – damals", sagte Klara und stopfte ihr zerknülltes Taschentuch in die Jackentasche. Ein großes weißes ist es, aus Hinrichs Nachttischschublade.

3
Das alte Dorf

Am Abend nach der Gedenkfeier saßen Klara, Hinrich, Regina und Hanna in Rastdorf an dem großen Küchentisch. Klara und Hinrich hatten zuvor die Kühe gemolken, Hanna hatte die Katzen gefüttert, und Regina den Tisch gedeckt und das Abendbrot zubereitet. Sie hatte Brot, Schinken und Käse aufgeschnitten und ein Glas eingemachter Kürbiswürfel geöffnet und dazugestellt. Sie liebte diese Spezialität ihrer Mutter. Regina und Hanna saßen auf der alten Küchenbank mit den neuen karierten Kissen, Hinrich und Klara neben ihnen an den Kopfenden. Es war fast so wie früher. Es war recht still zunächst, beim Essen wird nicht geredet, so war Hinrich erzogen worden. Doch dann war er so weit und fragte, wie es denn so gewesen sei und wen sie alles getroffen hätten. Tat es ihm nun doch ein wenig leid, nicht dabei gewesen zu sein?
Sie gaben bereitwillig Auskunft.

„Jetzt haben wir dir alles von heute erzählt, jetzt bist du dran, Opa." Hanna schaute Hinrich fragend an. „Wie war es früher? Wie hat es in Wahn ausgesehen? Bitte, Opa", bettelte Hanna.
Hinrich hatte den ganzen Nachmittag an nichts anderes gedacht. So war er plötzlich auffallend gesprächig.
Wahn war nicht so ein Kleckerdorf gewesen wie viele der kleinen umliegenden Bauernschaften, in denen es weit verstreut nur einige Bauernhöfe gegeben hatte mit

jeweils ein paar ärmlichen Häusern für die Heuerleute. Mit etwas Glück besaßen die Bauernschaften auch eine einklassige Schule und einen kleinen Tante-Emma-Laden. Und wenn's hochkam an der einzigen Straße, auf der man nach etlichen Kilometern die Pfarrkirche der Gemeinde und das Bürgermeisteramt erreichte, gab es unterwegs noch eine Gastwirtschaft, wo man seinen Durst löschen oder auch seinen Ärger herunterspülen konnte. Wo man aber auch mal etwas zu feiern verstand, wenn es einen Grund dazu gab. So habe es häufig in den umliegenden Dörfern ausgesehen, ganz typisch war es für die Bauernschaften im Oldenburger Münsterland gewesen, nah an der Grenze zum Emsland. So auch in Friesoythe.
Hinrich machte eine kurze Pause und steckte sich seine Pfeife an, die wie immer vorbereitet auf der Fensterbank lag. Er nahm einen ersten Zug und trank einen Schluck Bier aus der Flasche, die Klara ihm inzwischen hingestellt hatte. Sicher hatte er schon einen ganz trockenen Mund. Da konnte etwas Sprechwasser – Sprääkwaater – nicht schaden.
„Für euch hab ich Teewasser aufgesetzt", sagte sie.
Hinrich fuhr mit Stolz in der Stimme fort, breitete die Geschichte seines Dorfes vor ihnen aus.

Wahn, dieses Dorf an der Landstraße zwischen Sögel und Werlte, war ganz anders gewesen. Ein Dorf mit einer fast tausendjährigen Geschichte, in dem alles nah beieinander lag. Alles auf einem Haufen, ein Haufendorf eben.

Und schon um das Jahr 1500 hatte es am Ortsende eine Kapelle gegeben, die Valentinsklause. Mit Blick zur Straße wachte außen der Heilige Valentin über sie. Während der Lutherischen Zeit war sie zu einer Räuberhöhle verkommen gewesen, so war es überliefert. In diesem Zustand hatte Bischof Christoph Bernhard von Galen, Fürstbischof von Münster, sie damals zu Gesicht bekommen, als er hoch zu Ross mit seinen Söldnern hier vorbeizog, um die Menschen zu dem einen wahren Glauben zu bekehren. Das Bistum Osnabrück, zu dem das Emsland eigentlich gehörte, war damals nämlich vorübergehend evangelisch gewesen. Jetzt ließ der Bischof, der zugleich ein mächtiger Ordensritter war, die alte Kapelle renovieren und stiftete ihr sogar eine Glocke.
„Opa, woher weißt du das alles?"
„Das hat man uns in der Schule beigebracht."
Regina nickte. Es war auch Heriberts Steckenpferd gewesen. Die Geschichte von dem Kanonenbischof kannte sie auch.
Regina erzählte weiter: „Einige Zeit später, das Emsland war wieder katholisch und die Kapelle immer baufälliger geworden, beschloss der neue Bischof Clemens August, der gleichzeitig der neue Landesherr war, den Bau einer neuen Kapelle. Entworfen von dem gleichen Baumeister, der auch sein Jagdschloss Clemenswerth hier ganz in der Nähe geschaffen hatte. Die Kapelle wurde dem Heiligen Antonius gewidmet. Ein Mönch aus dem Kloster Clemenswerth kam rechtzeitig vor den Sonn- und Feiertagen zu Fuß nach Wahn und bezog dort seinen Schlafraum hinter dem Altar."

„Er hat hinter dem Altar ein Zimmer gehabt? Wo er geschlafen hat?" Hanna konnte es gar nicht glauben.
Bald hatte der Platz für die große Pfarrgemeinde – sie zählte nun rund achthundert Seelen – nicht mehr ausgereicht. Der Neubau einer Pfarrkirche war unumgänglich gewesen.
Und daran erinnerte sich Hinrich nun ganz genau, er hatte es selbst erlebt. „Weil das Geld in den 1920er-Jahren täglich an Wert verlor, hat die Gemeinde Kühe, Rinder und Kälber als Spende eingesammelt, dazu Schweine und Ferkel, vier Stände mit Bienenkörben und einige Zentner Roggen, welches alles zu passender Zeit zu Geld gemacht werden konnte. Auch etliche holländische Gulden waren auf dem Konto der Kirchengemeinde gelandet."
So war die neue Kirche damals Stück für Stück gewachsen. Ein prächtiges Bauwerk, das wegen seiner Größe und seines barocken Baustils auch Dom des Hümmlings genannt wurde.

Klara nahm Hinrich das nächste Kapitel ab.
„Als die neue Antonius-Kirche im November 1926 von Bischof Wilhelm aus Osnabrück eingeweiht wurde, waren wir schon verheiratet und Kalle wurde in der neuen Kirche getauft. Der Glockenturm ist erst fünf Jahre später fertig geworden, mit drei neuen Glocken und einer elektrischen Turmuhr."
„Einmal war sie stehen geblieben", sagte Regina, „und Emmi und ich kamen zu spät in die Schule, weil wir getrödelt hatten. Wir besaßen doch keine Armbanduhren.

Opa Heribert meinte damals nur: ‚Wir sprechen uns noch, nachher in der Pause', aber er hatte es wohl vergessen."

„Bestimmt nicht", meinte Klara, „aber du hattest bei ihm ja immer einen Stein im Brett."

Hanna war schwer beeindruckt, allein schon, weil alle etwas zum Erzählen beizutragen hatten. So redselig kannte sie ihre Familie gar nicht.

Hinrich hatte seine Flasche Bier ausgetrunken.

„Waenn ick noch eein Baier kriege, vertelle ick wieter."

Regina holte ihm eins und stellte die Schachtel Sarotti-Pralinen auf den Tisch, die sie von zu Hause mitgebracht hatte.

Damals hatte es in Wahn an jeder Ecke eine Kneipe gegeben, vier insgesamt. Der Gasthof mit den Säulen vor dem Eingang war das Aushängeschild des Dorfes gewesen. In den Gästezimmern hatten schon adelige Herren übernachtet, die vor zweihundert Jahren zur Jagdgesellschaft auf Schloss Clemenswerth geladen waren.

Eine Poststation hatte es in Wahn seit jeher gegeben, denn schon seit Jahrhunderten führten bedeutende Heer- und Handelswege hier vorbei, auf denen auch die Postkutschen mit ihrer kostbaren Fracht sicher von einem Ort zum nächsten gelangten, wie auch die Reisenden mit mehr oder weniger großem Gepäck. Eine der ältesten Strecken führte von Ostfriesland ein Stück an der Ems entlang über Aschendorf, Wahn und weiter über Haselünne nach Quakenbrück. Unterwegs mussten die Pferde gewechselt und die Räder geschmiert werden – mit Vorliebe in Wahn. Dafür hatte der Kutscher Schmiergeld zu zahlen. Sonst rollten die Räder nicht.

„Kennt ihr das Lied von dem Postillon?", fragte Klara, „dann singt man mit."

Postillon in der Schänke
füttert die Rosse im Flug.
Schäumendes Gerstengetränke
reicht der Wirt mir im Krug.
Hinter den Fensterscheiben
lacht ein Gesicht gar hold.
Ich möchte so gerne noch bleiben,
aber der Wagen, der rollt.

„Ja, wir wären damals auch gern geblieben", sagte sie zum Schluss.
„Oma, du hast eine tolle Stimme."
Klara erzählte weiter.
„An der alten Wahner Dorfstraße hatte es einen Bäckerladen und einen Kaufmann gegeben, der in seinem Laden Gemischtwaren verkaufte.
Da konnte man alles kriegen: Gummiband für die Unterhosen, Sicherheitsnadeln und Haarnadeln, Heftzwecken und Streichhölzer, und bevor der elektrische Strom das Dorf erreichte Kanister mit Petroleum für die Lampen. Das Salz aus dem Fass und Zucker und Mehl aus Papiersäcken, Essig und Öl aus bauchigen Korbflaschen und es gab Graupen, Grieß, Sago und Nudeln, alles großzügig

abgewogen, manchmal hatte der Kaufmann auch seinen Daumen mit auf der Waagschale."

„Und Tabak gab es, und längst waren Zigaretten in Mode gekommen: Eckstein, Overstolz und Juno in Sechser-Packungen zu Spottpreisen ..." „... aber ohne Filter", unterbrach Hinrich sie. „Und was es in Wahn nicht zu kaufen gab, brachten Hausierer in Koffern bis auf den Küchentisch. Für die Aussteuer der Töchter: Bettwäsche aus feinstem Damast, Gerstenkornhandtücher und was sonst noch dazugehörte. Auch mal ein Korsett, nach Maß geschneidert, das der Bäuerin oder der heiratsfähigen Tochter eine gute Figur machte, wenn es fest genug geschnürt war."

Klara wusste, wovon sie redete, die anderen lachten.

Hinrich machte weiter.

„Wir hatten einen Schmied und einen Stellmacher, der sich mit Spinnrädern und Leiterwagen auskannte, einen Schuster und einen Schneider."

„Und eine Zeugdruckerei, eine Färberei und eine Molkerei aus dem Jahre 1900, die Zahl stand groß am Giebel."

Das war Hinrichs Stichwort. „Mit einem hohen, runden Schornstein und einer Rampe zur Straßenseite. Hier wurde die Milch abgeliefert, hier wurde auch die Butter gebuttert. Übrig blieb die Magermilch, die der Milchwagen auf dem Rückweg wieder an den Hofzufahrten absetzte. Mit der wurde die Kleie für die Schweine angerührt."

„Was für saumäßig gute Zeiten!", sagte Hanna.

Die Bauern im Hümmling hatten ihr Ein-und Auskommen zum großen Teil in der Milchwirtschaft gefunden, das war schon damals so gewesen, wenn auch ganz anders.

„Unsere Kühe hießen Elli, Nelli, Nora, Trude, Wittkopp und Bunte, meistens hatten wir damals sechs Milchkühe." Regina war es gerade wieder eingefallen.
„Dass du das behalten hast", wunderte sich Klara!
„Ich konnte mit zehn Jahren doch schon melken", erwiderte sie.
Hinrich erzählte von der neuen Schmalspurbahn, er war damals noch ein Kind gewesen. Mit ihr war damals Bewegung in den Hümmling gekommen. Mit der Strecke Lathen-Wahn-Sögel-Werlte garantierte sie die Anbindung an das reguläre Schienennetz und damit an den Rest der Welt. Das Bahnhofsgebäude war recht einfach gewesen, aber immerhin hatte es einen Fahrkartenschalter und eine Bahnhofskneipe gegeben.
„Mit dem Pingel Anton kam damals auch der Kunstdünger ins Dorf gerollt", sagte Hinrich, „der Segen für die Landwirtschaft. Dieser Fritz Haber hat für seine Erfindung den Nobelpreis gekriegt, sein Name stand damals in allen Zeitungen."
Dass der auch für seine Forschungen mit dem todbringenden Gas im Ersten Weltkrieg verantwortlich gewesen war, kam heute nicht zur Sprache. Heribert saß ja nicht mit am Tisch, ihn hätte es nicht kaltgelassen.
Der Sandboden auf dem Hümmling hatte endlich bessere Erträge geliefert, besonders die Kartoffeln gediehen nun prächtig. Klara meinte dazu: „Deei dümmsten Buurn haebbt deei dicksten Tüwwerken", das sei auch damals schon so gewesen.
„Haha!" Hinrich konnte Spaß verstehen.

„Auch Zuckerrüben wollten nun im Hümmling wohl wachsen, und in großem Stil zu Sirup gekocht und verpackt, gelangten sie von Wahn aus in den Handel. Vielleicht auch nach Haselünne in die Schnapsbrennerei."
Hinrich wurde gar nicht fertig.
„Und sogar eine Bierbrauerei gab es in Wahn. Bier aus dem eigenen Dorf, das zu vielen Gelegenheiten den Durst löschte und an trüben Tagen die Stimmung hob. Und die Holzschuhe, die Groß und Klein werktags an den Füßen trugen, kamen nicht von jenseits der Grenze aus Holland, sie waren solide deutsche Handarbeit vom Holzschuhmacher in Wahn."
Jetzt wollte Klara auch noch etwas sagen: „Und weil sich zu dieser Zeit kaum jemand die teuren Kaffeebohnen aus Übersee leisten konnte, produzierte man in Wahn Ersatzkaffee aus Zichorienwurzeln."
„Oma, was sind Zichorienwurzeln?" Klara wusste es nicht so genau.
„Daraus wurde Ersatzkaffee gemacht. Du kennst doch noch den Linde's-Kaffee in der Packung mit den blauen Punkten."
„Und den Sammelbildern", ergänzte Hanna.
Und in Wahn musste man damals nur der Nase nach gehen, dann war man zu den Teerschweelern auf dem Sand gelangt, die, aus gerodeten Baumstümpfen einen zähen schwarzen Schleim gekocht und zu Wagenschmiere weiterverarbeitet, mit ihrem Produkt einen schwungvollen Handel getrieben hatten.
„Wagenschmiere aus Wahn – es lief wie geschmiert", sagte Hinrich.

Klara verzog das Gesicht. „Ihr Geruch lag an manchen Tagen schwer in der Luft und hängte sich selbst in der feuchten Wäsche fest, die hinterm Haus zum Trocknen an der Leine hing."
Nun ergänzte Hinrich noch einmal: „Und das Spritzenhaus gehört unbedingt noch in das dörfliche Bild. Von hier aus löschte die Dorffeuerwehr manchen Brand, auch den eigenen danach, egal, wie es gelaufen war."
Hinrich wusste es nur vom Erzählen. Er selbst war nicht bei der Feuerwehr gewesen.

So ein Hümmlingsdorf war Wahn also gewesen, ein Dorf, in dem es an nichts fehlte. Hinrich war richtig in Fahrt gekommen. Klara und Regina hatten Hinrich nur selten so sprechen gehört. In so langen Sätzen, oft ohne Punkt und Komma.
Hanna hatte aufmerksam zugehört, es war fast zu viel auf einmal. Warum hatte ihre Mutter eigentlich so selten über Wahn gesprochen? Sie glaubte, es jetzt besser zu verstehen. Regina vermisste das alles noch immer. So wie Hinrich. Man konnte es spüren, wenn man ihm ins Gesicht schaute. Und auf seine Hände. Sie lagen vor ihm auf dem Tisch, mit beiden Daumen umfasste er die Tischkante – so, als müsse er sich an ihr festhalten.

Draußen hörte man Autotüren zufallen und kurz darauf kamen sie zur Tür herein – Gertrud, die Kinder und als Letzter Kalle.
„Hallo Onkel Kalle! Endlich seid ihr da."

Hanna sprang auf, um ihn zu begrüßen und erst danach die anderen.

**4
Fluch und Segen**

Und was wäre der Hümmling ohne das Schloss Clemenswerth, Hinrich und Klara hatten es während des Gesprächs am Abend nach der Gedenkfeier mehrfach erwähnt.
„Wo liegt eigentlich dieses Schloss?", hatte Hanna gefragt.
„In Sögel."
Sie seien auf dem Hinweg dran vorbeigefahren. Und Regina hatte versprochen, es ihr auf der Rückfahrt zu zeigen.
Sie parkte den Käfer am Beginn der langen Allee, danach gingen sie zu Fuß weiter. Das Haupttor war an diesem Tag leider verschlossen, aber Regina kannte noch den Eingang durch den Klostergarten. So gelangten sie auf in die weiträumige Schlossanlage, die es so kein zweites Mal in der Welt gibt.
„Erbaut wurde es vor rund zweihundert Jahren – da war Wahn schon fast tausend Jahre alt. Ein Schloss für einen bayrischen Fürsten und Kreuzritter, der nun Bischof geworden war. Sein Name war Clemens August. Daher der Name Clemenswerth."
„Ein bayrischer Fürstbischof hier im Hümmling?"
Regina nickte.
Auch die Wahner Dorfleute hatten damals viele Fragen gestellt.
War der nicht viel zu jung für dieses Amt?
Und überhaupt – ein Bayer!

Und in dem Schloss wollte er sich immer nur für ein paar Tage im Jahr aufhalten, wenn er mit seinesgleichen zur Jagd auf den Hümmling kam?
Sie wussten nicht recht, was sie davon halten sollten. Aber sie wollten den Teufel mal nicht an die Wand malen. Dass er auch ein Kloster bauen wollte, war doch sicherlich ein gutes Zeichen. Und sie hatten da sowieso nicht mitzureden. Sie hatten zu gehorchen.

Dass der neue Fürstbischof mit weiteren Vornamen noch Ferdinand, Maria, Hyazinth hieß und ein Sohn des mächtigen Kurfürsten Maximilian Emanuel von Bayern war und seine Mutter keine Geringere als Theresia Kunigunda von Polen, die Tochter des polnischen Königs, das hatten alle Kinder in Sögel und Wahn danach in der Schule gelernt. Vielleicht hatten sie einiges auch bald danach wieder vergessen.
Regina hatte es behalten. Auch die Namen der acht Gästehäuser, die das achteckige Hauptschloss in der sternförmigen Anlage umgaben. Jeweils eines für die Bistümer Köln, Paderborn, Hildesheim, Münster und Osnabrück. Ein weiteres trug den Namen Bad Mergentheim in Verbindung mit dem Deutschen Ritterorden, dessen Hochmeister der Fürstbischof war. Der siebte Pavillon, Coellen, war dem Herzogtum Arenberg-Meppen zugedacht.
„Und der achte trug den Namen Clemens August. Und das hier ist der Marstall, das Kloster haben wir ja eben schon gesehen."

Hanna war schwer beeindruckt, sowohl von dem Jagdschloss als auch von dem Gedächtnis ihrer Mutter, die nur selten so viel redete wie heute.

Was hier im Hümmling binnen zehn Jahren entstanden war, war ein unvergleichliches Meisterwerk barocker Baukunst, erbaut nach den Plänen des berühmten Baumeisters Ferdinand Schlaun, dem auch das Dorf Wahn seine barocke Kapelle verdankte.
Erbaut unter nahezu unmenschlichen Anstrengungen seiner Untertanen, die ihm zu Hand- und Spanndiensten verpflichtet waren. So hatten die Vorfahren es erzählt. Alles von Hand geschaffen mit einfachen Werkzeugen – immerhin war das Rad schon erfunden. Doch so manches angespannte Pferd stand nicht wieder auf, wenn es vor dem Wagen zusammenbrach. Auch in Wahn hatten einige überlieferte Vorfälle sich hartnäckig in Erinnerung gehalten. Auch Erinnerungen an kriegerische Zeiten.
Als Ordensritter war Fürstbischof Clemens-August damals mit seinen Soldaten weit gekommen, bis auf nahezu alle Schlachtfelder dieser Epoche. Er hoch zu Ross und das Fußvolk ohne Ross, auf den eigenen Beinen, auch so mancher Krieger aus Wahn.
Reginas Großvater Karl hatte manchmal über die alten Zeiten gesprochen und am Ende hinzugefügt: „Aower domaols geew et mi noch nich."
Wie der Kriegsdienst hatte in früheren Zeiten auch die Zahlung des Zehnten an ihre Lehnsherrn schwer auf den Schultern der Bauern gelastet und sie manches

Mal nah an den Rand der Verzweiflung gebracht. Oder in den Kerker, wenn die Ernte auf den Feldern den Launen des Wettergottes zum Opfer fiel und die Abgaben sich auch beim besten Willen nicht zusammenkratzen ließen.
„Wo Fluch ist, ist auch Segen", mit diesem Spruch hatte Oma Johanna ihren Mann einmal unterbrochen und es damit genau auf den Punkt gebracht.

„Das Schloss Clemenswerth stellte Tagelöhner und Handwerker ein. Wagenmacher, Hufschmiede und Sattler, Gärtner und Zimmerleute, Steinmetze, Kunstmaler und Anstreicher. Außerdem Stallknechte, Waschfrauen und Küchenmägde. Und die Kaufleute und Gastwirte in der Umgebung, auch in Wahn, profitierten von dem fürstlichen Leben im Schloss."
Und an Folgendes erinnerte sich Regina, als wäre es gestern erst gewesen: Jedes Jahr am Himmelfahrtstag öffnete das hochherrschaftliche Jagdschloss Clemenswerth seine Pforten für das gemeine Volk, das die Einladung sehr zu schätzen wusste. Dann fand im Hümmling eine große Wallfahrtsprozession statt, aus allen Himmelsrichtungen machten die Gläubigen sich auf den Weg nach Sögel. Für viele führte er an Wahn vorbei. Auf dem Schlosshof angekommen, zählten die Schulkinder die Gästehäuser ab und flüsterten sich gegenseitig deren Namen zu.
„Wir kriegten sie alle zusammen und waren stolz darauf."
Hinrich erinnerte sich an das, was die Urgroßväter, Großväter und Väter von Generation zu Generation weitergegeben hatten.

Erst gegen Mitte des vorigen Jahrhunderts hatten sich die Bauern endlich freikaufen können. Die Zehntscheunen blieben nun leer, oder auch nicht, wenn sie – wie in Wahn – fortan anderen dörflichen Zwecken dienten. Zu jener Zeit waren die Bauern endlich frei. Sie hatten nun mehr Rechte, doch nach wie vor kein leichtes Leben. Auch die Bauern in Wahn nicht.

Die Böden im Hümmling waren sandig, und wenn der schneidende Wind aus Nordwest wehte, trieb er den feinen Sand vor sich her. Wie Stiche aus tausend Nadeln schmerzte er auf der Haut. Der Sand wehte in die Augen und knirschte zwischen den Zähnen und nicht selten blieben nach dem Abflauen des Sturms flache Dünen zurück, welche die frische Saat im Keim erstickten. Und wenn sie liegen blieben, häuften weitere Stürme sie Schicht um Schicht zu Sandbergen auf. In Jahrhunderten zu Stein geworden als Zeugen längst vergangener Zeiten. So wie die Findlinge, welche das schmelzende Eis zurückgelassen hatte. Und die Hünengräber, die Rückschlüsse auf die frühe Besiedlung des Hümmlings und die Kultur dieser Menschen zuließen.

Die Landschaft hatte die Menschen geprägt. Sie waren ganz anders als die Fischer und Schiffer an der Ems, diesem Fluss, der sich auf seinem Lauf mit der Hase vereint und sie mitnimmt auf die Reise, bevor sie die Nordsee erreicht.

„Um nichts in der Welt hätten die Geestbauern mit den Moorleuten getauscht", hatte Hinrich dazu gesagt. Das waren ganz arme Schlucker. Die mussten froh sein über jeden Quadratmeter Land, den sie dem Moor abgewin-

nen konnten. Erst nach drei Generationen konnten sie sich ein wenig zurücklehnen. „Den eeisten deei Dod, den Tweeiden deei Not un den Drütten daet Brod." Da war etwas Wahres dran.
Hinrich hatte in diesem Zusammenhang auch einmal über die Auswanderer gesprochen. Wer von den Torfstechern, den Köttern und Tagelöhnern die Schinderei nicht länger auf sich nehmen und die Last nicht an die Nachkommen vererben wollte, habe einen Ausweg gesucht und sei damals nach Amerika ausgewandert. Ins Moor oder ins Wasser seien nur Feiglinge gegangen. Die Bauern im Hümmling waren keine Feiglinge gewesen. Sie blieben, wo sie geboren waren, hier gehörten sie hin. Sie lebten mit und für ihre Familien, umgeben von einer verlässlichen Nachbarschaft. Hier verstanden sie die Sprache und orientierten sich am Rhythmus der Jahreszeiten und den Festen im Kirchenkalender. Sie teilten Freud und Leid miteinander und stießen mit ihren großen und kleinen Sorgen stets auf offene Ohren. Gemeinsam packte man an, was für den Einzelnen zu beschwerlich schien. Und er folgerte daraus: „Die Leute vom Hümmling waren zufrieden mit sich selbst. Sie waren stolz auf alles, was sie sich geschaffen hatten, und waren auf ihre Art stets bescheiden geblieben – mit beiden Füßen geerdet."
Das traf auch auf Hinrich Harms zu. Er war ein Hümmlinger Bauer, wie er im Buche stand, fast so, wie er in einem plattdeutschen Gedicht beschrieben wurde:
Deei hümmelske Buur is wall'n krossen Mann
dräch Söcke van sien eigen Schaap mit moje Klinken
dran. (Hümmlinger Wörterbuch)

5
Doppelkopf

Es ist Abend geworden in Wahn. Der große Zeiger der Wanduhr bewegt sich ruckartig auf die volle Stunde zu, dann schlägt sie achtmal.
Willi steht hinter der Theke. Er ist der Wirt vom Gasthof Wulferding und zapft schon mal vier Bier vor. Der Zapfhahn gibt unanständige Geräusche von sich, zunächst rinnt nichts als Schaum in die Gläser.
Vom Stammtisch aus beobachten ihn drei Augenpaare, mit ein paar passenden Sprüchen, versteht sich. Wie jeden Mittwochabend um diese Zeit sind die Männer zum Kartenspielen verabredet. Der vierte Mann fehlt noch.
Vor ihnen auf dem Tisch liegt ein beachtlicher Stapel Karten, zwölf von jeder Farbe, insgesamt achtundvierzig Stück. Zu den festen Regeln gibt es allerlei regionale Varianten, doch immer bestimmen die Kreuzdamen, wer mit wem gegen die anderen spielt. Abgerechnet wird danach in Pfennigen, wenn der Geldbeutel klein ist, oder in Groschen, wenn sie der Teufel reitet, da kann es schon mal teuer werden.
Jetzt warten sie auf die erste Runde Bier.
„Woar bliwwt daet Bäier?", fragt Clemens Rietkötter in Richtung Theke. Er hat Durst, jetzt, da er nach seinem anstrengenden Dienst endlich zur Ruhe kommt.
„Tou vääl Druck upp deei Leitung", meint Wirt Willi zu seiner Entschuldigung und schaut Bernd Bramlage dabei an, der neben Hinrich Harms hinter dem Tisch auf der Eckbank sitzt, vor den Fenstern mit den verräucherten Gar-

dinen. Hinrich kramt seine Taschenuhr hervor, das gute Stück, das er von seinem Vater geerbt hat und das nun in seiner Westentasche angekettet ist.

„Haeff heei deei Uhrtiet vergääten?", fragt er und meint damit den Dorfschullehrer Heribert Reuter, der sonst die Pünktlichkeit in Person ist. Der Lehrer ist Hinrichs Schwiegervater, aber noch kein alter Mann.

Er war damals zwei Jahre nach dem Ersten Krieg als Ersatz für den alten Lehrer ins Dorf gekommen, als dieser in den Ruhestand versetzt wurde und das Dorf verlassen hatte. Sein Haus, die Villa Kramer, hatte er an die Kirche verkauft, wo sich danach der Pastor und seine Haushälterin wohnlich einrichteten. Die neue Lehrerwohnung war jedoch auch nicht zu verachten, sie hatte Heribert sofort zugesagt – und seiner Frau ebenfalls.

Wegen ihrer offenen Art schätzte man die neue Lehrersfrau, sie hieß Kunigunde, bald ebenso sehr wie den neuen Schulmeister. Beide wussten, wie man den Menschen im Hümmling zu begegnen hatte, wenn es Probleme gab, am besten auf Platt. Auch wenn ihr Münsterländer Platt etwas anders klang. Aber die Leute verstanden, worum es ging, und wahrscheinlich fanden sie auch einen Weg, auf dem sich die Sache regeln ließ.

Wo Heribert heute nur bleibt?
Gerade schlägt die Uhr vom Kirchturm die volle Stunde. Da geht die Tür auf – Schlag acht – nach außen geht sie auf, wie alle Kneipentüren.
Heribert zieht aus Gewohnheit den Kopf ein, macht einen großen Schritt über die Schwelle und zieht die

Tür wieder hinter sich zu. Stillschweigend hängt er seinen Überzieher an den Haken und den Hut obendrüber. Er weiß, was die Stunde geschlagen hat, er weiß es auch ohne die Glockenschläge vom Kirchturm.
Alle schauen ihn erwartungsvoll an, warten auf eine Erklärung für sein spätes Erscheinen, aber Heribert sagt nichts, grüßt nicht einmal, was Bernd so nicht hinnehmen will.
„Moin, segg deei Buur, wenn heei in't Däerp kummp!" Doch Bernd merkt sofort, dass der scherzhaft gemeinte Spruch nicht passend ist.
Heribert kommt gerade mit dem Zug aus der Kreisstadt. Aus Aschendorf kommt er. Und was er dort erfahren hat, ist kein Scherz! Alles nicht. Alles bitterernst, so unbegreiflich es auch sein mag.
Nun hat er seine Sprache wiedergefunden und entschuldigt sich bei seinen Kartenbrüdern.
„Nicks föär ungout", sagt er, rückt sich den leeren Stuhl zurecht. Er nimmt neben Clemens Platz, Hinrich sitzt ihm gegenüber, er merkt sofort, dass seinem Schwiegervater etwas auf der Seele liegt. Die anderen merken es auch, aber sie sagen nichts.
Hinrich beginnt, die Karten zu mischen. Etwas länger als sonst mischt er, länger als nötig, bevor er Heribert den Stapel zuschiebt.
„Affnäämen!"
Doch Heribert klopft nur mit links auf den Stapel und schiebt ihn Hinrich wieder zu. Bisher hat er kaum ein Wort gesprochen. Er schaut zu Willi hinüber, der sich noch immer mit dem Schaum abmüht.

„Seeie tou, Willi!", sagt er ungeduldig, als wolle er mit dem Bier etwas herunterspülen.
„Deei Runde gaait up mi", sagt der Wirt, als er die Gläser vor ihnen abstellt, „daenn man Prost!"
Sie schauen sich einen kurzen Moment an, nach drei kräftigen Zügen sind die Gläser geleert. Der Nachschub ist schon unterwegs, doch plötzlich hat Heribert keinen Durst mehr. Er hält die Karten in der Hand, in Gedanken ist er woanders.

Hinrich spielt aus.
„Soo nich, du mäös bedeeinen!", sagt Clemens und schiebt Heribert die Karte wieder zu. Heribert darf sein Versehen korrigieren.
Damit sind nun alle zufrieden, eine Weile läuft es ganz gut, bis Heribert sich wieder versieht. Gewöhnlich muss niemand dem Lehrer erklären, worauf es beim Kartenspielen ankommt, doch heute ist er nicht bei der Sache.
„Ick will diene Krüzdaame seein", fordert Hinrich ihn schließlich auf. Er will endlich wissen, was hier heute Abend gespielt wird.
Heribert ist die Lust am Spielen vergangen, aufgedeckt wirft er die Karten auf den Tisch. Die anderen schauen ihn irritiert an.
Sein Blick wandert einmal in die Runde, bevor er sich umständlich räuspert, dann sagt er, was ihm auf der Seele liegt.
„Wi ... kaomt ... alle ... wech." Ganz langsam, Wort für Wort.

Der kurze Satz aus nur vier Wörtern steht wie ein Schwert mitten im Raum.

Heribert greift nach seinem Glas mit dem abgestandenen Bier, als könne er sich daran festhalten.

Hirnrich findet als Erster seine Sprache wieder. Er will es genauer wissen. „Wi kaomt wech? Waet wullt du doarmit seggen?"

Eigentlich hat Hinrich schon verstanden und die anderen ebenfalls, denn schon seit einiger Zeit geistern die Pläne zur Erweiterung des Kruppschen Schießplatzes durch die Gegend, von dem auch das Dorf Wahn betroffen wäre.

Heribert schaut in ihre Gesichter, im schwachen Schein der Lampe kommen sie ihm ungewöhnlich fahl vor. Erst als lautstarke Kommentare kreuz und quer über den Tisch gehen, kehrt allmählich die Farbe in die Gesichter zurück. Die vier Männer sind sich darüber im Klaren, dass man die Sache über ihre Köpfe hinweg entscheiden wird.

„Seei maoket mit uus, waet seei willt!"

Und auch darüber, dass es nur der Anfang von etwas ist, was kein gutes Ende nehmen wird.

„Eein Schandaal is daet!"

Man hätte es doch 1936 schon wissen können, als A. Hitler, der neue Reichskanzler, höchstpersönlich dem Hümmling einen Besuch abgestattet hatte. Mit dem Zug war er damals durch Meppen gefahren, am Fenster hatte er gestanden mit der erhobenen Rechten – so hatte er sein Volk gegrüßt. Und diejenigen aus Meppen und jene, die nicht aus Meppen stammten und sich zu diesem Ereignis auf dem Bahnsteig drängten, hatten lauthals zurückgegrüßt: „Heil! Heil! Heil!" Die anderen, die anders dachten, waren wegen mangelnder Begeisterung zu Hause geblieben. Hinrich auch.

„Ick bün doar nich mit bi wään", sagt er und nimmt noch den letzten Schluck Bier aus seinem Glas. Wirt Willi wirft das Handtuch auf die Theke, löscht die Außenlaterne, verriegelt die Tür und zieht die Vorhänge zu. Nein, nicht weil das Bier alle ist, er hat doch gerade erst ein neues Fass angestochen, deshalb der viele Schaum in den Gläsern, sondern weil er zur Stunde keine ungebetenen Gäste gebrauchen kann. Die nur vorgeben, durstig zu sein, oder die nach dem Weg fragen, den sie bestens kennen. Er schenkt fünf Gläser Korn ein, randvoll, und setzt sich zu den Männern an den Tisch.
Im Nebenraum fühlt Willis Vater sich in seiner Ruhe gestört. Der *Alte Wilhelm*, wie man ihn im Dorf meist nennt, ist wieder wach geworden. In Pantoffeln und mit einem Handstock in seiner Linken schlurft er hinter die Theke, gießt sich einen Schnaps ein, ohne einen Tropfen zu verschütten, geht damit auf Hinrich zu und fordert ihn auf, ein wenig aufzurücken.
„Schick' bi!", sagt er.
Hinrich nimmt ihm zuerst das Glas ab, stellt es auf den Tisch, und rückt auf der Bank näher an Bernd heran. Wilhelm setzt sich etwas umständlich hin und kippt den Korn weg wie Wasser.
Man sagt über ihn, er sei nicht mehr ganz klar im Kopf, böse Zungen behaupten, er habe seinen Verstand versoffen. Doch damit tut man ihm unrecht. Er ist einfach nur alt und blickt auf ein langes Leben zurück.

„Heei kummp inne Kindheit", sagt sein Sohn mit Nachsicht über ihn, aber nur, wenn sein Vater es nicht hört.
Wenn es um den Kaiser geht, weiß der alte Wilhelm schwer Bescheid.
Der Kaiser sei lange Zeit vor Hitler im Hümmling gewesen, in einer Limousine mit Chauffeur sei er vor einem Hotel in Meppen vorgefahren. Da habe es von Chrom nur so geblitzt. Die Kinder hatten damals schulfrei gehabt, extra wegen des Kaiserbesuchs, und er war dabei gewesen.
„Ick haebb üm domaols sülwes seeien", sagt er und kratzt sich am Kopf.
Doch heute Abend geht es nicht um den Kaiser, heute Abend geht es um den Hitlerbesuch. Und es geht um die Nazis im Allgemeinen und insbesondere um jene, die mehr und mehr und immer lauter in den Landtagen und Gemeindeämtern den Ton angeben.
Und Heribert meint, das sei erst der Anfang.
Was sie an diesem Abend sonst noch so von sich geben, bleibt hinter der verschlossenen Tür.
Es ist spät geworden, später als gewöhnlich. Für den alten Wilhelm wird es höchste Zeit, sich zurückzuziehen.
„Vaader, gaa naa Bedde!"
Der hält das leere Glas gegen das Licht der Deckenlampe, die über dem Tisch hängt.
„Vaader, et güfft kienen mäer!"
„Noch'n Lied", sagt sein Vater. „Wir wollen unsern alten Kaiser Wilhelm wiederhaben, wir ..."
„Vaader! Et langt!"
Ihnen ist wahrhaftig nicht nach Singen zumute.

Fast hätten sie vergessen, ihre Zeche zu bezahlen, Willi steht schon hinter der Theke und spült die Gläser. Er schiebt ihnen einen Zettel zu, die Rechnung wird brüderlich geteilt.

„Stimmt so!", sagt Hinrich.

Heribert nimmt Hut und Mantel vom Haken, Hinrich setzt seinen grünen Lodenhut auf, Bernd trägt keine Kopfbedeckung bei seinen vollen Haaren. Clemens greift nach seiner dunkelblauen Schirmmütze und dreht sie in den Händen, er wird sie erst draußen aufsetzen. Heribert bleibt im Türrahmen stehen, dreht sich noch einmal um, und so ernst, wie es gemeint ist, sagt er: „Mund hollen! Haebbt ih mi verstaan?"

Sie haben verstanden, gut sogar. Wirt Willi begleitet sie zur Tür.

„Hollt jou munter!", sagt er, macht die Tür wieder zu und dreht den Schlüssel um.

„Munter hollen!", Clemens geht schon mal vor und setzt seine neue Mütze auf.

Sein Weg verläuft in entgegengesetzter Richtung zu dem der anderen, er beschleunigt seine Schritte. Auf Clemens warten zu Hause seine Eltern und seine beiden kleinen Töchter. Seine Frau ist kurz nach der Geburt des zweiten Mädchens am Kindbettfieber gestorben.

Weil die Kräfte seines Vaters von Jahr zu Jahr nachlassen und seine Mutter sich nun allein um die Kinder kümmern muss, spielt Clemens seit einiger Zeit mit dem Gedanken, die Landwirtschaft ganz aufzugeben. Den größten Teil ihrer Äcker und Wiesen haben sie bereits an Bernd verpachtet. Und die wiederum gren-

zen an Hinrichs Land, so ist diese Männerfreundschaft entstanden.
Seit Kurzem trägt Clemens nun – vorerst nur zur Probe – die blaue Uniform der Deutschen Reichsbahn mit rot geränderten Kragenspiegeln und entsprechenden Schulterstücken. Sie steht ihm ausgesprochen gut. An die Schirmmütze mit dem goldenen Reichsadler – das Hakenkreuz gibt's gratis dazu – muss er sich erst noch gewöhnen. Deshalb hat er sie auch heute Abend aufgesetzt, obwohl er nicht im Dienst ist.
Manchmal macht er nach dem Kartenspielen noch einen Umweg über den Friedhof, aber heute Abend ist es dafür schon viel zu dunkel.

Bernd, Hinrich und Heribert haben es nicht weit bis nach Hause, nur ein Stück geradeaus die Dorfstraße entlang, an der Schule vorbei, gleich dahinter wohnt Heribert
„Munter!", sagt er.
„Munter!", erwidern die beiden gleichzeitig und haben ihn schon hinter sich gelassen. Im Lehrerhaus brennt noch Licht. Gunda, eigentlich heißt sie Kunigunde, steht hinter der Gardine. Sie hat sich Sorgen um ihren Mann gemacht, der doch vor dem Kartenspielen erst zum Abendessen nach Hause kommen wollte, und wirft ihm sein Verhalten vor.
Darauf ist Heribert nun gar nicht vorbereitet, was soll er ihr bloß sagen?
Vorerst nichts. Nur ein paar fadenscheinige Ausreden wegen seines späten Heimkommens. Der alte Wilhelm habe Geschichten vom Kaiser erzählt. Gunda weiß nicht,

was sie davon halten soll. Irgendetwas stimmt nicht mit ihm, das spürt sie.

‚Morgen ist auch noch ein Tag', denkt Heribert, und dass nichts so heiß gegessen, wie es gekocht wird, wohlwissend, dass er sich selbst etwas vormacht.

Bernd hat auch Familie, eine glückliche Familie sind sie, er und Irmgard und die beiden Söhne, Josef und Werner, und Tochter Emma, sie ist die Jüngste. Sie wird von allen nur Emmi genannt, sie und Regina sind gleich alt und beste Freundinnen. Um den großen Hof und das schmucke Bauernhaus wird die Familie oft beneidet. Jetzt brennt nur noch das Licht über der Eingangstür, leise macht Bernd sie hinter sich wieder zu.

Hinrich hat nur noch ein paar Schritte bis nach Haus, der Weg kommt ihm heute länger vor als sonst, und in seinem Kopf dreht sich etwas, immer im Kreis. Er ist doch nicht betrunken, von drei Bier und ein paar Klaren. Er doch nicht – aber was ist es dann? Und warum ist es so duster heute Abend? Fragend sucht Hinrich nach einem Stern und erschrickt über den Mond, der auf den Rücken gefallen ist. Als bleiche Sichel hängt er am Himmel – und viel zu tief unten. So, als könne er im nächsten Augenblick auf die Erde herabfallen. Doch noch hat Hinrich ein schützendes Dach über dem Kopf.
Leise betritt er sein Haus. Regina und ihre beiden Brüder schlafen um diese Zeit schon, morgen ist ein ganz normaler Schultag, und die Schulmesse beginnt bereits um Viertel nach sieben.

Auch Klara ist schon zu Bett gegangen, aber sie ist noch wach, ohne Hinrich an ihrer Seite kann sie nicht gut einschlafen. Hinrich setzt sich leise auf seine Bettkante, die Schuhe hat er schon in der Küche ausgezogen. Klara knipst das Licht an.
„Daett du waet seeien kannst", sagt sie. Aber Hinrich will nichts mehr sehen heute Abend und auch nichts mehr hören. Und bis jetzt hat er kein Wort gesprochen.
Nun ist er so weit und legt sich neben sie ins Bett.
„Nuu slaap man!", sagt er und knipst das Licht aus.
Klara dreht ihm den Rücken zu, sie ist eingeschnappt. Hinrich findet die ganze Nacht keinen Schlaf. Nicht mit solchen Gedanken, die sich immer im Kreis drehen, immer im Kreis, immer wieder von vorn.
‚Ick gaa hier nich wech! Ick bliew hier!
Ick gaa nich!
Ick bliewe!
Hier!'

6
Lauffeuer

Schon seit geraumer Zeit waren die Gerüchte nicht mehr zu überhören, die ständig den nahen Schießplatz umkreisten. Irgendwo musste es ein Leck geben, aus dem heraussickerte, was noch nicht für die Ohren der Öffentlichkeit bestimmt war. Noch nicht! Noch war es nur ein Gerücht, mit dem jedoch in Wahn alte Erinnerungen geweckt und neue Ängste geschürt wurden. Denn so ganz neu war den Wahner Dorfleuten das alles nicht, ihr Dorf hatte schon einmal kurz vor dem Aus gestanden. Bereits zur Zeit des Ersten Weltkriegs hatte es weitreichende Pläne für den damals kaiserlichen Schießplatz gegeben. Damals hatten die Wahner nicht klein beigegeben. Auch nicht, als die Einschläge immer näher kamen und sie sich bei der Feldarbeit nicht mehr sicher fühlen konnten. Selbst nachdem eine Granate das Pastorenhaus getroffen hatte, blieben die Väter und Großväter stur und verweigerten ihre Unterschriften, sie ignorierten den angesetzten Termin. Damals waren sie einfach nicht hingegangen. Die Wahner Familien hatten dieses Drama noch nicht vergessen, dessen letzter Akt dann glücklicherweise nicht aufgeführt wurde, alles war damals im Sande verlaufen.

Nach dem verlorenen Krieg hatte das deutsche Kaiserreich für alle Zeiten ausgedient – und mit ihm der Kaiserlich-Kruppsche Schießplatz in Meppen. Die Wahner

Dorfleute hatten erleichtert aufgeatmet: Endlich war der Spuk vorbei.
Doch die Firma Krupp war vergleichsweise sanft gefallen, einige Türen standen ihr nach wie vor offen. So konnte sie auch weiterhin über das Areal im Hümmling verfügen – und Not macht erfinderisch!

Statt mordsmäßiger Geschütze entwickelte die Firma Krupp hier nun Maschinen, die der Landwirtschaft ganz neue Wege aufzeigten. So wie jene, welche die Kartoffeln im Frühjahr pflanzte, und den Kartoffelroder, der sie nach ihrer Vermehrung im Herbst wieder ausbuddelte. Maschinen mähten fortan Getreide und Gras, Letzteres wurde danach mit dem Heuwender bearbeitet. Und in den Molkereien verarbeiteten Maschinen die Kuhmilch zu Butter. Auch die Wahner Bauern profitierten von diesem Fortschritt. Die Höfe der Familien Ahrens, Behrens, Berens, Dierkes, Eilers, Frericks, Gehrs, Hanekamp, Jansen, Kuper, Lammers, Masbaum, Olges, Püngel, Rolfes, Sanders, Temmen, Ümken, Wilkens, auch der Hof von Karl Harms, von Anton Lehmkuhl und Hermann Holzenkamp und all die anderen.
Doch so ganz trauten sie dem Frieden nicht, sie hielten ihre Augen und Ohren stets offen.
„Waenn daet man gout gaait", so drückten sie ihre Bedenken aus. Auch Hinrich ging das viel zu schnell, denn sie konnten ja verfolgen, dass es mit der Waffenschmiede im Ruhrpott schon wieder steil bergauf ging. Auf dem ehemals Kaiserlichen Schießplatz wurde nun

wieder militärisches Gerät entwickelt und erprobt. Die Wahner Dorfleute verfolgten die Ereignisse mit bangen Gefühlen, zumal jetzt das neue Reichswehrministerium aus Berlin hier die Oberregie übernommen hatte.
So ganz nebenher florierte auch weiterhin die Landwirtschaft. Sie wurde nun unter Beachtung von Sperrflächen und Sperrzeiten nach Gutsherrenart betrieben. Es entstanden hier in jenen Jahren sieben Heeresgüter von beachtlicher Größe: Gut Cuntzhof, Gut Sandheim und Gut Kellerberg, die Heeresgüter Sprakelerwald, Hohenheide und Renkenberge und das Gut Rupennest. Als Eigentümer stand zwar der Name Krupp auch weiterhin auf dem Papier, die Wehrmacht erteilte jedoch die Befehle und verfügte über einen großen Teil der landwirtschaftlichen Erzeugnisse. Kartoffeln, Rüben und Getreide gediehen prächtig, wehrlos ließen die Pflanzen den Waffenlärm und einschlagende Granaten über sich ergehen, während die Feldhasen auswanderten und in den Lüften keine Lerchen mehr trillerten.
Vorerst bewegte sich der Schießbetrieb im vorgegebenen Rahmen – aber wie lange noch? Das fragten sich die Wahner Dorfleute fast täglich.

Inzwischen war es beschlossene Sache, so sicher wie das Amen in der Kirche. Schlagartig mussten die Wahner Dorfleute erkennen, dass die Dinge nicht nur aus der Luft gegriffen waren. Folglich würden sie sich auch nicht wieder in Luft auflösen – und das raubte ihnen fast den Verstand.

„Wi kaomt alle wech." Wie ein Lauffeuer züngelte es durchs Dorf. Die Pläne zur Erweiterung des Kruppschen Schießplatzes standen kurz vor ihrer Durchführung.
Und ausgerechnet Wahn sollte es treffen! Das ganze Dorf und seine rund tausend Bürger! Man hatte sie gerade erst gezählt.
„Woar schäölt wi daenn hen?", fragten sie sich mit bangen Herzen und wussten nicht ein und nicht aus.
Da konnte es ihnen auch kein Trost sein, dass noch weitere Dörfer in der Umgebung um einiges schrumpfen sollten. Und es tröstete die Wahner Dorfleute auch nicht, dass in der Lüneburger Heide, in dem wunderschönen Land, wo das Blümlein Erika blüht, sage und schreibe fünfundzwanzig Ortschaften den Plänen der Wehrmacht weichen sollten.
Machet euch die Erde untertan! Aber so hatte der Schöpfer es sicherlich nicht gemeint.

Inzwischen haben die ersten Wahner Haushalte Post bekommen, aber noch immer wollen sie nicht wahrhaben, was nun bereits amtlich ist.
Eilig wird eine Versammlung einberufen, am Mittwochabend soll sie stattfinden, im großen Saal des Gasthofs Oldiges, dessen Eingang von Säulen geschmückt ist. Fast alle Männer sind gekommen, auch Hinrich, Heribert, Bernd und Clemens, für sie fällt der Doppelkopfabend heute aus. Auch einige Frauen sind anwesend, Witwen, die heute Abend ihre verstorbenen Männer vertreten. Der Saal ist rappelvoll, nur in der ersten Reihe sind noch ein paar Stühle frei. Für die Herren aus Politik

und Verwaltung, auf deren Erklärungen nun alle gespannt warten. Es geht bereits hoch her im Saal. Die Anwesenden fluchen über die Reichen und Großen im Land, solche wie die Krupps, die den Hals niemals vollkriegen können. Sie schimpfen auch über die Regierungen in Osnabrück und Berlin, die keine Rücksicht kennen, wenn es um die kleinen Leute geht.
„Seei maoket mit uus, waet seei willt!", darin sind sich alle einig. Hier sind sie ja unter sich – hoffentlich!
Sie hätten dem Führer nicht trauen sollen, als er sich 1936 höchstpersönlich mit einem Sonderzug ins Emsland begab, um sich selbst ein Bild von dem Kruppschen Schießplatz zu machen. Flankiert von den Männern seiner Leibgarde und begleitet von hohen Herren aus dem Kriegsministerium und hochrangigen Offizieren der Reichswehr hatte er sich damals viel Zeit genommen für diesen Ortstermin mit den Herren aus dem Hause Krupp, von denen er bereits sehnsüchtig erwartet wurde. Die Zeichen der Zeit ließen große Dinge erwarten, und die örtlichen Voraussetzungen waren überaus günstig. Schon seit Kaisers Zeiten gab es die bestehende Gleisanbindung, die von Meppen direkt auf den Schießplatz führte, der den hohen Ansprüchen der hohen Herren jetzt jedoch nicht mehr genügte.
Plötzlich kehrt Ruhe ein. Der Bürgermeister der Gemeinde betritt den Saal, begrüßt sie: „Naobend tousaome!"
Sodann wechselt er ins Hochdeutsche und entschuldigt sich für seine Verspätung. Danach zieht er ein Taschentuch aus seiner Hosentasche und schnäuzt sich ge-

räuschvoll. Nun kommt er zur Sache und muss zugeben, dass er von dieser unerfreulichen Sache schon etwas länger weiß als sie, aber noch nicht allzu lange, nicht von Anfang an.
Das wäre ja auch noch schöner gewesen, schließlich ist er einer von ihnen, auch ihre Kreuze auf dem Wahlzettel haben ihm zu einer Mehrheit von achtzig Prozent verholfen.
Dafür könnte er sich wenigstens mal ihre Meinung zu der Räumung ihres Dorfes anhören und ein paar Fragen dazu beantworten.
Freiwillig würden sie ihr Dorf nicht aufgeben, sie nicht, das könnte denen so passen.
Was würde denn passieren, wenn sie ihre Unterschrift verweigerten, so wie ihre Väter und Großväter damals zu Kaisers Zeiten?
So schwirrt es durch ihre Köpfe und durch den Saal.
Lieber hatten sie es damals in Kauf genommen, dass ihre Straße und die Eisenbahn an einigen Tagen überschossen werden durften oder auch mal eine Granate im Kartoffelacker einschlug.
Und sie sind nicht anders als ihre Väter und Großväter. So einfach sang- und klanglos das Feld räumen, nein, nicht mit ihnen!
Und vom Bürgermeister erwarten sie nun Unterstützung. Doch der muss sie leider enttäuschen. Er macht ihnen klar, dass die Welt von damals eine ganz andere geworden ist.
Das wissen sie ja selbst, sie sind ja nicht blind und nicht taub.

Der Bürgermeister lässt sich nur ungern unterbrechen. Man würde ihren Protest im Keim ersticken, dafür sei es nun zu spät, der Zug sei längst abgefahren. Sollten sie den angeordneten Termin nicht einhalten, würde man sie abholen lassen. Wenn sie dann noch immer stur blieben und ihre Unterschrift noch immer verweigerten, müssten sie mit dem Schlimmsten rechnen. Man würde sie einsperren – wer weiß wohin – einfach wegsperren – wer weiß wie lange. Dann wäre obendrein auch die Entschädigung weg.

Das leuchtet den Anwesenden nun halbwegs ein nach allem, was sich in letzter Zeit so rumgesprochen hat. Die Entschädigung ist auch so ein brisantes Thema.

In Osnabrück, dem Sitz ihrer Bezirksregierung, soll es ja neuerdings einen Adolf-Hitler-Platz geben, auf dem die großen Parteiaufmärsche stattfinden und die großen Reden an das Volk geschwungen werden, mit Blasmusik, Fackeln und so. Und überall in den Straßen braune Uniformen! Dass die sich nicht schämen!

„Eein Schandaol is daet!"

Was der Bürgermeister vom neuen Regierungspräsidenten in Osnabrück hält, der sein Amt der neuen Partei verdankt und bei dem alle Fäden zusammenlaufen, das behält er sicherheitshalber für sich. Eingefädelt hatte den bevorstehenden Untergang ihres Dorfs jedoch schon sein Vorgänger, alle kannten seinen Namen. Pech für die Wahner, dass sich nach seinem Tod nichts mehr rückgängig machen ließ. Es war längst beschlossene Sache.

Eben dieser Vorgänger war es auch gewesen, der 1933 nicht lange gezögert hatte, dem Innenministerium in Berlin das Emsland auf dem Tablett zu servieren, als es um die Realisierung der absurden Lagerpläne ging.
Die Standortfrage war binnen kurzer Zeit geklärt nach dem Motto: Wer zuerst schreit und besonders laut schreit, bekommt den Zuschlag. Unverzüglich und scheinbar bedenkenlos wurde danach umgesetzt, was auf dem Papier stand. Ehe der Hahn dreißigmal gekräht hatte, waren in der Region die ersten drei Straflager bezugsfertig. Die Zahl der Insassen stieg binnen kurzer Zeit von null auf viertausend. Der Lagerbau wurde vorangetrieben, bis das Dutzend voll war. Und weil es noch immer nicht genug waren, entstanden drei weitere Konzentrationslager in der Grafschaft Bentheim. Und sie waren nicht zu übersehen.

Doch das kommt heute nicht zur Sprache.
Heute geht es um Wahn, und der Bürgermeister will allmählich zum Schluss kommen. Er rät ihnen, Ruhe zu bewahren und die Umsiedlung zu akzeptieren und sichert ihnen seine Unterstützung zu, was ihm in seiner Position ja wohl auch zukommt.
Dann noch ein letztes Wort, viel fällt ihm dazu nicht mehr ein: „Denkt dran, ihr könnt die Sache drehen und wenden wie ihr wollt, es führt kein Weg dran vorbei. Das Recht steht immer auf der Seite der Mächtigen."
Na ja, darauf wären sie auch allein gekommen.
Der Landrat ist zu dieser Versammlung erst gar nicht erschienen, sein Stuhl ist leer geblieben. Er hat sich die

Sache am Nachmittag noch mal durch den Kopf gehen lassen. Wozu soll er sich das heute Abend anhören? Die Wahner kriegen doch eine großzügige Entschädigung und können obendrein zwischen zwei oder drei Siedlerstellen wählen. Was wollen die Leute in Wahn denn eigentlich noch?
Die Leute in Wahn wollen bleiben, sonst nichts. Nur bleiben.
Auch heute Abend wollen sie noch bleiben, sie haben Durst. Gewaltigen Durst haben sie inzwischen bekommen. Außerdem gibt es noch viel zu bereden, schließlich geht es um die Zukunft ihres Dorfes, wobei es ihnen fast so vorkommt, als sei alles schon einmal dagewesen. Einige der Anwesenden schütten mehr Bier und Korn in sich hinein, als ihnen nach all der Aufregung guttut.

Plötzlich dreht sich im Saal alles um die Vergangenheit und um den Kaiser. Wilhelm der II. war das damals schon gewesen, der schon vor der Jahrhundertwende und auch danach wiederholt nach Meppen gereist war, um den Kaiserlich-Kruppschen Schießplatz persönlich in Augenschein zu nehmen. Und jedes Mal mit großem Gefolge. Ebenso oft und gern war er mit dem Sonderzug nach Wilhelmshaven gereist, um die Hafenpläne voranzutreiben.
Er war der Sohn von Kaiser Friedrich III., der nur 99 Tage das Land regiert hatte, als er starb,
Und der wiederum war der Vater von Wilhelm dem I., der 1869 den Hafen und die Stadt am Jadebusen gegründet

hatte, die danach seinen Namen trug. Damals, als die Stadt 20.000 Einwohner hatte und er noch nur König von Preußen war.

„Und wann wurde er Kaiser?", fragt jemand, der in der Schule nicht aufgepasst hat.

„Erst zwei Jahre danach, nach der gewonnenen Schlacht von Sedan, in der er mit seinen Truppen Napoleon besiegt hatte, wurde er im Spiegelsaal von Versailles zum ersten deutschen Kaiser gekrönt. Heil dir im Siegerkranz!" Es war der alte Wilhelm von der Kneipe, der das Wort ergriffen hatte.

Einem der Anwesenden wird es zu viel. „Upphöärn, doar kann eein'n jao schwinnelich van weern!", ruft er in den Saal.

Das mit dem Dreikaiserjahr 1888 ist auch wirklich nicht so einfach, aber wenn Heribert es bestätigt, wird es schon stimmen. Wozu hat er sonst schließlich studiert.

Kaum zu glauben, was dem Hausherrn hinter der Theke dazu noch einfällt. Wilhelm II. war es damals auch gewesen, der im Jahr 1902 die Schaumweinsteuer eingeführt hatte, weil der Aufbau der Kaiserlichen Flotte viel Geld verschlang, unvorstellbar viel Geld, und die Staatskasse zumeist leer war.

„Die Kaiserliche Flotte ist längst untergegangen", sagt er, „aber die Sektsteuer blieb uns bis auf den heutigen Tag."

Er löst damit eine leichte Erheiterung aus, bevor es wieder zur Sache geht.

Während die Wahner Männer und die wenigen Frauen sich heute die Köpfe heiß reden, verbringt der letzte deutsche Kaiser seinen Lebensabend in seinem sicheren Exil in Holland, auf Schloss Dorn, nur zweihundert Kilometer von Wahn entfernt. Heute Abend weiß man nicht so genau, was man von ihm halten soll.

Anschließend geht es an diesem Abend um die Familie Krupp. Insbesondere um Bertha Krupp, die als Erbin des Familienunternehmens damals zweifellos eine gute Partie war, und sich für einen Diplomaten aus Adelskreisen entschieden hatte.
„Wie hieß er doch gleich?"
„Gustav."
„Und wie noch? Egal."
Nicht egal ist, dass Gustav Krupp von B. und H. seinem Führer in Riesenschritten entgegengekommen war, als dieser im Jahr 1936 auf dem Meppener Schießplatz eintraf. Heil! Heil! Heil!

Sein Sohn und Nachfolger Alfried sollte es später noch bereuen, doch das steht auf einem anderen Blatt.

Von der lebenden Bertha kommt man nun auf die Dicke Bertha, ein Geschütz, das ab dem Jahr 1906 auf dem Schießplatz im Hümmling erprobt worden war. Die Jüngeren im Saal machen erstaunte Gesichter, da hatten sie in der Schule wohl nicht aufgepasst. Doch so war es nicht, es war vielmehr so, dass diese alten Geschichten im Schulunterricht nicht vorkamen.
Die Großväter im Saal hingegen haben ziemlich genaue Erinnerungen an diesen Koloss. Fast geraten sie ins

Schwärmen. Das war vielleicht ein Kaliber gewesen, mit einem Schießrohr von einem halben Meter Durchmesser und unvorstellbarem Gewicht.
Wie viele Zentner die Dicke Bertha denn auf die Waage gebracht hatte, wollte jemand wissen.
Zentner? Das waren hundertfünfzig Tonnen gewesen! Die Dicke Bertha hatte so viel gewogen wie dreißig ausgewachsene Elefanten. Sie brauchte ein Korsett aus Beton, damit sie in Form blieb, und war nur auf Schienen zu bewegen, auf zehn Güterwaggons, die man extra für dieses Geschütz umgebaut hatte. Ihre Reichweite sollte sich später noch herausstellen. Bis Wahn reichte sie allemal, hier hatte es des Öfteren Einschläge gegeben. Sie hatte auch mal ein Gebäude getroffen, eine Granate war in das Dach des Pastorenhauses geschlagen. Der Schaden in einem der Zimmer wurde von dem Pastor nicht dramatisiert, er hielt große Stücke auf den Kaiser.
Die Frage, ob Bertha Krupp, die zierliche Dame von Welt, mit der Namensgebung für dieses riesige Monster einverstanden gewesen oder sogar als Patin aufgetreten war, bleibt an diesem Abend unbeantwortet. Sich darüber den Kopf zu zerbrechen, ist nichts als Zeitverschwendung. Man muss zur Sache kommen, und in der geht es nicht um gestern, es geht um heute und um ihre Zukunft. Wo soll das alles bloß hinführen?
Auch das mit dem Gauleiter – wie heißt er doch gleich? Röver, Carl Röver, Röver mit v und Carl mit C vorne.
Und Gau, was soll das überhaupt heißen?

Mit dem Röver sind sie heute Abend ganz und gar nicht einverstanden. Der wäre damals besser auf der Kaffeeplantage in Kamerun geblieben. Da soll er sich ja so 'ne komische Krankheit weggeholt haben. Aber im Ersten Weltkrieg war er doch noch an der Front gewesen.

Nachdem Friedrich August, der letzte Großherzog von Oldenburg, zwei Tage nach dem Kaiser abgedankt und sich in sein Schloss nach Rastede zurückgezogen hatte, war Carl Rövers große Stunde gekommen. Ihn hatte der Führer höchstpersönlich bei einem Besuch in Oldenburg auf den Sockel gehoben. Als er danach mit großer Mehrheit zum Ministerpräsidenten gewählt wurde, war es selbst vielen Oldenburgern zu viel. Auch, dass sein Amtssitz im Landtagsgebäude offiziell Adolf-Hitler-Haus getauft wurde, es in der Langen Straße plötzlich das Braune Haus gab und die Heilig-Geist-Straße neuerdings Carl-Röver-Straße hieß.

Heribert war vor einiger Zeit in Oldenburg gewesen, er konnte es noch immer nicht fassen, was dort passiert war. Es hatte ja auch in allen Zeitungen gestanden. Und die Tatsache, dass man dem Röver die Leitung des gesamten Gaues Weser-Ems übertragen hatte, der den Freistaat Bremen, ganz Ostfriesland, das Oldenburger Land und den Regierungsbezirk Osnabrück umfasste – also auch das Emsland –, bereiteten ihm Kopfschmerzen.

Die NSDAP breitete sich aus wie ein unerforschtes Virus, hochgradig ansteckend. Das konnte kein gutes Ende nehmen.

Den Gauleiter hatten einige der heute Anwesenden 1936 in Cloppenburg in der Münsterlandhalle erlebt, wo er im lautstarken Protest der Südoldenburger Katholiken untergegangen war. Am Ende der Veranstaltung hatten diese den Kreuzkampf gewonnen. Die Kruzifixe in den Schulen blieben an der Wand, genau an der Stelle, wo sie immer gehangen hatten, vorerst auch im Emsland. Ja, die Menschen gab es auch, die extrem stur sein konnten und dadurch einem Gauleiter das Leben schwer machten.
Die Katholiken des Bistums Münster hatten sich damals durch ihren Bischof ermutigt gefühlt, der sich bereits sehr früh getraut hatte, die Nationalsozialisten öffentlich anzuprangern. Geboren worden war er auf der Burg Dinklage, im Oldenburger Münsterland. Sein Name war Clemens August Graf von Galen. Wegen seines unermüdlichen Kampfes gegen das Nazi-Regime wurde er als der Löwe von Münster bekannt.
Seine Predigten wurden in gedruckter Form bis über die Grenzen des Bistums hinaus verbreitet, sie wurden von vielen Kanzeln verlesen, und die Justiz wagte nicht, dagegen einzuschreiten.

Das Emsland gehörte zum Bistum Osnabrück und hatte seinen eigenen Bischof. In der Wahner Versammlung kam Bischof Wilhelm jedoch gar nicht vor, obwohl er sich mit den örtlichen Verhältnissen bestens auskannte, weil er aus Meppen stammte. Er hatte auch die neue Wahner Kirche damals eingeweiht. Im Emsland wurde er immer herzlich willkommen geheißen.

Und immer berichtete die Presse über den Gottesmann. Bereits Mitte der 1930er-Jahre hatte er mehreren Emslandlagern einen Besuch abgestattet, *wo Strafgefangene mit der Kultivierung der Moorflächen nach seiner Ansicht einer sinnvollen Arbeit nachgingen. Nach seinen Worten war das Emsland endlich aus seinem Dornröschenschlaf geweckt worden. Und er hatte den Führer mit dem Prinzen aus dem Märchen verglichen.*

Man hatte seinen Worten damals viel Beachtung geschenkt, und nicht nur das Hümmlinger Tageblatt hatte darüber ausführlich berichtet. Seine Worte waren bis nach Berlin gedrungen, wo er A. H. zuvor auch schon persönlich getroffen hatte. Jetzt wurden seine Worte lautstark für Propagandazwecke genutzt.

Heribert hatte sich damals die Haare gerauft und heiße Diskussionen mit Kollegen geführt, die seine Meinung nicht teilten. Er würde alles viel zu schwarz sehen, hatten sie gemeint.

Heute Abend hat Heribert nicht viel gesagt. Heribert hat längst verstanden, wohin das alles führen wird. Seine innere Stimme sagt ihm: „Hier geht es nicht nur um einen Schießplatz, dem ein Tausendseelendorf weichen muss. Hier geht es um mehr, um viel mehr geht es hier. Alles wird auf einen neuen Krieg hinauslaufen!"

7
Spritztour

Beim letzten Doppelkopfabend hatte Bernd sie alle überrascht. Er würde sie gern mal zu einer Spritztour einladen, am besten gleich morgen. Dabei hatte er seinen nagelneuen Führerschein aus der Tasche gezogen und sich schon auf ihre Gesichter gefreut. Er hatte es nämlich ohne ihr Wissen durchgezogen, auch um sich die Blamage zu ersparen, falls es beim ersten Versuch nicht geklappt hätte. Sie fragten sich und ihn, ob er sich auch wirklich zutraue, mit ihnen durch die Gegend zu fahren.
„Kaenns du daenn uck wücklich föühern?"
Klar, mit seinem Führerschein durfte er sogar einen Lkw fahren. Halbe Sachen lagen Bernd nicht.
Heribert klopfte ihm anerkennend auf die Schulter: „Gout maoket, mien Jung!"
Na ja, dann wollten sie die Einladung man annehmen.
„Un daet Auto? Waa is et doarmit?", wollten die anderen nun wissen.
Das würden sie dann morgen zu sehen bekommen, meinte Bernd, auch diese Überraschung war ihm offensichtlich gelungen.
Dazu hatte er heute auch beim Kartenspielen noch haushoch gewonnen. Deshalb spendierte er noch eine Runde Korn, für den Wirt auch einen, und danach das Bezahlen nicht vergessen. Gleich morgen wollten sie starten.
„Munter hollen, un bit moarn Middaech, Klock eeine."

„Munter holln."
„Munter."
„Bit moarn Middaech!

Bernd ist pünktlich und die drei anderen auch. Das Auto hat Bernd vor wenigen Tagen kurz entschlossen dem Verwalter von Gut Rupennest abgekauft, der fährt neuerdings einen Mercedes. Der Gebrauchte ist ein DKW – das ist in Ordnung – und der Fahrer bestimmt die Route. Eine kleine Rundreise soll es werden. Zuerst über Sögel, wo linkerhand die Allee zum Schloss Clemenswerth führt, dann über Werlte nach Lorup bis sie nach etlichen Kilometern diese geplante Siedlung erreichen, die für Bernd und Hinrich noch zur Wahl steht.

Auf einem provisorischen Ortschild, das wohl noch nicht allzu lange an dieser Stelle steht, ist Rastdorf zu lesen. Der Name für eine frühe Kolonie, in der es am Queckenberg ursprünglich nur drei Häuser gegeben hatte. Sie lagen am Beginn eines langen Fuß- und Fuhrwegs, der durch den herzoglichen Forst nach Neuarenberg führte. Da es in Neuarenberg keinen Friedhof gab, mussten auch die Leichenzüge damals diesen langen beschwerlichen Weg zurücklegen, um auf die Hümmlinger Seite zu gelangen und danach noch kilometerweit bis nach Werlte. Mit der Errichtung einer weiteren Landstelle am Rande des Forstes derer von Arenberg-Meppen wurde hier ein Platz zum Rasten geschaffen. Ein Haus, das für den Pächter verpflichtend mit der Bewirtung der Durchreisenden verbunden war.

So war der Name der kleinen Kolonie Rastdorf entstanden, die für einige Wahner nun als neue Heimat in Betracht kam. Heribert hatte es in einer alten Chronik nachgelesen.

Hier in Rastdorf ist jetzt etwas ganz Großes geplant – das erkennen die drei Kartenbrüder auf den ersten Blick, weitaus größer als die sonst üblichen Siedlungen in der Region. Aber noch gibt es hier nicht viel zu sehen. Eine Schotterstraße mit großen Schlaglöchern führt weiter geradeaus. Da scheint es klüger, das Auto gleich am Anfang abzustellen. Also aussteigen, zuerst Bernd und Heribert, dann die beiden von den hinteren Plätzen. Heribert kann es nicht glauben, wo ist er denn hier gelandet.
„Mien Gott, woar haes du uus daenn uutsettet?", sagt er. Vor ihnen liegt eine ausgedehnte Wildnis, bis ans Ende können sie gar nicht gucken.
Nun geht es also zu Fuß weiter. Hinrich guckt auf seine derben Schuhe. Gut, dass er seine Sonntagsschuhe nicht angezogen hat.

Aber ganz weit kommen die vier trotzdem nicht, es stellen sich ihnen doch tatsächlich zwei Uniformierte in den Weg. Sich mit denen anzulegen, ist wohl nicht klug.
Und das Schild ist auch nicht zu übersehen:
HALT!
LEBENSGEFAHR
Hinrich will noch weiter, nur ein paar Schritte noch, schließlich soll er demnächst vielleicht hier wohnen.

Und mit dem Gedanken ist er auch schon an ihnen vorbei – bis er nach wenigen Metern freiwillig stehen bleibt. Weiter will er nun auch gar nicht, weil er nicht glauben kann, was er zu sehen bekommt.
An die dreißig oder vierzig Männer – oder vielleicht noch mehr –, welche breite Gräben auswerfen und als Markierung Pfähle in den Boden schlagen. Mit Spaten und Äxten und bis zu den Knien im Morast sind sie hier zugange. Männer, die ausnahmslos erschöpft und erbärmlich wirken. Hinrich ist ja nicht blind, und die anderen sehen es auch.
Alles Strauchdiebe, Halsabschneider und Spitzbuben, die es nicht besser verdient haben!?
Das kann ja nur jemand glauben, der es glauben will. Zwangsarbeiter sind das, aus einem der Barackenlager, umstellt von Wachposten.
So also lässt die RUGES arbeiten, die allerorts von sich reden macht!

Die Firma Krupp und die Reichs-Umsiedlungs-Gesellschaft in Berlin waren sich damals sehr schnell einig geworden, sie hatten in Meppen eine Zweigstelle gegründet und alles auf den Weg gebracht.
Ein weiträumiges Straßendorf sollte das hier werden, fast zehn Kilometer in die Länge und mit bis zu drei Kilometern in die Breite. Ein Dorf, in dem nichts mehr nahe beieinander liegen würde wie zu Hause in Wahn. Hinrich reicht schon, was er von hier aus überblicken kann, immer wieder schaut er zu den Männern hinüber, die mit Schaufeln einen tiefen Graben ausheben.

„Eein Schandaol is daet."
Er hat genug gesehen – viel zu viel hat er gesehen –, er kehrt dem Elend den Rücken.
Seine drei Kartenbrüder folgen ihm. Sie ereifern sich über die Arbeitskolonnen und die Wachposten, die dort rumstehen mit dem Gewehr auf der Schulter, und ja, aus dieser Gegend stammen müssen.
Und schlagartig wird ihnen klar, wo sie das Gesehene einzuordnen haben.
Sie könnten da mal vorbeifahren, schlägt Bernd vor, weiter in Richtung Küstenkanal. Es könne ja nicht allzu weit sein.
Bald darauf lesen sie *Esterwegen* auf dem Wegweiser und folgen der Straße.
‚Esterwegen ist ja ein Dorf wie viele hier', denkt Bernd gerade noch, als sie es durchfahren haben.
Doch dann sehen sie es – und was ihnen auf den ersten Blick wie eine Fata Morgana vorkommt, diese hohen Mauern mitten im Moor, umgeben von vier Meter hohem Stacheldraht, sie sind Realität.

Hier liegt es also, das KZ Esterwegen, über das man schon vor Jahren in der Zeitung berichtet hatte? Heribert erinnert sich ganz genau daran. Auch der katholische Volksbote hatte es damals gebracht, schon 1933. Hier verschwanden sie also, die Vertreter der Kommunisten und Sozialisten, die eigentlich in den Berliner Reichstag gehörten, weil das deutsche Volk sie dorthin gewählt hatte. Und jene Männer, die sich im Ruhrgebiet in Gewerkschaften organisiert und sich für die Rechte

der Arbeiterschaft stark gemacht hatten. Ebenso wie die Dichter und Denker, die Künstler, Schriftsteller und die Journalisten, die ihren eigenen Kopf hatten und sich mit ihrer Meinung an die Öffentlichkeit trauten. Diese Männer mit ihren Schreibtischhänden, die an solch schwere körperliche Arbeit überhaupt nicht gewöhnt waren. Und die Schwulen verschwanden hier, weil die eine Schande für die arische Rasse waren, sie kamen gleich nach den Juden. Aber mit denen hatte man sich hier in Esterwegen nicht lange aufgehalten.
Heribert erinnerte sich auch noch an das Jahr 1936. Während der XI. Olympiade in Berlin hatte die Reichskanzlei die Aufmerksamkeit aus dem In- und Ausland auf die Einrichtung Esterwegen gelenkt.
1916 waren die Spiele wegen des Ersten Weltkriegs komplett ausgefallen. Nach dem Krieg war Deutschland die alleinige Kriegsschuld zugesprochen und deshalb 1920 in Antwerpen und 1924 in Paris von den Wettkämpfen ausgeschlossen worden. Erst 1928 in Amsterdam war Deutschland mit zehn Goldmedaillen wieder dabei und vier Jahre später in Los Angeles.
Nun versammelte sich die Welt zur Olympiade Berlin. Zahlreiche Delegationen aus dem In- und Ausland folgten der Einladung zu einem Rundgang durch das KZ Esterwegen, angeführt von Vertretern der Reichsregierung und der Landesregierung in Osnabrück. Alle Zeitungen waren voll davon. Plötzlich war Esterwegen in aller Munde. Hatte dort doch – vor Kurzem noch – der Häftling mit der Nummer 562 eingesessen, der 1935

für den Friedensnobelpreis vorgeschlagen wurde, aber zur Verleihung nicht nach Oslo reisen durfte.

In Wirklichkeit gab es hier in Esterwegen einiges zu verbergen, sehr viel sogar. Aber die Propaganda verstand es, die Vorzüge des KZs Esterwegen ins öffentliche Licht zu rücken, stets darauf bedacht, sich mit Ruhm zu umgeben. Handelte es sich hier schließlich um ein einzigartiges Doppellager mit vorbildlichem Strafvollzug, in dem es an nichts fehlte. Ausgestattet mit Blumenrabatten und Ententeich, auf dessen Oberfläche Seerosen blühten und weiter unten Goldfische schwammen, gaukelte es dem Besucher eine heile Welt vor. Eine Blaskapelle sorgte für den musikalischen Rahmen und ein Kino mit zukunftsweisenden Wochenschauen und alten Filmen hielt das Wachpersonal bei Laune: Vierhundert Wachposten und den Lagerkommandanten.
Das lagereigene Schwimmbad und ein Sportplatz dienten der körperlichen Ertüchtigung. Und die gut aufgestellte Fußballmannschaft konnte sich durchaus mit den Vereinen der umliegenden Dörfer messen.
TUS Dingsda gegen Wachmannschaft Lager VII Esterwegen!!!
Die Sportseiten in den regionalen Tageszeitungen hatten montags darüber berichtet. Selbst H. Himmler und andere Nazigrößen ließen sich vor einer Lagerkulisse für eine Emsländer Tageszeitung ablichten.

Carl von Ossietzky hatte den Nobelpreis dann schließlich doch noch erhalten – nachträglich –, in einem Krankenhaus in Berlin. Zu der Zeit, als während der Olympiade im Jahr 1936 die ganze Welt auf die Reichshauptstadt schaute und auf den Führer, der sich in diesem Rahmen weltmännisch und selbstsicher präsentierte.
Carl von Ossietzky starb 1937 an Tuberkulose in einem Krankenhaus in Berlin.

In den Dreißigerjahren waren im Emsland die Lager wie Pilze aus dem Boden geschossen. Am Ende waren es fünfzehn ihrer Art gewesen – nicht drei und nicht sieben – fünfzehn! Durchnummeriert mit römischen Zahlen.
Die Lager Börgermoor, Esterwegen und Aschendorfer Moor und jenseits der Ems die Lager Brual-Rhede, Walchum, Neusustrum und Oberlangen, Wesuwe, Versen, Fullen, Groß-Hesepe und Dalum und in der Grafschaft Bentheim mit den Nummern XIII bis XV die Lager Aleksisdorf, Bathorn und Wietmarschen.
Und sie waren nicht unsichtbar gewesen.
Jeder, der seine Augen nicht verschloss, konnte zumindest ahnen, was sich dort hinter Mauern und Stacheldraht abspielte.

Clemens, der nun bei der Reichsbahn angestellt war, hatte die Männer auch bei Nacht gesehen, wenn die endlos langen Güterzüge irgendwo auf freier Strecke hielten, von wo aus neuerdings befestigte Stichstraßen ins Moor führten, um danach irgendwo als Sackgasse zu enden.

Wenn sie in mondhellen Nächten mühsam den vergitterten Waggons entstiegen, verloren sich ihre dunklen Gestalten danach langsam in der Ferne des Aschendorfer Moors, ebenso wie die Lichter der flackernden Sturmlaternen, die gleich Irrlichtern durch die Nacht geisterten.
Sein Vorgesetzter hatte dazu gemeint: „Augen zu und durch!"
Jetzt sagt Clemens zu Bernd, Hinrich und Heribert: „Mund hollen, haebbt ih mi verstaan?"
Sie nicken.
Die Doppelkopfbrüder fahren nun weiter in Richtung Norden – da kam man ja beinahe schon an die Grenze zu den katholischen Nachbarn im Oldenburger Münsterland. Rechts musste Friesoythe liegen und danach Cloppenburg, wo sie gerade ein Museumsdorf errichteten.
„Abgerissene Bauernhäuser und eine alte Windmühle werden da gerade wieder aufgebaut. Jungs vom RAD (Reichsarbeitsdienst) tun hier ihre Pflicht." Und wie so häufig hat Heribert ins Hochdeutsche gewechselt.
„Da hat doch der Röver 1936 bei der Einweihung seinen großen Auftritt gehabt, aber so richtig konnte er dort im Münsterland nicht Fuß fassen. Deshalb hat er an anderer Stelle im Oldenburger Land eine riesige Freilichtbühne bauen lassen mit einer großartigen Kulisse für die Aufmärsche der Partei im Fackelschein. Mit einer Tribüne für zehntausend Zuschauer soll Bookholzberg das Oberammergau des Nordens werden, wo mit Vor-

liebe plattdeutsche Theaterstücke von August Hinrichs aufgeführt werden."

Bernd wundert sich: „Waet du nich aals wääten dais!"
„Ih bruukt jao blots deei Zeitung lääsen, daenn wäätet ih meer as nouch."

Er hat recht. Unter dem Druck der NSDAP-Führung drucken die Zeitungen alles, was die Leserschaft im Deutschen Reich begeistern soll und ihnen zugleich Sand in die Augen streut.

Heribert fällt auch noch ein, dass der Gauleiter sich mit Vorliebe in der Ahlhorner Gegend in der Nähe der Fischteiche vergnügt.

„Die Blockhütte sollen die Jungs vom Reichsarbeitsdienst (RAD) gezimmert und ihm zum Geburtstag geschenkt haben", sagt er.

„Da feiern sie nun auch die Winter- und Sommersonnenwende – wie die alten Germanen. Und Führers Geburtstag und das Reichserntedankfest."

Da liegt vor den drei Männern auch schon die Brücke, die über den Küstenkanal nach Oldenburg führt, doch sie bleiben an dieser Seite. Die weitere Strecke kennt Clemens auch aus dem Dienst, aber vom Zug aus hat man einen ganz anderen Blick auf die Gegend. Und wo der Küstenkanal auf die Ems trifft, da liegt Dörpen.

Sie haben es schon fast hinter sich gelassen, und gar nicht bemerkt, dass Clemens angestrengt aus dem Fenster schaut. Nun hat er eine bestimmte Stelle im Blick und bittet Bernd, mal eben kurz anzuhalten.

„Ick will jou waet wiesen", sagt er. Bernd wundert sich: „Waet güff et denn hier tou seeien?"

Aha, hier entsteht auch eine neue Siedlung, direkt an der Straße und nicht allzu groß. Einige der einfachen Spitzgiebelhäuser sind bereits im Rohbau fertig. Dann zeigt Clemens auf einen Bauplatz, der bereits abgesteckt ist. Er hat sich vor wenigen Tagen als Bewerber in eine Liste eingetragen. Gefördert wird das Bauvorhaben von der Reichsbahn. Außer seinen Eltern weiß es noch niemand. Und nun noch sie.
„Nuu wäätet ih daet uck", sagt er und meint noch, dass sie ihm die Daumen drücken sollen. Er zeigt auf ein Haus am Ende der Baustraße, so wird sein Haus auch aussehen. So Gott will. Mit einem kleinen Stück Land für einen Gemüsegarten und eine kleine Wiese hinterm Haus. Und einem Stall für ein paar Hühner und ein Schwein, das man zu Weihnachten schlachten kann. So können es sich auch seine Eltern gut vorstellen, wenn sie Wahn sowieso verlassen müssen. Leider kann er Maria nicht mehr fragen. Seine Kartenbrüder sind schwer beeindruckt.
„Gout maoket, mien Junge." Heribert klopft ihm anerkennend auf die Schulter, so wie er es bei seinen Schuljungen macht, wenn sie es verdient haben.
Nun ist eine kleine Stärkung fällig. Bernd hat vor Antritt der Fahrt für jeden eine Flasche Bier und dazu einen Ring geräucherte Mettwurst in einen Beutel gesteckt und im Kofferraum verstaut. Er holt sein Taschenmesser aus der Hosentasche.

Das Bier ist schon lauwarm geworden, löscht aber trotzdem den Durst, und die Wurst schmeckt auch ohne Brot, so im Stehen.

Bernd lässt den Motor wieder an, sie steigen ein, der Wagen läuft wie geschmiert. Es geht über Lathen und weiter nach Gut Rupennest, wo die RUGES auch schon aktiv ist.

„Hier sollen über dreißig Siedlerstellen entstehen, einige in sehr guter Lage", wie Bernd meint. Leider stehen Hinrich und er dafür nicht auf der Liste.

„Seei moaket mit uus, waet seei willt!", fügt er hinzu.

Hinrich nickt.

Und dann ist es nur noch ein Katzensprung bis nach Wahn.

8
Das Dokument

Inzwischen war es amtlich, die Wahner hielten den entsprechenden Bescheid in Händen. Da stand es schwarz auf weiß, dass sie ihr Dorf zu räumen hatten.
Sie sollten alles aufgeben, alles, woran ihr Herz so fest hing, als sei es mit diesem Dorf verwachsen. Ausnahmslos hatten sie sich der Zwangsumsiedlung zu beugen. Und die Frist war kurz bemessen. Die einen früher, die anderen waren etwas später dran, bis in den betreffenden Ortschaften neuen Siedlerhäuser bereitstanden.
Danach sollte ihr Dorf dem Erdboden gleichgemacht werden. Man würde alle Gebäude abreißen, ohne Ausnahme. Nichts sollte von ihrem Dorf übrig bleiben. Und sein Name von der Landkarte verschwinden! Einfach ausradiert! Dem Reichsgesetzblatt war diese Tatsache danach lediglich drei Zeilen wert.

Doch noch war es in Wahn nicht so weit. Für viele Familien lautete die alles entscheidende Frage noch immer: „Woar schäölt wi daenn hen?"
Sollten sie sich für eine Siedlungsstelle hier in der näheren Umgebung entscheiden, weil sie den Hümmling sonst vermissen würden?
Die Verbundenheit zur Heimat sprach dafür, die Nähe zum Schießplatz eher dagegen, an ihn wollte man nicht jeden Tag erinnert werden.
Wenn die neuen Hofstellen jenseits der Ems in der Osnabrücker Gegend lagen, waren die Menschen viel-

leicht am besten dran. Auf jeden Fall würde es dort in den folgenden Jahrzehnten weniger Probleme geben als mit dem neuen Eigentum im Mecklenburgischen. Aber das konnte zu diesem Zeitpunkt wirklich niemand ahnen.

Auch Bernd nicht. Verglichen mit Rastdorf sprachen die Angebote im fernen Mecklenburg durchaus für sich. Deshalb war er mit seiner Familie, mit Irmgard, den beiden Jungs und Emmi, hingefahren. Mit dem eigenen Auto – seine Probefahrt hatte es ja schon bestanden – und mit drei Übernachtungen in Schwerin. Das musste dabei drin sein.
Von da aus hatten sie sich die ausgeschriebenen Hofstellen in der Umgebung angeguckt.
Als die Familie nach ihrer Reise in Wahn aus dem Auto stieg, fühlte Emmi sich endlich wieder zu Hause. Minuten später war sie bei Regina,
Und es war das erste Mal, dass die beiden sich umarmten, ganz fest und ganz lange. Und gleich morgen wollten sie gemeinsam die Blaue Buche besuchen. Gleich am Vormittag. Sie hatten ja noch Ferien.
Irmgard und Bernd saßen an diesem Abend bei Klara und Hinrich in der Küche und erzählten von Mecklenburg und ihren vielen neuen Eindrücken. Sie hatten sich gründlich umgesehen, die Landschaft hatte ihnen gefallen, und der Ackerboden, den Bernd prüfend durch seine Finger rieseln ließ, erschien ihm vielversprechend. Irmi hatte es ganz besonders die Landeshauptstadt Schwerin mit dem Schloss angetan.

Ihre beiden Jungs hatten sich in diesen Tagen auffallend ruhig verhalten. Sich kein einziges Mal gestritten – wie sonst so oft – und das Essen hatte ihnen auch nicht so geschmeckt wie sonst.
Emmi sei in Gedanken schon wieder zu Hause in Wahn gewesen, bei ihrer Oma und bei Regina, sagte Irmgard. Und nicht erst seit heute wussten und fühlten sie, dass es ein schwerer Abschied für ihre Familien werden würde.
Denn im Stillen hatte Bernd sich bereits entschieden. Irmgard teilte seine Begeisterung nur halbwegs. Auch wenn die Leute dort ebenfalls Platt sprachen und sicher gute, ehrliche Menschen waren, konnte sie sich nur schwer an den Gedanken gewöhnen, dass sie nicht katholisch waren.
„Deei Mecklenborger sünd Protestanten!" Das hatte sie bisher gar nicht gewusst.
Auch deshalb war ihre Oma, Bernds Mutter, wohl so strikt gegen die Fremde.
„Aohne mi!", hatte sie gesagt, sie wollte davon nichts hören. Dann würde sie nach Haselünne ziehen, wo sie geboren war. Zurück zur Verwandtschaft. Und dass sie nur nichts überstürzen sollten, hatte sie auch noch gesagt.
„Kummp Tiet, kummp Raat", sagte Klara.

Hinrich sah es genauso. Man musste einen kühlen Kopf behalten und sich noch einmal diese Siedlung ansehen, die für ihn und seine Familie wohl nur noch in Betracht kam und in der es jetzt zügig vorangehen sollte.

„Rastdorf", sagte Klara. „So heißt es da." Er müsse sich langsam mal daran gewöhnen. Und sie fand, dass es nun Zeit wurde, die ganze Angelegenheit mit den Kindern zu besprechen. Gleich morgen. Ganz in Ruhe!
Hinrich schwieg.

Emmi hat Regina am nächsten Tag abgeholt.
Nun schlendern sie den Feldweg entlang, bis sie zu der Stelle kommen, wo ein Seitenweg in den Wald führt, direkt auf die Blaue Buche zu.
„Ob sie uns sehen kann?", überlegt Emmi laut.
„Sie hat doch keine Augen." Regina ist skeptisch.
„Aber vielleicht kann sie uns fühlen, sie ist doch lebendig."
„Dann müssen wir sie anfassen", schlägt Regina vor. Und sie weiß auch schon wie.
„Wir wollen sie umarmen. Du von hier aus und ich von hinten."
Regina schaut sich um, ob auch keiner zuguckt. Dann machen sie es.
„Noch ein bisschen", sagt Emmi. Und tatsächlich: Ihre Hände berühren sich.
So stehen sie eine Weile da. Ganz still. Mit geschlossenen Augen.
„Sie lebt wirklich", flüstert Emmi.
„Anstrengend", sagt Regina und lässt ihre Arme sinken.
Ein bewegter Schatten fällt auf ihre Gesichter.
„Guck mal, ein Eichhörnchen!" Jetzt flüstert Regina.
Plötzlich versteckt sich die Sonne hinter einer Wolke.
Ein leichter Wind kommt auf.

„Riechst du das auch?", fragt Regina.
„Nach Maiglöckchen!", sagt Emmi.
Sie gehen ihren Nasen nach und jede pflückt ein paar Blumen und Blätter, daraus machen sie gemeinsam ein hübsches Sträußchen. Emmi hält es in der Hand.
„Wir bringen sie der Madonna", sagt sie. „Auf den Maialtar. Es ist doch ihr Monat."
„Maiglöckchen für den Maialtar." Regina gefällt der Vorschlag.
Sie nehmen den kürzeren Weg zurück.
Emmi erzählt von der Reise, die hinter ihr liegt. „Dort ist es auch ganz schön, aber nicht so wie hier. Ich will da nicht hin, nicht ohne dich." Sie fühlt, dass ihre Eltern sich so entscheiden werden.
Bald darauf stehen sie vor ihrer Antoniuskirche. Das Kirchenportal klemmt ein wenig, aber gemeinsam sind sie stark. Ein bisschen Weihwasser und das Kreuzzeichen, so sind sie es gewohnt.
Außer ihnen ist keine Menschenseele hier – nur der liebe Gott. Durch den Seitengang gehen sie geradewegs auf den festlich geschmückten Maialtar zu.
„Wie schön sie ist, die Madonna am Stab", sagt Emmi, „in ihrem langen samtenen Kleid."
„Und dem weißen Schleier über den langen Haaren und mit der goldenen Krone." Sie gefällt Regina ganz besonders. „Auf dem Arm hält sie das Jesuskind, es trägt auch eine Krone mit einem Kreuz obenauf."
Emmi legt der Madonna die Blumen zu Füßen.
„Warum gucken sie uns nicht an?"

„Bald darf sie wieder nach draußen, dann wird man sie am Stab wieder durchs Dorf und durch die Felder tragen." Regina sieht es schon vor Augen und hat dabei den Klang der endlos langen Litaneien im Ohr. Emmi wohl auch. „Heilige Maria, bitte für uns!", sagt sie und greift nach Reginas Hand. Die Turmuhr schlägt zwölfmal.
„Schon Mittag", sagt Regina.

Später am Abend sitzt Regina mit der Familie am Küchentisch. Bratkartoffeln mit Spiegeleiern gibt es, Klara hat zudem ein Kürbisglas aufgemacht. Hinrich liebt ihre eingelegten Kürbisse, heute rührt er sie nicht an.
Auf seiner Stirn haben sich tiefe Furchen eingegraben, er kann schon nicht mehr geradeaus denken.
Karl-Hinrich – auch er nennt ihn sonst nur Kalle - wird es genauso schwerfallen wie ihm selbst. Er sieht sich doch im Stillen schon als Herr auf dem Hof, mit Mama und Papa auf dem Altenteil, so wie er es noch mit Oma Johanna und Opa Karl erlebt hat.
In seinem Zweiten steckt kein Bauer. Reinhold hat seine schmalen Hände von Klara geerbt und seinen Verstand hat er auch von ihr. Er will Abitur machen und danach will er studieren. Vielleicht wird er mal Rechtsanwalt, das wird ihm bestimmt liegen, ihm fallen doch immer und zu allem die passenden Worte ein.
Regina muss das alles noch nicht verstehen, sie spielt ja noch mit Puppen. Zu Weihnachten wird sein Mädchen erst zwölf Jahre alt. Sein Christkindken.

Aber Hinrich muss nun raus mit der Sprache, es muss gesagt werden, bevor er daran erstickt.
Er schiebt seinen Teller beiseite, schaut zuerst Klara und danach Kalle, Reinhold und Regina an, schweigend von einem zum andern. Augenblicklich kehrt Stille ein. Jetzt schaut er auf seine Hände, die vor ihm auf dem Tisch. liegen.
„Nuu staait et fast. Wi kaomt aale wech", sagt er.
Sie begreifen sofort, was das zu bedeuten hat, auch Regina, die aber nicht weiß, was sie darauf sagen soll.
Aber Klara weiß es, so einfach kommt er ihr nicht davon.
„Hinni, so kann daet nich staan bliewen!"
Das weiß Hinrich selbst, jetzt muss er auspacken, sofort. Jetzt muss die ganze Wahrheit auf den Tisch, wo noch die leere Bratpfanne, das halb volle Kürbisglas und die schmutzigen Teller stehen. Es kostet Hinrich mehr Worte, als er üblicherweise zu machen pflegt, wenn die Dinge klar auf der Hand liegen. Klara kommt ihm erklärend zu Hilfe.
Regina drückt sich schutzsuchend an ihre Mutter, ihr Vater macht ihr Angst. Klara streicht ihr sanft über die Haare. Hellblond sind sie und zu langen Zöpfen geflochten, gehalten von zwei Zopfspangen mit gelben Schmetterlingen. Reinhold schluckt seine Tränen herunter, ein großer Junge weint doch nicht, aber drauflosreden wie sonst, das schafft er jetzt nicht.
Und was sagt sein Ältester dazu, der gerade sechzehn geworden ist?
„Un nuu?", fragt er. „Woar schäölt wi daenn hen?"

Er möchte noch mehr hören. Dabei schaut er Hinrich herausfordernd ins Gesicht. Sie beide haben die gleiche hohe Stirn und die gleichen blaugrauen Augen. Hinrich weiß es ja selbst noch nicht.
„Villicht naa Rastdaerp!" Aber es sei noch nicht sicher. Er verspricht nun noch, ihnen die neue Siedlung bald zu zeigen. Damit sie sich vorstellen können, was auf sie wartet.
Nun hat er auch genug geredet, mehr als genug, viel zu viel hat er heute schon geredet.
Weil es in der Küche so still geworden ist, ergreift Klara das Wort: „Kummp Tiet – kummp Raat." So ganz überzeugend klingt es nicht.
„Woarher?", fragt Kalle.
„Un wann?", fragt Reinhold.
„Viellicht güff et jao noch eein Wunner!", das wünscht Regina sich.
Doch an Wunder glaubt Klara nicht, sie auch nicht. Sie glaubt genauso wenig an Wunder wie Hinrich.

Am darauffolgenden Sonntag löst Hinrich sein Versprechen ein. Gleich nach der Kindermesse machen sie sich auf den Weg nach Rastdorf. Bis dorthin sind es rund dreißig Kilometer. Ganz schön weit. Sie nehmen den Zug nach Werlte, ihre Fahrräder fahren auf den Schienen mit. Den Rest des Weges gehen sie sportlich an.
Ob er sie ein bisschen anschieben soll, fragt Kalle seine kleine Schwester. Aber die schüttelt den Kopf, sie sei doch schon groß.
Dann endlich das Ortsschild: *Rastdorf.*

Sie legen ihre Fahrräder ins Gras und schauen sich um. Nichts als Gegend, kein Baum und nur ab und zu ein Strauch! Sonst nur nackte Erde. Durchzogen von Gräben und kreuz und quer planierte Wege. Das Land ist offensichtlich bereits vermessen, die Siedlerstellen sind mit Pfählen abgesteckt. Auf kleinen Schildern sind die Flurnummern verzeichnet.
Klara versucht sich auszumalen, wie es hier in absehbarer Zeit aussehen wird. Mehr als hundert Häuser sollten hier innerhalb von zwei Jahren gebaut werden.
Regina und ihre beiden Brüder versuchen es auch, aber sie können sich ein Leben in dieser Walachei überhaupt nicht vorstellen.
Bei Regina kullern die Tränen.
„Kumm her", sagt Klara, „güff mi diene Hand."
Kalle meint, dass hier in nächster Zeit aber noch gewaltig was passieren müsse. Er denkt, was Reinhold ausspricht: „Hier is jao deei Hund begraawen."
Hinrich schweigt, aber hinter seiner Stirn arbeitet es. Klara sieht es ihm an. Jetzt ist erst mal eine kleine Stärkung fällig, Klara hat an alles gedacht.
Danach fahren sie auf die andere Seite, da werden schon die ersten Bauernhäuser gebaut. Ihre Größe und die Entfernungen zueinander lassen sich schon ausmachen. Sie werden ziemlich weit auseinander liegen, ganz anders als in Wahn, wo man über den Gartenzaun hinweg eben mal mit dem Nachbarn übers Wetter reden kann.
Vielleicht wird an dieser Schotterstraße demnächst auch ihr neuer Hof entstehen. Sie müssen es nehmen,

wie es kommt. Auch auf die Planung und die Größe der Gebäude können sie keinen Einfluss nehmen.
Finanziell soll alles schlicht um schlicht abgewickelt werden. Der Schätzwert des alten Besitzes und die Kosten des neuen. Extrawünsche kosten extra.
Dass alles großzügiger und moderner werden wird als in Wahn, damit hat Klara ja recht. Sie werden sich sogar einen Kachelofen leisten können – schon immer ein Wunschtraum von ihr!
Hinrich kann sich mit der Situation noch immer nicht abfinden. Er will nicht in so einer Siedlung wohnen. Er will kein Haus von der Stange, eins wie das andere, ohne eigenes Gesicht, ohne eigenes Leben. Sein Haus in Wahn ist ein Haus nach Maß, das zu ihm und seiner Familie passt. Wo des nachts, wenn er nicht schlafen kann, das vertraute Knacken im Gebälk zu hören ist.
Klara spricht ihm Mut zu. „Hinni, wi krieget daet hen. Wi aale tousaome!", sagt sie
Kalle sieht es genauso. Anders als sein Vater hat er an diesem Tag die Herausforderung bereits angenommen. Er als der älteste Sohn des Hauses, mit seinen knapp siebzehn Jahren. „Laat us naa vöärne kieken, du uck Papa."
Regina drängelt: „Wi willt naa Huus."
Reinhold auch: „Jao, wi willt naa Huus." Schließlich sei der Weg zurück genau so lang wie der Hinweg.
‚Er nun wieder', denkt Kalle.

Bald darauf wurden die Wahner Haus- und Hofbesitzer zu Einzelgesprächen eingeladen. Mit sehr persönlichen

Worten, die keinen Widerspruch duldeten, nahm das Bevorstehende nun scharfe Umrisse an.

Als man Hinrich an diesem Tag das alles entscheidende Dokument vorlegt, verschwimmt der Text vor seinen Augen. So schnell kann man das Kleingedruckte doch gar nicht lesen. Und was sie auch sagen – Hinrich will es nicht hören.

Die Herren hinter ihren Schreibtischen haben gut reden. Sie haben ja keine Ahnung, wie es in einer Bauernseele aussieht. Am liebsten hätte er auf dieses Papier gespuckt, auf den Stempel mit dem deutschen Adler, der nun ein Hakenkreuz in der Kralle trägt. ‚Nein, um Himmels willen', flüstert ihm ein guter Geist warnend in sein Ohr.

Er taucht die Feder ins Tintenfass – noch immer zögert er. Erst als der Beamte ungeduldig mit einem Stift auf die leere Zeile zeigt und Klara ihn mit dem Ellenbogen anstößt, setzt er seinen Namen mit leicht zitternder Hand unter das Dokument.

Ihm ist speiübel. Es ist gelogen, dass er mit allem einverstanden ist, alles ist gelogen. Mit einer abwertenden Handbewegung schiebt er Klara die Unterlagen zu, die mit ihrer Unterschrift nicht lange zögert, sie will es hinter sich bringen.

Danach erhebt Hinrich sich und dreht den hohen Herren wortlos den Rücken zu.

„Kumm", sagt er zu Klara, und dass sie hier nichts mehr zu suchen hätten. Er hätte auch noch hinzufügen können, was er in diesen Minuten fühlt.

Dass sie gerade alles verloren haben, wofür seine Eltern, seine Großeltern und Urgroßeltern sich ihr Leben lang abgerackert hatten. Und für ihn war es auch nicht leicht gewesen in den schweren Zeiten vor und nach dem Krieg. Von seiner Zeit als Soldat mal ganz abgesehen. Seine Generation hatte schon genug durchgemacht. Das alles geht ihm gerade im Kopf herum.

Als sie den Raum verlassen, fühlt Klara sich nach Wochen zum ersten Mal ein wenig erleichtert. Die Erde würde deswegen nicht stehen bleiben, sie will nach vorn schauen. ‚Daet Läwen määt wietergaan', denkt sie. Das Leben für Hinrich und sie – in guten und in schlechten Zeiten – und besonders für ihre drei Kinder, es muss weitergehen, für die hat das Leben doch gerade erst begonnen.

Aber Hinrich weiß nicht, wie sie als Familie weiterleben sollen. Ohne Wahn. Ohne den Hof, der seit Generationen im Besitz seiner Familie ist.

Klara kennt ihn nur zu gut, so gut, dass sie seine Gedanken lesen kann. Was soll sie nur mit so einem Kerl anfangen, jetzt wo jeder Mann und jede Frau in Wahn einen klaren Kopf braucht?

Zu Hause angekommen, sagt Hinrich mehr zu sich selbst als zu Klara: „Ick bliew hier!" Und zu Klara sagt er, dass er stolz ist auf alles, was ihm hier gehört.

„Van Buurnstolt käönt wi nich lääwen!", schleudert sie ihm ins Gesicht, schärfer als beabsichtigt. Sie selbst

wisse, was nun zu tun sei. Neu anfangen, ganz von vorn, im Vertrauen auf den Herrgott.
Sie lässt Hinrich in der Küche stehen, sie braucht jetzt frische Luft.

9
Heim ins Reich

„Kind, das kannst du nicht verstehen. Es war eine ganz andere Zeit – damals", hatte Klara nach der ersten Wahner Gedenkfeier zu Hanna gesagt und ihr zerknülltes Taschentuch in die Jackentasche gesteckt. Das lag nun schon eine Weile zurück, aber Regina hatte es nicht vergessen. Sie hatte versucht, sich an diese Zeit zu erinnern, als sie noch ein Kind gewesen war. Sie hatte ihre Mutter Klara dazu befragt.
„Regina, das ist doch schon so lange her, das meiste habe ich schon vergessen." Und dann war Klara doch noch etwas eingefallen.
Eines Tages war Regina aus der Wahner Schule nach Hause gekommen. Wie immer hatte sie ihren Tornister neben der Küchenbank abgestellt, da blieb er in der Regel bis nach dem Mittagessen unangerührt stehen. An dem Tag war es anders gewesen. Sie hatte die beiden Schnallen geöffnet und einen Zettel aus ihrem Ranzen geholt.
„Mama, ich muss das Deutschlandlied auswendig lernen. Alle Strophen."
„Na, dann fang man an."
„Mama, was bedeutet eigentlich Maas, Memel und Etsch?"
Natürlich wusste Klara, dass es sich dabei um Grenzflüsse im Westen, Osten und Süden des Deutschen Reichs handelte. Sie war schließlich eine Lehrerstochter.
„Und was ist Belt, Mama?"
„Frag Opa!", hatte Klara damals gesagt.

Und die Deutschlandfahne musste Regina auch malen.
„Mama, wie geht das Hakenkreuz?"
Klara warf über Reginas Schulter einen Blick auf den Zettel, der vor ihr lag.
‚Opa ist doch wohl nicht verrückt geworden!?', dachte sie gerade. Da hatte sie es auch schon ausgesprochen. Wo doch Regina so große Stücke von ihm hielt und sie als seine Tochter auch.
„Nein, Opa Heribert doch nicht. Da war heute so ein anderer Mann in der Schule, der hatte so eine braune Uniform an. Der hat zwei Kartons mit neuen Fibeln und Rechenbüchern mitgebracht und uns gezeigt, wie man eine Gasmaske aufsetzen muss."
Klara hielt sich mit der Hand den Mund zu. Nach einer Weile sagte sie: „Nach dem Mittagessen gehst du mit dem Zettel zu Opa."
Heribert hatte es vorausgesehen, alles würde auf einen neuen Krieg hinauslaufen. Im Land wurde gewaltig aufgerüstet. Welche Waffen der Firma Krupp auf dem Schießplatz in Meppen erprobt wurden, blieb vorerst geheim. Man munkelte etwas über ein Geschütz, das so riesig und schwerfällig sein sollte, dass es nur auf Schienen fortzubewegen war. Und jemand anders wollte gehört haben, dass man dieses Monster auf den Namen Starker Gustav getauft hatte.
Dicke Bertha und Starker Gustav – ein schönes Paar!
Schon 1933 war die allgemeine Wehrpflicht eingeführt worden und für jene, die sich weigerten, der Straftatbestand ‚Zersetzung der Wehrkraft', geahndet mit bis zu fünfzehn Jahren Zuchthaus.

Einige Männer aus Wahn hatten danach den Kriegsminister höchstpersönlich auf einem Kasernenhof in Lingen erlebt, das war vielleicht ein Geschrei und ein Tamtam gewesen. Wie man der Presse und dem Rundfunk entnehmen konnte, hatte man den höchsten Befehlshaber der Wehrmacht bald darauf unter einem läppischen Vorwand gefeuert. Der Feldmarschall und die Hure, so hatten die Zeitungen den Skandal aufgebauscht, der eigentlich darin bestand, dass der hochdekorierte Offizier das Mädchen geheiratet hatte. Fortan übernahm der Führer A. H. das alleinige Oberkommando über alle Truppen, über Heer, Luftwaffe und Marine. Jetzt war er der Größte, der alleinige Gebieter über Tod und Leben.

Die Musterungen und Einberufungen, von der auch Pferde nicht ausgenommen waren, verbreiteten Unruhe im Land. Auch einige Bauern aus Wahn, darunter Bernd und Bauer Möhlenkamp, hatten bei einer Pferdemusterung in Haselünne ihre besten Pferde aus dem Stall gleich dalassen müssen Mit Wut im Bauch! Hinrich durfte seinen Hengst behalten. Er war schon zu alt – nicht tauglich.

Heim ins Reich, mit dieser Parole hatte es angefangen, mit der Utopie vom Großdeutschen Reich, das tausend Jahre währen sollte.

Mit dem Einmarsch deutscher Truppen in Österreich, wo der Führer 1938 mit großem Jubel empfangen wurde, war der erste Streich im Handumdrehen gelungen. Und das Volk jubelte seinem Führer zu.

Aber es gab auch viele nachdenkliche Gesichter, so wie das von Heribert. „Wo soll das nur hinführen?", fragte er. Bald danach ging es um das künftige Schicksal der Tschechoslowakei, allerdings ohne Mitspracherecht der Prager Regierung. Prompt folgte darauf die Abkopplung der Slowakei, die sich als eigenständige Republik umgehend mit dem Deutschen Reich verbündete. Es glich der Aufführung eines Marionettentheaters. Das Publikum applaudierte.
Das war der zweite Streich, dem der dritte zwingend folgen musste. Er richtete sich gegen die Sudetendeutschen im tschechischen Grenzgebiet. Kurzerhand einverleibt wurde daraus der Reichsgau Sudetenland, mit Verwaltungssitz in Reichenberg. Ehemals zu Österreich gehörend war es der logische nächste Schritt gewesen. Worauf im nächsten Schritt die Annexion der Tschechei und die Errichtung des Reichprotektoriats Böhmen und Mähren folgte.
„Waet is daet blots föär 'ne Welt", auch Hinrich wurde es zu viel.

In diesem Zusammenhang berichtete die Presse auch über diese vorbildliche Umsiedlung der Jüdischen Minderheit nach Theresienstadt, einer alten österreichischen Garnisonsstadt, die höchsten Ansprüchen genügen würde.
Heribert war entsetzt. Auch darüber, dass es über die Juden hieß, sie seien es doch gewesen, die Jesus ans Kreuz geschlagen hätten. Die Katholische Kirche hielt sich bedeckt.

Und was war mit Jesus? War er nicht auch Jude gewesen? Aber im erzkatholischen Emsland lief man mit solchen Fragen ins Leere oder man stellte sie gar nicht erst.
Nach bekanntem Muster erfolgte auch die Eingliederung des Memellandes ins Großdeutsche Reich – es lag derzeit auf litauischem Gebiet. Heribert kannte sich aus mit diesem unseligen Teil der deutsch-polnischen Geschichte.
„Kennt der denn gar kein Maß?", sagte er.
„Heribert, tu mir einen Gefallen, reg dich nicht so auf", meinte Gunda und schaute ihn dabei sehr ernst an, „denk an dein Herz." Sein Herz machte ihm in letzter Zeit manchmal Probleme.
„Und pass auf, was du in der Schule sagst! Sonst tauschen sie dich aus und ich seh' dich nicht wieder."
Denn da war ja auch noch die Sache mit dem Volksempfänger, der nun in jedem Haushalt als einziges Radio erlaubt war.
Der Reichspropagandaminister Joseph Goebbels hatte das neue Rundfunkgerät 1933 selbst auf der Funkausstellung in Berlin vorgestellt. Dieses preiswerte Radio für alle Haushalte, auf dem man nur den einen wichtigen Sender hören konnte und das nach ihm, dem Propagandaminister, später *Goebbels Schnauze* genannt wurde.
Das Gerät war billig, für 76 Reichsmark zu haben.
Auf jedem Gerät klebte ein Zettel. *Wer den Feindsender hört, wird mit dem Tode bestraft.* Das hatte Gunda mit ihrer Anspielung gemeint.
Dennoch wurden in Deutschland heimlich die neuesten Nachrichten auf BBC-London gehört, der ein Programm in

deutscher Sprache sendete. Heribert riskierte es auch. Er ging zum Radiohören in den Keller.
Hinter vorgehaltener Hand hatte damals ein Spruch die Runde gemacht: Beim Volksempfänger hört man *Deutschland, Deutschland über alles*, bei BBC hört man alles über Deutschland!
Heribert wusste viel mehr als die meisten Leute, aber er konnte kein offenes Wort riskieren. Besonders auf die Lehrer und Pfarrer hatten die Nazis ein wachsames Auge gerichtet.

Bald darauf ging alles Hals über Kopf. Am letzten Tag im August 1939 machte das Deutsche Reich seine Truppen mobil, auch das 37. Infanterie- Regiment aus Lingen und Osnabrück. Unter ihnen die Wahner Jungen, die Heribert aus ihrer Schulzeit kannte. Jahrelang hatten sie vor ihm in den Schulbänken gesessen, und nun wurden sie erst langsam erwachsen.

Im Herbst 1939 sollten in Polen ebenfalls die Uhren zurückgedreht werden, auf den Stand von 1918, bevor in Versailles die Entscheidung zugunsten des Nachbarlandes gefallen war. Damals, als der Kaiser sich schon nach Holland abgesetzt hatte.
Viele Reservisten, darunter Lehrerkollegen aus dem ganzen Landkreis, konnten es nicht fassen, als sie ihre Einberufung in Händen hielten.
Polen! Ausgerechnet Polen!
Heribert war sich sicher: Es würde kein gutes Ende nehmen. Und die Geschichte mit dem polnischen Überfall auf

den deutschen Sender Gleiwitz, den hatten die in Berlin doch nur erfunden.
Zuvor oder auch gleichzeitig war unter einem Vorwand von See her – es war am 1. September, ein Freitag – der Angriff auf die Freie Stadt Danzig erfolgt. Auch da wurden die Tatsachen verdreht, jedenfalls war das Heriberts Meinung. Und jeder musste doch die Folgen kommen sehen.
Sein Enkelsohn Reinhold war ein aufmerksamer Zuhörer, wenn es um Geschichte und Tagespolitik ging. Der Rest der Familie war mit anderen Dingen beschäftigt, mit Alltagssachen, wie Reinhold es abfällig ausdrückte.
Fest stand, dass Deutschland mit dem Angriff auf Polen die geltenden Statuten des Völkerbundes verletzt hatte. Ohne Verzug erklärten Großbritannien und Frankreich dem Aggressor bereits am 3. September den Krieg.
Und nur einen Tag später war der Krieg in Norddeutschland angekommen. Eine Fliegerstaffel der Royal Air Force bombardierte deutsche Kriegsschiffe in der Elbmündung und in Wilhelmshaven.
Der Feindsender wiederholte es stündlich.

Alles, was darauf in den folgenden Kriegsjahren die ganze Welt erschüttern sollte, hatte an diesem Tag im September mit dem Überfall auf Polen begonnen.
Bereits einen Tag nach der Kapitulation der polnischen Streitkräfte wurden rund zehntausend polnische Soldaten als Kriegsgefangene auf den Weg nach Deutschland gebracht. In Güterzügen der Reichsbahn liefen die Transporte die deutschen Bahnhöfe an, wo die Gefangenen neu aufgeteilt wurden und nun etwas menschlicher zu ih-

ren Bestimmungsorten weiterreisten. Wo die Kommunen sie für eine geringe Gebühr in Empfang nahmen (einkauften) und an private Arbeitgeber und landwirtschaftliche Betriebe vermittelten.

Über letzteres Vorgehen hatte Clemens berichtet, als er sich eines Sonntagmorgens im Sommer 1940 mal wieder mit Hinrich und Heribert in Wahn zum Frühschoppen getroffen hatte. Nach dem Hochamt hatte er in ihrer Stammkneipe bei Willi auf sie gewartet. Zuvor war er auf dem Friedhof am Grab seiner Frau gewesen. Deshalb hatte er auch seine beiden Mädchen dabei. Sie mussten sich so lange im Clubzimmer mit Kartenspielen beschäftigen, denn für Kinderohren waren die Gespräche vorn in der Gaststube nicht geeignet.

„Wie Vieh treibt man sie – ich meine die Juden und die Polen – zu den Bahnhöfen und sperrt sie in die Waggons. Männer und Frauen, Alte und Junge, manchmal auch Kranke, die den Transport großteils nicht überleben. Ich sollte jetzt still sein, es ist besser für euch und für mich."

Der weitere Kriegsverlauf ließ sich leicht nachzeichnen, indem man täglich die Todesanzeigen in den Tageszeitungen verfolgte.

Anfangs hatte Heribert sie ausgeschnitten und in eine Kladde geklebt, wenn er die Namen kannte. Aber bald ließ er es sein, stattdessen schrieb er den Angehörigen ein paar Zeilen der Anteilnahme, wobei er Wörter wie Heldentod, Ehre, Volk und Vaterland bewusst vermied.

Seit 1939 war das Deutsche Reich gewaltig gewachsen. Dänemark, Norwegen, Finnland. Hier in der Nordsee lag zwischen den Küsten die Meerenge, die als Belt im

Deutschlandlied besungen wurde und in allen Schulatlanten zu finden war. Fehlte nur noch die Maas, sie lag im Westen.
Also weiter durch die neutralen Niederlande, durch Belgien und Luxemburg, und danach überschritten deutsche Truppen die Grenze zu Frankreich. Wo es doch im südöstlichen Zipfel des Landes dieses Elsaß-Lothringen, diesen ewigen Zankapfel zwischen Deutschland und Frankreich, gab.
Heribert konnte es nicht fassen. Schon wieder Frankreich, obwohl es dort im Ersten Weltkrieg für die Deutschen nicht gut gelaufen war – oder gerade deshalb!?
Er bekam des Nachts Schweißausbrüche, wenn er an seine Zeit als Soldat dachte. Als er an jedem Morgen nicht wissen konnte, ob er den Abend noch erleben würde. Immer mit der Angst im Nacken, dass der Wind drehte und die Gasmasken die giftigen Schwaden nicht abhalten und seine Kameraden reihenweise umfallen würden. Auch die Pferde und Suchhunde waren mit diesen Dingern herumgelaufen. Und die Leichenberge hatten sich immer höher aufgetürmt, bevor sie abtransportiert und vergraben werden konnten. Irgendwann und irgendwo in fremder Erde. Diese Bilder konnte man nicht wieder vergessen. Und die Schreie der Verwundeten auch nicht. Und nicht die eigene Angst, die einem den Verstand raubte.
Jetzt lief es besser. Vorerst lief es in Frankreich besser. Bald darauf wehte auf dem Arc de Triomphe die deutsche Reichsfahne. Die französische Regierung saß im Exil, zunächst in Bordeaux, später in Vichy.

Deutsche Soldaten saßen in den Straßen und Cafés von Paris, der heimlichen zweiten deutschen Hauptstadt – ein Leben wie Gott in Frankreich!
Siegessicher waren deutsche Streitkräfte zu dieser Zeit den italienischen Partnern auf ihrem Afrika-Feldzug zu Hilfe geeilt, nach Tunesien, Libyen und nach Ägypten, das damals unter britischer Herrschaft stand. In dieses Kriegsgeschehen waren auch Griechenland und die Insel Malta eingebunden und allen voraus die deutsche Luftwaffe.
Sie war das Lieblingskind des Führers.
Der Blitzkrieg gegen Jugoslawien dauerte nur elf Tage, so war diese Hürde vorausschauend schon mal weggeräumt. Sieg Heil!
Längst stand Moskau auf dem deutschen Plan, und danach in weiter Ferne der Ural.
Wie lange sollte das denn noch so weitergehen? Die Todesanzeigen füllten ganze Seiten in den Zeitungen. Gefallen fürs Vaterland.
Heribert und Gunda hatten Angst um Kalle und Reinhold. Würde man die beiden Jungs auch noch an die Front schicken? Und sie machten sich Sorgen um Hinrich und Klara. Hinrich würde durchdrehen. Er hatte seinen Seelenfrieden noch immer nicht wiedergefunden.
Und Klara? Ohne ihre beiden Söhne auf dem fremden Hof in der neuen Siedlung?
Und was wartete auf Regina, wenn sie mit der Schule fertig sein würde? Sorgen, nichts als Sorgen!

10
Ratlos vor der Zukunft

Als die Herbststürme über den Hümmling fegten und den feinen Sand vor sich her trieben, war die Tinte auf den Dokumenten längst getrocknet. Aber noch immer standen viele der Wahner Dorfleute ratlos vor ihrer Zukunft, jetzt erst recht. Ein Neuanfang in Kriegszeiten, wie sollten sie das schaffen?
„Waet schäöll blots uut mi weern?", fragte der Schmied, als man anfing, die Schmiede abzureißen. Kein Wahner Pferd würde hier noch beschlagen werden.
„Un waet uut deei Molkereie?" Sie sollte auch abgerissen werden, weil sie im Wege stand und außerdem keine einzige Kuh im Dorf zurückbleiben würde.
Dem Holzschuhmacher wurde sein Dach überm Kopf abgerissen und der Schneider wusste nicht wohin mit der Nähmaschine und den Kindern, er hatte davon ein halbes Dutzend.
Der Schuster hatte nur zwei Kinder und ein neues Haus, es war erst vier Jahre alt.
„Daet käönt seei doch nich aalet affrieten!"
Da würde er schon dahinterkommen, hatte sein Nachbar darauf gesagt.
„Waa schäöll et denn nuu wietergaan?"

Und was sollte aus dem Bahnhof werden, wo es das Schild Wahn schon nicht mehr gab? Obwohl etwas abseits, lag er in der Schusslinie der neuen Waffensysteme.

Und was sollte aus der Windmühle werden? Sie war nun schon fast hundert Jahre alt und lag den Wahnern sehr am Herzen – sie hatte schon so viel gesehen.
Und aus all den schmucken Bauernhäusern?
‚Herr segne dieses Haus, und alle, die da gehen ein und aus.' Es war nur einer dieser frommen Sprüche, welche seit Jahrzehnten oder noch länger die Balken über den breiten Wahner Hoftoren zierten.
Wo hatte der Herr nur seine Augen?

Mit dem nächsten Sommer setzte die große Unruhe ein, die ersten Familien packten ihre Sachen. In der Schule fehlte jede Woche eines der Kinder oder gleich mehrere. Als immer mehr Bankreihen ganz und gar leer blieben, konnten die Wahner Mädchen und Jungen es nicht verstehen. Auch Regina nicht. Am meisten vermisste sie Emmi.
Beim Abschied hatte es viele Tränen gegeben. Auch bei Irmi und Klara. Und auch den Männern war er schwergefallen.
Nur Berni und Wolfgang – die beiden Jungs, sie waren fünfzehn und dreizehn – gaben sich nahezu unbewegt. Ob sie nicht mit Oma nach Haselünne ziehen könnten, hatten sie Tage zuvor gefragt. Die Antwort war ein klares Nein gewesen.

Bernd und seine Familie waren nach Ziggelmark ausgesiedelt und mit ihnen rund ein Dutzend weitere Wahner Familien in die nähere Umgebung. Nach Hagenow, Büstrow, Güstrow, Kisserow, Malchow, Warnow,

Groß- Schwiesow. Nach Bennin, Gülsdorf, Klein- Sien, Züsow, Zühr und Ziggelmark.

Nach und nach fanden die übrigen Wahner Familien – insgesamt fast zweihundert – in Sögel, Rastdorf, Lathen, Langen, Niederlangen und Oberlangen, und in Jägerhof, Rupennest, Gut Hange, Werlte, Fresenburg, Ahlde, Hüwenerfeld, Haaren und Althaaren ein neues Dach über dem Kopf. Und in Börger und Neubörger, Halverde, Wippingen Freren. Stadtmark, Brögbern, Vrees und Desum. In Astrup, Hestrup, in Apeldorn, Salzbergen, Lehe, Bockhorst, Schapen, Eisten, Emsbüren und in Meppen.
Und im Bersenbrücker Land und im Osnabrücker Land. Auf dem Belm, in Glane, Halverve, Recke, Kreienfelde, Aselage, Burlage, Schwagstorf, Emsdetten, und Fürstenau fanden sie eine neue Heimat. Im ostfriesischen Weener und westfälischen Riesenbeck und in Dülmen.

Viele Wahner Familien standen in jenen Wochen verloren vor ihren neuen Siedlungsstellen, zu denen oftmals noch keine feste Straße führte. Wo es noch keine Kirche gab, keine Schule, keine Kneipe, keinen Kaufmann, keine Poststelle und keinen Bahnhof.
Und die Luft roch nicht nach Wagenschmiere und im Frühjahr nicht nach Flieder und Holunder, weil es hier weder Baum noch Strauch gab.
Bis Ende 1941 sollte die Umsiedlung abgeschlossen sein, aber so schnell ging das alles nicht. Auch wenn die

Zeit drängte, als der Kruppsche Schießplatz sich in Richtung Wahn ausbreitete, der Zug in Wahn nur noch auf Ersuchen der Mitfahrenden anhielt und die Straßen, die nach Wahn führten, zu bestimmten Zeiten gesperrt waren.

An einigen Gebäuden hatten die Abrissarbeiten zu dieser Zeit schon begonnen. Zuerst waren die Fenster und Türen dran, danach die Dachziegel und die Balken und Ständer aus deutscher Eiche, die für die Ewigkeit gedacht waren. Stück für Stück – bis alles zusammenbrach und das Mauerwerk einstürzte. Es war nicht zu begreifen. Und Männer wie Hinrich mussten tatenlos zusehen.
Das konnte doch nicht mit rechten Dingen zugehen.
Da musste doch der Teufel seine Krallen mit im Spiel haben.
Nichts war denen heilig.
Und dann dieses scheinheilige Gerede von der großzügigen Entschädigung. Als ob man sich für Geld eine neue Heimat kaufen könnte.
Viele der alteingesessenen Wahner Bürger trugen einen tiefen Groll mit sich herum.

Auf Hinrich und seine Familie wartete nun der Aussiedlerhof in Rastdorf.
Noch immer zögerte Hinrich den Umzug hinaus.
Während Klara zu Hause in Wahn schon unruhig hin und her lief, Einrichtungspläne zu Papier brachte, schon mal Tapeten und Gardinen auswählte und die Sammeltassen einpackte, die Kristallgläser und das Silberbe-

steck, die gestickten Tischdecken und die Dammastbezüge, benahm Hinrich sich, als hätte er noch unendlich viel Zeit.

Noch immer war er nur halbherzig bei der Sache, obwohl er wusste, dass seine Frist mit Beginn des Frühjahrs 1942 ablief. Endgültig! Wie ein Uhrwerk, das sich nicht mehr aufziehen ließ. Da nützte es auch nichts, wenn man das Blatt am Abreißkalender einfach kleben ließ.

Das neue Haus war seit dem Herbst fertig. Das Dach war längst gedeckt, die Innenwände verputzt, Fenster und Türen eingesetzt, Fußböden verlegt, und insgesamt machte es gar keinen schlechten Eindruck. Doch wenn es im Gespräch um den neuen Hof ging, sagte Hinrich immer noch: „Daet Land, daet Huus."

Er sagte nicht: „Mien Land, mien Huus" oder „uus Land, uus Huus" – was am besten geklungen hätte.

Hinrich ging sonntags nach dem Hochamt manchmal noch auf ein Bier zu Willi in die Kneipe – aus alter Gewohnheit. Auch hier fehlten von Woche zu Woche einige der vertrauten Gesichter. Und dann, eines Sonntags, war die Wirtschaft geschlossen - für immer. Dass man Willi in Lathen eine Gaststätte versprochen hatte, wussten sie schon, er hatte es seinen Stammgästen selbst erzählt. Und es sei ja nicht allzu weit, wenn sie Durst bekämen. Aber für ihn sei es nicht das Gleiche, und vor allen Dingen für seinen Vater nicht, der es im Kopf gar nicht mehr voreinander bekam, hatte er noch zu Hinrich gesagt.

Auf den Herbst 1941 folgte ein langer eisiger Winter, er hatte das Land in eine Art Schockstarre versetzt, mit Minustemperaturen von unter fünfundzwanzig Grad in den Nächten. Das Vieh fror in den Ställen und die Menschen in ihren Betten. Eisblumen zierten die Fensterscheiben. Die Brunnen waren eingefroren, die herausgeschlagenen Eisbrocken mussten auf dem Küchenherd zum Schmelzen gebracht werden.
Inständig sehnte man den Frühling herbei, und tatsächlich brachte der März die ersten hoffnungsvollen Sonnentage. Nun konnte es weitergehen, auch für Hinrich und seine Familie. Das Ackerland auf dem neuen Hof war im Herbst schon gepflügt und geeggt worden, die Wiesen bereits eingezäunt. Die Wintersaat hatten Hinrich und Kalle noch beizeiten ausbringen können. Sie hatte unter dem Frost nur geringfügig gelitten. Das Feld war ein wohltuender grüner Fleck für die Augen.
Kalle hatte die Herausforderung längst angenommen; sie würden schon alle noch dahinterkommen, was in ihm steckte. Mit fünfzehn Hektar Land ließe sich schon was anfangen. Heute war Kalle alleine auf den Osthümmling gefahren, um in Rastdorf nach dem Rechten zu gucken. Er mochte gar nicht dran denken, wie es hier zu Anfang ausgesehen hatte. Nur ödes Land und ein paar Wege, die darauf schließen ließen, wo es später einmal langgehen sollte. Und das alles auf einer Fläche von 30.000 Hektar, die sich rund zehn Kilometer in die Länge und drei Kilometer in die Breite zog.
Und danach hatte es dort ausgesehen wie auf einem Schlachtfeld. Mit riesigen Pflügen, gezogen von Dampf-

lokomobilen, wie er sie vorher nie gesehen hatte - eine Erfindung aus England –, war die RUGES dem Areal zu Leibe gerückt, deren Pflugscharen bis zu 80 Zentimeter tief die Erde aufwühlten und das Unterste nach oben kehrten. Und dazu dieser Höllenlärm. Der Qualm und der Gestank. Oft vom frühen Morgen bis zum Abend, wenn es draußen schon dämmerte.
Und dazu das Elend der Zwangsarbeiter, die konnten nur aus dem KZ Esterwegen sein, Luftlinie etwa zehn Kilometer entfernt.
„Soo eeine Sauerei", hätte er damals am liebsten geschrien, und dass die da oben ja über Leichen gingen, um den Plan zu erfüllen. Aber das wollte er zunächst für sich behalten, seinem Vater zuliebe, der sich noch immer gegen die Aussiedlung sträubte.

Kalle hatte seinen heutigen Rundgang beendet und wusste genau, was als Nächstes zu tun war. Jetzt musste der Hafer gesät werden, für die Rüben und den Futterkohl wurde es auch schon langsam Zeit, und bald mussten auch die Kartoffeln in die Erde. Es gab viel zu tun.
Der Hof in Wahn gehörte ihnen schon nicht mehr. Nur eine kleine Wiese und ein kleines Stück Gartenland hinterm Haus durften sie auf eigene Gefahr noch betreten, was wirklich lebensgefährlich werden konnte. Vor wenigen Tagen war sein bester Freund Hermann draußen zugange gewesen. Eines der Pferde war durch ein herumliegendes Geschoss verletzt worden. Zum Glück nur

leicht. Aber für Kalle Grund genug, das Ganze so bald wie möglich über die Bühne zu bringen.

In Wahn gingen seit Langem die Lichter aus, und noch vor Ostern würde in der Kirche das ewige Licht gelöscht werden. Die Leute wollten es noch immer nicht wahrhaben, obwohl das Datum seit Langem feststand.

Außerdem dauerte es bis zu seinem 18. Geburtstag nicht mehr allzu lange, und er ahnte bereits, was sein Geburtstagsgeschenk sein würde. Man würde ihn beim Kreiswehramt ganz sicher nicht vergessen, auch das ging Kalle ständig durch den Kopf.

An diesem Abend bringt ein Wortwechsel mit seinem Vater das Fass zum Überlaufen.

„Du wullt 'n Kerl wään? Mien Vaader wullt du wään?"

Dann solle er zusehen, dass er seinen Hintern endlich hochkriege, sagt Kalle und erschrickt selbst über seine Worte. Aber er ist noch nicht fertig, seine Geduld ist zu Ende, seine Stimme wird noch lauter: „Ick will waet van di höärn. Nuu, in düssen Oogenblick!"

‚Daett heei sick daet trauet', denkt Reinhold und wartet gespannt auf Hinrichs Reaktion. Regina wagt gar nicht, ihren Vater anzusehen, während Klara sich schon die Worte zurechtlegt, mit denen sie ihrem Sohn den Rücken stärken wird. Er hat ihr aus der Seele gesprochen, wenn auch mit etwas anderen Worten.

Äußerlich bleibt Hinrich ruhig. Er holt die Tabaksdose aus der Westentasche und stopft sich umständlich seine Pfeife, behält sie aber in der Hand. Jetzt schaut er

seinem Sohn fest in die Augen, die so graublau sind wie seine eigenen. „Du haess jao recht, mien Junge."
Hinrich weiß es ja selbst, dass der Umzug keinen Aufschub mehr duldet. „Maondaech gaait et los!", sagt er und dass sie dann bis Ostern noch fertig sein könnten. Er steckt seine Pfeife in den Mund, knipst sein Feuerzeug an, nimmt drei Züge und bläst den Rauch in die Luft. Klara wedelt abwehrend mit der Hand. Die wochenlange Anspannung löst sich, plötzlich reden alle gleichzeitig – zu viele Worte für Hinrich.
Er sagt, dass er noch nach der Kuh gucken will, die bald kalben muss. Hinrich hat sich schon erhoben, seinen Stuhl unter den Tisch geschoben, nimmt seine Mütze vom Haken, geht zur Tür und macht sie hinter sich wieder zu.
‚Hoffentlich nicht wieder so eine schwere Geburt', denkt Klara. Sie ist erleichtert, schon seit Wochen hat sie mit Engelszungen auf ihn eingeredet, stets vergeblich. Das ist also die Sprache, die er versteht, sie wird es sich für die Zukunft gut merken.
Reinhold interessiert sich für ganz andere Dinge, er will in der neuen Siedlung auf keinen Fall versauern. Im kommenden Jahr wird er das Gymnasium hinter sich bringen und danach studieren.
Regina trauert noch immer ihrer Freundin nach, sie tauschen sich nun per Post aus. Wenn auch nicht uneingeschränkt, so klingen Emmis Briefe doch recht zuversichtlich. Reginas Briefe sind kurz und von den Vorgängen in Wahn überschattet. „Hier sieht es aus, als wäre

eine Bombe eingeschlagen, dabei ist der Krieg doch weit weg."
Doch die Abstände zwischen den Briefen werden immer länger. Der Krieg bestimmt zunehmend das Leben der Menschen in Deutschland. Er kommt mit jedem Tag näher.

Immer häufiger sucht Regina Trost und Ablenkung bei ihren Großeltern, bei Gunda und Heribert. Am liebsten würde sie mit ihnen nach Meppen ziehen, wohin man nun Heribert versetzt hat. Auf seinen ersehnten Ruhestand wird er vorerst vergeblich warten. Die alten, ausgedienten Lehrer müssen für die jungen einspringen, die nun an den Fronten ihren Dienst versehen.
Obwohl Regina kein kleines Kind mehr ist, wird sie die Fürsorge ihrer Großeltern sehr vermissen, das spürt sie jetzt schon.
Ihre Eltern und Brüder wollen in ihr immer noch das kleine Mädchen sehen, das sie längst nicht mehr ist. Sie wundern sich nur, als Regina sich weigert, ihre Spielsachen zusammenzupacken.
„Deei bruuke ick nich meer", sie sollen die Sachen lieber verschenken.
Nur ihre Lieblingspuppe hat sie am Vorabend des Umzugs unter ihre Kleider in den Wäschekorb gelegt, und das Poesiealbum.
Mit vielen helfenden Händen ging der Umzug dann ohne große Probleme über die Bühne.

Der Möbelwagen stand am nächsten Morgen schon zeitig vor der Tür. Klara gab Anweisungen und die Männer packten zu. Der Rest kam auf den Pferdewagen.
Die Schweine und Hühner, Letztere waren schon am Vorabend in Käfige gesperrt worden, und noch das bereits herangewachsene Kälbchen lud ein Fuhrunternehmer mit seinem Gehilfen in den Viehanhänger seines neuen Lastwagens. Auf Kosten der RUGES, die auch den Möbelwagen bezahlte.
Die Katzen ließen sich nicht einfangen, bis auf Miezi, die nachts immer unterm Küchenherd schlief.
Klara und Regina konnten im Möbelwagen mitfahren, und Miezi auch, auf Reginas Schoß.
Die Brüder luden die Fährräder und was sonst noch herumstand auf den Ackerwagen. Hinrich schloss die Tür ab und spannte die Pferde an.
Jetzt noch die Milchkühe! Sie machten ihnen Sorgen, weil sie den weiten Weg auf ihren eigenen Beinen zurücklegen mussten. Hinrich mit dem Fuhrwerk vorweg, Kalle und Reinhold seitlich und hinterher, unterstützt von Schäferhund Nero, der an das Kühetreiben gewöhnt war, wenn auch nur vom Stall bis auf die Weide. Jetzt lag eine lange Strecke vor ihnen.
Auch über Seitenstraßen und Binnenwege würden da weit mehr als zwanzig Kilometer zusammenkommen, immer in nordöstlicher Richtung mitten über den Hümmling.
So verging Stunde um Stunde, bis sie bei ihrem neuen Hof ankamen. Geschafft.

Da standen die Möbel im Haus schon an ihrem neuen Platz. Mit hochrotem Kopf räumte Klara die Schränke ein. Es sollte schnell gehen, schnell wieder Ordnung einkehren, und danach ein geregelter Alltag. Regina war nur mit halbem Herzen bei der Sache.

Bis zum Abend haben sich alle Familienmitglieder in der Küche eingefunden. Sie ist geräumig, der Herd ist neu, die Möbel sind die alten.
Aus einem der Wäschekörbe holt Regina zwischen den Küchenhandtüchern die Alltagstassen und -teller hervor, sie sind alle heil geblieben. Sie findet auch das Besteck und deckt den Tisch.
Klara bereitet in einer große Pfanne Spiegeleier mit Speck zu und in einer zweiten Bratkartoffeln. Es sind Wahner Kartoffeln, die sie schon am Tag zuvor in der Schale gar gekocht hat.
Sie alle sind müde und sehr schweigsam nach diesem anstrengenden Tag, obwohl es eigentlich noch viel zu besprechen gibt.

„Maan is uck noch eein Daech", sagt Hinrich, zündet sich eine Pfeife an und geht noch mal vor die Tür.
Jetzt verlässt auch Kalle die Küche, er sorgt sich um Nero, der es nicht gewohnt ist, nachts an der Kette zu bleiben. Aber hier und heute geht es nicht anders. Nero schlägt zweimal kurz an, als er Kalle sieht.
„Kiene Bange!", sagt der und streichelt ihm den Rücken. Auch nach den Kühen will er noch mal sehen. Die

stehen wiederkäuend an ihren neuen Plätzen, offensichtlich haben sie den Gewaltmarsch gut überstanden. Draußen trifft er auf Hinrich, der gerade seine Pfeife ausklopft. „Na Vaader, daet haebbt wi doch gout äöwer deei Bühne bröcht."
„Jao!"
Sie gehen ins Haus. Reinhold hat sich bereits zurückgezogen, um das angefangene Buch weiterzulesen, Heribert hat es ihm geliehen.
Regina hilft ihrer Mutter beim Abwaschen. „Maan, wenn deei Sünne upgaait, sütt deei Welt all weer anners uut", sagt Klara, als sie in Reginas traurige Augen blickt.
Regina hat davor schon ihr Bett bezogen und danach ihre wenigen Sachen ausgepackt. Die Puppe hat sie auf die Kommode gesetzt und das Poesiealbum unters Kopfkissen gelegt.
Nun liegt sie in ihrem Bett, es ist das gleiche wie vorher, aber Regina fühlt sich fremd in der neuen Umgebung. Es riecht nach Zement und frischer Farbe. Sie öffnet das Fenster, bevor sie unter ihre Federdecke kriecht und auf die Nachtgeräusche lauscht. Doch es ist still draußen, viel zu still. Sie holt das Album unter dem Kissen hervor und blättert die Seiten um.

‚Liebe Regina,

Rosen Tulpen Nelken
alle drei verwelken.
Marmor, Stein und Eisen bricht,
aber unsere Freundschaft nicht.

*Dies schrieb Dir
Deine allerbeste Freundin
Emmi'*

Und darunter ein Datum aus dem Jahr 1937, kurz nachdem sie beide in Wahn zur Erstkommunion gegangen waren.
Sie klappt das Album zu, damit ihre Tränen die Tinte nicht verwischen, und knipst die Nachttischlampe aus. ‚Wie es Emmi wohl gerade geht?', denkt sie. ‚Und Irmi und Bernd und den Jungs?' Dabei stellt sie sich ihre Gesichter vor. Und viele andere Gesichter, die sie schon lange nicht mehr gesehen hat. Es will gar nicht aufhören.

11
Das letzte Hochamt

Es war im März 1942, mitten im Krieg, als viele Wahner Familien ihr Dorf schon verlassen hatten. Auf dem Papier existierte ihr Dorf schon seit einem Jahr nicht mehr. Die Dinge ließen sich nicht mehr aufhalten, bald würden sie auch noch ihre Kirche aufgeben müssen, sie war schon verloren. Der Bischof persönlich hatte ihnen die Nachricht bereits im Juni 1939 überbracht.
Ich verfüge hiermit, diese Kirche mit Wirkung zum 1. April 1942 dem profanen Gebrauch zu übergeben.
So lautete der entscheidende Satz. Das Urteil über den Dom des Hümmlings war gefallen. Der Bischof hatte in seiner Predigt an ihre Einsicht appelliert, weil sie hier als Einzelne Opfer für die Allgemeinheit zu erbringen hätten. Als Pilger auf Erden werde ihr Glaube ihnen über alles hinweghelfen.
Hinrich, Klara, Kalle, Reinhold und Regina, Emmi, Irmgard und Bernd, Clemens und seine Eltern, Gunda und Heribert, der Pastor und die Messdiener – alle hatten es damals gehört.
Einige der Wahner Dorfleute wussten nicht recht, was sie von ihrem Bischof halten sollten.
Profaner Gebrauch! Warum redete er nicht wenigstens Klartext mit ihnen? Und welche Rolle spielte er denn selbst in dem ersten Akt der Tragödie? Oder war es schon der zweite? Der sich dem Höhepunkt näherte?

Und danach der letzte Akt? Diese und noch viel mehr Gedanken gingen ihnen durch ihre Köpfe.

Auch der Dom des Hümmlings sollte der Erweiterung des Kruppschen Schießplatzes zum Opfer fallen. Er sollte weg, abgerissen werden, wie alle Gebäude im Dorf vor ihm und nach ihm. Heribert hatte leise geflucht, Hinrich laut – und mit ihm noch andere. Der Herrgott stand mal wieder auf der Seite der Mächtigen.

„Seei maoket mit us, waet seei willt", das war eine der häufigsten Äußerungen. Was war das bloß für eine Welt!

Im August 1941 war Bischof Berning noch einmal nach Wahn gekommen, um neunundvierzig Mädchen und Jungen das Sakrament der Firmung zu spenden. Auch Regina war unter den Firmlingen, ohne Emmi.

Noch erhebt sich der stolze Dom des Hümmlings majestätisch auf seinem zentralen Platz, so als könnte nichts ihn erschüttern. Dem heiligen Antonius geweiht, ist es einer der größten Kirchenbauten im Nordwesten mit mehr als sechshundert Sitzplätzen in den Bankreihen.

Vor wenigen Tagen hat in Wahn die letzte Beerdigung und anschließend das Seelenamt für die Verstorbene in der Kirche stattgefunden. Und an diesem letzten Samstag im März 1942 tauft der Pfarrer hier zum letzten Mal ein Kind, das gerade erst das Licht der Welt erblickt hat und nichts von dem ahnt, was hier geschehen soll.

Und dann der Sonntag, der letzte Sonntag im März. Die Glocken laden die Gläubigen zum Hochamt ein. Jetzt

hören sie auf zu läuten. Im Dorf ist es still, ungewöhnlich still.
Andächtig und ergriffen knien die Wahner Frauen, Männer und Kinder heute in ihrer Dorfkirche. Viele der bereits umgesiedelten Dorfbewohner haben zu diesem Trauerspiel den Weg noch einmal hierher genommen, um ein letztes Mal Abschied zu nehmen. Einige der alten Frauen tragen ihre traditionelle Emsländer Tracht, zu der die schwarze Haube gehört, unter die sie mit dem Tag ihrer Hochzeit gekommen sind. Heute wirken die umrahmten Gesichter, als würden sie Trauer tragen.
Der Blick auf das Altarbild, das den heiligen Antonius beim Besuch des heiligen Paulus von Theben darstellt, und über ihnen einen fliegenden Raben, der die beiden Einsiedler speist, vermag nur wenig Hoffnung bei ihnen zu wecken. Über dem barocken Hochaltar schwebt das Auge Gottes. Hoffentlich wird es sie in Zukunft nicht völlig aus dem Blick verlieren.
Und ganz oben auf dem dreieckigen Altargiebel noch immer das Wappen des Fürstbischofs Clemens August, es wird von Engeln getragen und angebetet.
Doch sie leben ja nicht mehr im Mittelalter. Sie leben jetzt in diesen unseligen Zeiten.
Auch der Apostel Paulus wird sie mit seinem Schwert nicht verteidigen können, und was soll der heilige Petrus mit dem Schlüssel in seiner Rechten ihnen denn aufschließen? Das Himmelreich? Nein, noch nicht! Das hat noch Zeit.
Hilfesuchende Blicke richten sich auf den rechten Seitenaltar, wo die Muttergottes das Jesuskind auf dem

Arm trägt – es lächelt unbefangen. Auf der anderen Seite steht der heilige Joseph als Zimmermann inmitten seiner Familie, die drei sind mit sich selbst beschäftigt. Ahnen die Heiligen bereits, dass sie ihren angestammten Platz in Kürze verlassen und danach in dunkle Kisten verpackt werden?

Seitlich links vom Altar haben die Fahnenträger des Kolpingvereins, des Müttervereins und der Jungfrauen-Kongregation Aufstellung genommen. Die Mitglieder des Kirchenchors warten auf dem Orgelboden auf das Zeichen des Lehrers, der sie seit vielen Jahren dirigiert und begleitet. Heute ist ihnen nach Singen nicht zumute. Heribert hat den Einsatz der zweiten Stimme verpatzt, und der Organist hat vergessen, die Seiten umzublättern. Aber dann finden alle ihre Stimme und ihren Rhythmus wieder.

Nun öffnet sich die Tür zur Sakristei, und langsam füllt sich der Altarraum. Vorweg schreiten die Messdiener, gefolgt von Pastor Reckers. Gestern hat er zum letzten Mal ein Kind getauft, heute wird er sein letztes Hochamt in Wahn halten. Er schlägt das Messbuch auf und beginnt mit der überlieferten Liturgie in lateinischer Sprache. Ihr Klang ist den Gläubigen ebenso vertraut wie der Duft des Weihrauchs.

Nach dem Evangelium, es wird singend verkündet, schreitet der Pfarrer auf die fünfeckige Kanzel zu. Langsamer als gewöhnlich steigt er die wenigen Stufen hinauf.

Pastor Bernhard Reckers ist schon nicht mehr der Jüngste. Gleich nach dem Ersten Weltkrieg hat er die

Pfarrstelle in Wahn angetreten. Ihm macht dieser Tag schwer zu schaffen, steht doch die Profanierung der Kirche zum 1. April unmittelbar bevor. Mit diesem traurigen Ereignis wird auch seine Dienstzeit in der Kirche beendet sein. Mehr als sonst konzentriert er sich auf den wohldurchdachten Text, den er zu Papier gebracht hat. Aus der Nähe lässt sich erkennen, dass das Blatt in seinen Händen zittert.
Er lässt die vergangenen Jahre noch einmal an seiner Gemeinde vorüberziehen, findet viele Worte des Dankes verbunden mit guten Wünschen für ihr weiteres Leben. Er selbst wird sie mit seinen Gedanken und Gebeten begleiten in dieser schweren Zeit.
Viele Augen hängen an seinen Lippen, andere blicken an ihm vorbei, ab und zu ein Räuspern, eine Handtasche wird geöffnet, und ein Taschentuch kommt leise seiner Bestimmung nach. Mit jeder Minute werden die Andacht und der Schmerz, der die Herzen umklammert, tiefer.

Hinrich ist an diesem Sonntag erst spät zum Hochamt erschienen, er ist zuvor noch auf dem Friedhof gewesen beim Grab seiner Eltern. „Waet nuu?", hat er sie gefragt, aber sie haben geschwiegen. Hinrich fühlt sich hundeelend.
Gewöhnlich geht er weiter nach vorn, man darf ihn ruhig sehen, wenn er in seinem Sonntagsstaat bedächtig durch den Gang schreitet. Da rückt man in der Bank auch gern mal für ihn auf.

An diesem Sonntag bleibt Hinrich ganz hinten in der vorletzten Reihe und kann der Liturgie nur mit Mühe folgen. Heute versteht er die lateinischen Gebetsformeln und Gesänge nicht, die ihm bereits als Messdiener in Fleisch und Blut eingegangen sind. Nur das ‚Miserere nobis' lässt ihn für einen Augenblick aufhorchen. ‚Erbarme dich unser', denkt er, danach versinkt er wieder in seine düsteren Gedanken.

An seine Eltern denkt er und an den großen Brand im Jahr 1900, als der Hof fast bis auf die Grundmauern abgebrannt war. Damals war er noch ein kleiner Junge. Plötzlich hat er die Bilder wieder vor Augen. Seinen Vater Karl, der mit brennenden Haaren aus dem Kuhstall kommt, die Kühe laut brüllend hinter ihm her. Jemand schüttet ihm einen Eimer Wasser über den Kopf.

Er sieht seine Mutter Johanna, sie kommt mit dem Kinderwagen aus der Haustür, in den sie eilig ein paar Windeln und Wolldecken geworfen hat. Eine Nachbarin hat seine kleine Schwester auf dem Arm. Sich selbst und seine andere Schwester kann er nicht sehen. Überall ist Qualm.

Plötzlich hört Hinrich die Stimme des Pastors, aber seinen letzten Gedanken muss er noch zu Ende denken. Damals waren sie alle miteinander weggerannt, kurz bevor der Giebel einstürzte. Danach hatten sie alles wieder aufgebaut, größer und moderner als vorher, aus Bockhorner Klinker, und statt mit Stroh hatten sie das Dach mit Ziegeln gedeckt. Gebaut für die Zukunft, für alle Ewigkeit. Das lag nun schon vierzig Jahre zurück, aber was sind schon vierzig Jahre für einen Erbhof. Nun ist er in der Gegenwart angekommen. Noch steht sein Haus, er sieht es vor sich. Aber es ist schon leer geräumt. Den Schlüssel hat er in der linken Hosentasche, er spürt das Metall.

Hinrich kann es nicht mehr aushalten. Er erhebt sich, ohne das Knarren der Kirchenbank verhindern zu können. Ein paar Köpfe drehen sich nach ihm um, auch Klara entgeht nicht, dass ihr Mann sich davonstiehlt. Wo will er hin? Schon seit Langem macht sie sich Sorgen um ihn. Manchmal wirkt er, als sei er gar nicht bei sich.
Fast lautlosen Schrittes strebt Hinrich dem Ausgang zu. Er taucht die drei mittleren Finger seiner rechten Hand ins Weihwasserbecken, aber er bekreuzigt sich nicht. Mit einem leisen, dumpfen Geräusch fällt die schwere Kirchentür hinter ihm zu.

Fast hätte Hinrich es getan, wenn nicht die Glocken vom Kirchturm ihn aus seiner Trance gerissen hätten. Plötzlich sah er Klara und die Kinder vor sich. An sie hatte er keine Sekunde gedacht, als er den Schlüssel aus der Tasche gezogen, ihn im Türschloss umgedreht und sein leeres Haus betreten hatte.
Wäre er sonst die Leiter zum Heuboden hinaufgestiegen? Am Sonntag? Als das Vieh schon in der neuen Siedlung auf der Weide stand und auf dem Boden weder Heu noch Stroh lagerte?

Wie er wieder nach unten gekommen war, er wusste es nicht. Nur dass die Leiter geschwankt und umzukippen gedroht hatte, daran erinnerte er sich. Aber nicht daran, wie die alte Wagenleine wieder auf den Haken an der Wand gekommen war, wo man sie beim Ausräumen vergessen haben musste. Hier hing auch sein Jackett, und auf dem Boden lag die gestreifte Krawatte. Achtlos hingeworfen, das gute Stück.
Nun spürte er wieder festen Boden unter seinen Füßen. Seine hohen, schwarzen Sonntagsschuhe trug er, und es fiel ihm auf, dass sie blank geputzt waren.

Und plötzlich kehrten die Bilder von vorhin zu ihm zurück, schemenhaft nur. Fast wäre er ihm auf den Leim gegangen in diesen Sekunden zwischen Himmel und Hölle. Er hatte sich bekreuzigt: „Weiche von mir, Satan!" Hinrich hatte sich für das irdische Leben entschieden, und es fühlte sich nun auch richtig an. Schließlich wollte er ja auch nicht begraben werden wie ein toter Hund, außerhalb der Friedhofsmauern und ohne kirchlichen Segen. Was würden die Leute von ihm denken – und was seine Kinder und Klara? „In guten und in schlechten Zeiten", das hatte er ihr damals versprochen.
Erbärmlich kam er sich vor und feige, er, der immer bemüht war, keine Schwächen zu zeigen und Gefühle nur manchmal. Er setzte sich auf die Bank hinterm Haus, die bis zum Schluss bleiben sollte, und ging seinen Gedanken nach. Sein Leben spulte sich vor ihm ab wie ein Film auf einer Leinwand, den man rückwärts laufen lässt.

Am Ersten Weltkrieg war er gerade noch so vorbeigeschrammt. Als alles längst verloren war, hatte man ihn noch nach Belgien geschickt, wo auf den Schlachtfeldern erst lange danach wieder Korn wachsen sollte, weiße Margeriten und roter Mohn. Hinrich hatte Glück gehabt, er kam äußerlich unversehrt zurück. Die Schrammen auf seiner Seele waren unsichtbar. Einige Jahre nach dem Krieg hatte Hinrich den Hof von seinem Vater übernommen.

Mit Heribert und Kunigunde, dem neuen Lehrerehepaar, war damals auch Tochter Klara ins Dorf gekommen, nach der sich alle jungen Männer etwas schüchtern umdrehten. Bannig gut sah die aus, und dazu die Figur!
Zu dieser Zeit hatte er Klara zum ersten Mal gesehen, und bei ihm hatte es eingeschlagen wie ein Blitz. Für ein Techtelmechtel war Klara aber nicht zu haben gewesen, sie hatte es ihm nicht leicht gemacht. Schließlich konnte er sie aber doch für sich gewinnen.
Doch zuerst musste er noch seine beiden Schwestern Marga und Ursula unter die Haube bringen. Das hatte dann schneller geklappt als erwartet. Sie hatten zwei Brüder von einem Bauernhof in Kathen geheiratet. Damals hatte es eine große Doppelhochzeit gegeben. Otto und Ursula hatten den Bauernhof und Marga und Alfons ein Geschäft in Haren übernommen. Da hatten auch seine Eltern noch gelebt.
1923 hatte er die Lehrerstochter dann geheiratet. Eine wunderschöne Braut war sie gewesen, und ausgerech-

net er an ihrer Seite, obwohl er ein paar Jährchen älter war als sie. So mancher jüngere Bursche hatte ihn damals beneidet. Das alles sah er in diesen Minuten wieder vor sich.
Die beiden Söhne wurden geboren, für die er Verantwortung trug, nicht zuletzt auch für Regina, sein Mädchen. Ein Christkind war sie, am Heiligen Abend 1927 geboren.
„Eein lüttket Wicht", hatte die Hebamme zu ihm gesagt, da war es schon gewaschen und warm eingepackt. „Kaennst unnern Daenneboom leggen."
Dann ließ sie die glücklichen Eltern allein an diesem Heiligabend. Hinrich hatte sich zu Klara auf die Bettkante gesetzt und ihr die klebrigen Haare aus der Stirn gestrichen. „Klärchen, mien Engel."
Danach hielten die kleinen, zarten Babyfinger seinen derben Zeigefinger umklammert.
„Mien Christkindken!", hatte er damals gesagt, als das Mädchen noch keinen Namen hatte.

Die Leute sitzen noch immer in der Kirche. Auf die Predigt folgt das Hochamt in gewohnter Liturgie. Ein letztes Mal werden die Opfergaben bereitet, der Duft von Weihrauch erfüllt den Raum. Die Messdiener läuten mit ihren Schellen die Wandlung ein. Still knien die Gläubigen in ihren Bänken. Stille, Schweigen und schwere Gedanken.
Das Agnus Dei kommt ihren Gefühlen sehr nah: ‚*Oh du Lamm Gottes, du nimmst hinweg die Sünden der Welt, erbarme dich unser.*'
Ein letztes Mal knien die Menschen auf der Kommunionbank, um aus den Händen ihres Pfarrers die Hostie

zu empfangen. Das Hochamt neigt sich seinem Ende zu, nicht ohne ein Gebet für die Toten auf dem Friedhof, die im Himmel eine neue Heimat gefunden haben. Noch recht neu ist das Gebet für die Männer aus Wahn, die in diesem Krieg bereits gefallen sind, das Ewige Licht leuchte ihnen.
Pfarrer Reckers spendet der Gemeinde ein letztes Mal seinen priesterlichen Segen.
Benidicat vos omnipotens Deus,
Pater et Filius et Spiritus Sanctus.
Das Amen – so sei es – fällt den Menschen schwer, einige bleiben stumm.
Ein letztes Lied zur Jungfrau Maria, die als Königin und Mutter auf den beiden Seitenaltären abgebildet ist.
Maria breit den Mantel aus, mach Schirm und Schutz für uns daraus.
Der Gesang kommt aus tiefster Seele.
Danach improvisiert der Organist ein verhaltenes Orgelspiel. Die Glocken beginnen zu läuten, sie klingen anders als sonst. Danach werden sie für immer schweigen.
Bald wird es den Dom des Hümmlings nicht mehr geben, seine Tage sind schon gezählt. Und bald wird es das Dorf nicht mehr geben, es wird hier gar nichts mehr geben, die Menschen können es noch immer nicht begreifen.
„Herrgott, wo warst du, als man unser Dorf verschacherte?", mag sich manch einer an diesem Tag gefragt haben. „Unser ganzes Dorf mitsamt deinem Haus, geopfert für einen Schießplatz."
Pfarrer Reckers ist erschöpft, aber er muss diesen Tag durchstehen, das Allerschwerste liegt noch vor ihm. Der

letzte Akt wird bald danach unter Ausschluss der Öffentlichkeit folgen. Nach einem festgelegten Ritual wird er ein tragisches Ende nehmen. Man wird die Reliquie aus dem Altarschrein bergen, und Pastor Reckers wird das Allerheiligste – den Kelch mit den geweihten Hostien – aus dem Tabernakel nehmen und in die Sakristei tragen. Danach werden die Hostien an einen anderen geweihten Ort gebracht werden.

Der Küster wird danach das Ewige Licht löschen, das Sinnbild der Allgegenwart Gottes. Es ist nun nicht mehr sein Haus.

Diese letzten priesterlichen Handlungen wird man in einem Protokoll festhalten und unterzeichnen und dem Bischof in Osnabrück übergeben. Der profanen Nutzung zum festgelegten Datum steht nun nichts mehr im Wege. Bis dahin bleibt nicht mehr viel Zeit, alle sakralen Gegenstände und die wertvolle Einrichtung in Sicherheit zu bringen.

Den Hochaltar und die beiden Seitenaltäre, den Tabernakel, die Kommunionbänke, den Predigtstuhl, die Beichtstühle und die Orgel. Auch der Taufstein aus Bentheimer Sandstein, über den man viele der heute Versammelten einst als Täuflinge gehalten hat, wird seinen Platz verlassen.

Klara hat nach dem Hochamt vergeblich nach ihrem Mann Ausschau gehalten! Was hat er sich bloß dabei gedacht, an so einem Tag einfach zu verschwinden? Schon vor dem letzten Segen in diesem letzten Hochamt. Und wo sie doch anschließend bei ihren Eltern eingeladen sind, die schon auf gepackten Kisten sitzen. Mit Beginn der Osterferien war die Schule geschlossen worden.

Klara muss nicht lange überlegen, sie weiß, wo sie ihren Hinrich finden wird. Auf der Bank hinter dem Haus, das ihnen nicht mehr gehört. Sie hat sich nicht geirrt. Als Hinrich sie bemerkt, beginnt er seine Pfeife zu stopfen, so muss er Klara nicht ins Gesicht sehen. Aber sie will es nun wissen. Schon seit dem Tag, als sie die Dokumente unterschrieben haben, kann man mit ihm nicht mehr vernünftig reden.

„Hinni, waet is ennlick los mit di?"

Sie weiß, dass sie nicht mit einer Antwort rechnen kann, aber sie ist noch nicht fertig. Ihr gehe es auch nicht besser als ihm, und den Kindern auch nicht.

„Du haes jao recht."

Hinrich nimmt die Pfeife aus dem Mund, die er gar nicht angezündet hat, und ergreift Klaras Hand. „Gout, daett ick di haebbe!"

Was für ein Kompliment! Und Klara hört noch mehr aus seinen Worten. Gemeinsam würden sie es schon schaffen, das will er ihr eigentlich sagen – und sicher will er ihr noch mehr sagen, sie sieht es an seinen Augen.

Nun braucht er aber sein neues Feuerzeug. Er greift in die Innentasche seines Jacketts und atmet auf, als er das blanke Metall an seinen Fingern fühlt. Es ist noch da, das Feuerzeug ist nicht rausgefallen, als er sein Jackett vorhin ausgezogen hat.

Er zündet die Pfeife an und nimmt einen langen Zug. Klara wedelt den Rauch beiseite. Selbst nach all den

Jahren hat sie sich an seine Qualmerei nicht gewöhnt. Und als Klara sagt: „Kumm, Hinni, et wedd nuu Tied!", lässt Hinrich den Schlüssel einfach stecken.

Regina und die Jungs sitzen schon bei den Großeltern am Tisch, sie schauen ihre Eltern mit großen Augen an, stellen aber keine Fragen. Gunda füllt die Hühnersuppe in die Teller, sie schmeckt wie immer. Zum Nachtisch gibt es Birne Kunigunde, wie so oft. Aber in diesen Wänden zum letzten Mal. Danach gehen sie noch einmal gemeinsam in die Schule, zum letzten Mal.
Es ist schon später Nachmittag. Zeit, nach Rastdorf zurückzufahren. Es ist jetzt ihr Zuhause, auch wenn es sich noch fremd anfühlt. In dem es noch immer nach frischem Zement riecht, aber auch nach einem Hauch von Kölnisch Wasser. Keine Zeit, darüber nachzudenken, die Kühe wollen gemolken und die Schweine gefüttert werden. Wie jeden Tag, auch am Sonntag. Zum Abendessen sitzen sie gemeinsam um den eichenen Küchentisch – und die Bank ist so hart wie eh und je. Klara wird demnächst neue Kissen nähen.
An diesem Abend rückt die Familie nah zusammen, und später im breiten Ehebett mit der neuen Matratze rückt Hinrich ganz nah an Klara heran. „Klärchen, mien Engel", sagt er und hält ihre Hand, bis sie eingeschlafen ist.

12
Unter den Hammer

Bald nach dem letzten Hochamt, nachdem die Glocken in Wahn für alle Zeit verstummt waren, rückte man dem Kirchturm zu Leibe und beraubte ihn seiner Würde. Mit groben Händen und Werkzeugen setzte man ihm seine wertvolle barocke Haube ab. Die drei Glocken wurden fortgeschafft, und man konnte davon ausgehen, dass sie in einem Schmelzofen enden würden. *Neue Waffen braucht das Land!*
Noch im gleichen Jahr wurde die Kirche gesprengt. Der stolze Dom des Hümmlings sackte unter lautem Krachen und Bersten in sich zusammen.
Den amputierten Turmstumpf ließ man stehen – es war ein jammervolles Bild. Als Wachtturm sollte er fortan dem Schießplatz zu militärischen Zwecken dienen.
Kalles Kumpel Hermann hatte das alles mit ansehen müssen, kurz bevor er zum Militär eingezogen wurde. Das waren seine letzten Eindrücke von Wahn gewesen, die Bilder würde er nie wieder vergessen.
Jetzt gingen in Wahn schon seit Langem die Lichter aus. Zuerst nur vereinzelt, dann waren es immer mehr Häuser, die abends im Dunkeln lagen. Und nur hin und wieder trafen sich heimlich noch zwei Verliebte bei der Blauen Buche und ritzten ein Herzchen in die Rinde. Mit den Anfangsbuchstaben ihrer Namen und manchmal dazu eine Jahreszahl.

Bauer Möhlenkamp hatte noch immer keine neue Bleibe gefunden. Seine Familie saß in Wahn noch immer fest – umgeben von Trümmern. Er hatte Hinrich erst vor Kurzem sein Leid geklagt, als sie sich zufällig bei der landwirtschaftlichen Genossenschaft getroffen hatten. Zum einen lag es wohl daran, dass er ziemlich hohe Ansprüche stellte, sein Hof war einer der größten im Dorf, ein anderes Mal platzte der Vertrag mit der Behörde, weil es sich bei der zugeteilten Stelle um einen Erbhof handelte, den die RUGES widerrechtlich vergeben hatte.
Und die Möhlenkamps, Sprenkels wurden sie auch genannt, waren eine große Familie. Hermann junior, genannt Hermken, hatte zwei ältere Schwestern und noch drei jüngere Geschwister. Eine Schwester war schon als Kleinkind gestorben, sie zählte aber noch immer zur Familie.
„Wi haebbt sääben Kinner", pflegte die Mutter nach wie vor zu sagen, und es verging kaum ein Tag, an dem sie nicht eben mal zum Friedhof ging.
Besonders den älteren Leuten im Dorf musste die Situation in jenen letzten Monaten völlig absurd vorkommen. Damals nach dem großen Brand im Jahr 1900 waren holländische Arbeitskolonnen entscheidend am Wiederaufbau des Dorfes beteiligt gewesen, die einheimischen Handwerker hätten es ohne sie nicht geschafft.
Und jetzt?
Für die Abrissarbeiten hatte die RUGES eine Arbeitstruppe aus Holland eingesetzt. Etwa zwei Dutzend Män-

ner oder mehr, die tagein, tagaus nur damit beschäftigt waren, alle Gebäude abzureißen, auch all jene, die erst seit gut vierzig Jahren wieder an ihrem Platz standen. Waren die Holländer freiwillig hier oder waren es zu diesem Zeitpunkt bereits Kriegsgefangene? Hinrich hatte vergessen, seinen ehemaligen Nachbarn danach zu fragen. Der hatte ihm auch erzählt, dass zwei holländische Frauen täglich für die Arbeiter kochten.

Der alte Bäcker Kramer, der im Ersten Weltkrieg ein Bein verloren, aber trotz seiner Holzprothese die schwersten Mehlsäcke in die Backstube geschleppt hatte, hatte die Bäckerei inzwischen dem ältesten Sohn übergeben. Die Familie war längst nach Rupennest umgesiedelt.

Sein zweiter Sohn war in der alten Bäckerei in Wahn zurückgeblieben. Fast rund um die Uhr backte er nun Brot für die holländische Arbeitsbrigade und die wenigen anderen Dorfleute, die hier noch ausharren mussten. Die Milch holten die Holländer täglich bei Bauer Möhlenkamp. Es war der letzte verbliebene Bauernhof im Dorf, allerdings nur noch zu kleinen Teilen bewirtschaftet. Die Straßen und Wege waren zeitweise gesperrt, und die Einschläge vom Schießplatz kamen immer näher.

„Daet is doch kien Lääwen meer in't Däerp", hatte Bauer Möhlenkamp gesagt, und dass er nahe daran sei, seinen Verstand zu verlieren.

Hermken war der älteste Sohn unter den Geschwistern und der Hoferbe, auf den der Vater seine ganze Hoffnung gesetzt hatte. Aber auch das sollte ganz anders kommen. In diesen Tagen – der Bauer konnte es noch immer nicht fassen – war sein Sohn nur auf Urlaub zu Hause. Er hatte seine Grundausbildung bei der Wehrmacht bereits hinter sich gebracht und die Nase vom *Kommiss* jetzt schon gestrichen voll.

Kalle – er selbst war am kommenden Mittwoch zur Musterung dran – hatte erfahren, dass sein Freund auf Urlaub war und wollte ihn unbedingt an diesem Wochenende treffen. Gemeinsam mit Lehmkuhls Toni – eigentlich hieß der Anton und war mit der Familie auch in Rastdorf gelandet. Auch ihm war dieses Treffen mit den Freunden sehr wichtig. Man konnte ja nie wissen, wie das alles mal enden würde. Mit diesem Scheißkrieg.
Fehlte als Vierter im Bunde noch Huusmanns Hannes, seine Familie war nach Rupennest ausgesiedelt.
Die vier hatten sich nun für den Freitagabend, den letzten im September, verabredet. Irgendwie klappte es mit der Nachrichtenübermittlung immer. Von Mund zu Mund oder weil einer der Nachbarn bereits ein Telefon hatte und gern Bescheid sagte.
Hermken, Hannes, Toni und Kalle! Die vier Wahner Jungs waren seit Kindertagen dicke Freunde. In der Schule hatten Hannes und Kalle immer nebeneinander in der gleichen Bank gesessen. Viererbänke waren es gewesen.
„Nein, Hermann und Anton, ihr sitzt da nicht auch noch", hatte Lehrer Heribert Reuter gesagt, „das könnt ihr gleich wieder vergessen."
Aber das wahre Leben spielte sich ja außerhalb der Schule ab. Erst recht, als sie so langsam trocken hinter

den Ohren wurden. Sie hatten so manchen Streich ausgeheckt und nicht immer war es ohne Folgen geblieben. Und dann die Trennung von ihrem Dorf.
Und nun hieß es Abschied nehmen von ihrer Jugend und auch noch einmal von Wahn. Ein letztes Mal.
„Un waa willt wi uus draopen?", hatte Hannes am Telefon gefragt.
„Blöde Fraoge!"
Bei der Blauen Buche natürlich. Wo sonst?

Kalle und Toni hatten den gleichen Weg, zuerst mit dem Rad zum Bahnhof nach Werlte und die zweite Strecke mit der Bahn. Während der Zugfahrt hatten sie eine kleine Episode von früher wieder aufgewärmt.
Damals waren sie vom Pastor auf einem fremden Grundstück beim Pflaumenschütteln erwischt worden, als sie ihre Hosentaschen schon fast vollgestopft hatten. Der hatte da richtig was draus gemacht, obwohl es gar nicht seine Pflaumen waren. „Ihr Vagabunden", hatte er gesagt. „Ihr sollt nicht stehlen!" Sonst war Pastor Reckers gar nicht so streng gewesen, aber hier ging es um das siebte Gebot.
Und was hatten sie beide gemacht?
„Weeist du daet noch?", fragte Kalle und grinste dabei. Seiner Haushälterin hatten sie die Pflaumen gebracht, Toni wusste es noch genau. „Jao, un deei haeff sick domaols fraiet", erinnerte er sich.
Nun standen sie da, die vier Vagabunden. Unter der Blauen Buche. Fast so wie früher.

Sie war seit jeher ein besonderer Ort und eine Zufluchtsstätte für all jene gewesen, die unterwegs auf freiem Feld von einem Gewitter überrascht wurden. Dann suchte man unter ihrer mächtigen Krone Schutz vor Blitz, Regen, Hagel und Sturm.
Eichen musst du weichen, Buchen sollst du suchen!
Für die Dorfjugend war die Blaue Buche seit jeher ein beliebter Treffpunkt, bevor sie sich zu Dorffesten und privaten Feiern auf den Weg machten. Und so manches verliebte Pärchen hatte hier heimlich erste Küsse getauscht und danach ein Herzchen in die glatte Rinde geschnitzt.
Ja, es gab sie wirklich! Aber niemand kannte ihr Geheimnis. Deshalb rankten sich viele Sagen und Geschichten um die alte Buche. Auch Märchen, wie das von den Elfenkindern, das Regina und Emmi sich ausgedacht hatten.
Von Kalles Großmutter stammte die nachfolgende Geschichte. Damals, im Jahr 1900, nach dem Großen Brand, hatte die Buche schon im Sommer alle Blätter abgeworfen.
Es war die Hitze. Und der Rauch. Sie wird sterben! Das hatten die Wahner Dorfleute damals gesagt.
Und dann im nächsten Frühling trieb sie schon zeitig wieder aus. Und jeder, der bei ihr vorbeikam, konnte es sehen. Die Buche hatte ganz blaue Knospen und danach ganz blaue Blätter. Nicht so ganz blau. Aber der bläuliche Schimmer blieb auch im Sommer, im schrägen Morgen- und Abendlicht fiel er ganz besonders auf.
Niemand hatte so etwas zuvor gesehen.

Das ist doch nicht normal. Das ist ein Wunder!
Oder die anderen Stimmen, die nicht an Wunder glaubten, so wie Hinrichs Großvater.
Der Baum war vergiftet worden! Die vom Kaiserlich Kruppschen Schießplatz mussten was vergraben haben, was da nicht hingehörte.
Auch diese Variante war ja nicht so ganz von der Hand zu weisen, und in einer Vollmondnacht soll tatsächlich jemand hier gebuddelt haben, um die Sache endlich zu ergründen. Ob er was gefunden hat, ist nicht überliefert.
Dann gab es auch noch die Alleswisser.
Als die vom Schießplatz einen Bunker bauen wollten, hatten sie bei einer Bohrung den unterirdischen Salzstock entdeckt. Es war das Salz, das die Blätter blau gefärbt hatte.

Und nun, im September 1942, als Kalle und seine Freunde sich hier trafen, hatte die Blaue Buche schon viele ihrer Blätter abgeworfen. Bläulich schimmerndes Laub lag zu ihren Füßen.
Dafür war es doch viel zu früh. Das war doch nicht normal, überlegten sie.
„Waet is daenn noch normal?", fragte Kalle
„Nicks", sagte Hermann. „Nicks!"
Er hatte recht. Nichts war normal in diesem Herbst 1942.
Genau das war auch der Grund, für ihr heutiges Treffen.
Hermann hatte Urlaub von der Truppe. Beim Fußvolk war er gelandet, bei der Infanterie. Und es war noch

schlimmer als erwartet. Dieser Schliff, das Gebrüll und das ganze Nazigetue, nicht auszuhalten. Und überhaupt. Die hatten ja keine Ahnung. Seine Familie saß hier zwischen den Trümmern und wusste noch immer nicht, wo sie hinsollte. Und er – er war nach Ostpreußen marschiert und hatte auf Pappkameraden geschossen. Und in acht Tagen fuhr sein Zug zurück.
„An tou Huus dröffs du doarbi nich denken", sagte er.
Und nächste Woche waren auch Kalle und Toni dran. Sie sollten ihre Ausbildung in einer kleinen Stadt hinter der holländischen Grenze machen.
Holland? Ob sie ihm das genauer erklären könnten, fragte Hannes.
„Jao, aower nuu nich", sagte Kalle.
Hannes war der Jüngste von ihnen und deshalb erst in Kürze dran. Er hatte sich zur Luftwaffe gemeldet. Wenn er schon nicht dran vorbeikam, dann lieber fliegen als marschieren. Er wartete täglich auf Nachricht.
Nun standen sie da im Halbkreis, eine Weile schwiegen sie und guckten sich in die Augen. Hannes begann zu pfeifen. Das Lied von der Lili Marleen, aber nur ein paar Takte.
„Hannes, upphöärn! Un Laterne – daet gaait goar nich!"
Wenn schon, dann müsse es so heißen:
‚Wer weiß, wann wir uns wiedersehn
und bei der Blauen Buche stehn.'
Das reichte nun aber, sie seien doch nicht hier, um Tränen zu vergießen, meinte Toni. Oder um ein Herzchen in die Rinde zu schnitzen, sagte Hermken. Sie lachten, obwohl ihnen danach nicht wirklich zumute war. Aber

153

hier wollten sie sich wieder treffen, wenn alles vorbei sein würde.

„Et kann jao nich ewig duuern."

„Ehrenwort?"

„Hand drupp."

„Ehrenwort."

Das musste nun aber unbedingt begossen werden. Jetzt wollten sie erst mal einen heben. Und danach bei Möhlenkamps auf dem Hof übernachten, so hatten sie es abgemacht. Eine Pfanne voll Spiegeleier mit Brot säße auch noch dran, hatte Hermken gesagt. Hühner hätten sie ja noch im Stall. Der würde jetzt nachts abgeschlossen, wegen der Holländer. Und sein Vater hatte letzte Woche doch tatsächlich einen Fuchs gesehen. Er hatte ihn laufen lassen.

„Deei will uck lääwen", hatte er gesagt.

Es war schon dämmrig geworden, als sie der Blauen Buche den Rücken zudrehten.

„Nich ümmekieken, daet bringt Unglück", sagte Kalle. Und er meinte es genauso, wie es klang, ein bisschen bange.

Eine Ratte lief vor ihnen über den Weg. „Deei wääit uck nich, woar seei hen schäöll", sagte Hermken.

Es sei nicht mehr auszuhalten in Wahn, fuhr er fort. Am Tag das ganze Elend, und nachts sei das Schreien der Katzen und das Jaulen einiger zurückgelassener Hunde nicht zu ertragen.

An diesem Abend nahmen die vier jungen Männer den anderen Weg zum Bahnhof. Der war schon seit Langem nicht mehr in Betrieb, die Schalterhalle war schon ausgeräumt. Aber in der Bahnhofskneipe brannte Licht. Es war die einzige Gastwirtschaft, die im Dorf noch geöffnet hatte.

Der Wirt war froh, sie zu sehen. „Hallo ih Vagabunden! Waet maoket ih daenn hier?"

Das Holz knackte im Ofen. Darauf wärmte der Wirt gerade einen großen Topf Suppe, für die wenigen übrig gebliebenen Wahner Dorfleute, die außer Brot in ihrem Dorf nichts mehr kaufen konnten. Unter ihnen war auch das Fräulein von der Post. Sie war mit dem Wirt verwandt und hatte oben unterm Dach ein Zimmer. Sie musste bleiben, weil die Wahner Poststelle noch stundenweise geöffnet war. Die Kneipe noch bis abends um zehn Uhr.

„Fieeraobend", rief der Wirt, gleich sei Polizeistunde. Und das meinte er ernst.

„Noch eeinen Lüttken?"

„Jao, eeine Runne noch", sagte Kalle, „gaait up mi."

Sie kippten ihn runter und verzogen dabei ihre Gesichter. An harte Sachen waren sie nicht gewöhnt. Aber heute Abend musste es sein.

„Soo jung kaomt wi nich weer tousaome."

Prost! Prost! Prost! Prost!

Kurz darauf: „Munter holln! Munter! Munter holln" – von allen Seiten. Irgendwann war es nun auch gut.

Also auf zu den Spiegeleiern. Und dann musste Hermken ihnen doch noch seine Uniform zeigen. Er selbst fand sich recht ansehnlich darin, aber sein Vater hatte gesagt: „Junge, treck di vernünftig an!"

Jetzt wollte er sie nicht anziehen, nur eben die Mütze aufsetzen, er, der zukünftige Gefreite von der Infanterie mit einer Körpergröße von einem Meter sechsundachtzig.
Zeit, sich schlafen zu legen. Das mit den Strohsäcken auf dem Dielenboden war in Ordnung, und die Wolldecken auch. Die Nacht war kurz und nach dem Frühstück stand ein Gang durchs Dorf bevor. Ihr letzter.
Auf dem Kirchplatz sahen die vier nur noch die Ruine des Kirchturms mit dem Schild BETRETEN VERBOTEN. Der Turm sollte dem Militär als Ausguck dienen, und tatsächlich, er war von zwei Posten besetzt.
Den Jungs fiel dazu eine Menge ein, aber sie ließen es nicht raus.
„Wieter", sagte einer.
Vorbei an bereits abgerissenen Häusern und zu jedem gehörte noch immer ein Name. Kalles Schritte wurden langsamer. Dann blieben sie stehen. Das Haus seiner Familie stand noch, hatte aber weder Fenster noch Türen, keine Dachziegel mehr und der Dachstuhl fehlte ebenfalls komplett.
Sie wollten lieber draußen warten, meinten sie, als Kalle hineinging. Danach wusste er nicht mehr, wie lange er es darin ausgehalten hatte.
Nur fünf Minuten seien es gewesen, sagten sie ihm.
„Blots fiew Minuten."
Toni wusste schon, dass es den Hof Lehmkuhl, den er hatte erben sollen, nicht mehr gab. Er war vor einiger Zeit mit seinem Vater noch mal hier gewesen. Doch etwas hatte sich inzwischen getan. Der meiste Schutt war verschwunden, es war hier ein freier Platz entstanden.

Auch das nächste Haus gab es nicht mehr, hier stand nur noch eine große Scheune und ein paar Schritte weiter noch eine und ein Wagenschuppen. Hier hatte die RUGES die Gegenstände und das Material aus den Abrissgebäuden untergestellt. Sortiert, beschriftet und ordentlich aufgestapelt.
Kalle erkannte sie sofort, das waren die Sprossenfenster aus ihrem Haus und die beiden Flügel des Hoftors. „Verbrecher", sagte er und schüttelte den Kopf. Anton erkannte die Ziegelsteine ihres Hauses an der Farbe. Sie waren sehr dunkel gebrannt.
Hannes wollte gerade die Kette vor dem Wagenschuppen aushaken, um hineinzugehen, da hörte er eine Trillerpfeife und danach: „Betreten verboten!"
Plötzlich sahen sie von der Straße her fremde Leute auf diesen Platz zukommen, und der Mann mit der Aktentasche unterm Arm und dem Holzhammer in der Hand, das konnte nur der Auktionator sein. Sie hatten von solchen Auktionen in ihrem Dorf schon gehört, aber nicht, dass auch für heute eine angesetzt war.
Nun wurde dem Mann mit der Aktentasche ein Hocker hingestellt und eine *Flüstertüte* in die Hand gedrückt. Nach seinen Eröffnungsworten waren die Bauelemente zur Besichtigung freigegebenen, eine Viertelstunde. Es entstand ein ziemliches Gedränge und dann ging es los.
„Ein halbes Dutzend Fensterrahmen! 50 Mark. Wer bietet mehr? 50 Mark zum Ersten, zum Zweiten und zum Dritten." Dann fiel der Hammer, Geldscheine wurden hingeblättert.

„Dachbalken, neuwertig, aus deutscher Eiche! Zupacken! Halb geschenkt! Futtertröge, Weidepfähle, Pferdegeschirr. Alles muss weg. Alles kommt heute unter den Hammer."

Die Leute waren ganz wild darauf und trieben die Preise in die Höhe. Alles unter den Hammer – Hermann, Hannes, Anton und Kalle trauten ihren Ohren nicht. Dabei konnte man doch nicht locker bleiben. Das war doch Sauerei, was die da mit anderer Leute Eigentum trieben. Mit ihrem Eigentum!

Toni sagte: „Hier höärt us nicks meer!" Und das hatte er ganz richtig erkannt. „Nicks meer!"

„Daenn laat us nuu gaan", sagte Kalle Er konnte das nicht länger aushalten.

Sie guckten sich an und waren sich einig, hier hatten sie nichts mehr zu suchen. Es war vorbei. Man musste einen Haken dahinter machen. Auch wenn's noch so schwerfiel.

Also gingen sie zurück. Die Pastorei hatten sie auch schon teilweise abgerissen, die Lehrerwohnung ebenfalls. Kalle dachte an seine Großeltern, an Heribert und Oma Gunda. Die Schule stand noch. Sie war weiträumig abgesperrt. BETRETEN VERBOTEN.

Ob die RUGES dort die Holländer einquartiert hatte?

Und dann rückte Hermann noch mit dieser Sache heraus, die niemand wissen durfte. Sein Vater und er hatten einen Balken aus dem Kirchenabriss beiseite geschafft. Der lag nun in der Scheune unter dem Heu und wartete auf den Umzug. Als Andenken an Wahn.

Es waren noch mehr Dinge klammheimlich aus dem Dorf fortgeschafft worden. Und wenn man den Jungs heute erzählt hätte, dass die Bodenfliesen aus der Kirche viele Jahre später – wie durch ein Wunder – in einem Nachbardorf auf einem Dachboden wieder auftauchen würden, sie hätten es wohl nicht für möglich gehalten.

Jetzt guckten sie noch bei Bäcker Kramer rein, der hatte heute ein gutes Geschäft gemacht. Er schenkte den vieren je ein Milchbrötchen, wie zu Kindertagen, und gab ihnen gute Wünsche mit auf ihren Weg.

Ihn selbst könnten sie zum Glück bei der Wehrmacht nicht mehr gebrauchen, hatte er gesagt. Er sei ja schon über vierzig. Aber Brot würde immer gebraucht, auch nach dem Krieg, um seine Zukunft mache er sich keine Sorgen.

Dann standen sie bei Sprenkels vor der Hoftür: Hermann, Hannes, Toni und Kalle. Hannes hatte sein Fahrrad hier gestern abgestellt.

Heute musste es ein Abschied mit Handschlag sein, ein fester Händedruck reihum von Mann zu Mann, verbunden mit ein paar kurzen Äußerungen. Sie würden sich wiedersehen. Ganz sicher.

Nur wann? Das stand in den Sternen.

Aber wenn der Krieg vorbei sei, dann würden sie wieder unter der Blauen Buche stehen. So wie gestern.

Es war alles gesagt.

Einmal drücken? Warum nicht! Es guckte ja grad keiner.

Dann war es auch wirklich genug.

Hermann ging ins Haus. Hannes ging noch mit ihnen bis an die Straße, die zum Bahnhof führte. Anton und Kalle klopften ihm auf die Schulter. Hannes schwang sich aufs Rad und drehte sich nicht mehr um. Bis zum Bahnhof waren es für Kalle und Toni nur noch ein paar Minuten.
Hoffentlich hielt der Zug auch, wenn sie gleich winkten. Offiziell gab es hier keine Zwischenstation mehr. Ja, er hielt. Und sie mussten nichts bezahlen, der Schaffner hatte sie erkannt.
Und ihre Räder waren über Nacht in Werlte auch nicht geklaut worden. Also auf nach Rastdorf. Noch drei Tage Galgenfrist.

13
Rastdorf

In jenen Kriegstagen, als in Wahn nach und nach die Lichter ausgingen, wohnten einige der ehemaligen Wahner schon im dritten Jahr in der neuen Siedlung, doch in Rastdorf wollte es nicht recht vorangehen. Immer zwei Schritte vorwärts und einen Schritt zurück.
Dabei konnten die Wahner Dorfleute noch von Glück sagen, dass ihre neuen Nachbarn zum Teil die alten waren und sie sich gegenseitig beistanden, so wie es zu Hause immer selbstverständlich gewesen war. Ja, zu Hause! Immer wieder konnte man es hören, wenn sie Wahn meinten.
Aber es gab auch die ganz neuen Nachbarn aus weiteren sieben Ortschaften, die der Erweiterung des Schießplatzes weichen mussten. Familien aus Emmeln und Tinnen, Surwold, Sprakel und Appeldorn, Klein Berßen und eine aus Hemsen. Einige von den Dörfern waren erst zu Beginn der 1930er-Jahre in der Umgebung des verwahrlosten Kruppschen Geländes als Siedlungen neu gegründet worden – die ganze Plackerei war umsonst gewesen.
Zunächst hatte Rastdorf zu Lorup gehört, doch bereits am 1. November 1943 hatte das Dorf eigenes Ortsrecht erhalten, zu der Zeit waren hier bereits achthundert Personen gemeldet. Unter ihnen Hinrich Harms und seine Familie.

Für die kleinen Landwirte war die Zuteilung in Rastdorf eher bescheiden ausgefallen. Nach der Devise ‚einmal

arm – immer arm' schnitten die Heuerleute am schlechtesten dabei ab. Die Geschäftsleute und Handwerksbetriebe, deren Häuser auf fünf Hektar großen Grundstücken errichtet wurden, mit Platz für Nebengebäude und einem Stück Ackerland hinterm Haus, kamen in der Regel am schnellsten wieder auf die Füße.
Der Wahner Schmied, er konnte es selbst gar nicht glauben, erhielt schon zu Anfang eine neue Schmiede an der Hauptstraße. Doch sein Wohnhaus war noch nicht fertig, er musste mit seiner Familie bei Nachbarn unterkommen.
Der Schuster hingegen hatte sein neues Haus schon bezogen. In einem seiner Zimmer war der erste kleine Lebensmittelladen Rastdorfs untergebracht, der Wahner Kaufmann Berens war noch nicht so weit.
Heinrich Berens hatte auf einen gerechten Ausgleich bestanden, und so entstand an der Birkenstraße jetzt sein Haus mit einem Lebensmittelgeschäft, das sogar unterkellert war. Im Obergeschoss sollten die Wohnräume entstehen. Deshalb hatte man ihm auch eine stabile Betondecke über dem Laden versprochen, die dann allerdings lange auf sich warten ließ. Die Familie musste sehen, wo sie unterkam. Was nicht so ganz einfach war mit acht Kindern und einem Kindermädchen.
Zur Sonntagsmesse waren die Rastdorfer anfangs nach Lorup gepilgert, dann war der ganze Sonntagvormittag ausgefüllt. Es musste eine andere Lösung gefunden werden.
Bereits vor dem Abriss der Wahner Kirche hatte der Bischof damals einen jungen Kaplan, Johannes Sierp, in

die neue Siedlung beordert, der sein Seelsorgeamt mit viel Begeisterung ausübte.

Aber es gab noch keine Kirche, und die Nutzung der Schule für Messen und Andachten war amtlich verboten. Hier sollten *treudeutsche* Kinder erzogen werden. Ab dem nächsten Frühjahr fanden die ersten Gottesdienste bei einem Rastdorfer Bauern in der Scheune statt. Werktags normal genutzt, wurde sie zu jedem Sonntag gefegt, geschrubbt und hergerichtet. Ein Tisch als Altar, ein paar Bänke und ein Kruzifix. Auch Klara engagierte sich so gut es ging, denn auf dem eigenen Hof gab es mehr als genug zu tun.

Als der Platz im Herbst für das Einbringen der Ernte benötigt wurde, erklärte Kaufmann Berens sich bereit, ein Nebengebäude seines Anwesens als Notkirche zur Verfügung zu stellen.

Es wurde entsprechend ausgestattet. Der Seitenaltar mit dem heiligen Josef aus dem Dom des Hümmlings fand hier einen neuen Platz und ein Kreuz mit dem Corpus Christi. Was sonst noch unerlässlich war, kam aus Spenden zusammen. Außen entstand ein hölzerner Glockenturm, auch Kalle und sein Kumpel Anton hatten beim Zimmern mitgeholfen. Der Turm erhielt dann sogar eine Glocke, die morgens, mittags und abends zu festen Zeiten von Hand geläutet wurde. Und an Sonn- und Feiertagen lud sie die Gläubigen zu Andachten und Messfeiern ein.

Am siebten Tag sollst du ruhen. Dann fanden die neuen Siedler hier in der Notkirche zusammen. Und selbst Hinrich ließ seine düsteren Gedanken zu Hause.

Reinhold war wieder Messdiener und Regina kniete neben Anna in der Bank, neben ihr hatte sie in Wahn zuletzt in der Schulbank gesessen.
Der ehemalige Wahner Küster bemühte sich, einen neuen Kirchenchor zu gründen, aber mit dem Singen taten die Gläubigen sich noch schwer. Sie wollten beten und den Worten des jungen Pfarrers lauschen, der sich sehr um ihr Seelenheil bemühte. In der Sonntagsmesse kam man zur Ruhe und konnte die Sorgen für eine Stunde vergessen. Nach der Messe stand man draußen auf dem Hof und redete miteinander. So kam man den neuen Nachbarn näher und mit den alten tauschte man Erinnerungen an Wahn aus.

Fast ebenso viele Wahner Familien hatten gleich zu Anfang der Aktion auf dem Heeresgut Rupennest ihre neuen Häuser bezogen. Sie waren fast unter sich und die neu entstandene Siedlung hieß später Neu-Wahn. Dort hatte auch die Familie Huusmann eine Siedlerstelle zugewiesen bekommen.
Schon zu Ostern 1942 hatte in Wahn keinen Gottesdienst mehr stattgefunden, da war die Kirche schon entweiht gewesen. Die noch verbliebenen Wahner machten sich deshalb auf den fünf Kilometer langen Weg nach Neu-Wahn und feierten dort im neuen Gasthof der Wahner Familie Oldiges gemeinsam mit Pfarrer Reckers weiterhin die sonntäglichen Gottesdienste.
Die Siedler hatten sich danach gegen alle anfänglichen Widerstände durchgesetzt. Sie bauten eine vorhandene Baracke zu einer Kapelle um, wo auch einige der alten

Wahner Kirchenbänke ihren neuen Platz fanden und ein Standkreuz auf dem Altar – von einem frommen Spender gestiftet!

Der emeritierte Pfarrer Reckers ließ es sich nicht nehmen, die Sonntagsmesse zu halten. Dazu reiste er bereits samstags mit dem Zug aus seinem Heimatort an, in den er inzwischen zurückgekehrt war. Ein Bett und eine warme Mahlzeit bekam er im Haushalt des ehemaligen Wahner Bäckers.

„Was uns nicht umbringt, macht uns stark!", pflegte Bäcker Kramer manchmal zu sagen und klopfte dabei auf sein Holzbein. Das echte hatte er im Ersten Weltkrieg verloren.

In ihrer Barackenkirche konnten die Menschen in Zeiten von Not und Selbstzweifeln wieder zu sich selbst und zueinander finden. Der Glaube schenkte ihnen neue Hoffnung.

Auch Kaufmann Berens in Rastdorf wollte die Hoffnung noch nicht aufgeben. Das Untergeschoss seines Hauses stand noch immer ohne Abschlussdecke und ohne Dach in der Gegend herum, bei Wind und jedem Wetter. Als der Hausherr sein Recht einforderte, gab man ihm zu verstehen, dass er zuerst mal die Kirche von seinem Grundstück entfernen solle. Doch Berens dachte nicht daran. Auch wenn er auf beiden Augen blind war, wusste er ganz genau, was er wollte und was nicht. Er würde nicht klein beigeben. Er nicht. Die Neu-Rastdorfer rechneten es ihm hoch an. Der Ort blieb der sonn-

tägliche Treffpunkt für die Siedler, die man hier in der Walachei zusammengewürfelt hatte.
Irgendwann wurde dann auch das Haus des Kaufmanns fertig, allerdings nur mit einer Zwischendecke aus Holzdielen. Die RUGES saß am längeren Hebel. Heinrich hatte es hingenommen, wenn auch zähneknirschend. Die Siedler wussten es sehr zu schätzen, auch als es danach im Dorf endlich einen richtigen Laden gab, wenn auch nur mit eingeschränktem Sortiment und alles nur auf Lebensmittelkarten.
Auch sonst gab es zu Anfang nicht viel in Rastdorf: keinen Arzt, keinen Frisör, keinen Schneider, keine Post und keine Sparkasse, keinen Bahnhof, keine Kirche und keinen Friedhof. Ihre Toten wurden auf dem Friedhof in Lorup bestattet. Die Trauernden folgten dem Wagen mit dem Sarg, von zwei Pferden gezogen, über die Landstraße.

Mit dem Bau einer Schule war in Rastdorf gleich zu Anfang begonnen worden. Bereits 1940 fing der Unterricht in der einklassigen Nordschule mit zunächst fast fünfzig Kindern in den acht Klassen an. Als es bald danach doppelt so viele Kinder waren, fand der Unterricht in zwei Abteilungen statt, morgens für die Großen, die am Nachmittag zu Hause mitarbeiten mussten, und nachmittags für die Unterklasse mit den Jahrgängen eins bis vier. Auch Agnes, sie war ein Wahner Mädchen, war hier eingeschult worden.
Agnes hatte danach mitbekommen, dass der Gauleiter aus Oldenburg höchstpersönlich in der Schule in Beglei-

tung von zwei Uniformierten aufgetaucht war. Die Herren störte das Kreuz an der Wand, das Kruzifix musste weg, so sehr der erste Rastdorfer Lehrer sich auch dagegen sträubte. Einige Zeit später war er seinen Lehrerposten los, er wurde zum Militär einberufen und man hörte danach nichts mehr von ihm. Nie mehr! Auch nach dem Krieg nicht!

In der Nähe der Schule hatte es auch einen ersten Kindergarten gegeben, der von drei Thüner Ordensschwestern aus dem Nachbardorf Lorup übernommen wurde. Die Schwestern wurden von den Nazis geduldet.

Da Rastdorf sich bis zu 12 Kilometer in die Länge zog, wurde südlich bald eine zweite Volkschule gebaut, die Südschule.

Regina war damals nur wenige Wochen in Rastdorf zur Schule gegangen, nur bis zu den Sommerferien, die in diesem Jahr früh begonnen hatten. Gleich zu Anfang durfte sie für eine Woche zu Oma Gunda und Opa Heribert nach Meppen fahren.

„Opa, ich will nicht in dieser Schule bleiben, ich will wieder zur Mittelschule."

Die nächste Mittelschule war ganz in Werlte. Das konnte sie doch mit dem Fahrrad schaffen, war sie der Meinung. Und sie wäre auch nicht allein unterwegs, es führen noch ein paar Rastdorfer Kinder dort jeden Tag hin.

„Wir werden sehen", meinte Heribert.

Die RUGES und ihre Angestellten zeigten auch weiterhin fast jeden Tag Präsenz. In Rastdorf wurde noch immer Land vermessen, gerodet, gebaggert und planiert, neue

Wege wurden angelegt und befestigt. Der ständige Lärm von den dampfenden, rauchenden und schnaubenden Lokomobilen ging Hinrich allmählich auf die Nerven. Nicht nur ihm, auch seinen Nachbarn.
Und nach wie vor wurden täglich Häftlinge aus dem nahen Lager zu ihrem menschenunwürdigen Einsatz hierher gebracht. Da konnte man gar nicht drüber weggucken. In voll besetzten Loren wurden sie antransportiert. Diese wurden am Einsatzort von dem Wachpersonal einfach umgekippt. Dann konnten die Männer zusehen, dass sie schnell wieder auf ihre Füße kamen.
Die Schulkinder, Agnes Rolfes war damals unter ihnen gewesen, waren eines Morgens voller Angst umgekehrt. Sie konnten nicht verstehen, was dort vor ihren Augen passierte.
Fortan wurden sie von einem Erwachsenen begleitet, man wechselte sich ab. Sie sollten nicht hingucken, sagte man ihnen, sondern immer nur auf den Weg vor ihren Füßen.
Die Erwachsenen wussten Bescheid. Es waren Gefangene aus dem KZ Esterwegen. Streng bewacht von den Blauen, den Wachmännern in ihren langen blauen Mänteln, die hier Stunde um Stunde herumstanden und herumbrüllten. Immer darauf bedacht, jeglichen Kontakt der Gefangenen mit den Siedlern zu verhindern. Doch auch von Weitem konnte man den Männern unterschiedlichen Alters ihre Not ansehen.
Mitleid – gut und schön, hatte Bauer Lehmkuhl, er war Antons Vater, eines Tages gesagt. Aber davon könnten sie auch nicht satt werden. Hier musste man was tun.

Er hatte zuerst mit Hinrich über seine Idee gesprochen. Ihre Jungs waren ja dicke Freunde, deshalb traf man sich auch des Öfteren mal. Und einen dritten Nachbarn hatten sie auch noch mit ins Boot geholt. Sie wurden sich schnell einig. Da musste sofort etwas passieren. Jetzt sofort. Die Kartoffeln waren gerade ausgemacht. Es war eine gute Ernte gewesen, die Kuhlen waren randvoll und noch nicht abgedeckt.
Jeder hatte eine Schubkarre Kartoffeln spendiert, sie waren gewaschen und bei Bauer Lehmkuhl in dem großen Futterkessel gar gekocht worden. Die wollten sie nun um die Mittagszeit den Sträflingen zukommen lassen. Also musste man mit den Blauen verhandeln. Das waren doch auch Menschen. Aber die Wachposten ließen sich nicht erweichen. Abgelehnt! „Seht zu, dass ihr Land gewinnt. Und lasst euch hier nicht wieder blicken! Sieg Heil!"
Die drei Bauern waren außer sich. Hinrich kochte vor Zorn. Und sie waren ratlos. Wie sonst sollte man ihnen etwas zukommen lassen? Aus der Hand durften sie doch von den Leuten nichts annehmen.
Also könne man es ihnen nur hinwerfen. Wie einem Hund oder einem Stück Vieh, sagte Antons Vater. Am besten trockenes Brot und einen Korb voll Äpfel.
Die gekochten Kartoffeln wurden danach an Lehmkuhls Schweine verfüttert. Klara war außer sich, als Hinrich es zu Hause erzählte.
„Waet is daet blots föär 'ne Welt!"
Auch damals nach dem Umzug war Klara davon überzeugt gewesen, dass jedes Mal, wenn eine Tür zufällt,

sich eine andere öffnet. ‚Kummp Tiet – kummp Raat', so lautete Klaras Wahlspruch auch weiterhin.

Diese Zuversicht änderte sich mit dem Tag, als Kalle Post vom Kreiswehramt erhielt, ganz so, wie er es vorausgesehen hatte. Es war im Sommer 1942, vier Wochen vor seinem 18. Geburtstag.
Mit dem Schießen tat er sich auf der Jagd schon schwer. Ein paar Hasen schon, aber ein Reh nicht – das wollte ja auch leben. Überhaupt, wohin sollte das denn alles noch führen, das mit den Nazis? Es war doch schon mehr als genug passiert.
Vor dem RAD hatte er sich drücken können, weil es auf dem eigenen Aussiedlerhof genug zu tun gab. Eine Ausnahme aus kriegsbedingten Gründen. Man hatte es tatsächlich eingesehen, aber über seinen Militärdienst ließen sie nicht mit sich verhandeln.
Wenn er dabei an seine Eltern dachte, quälte ihn sein Gewissen. Wie sollten sie es zu Hause denn ohne ihn schaffen? In ein paar Wochen musste das Roggenfeld zum ersten Mal gemäht werden. Und auch sonst? An solchen Tagen fand er abends nur schwer in den Schlaf. Dann versuchte er sich selbst etwas vorzumachen, der Krieg würde nicht mehr lange dauern. Da musste er jetzt auch noch durch.
Jeden Tag schaute er auf den Einberufungsbescheid, den Klara mit einer Heftzwecke seitlich am Küchenschrank aufgehängt hatte. Nur noch dieser letzte Abend, dann musste er los. Seine Mutter hatte ihm die

Sachen aufs Bett gelegt, die er nach ihrer Meinung einpacken sollte.

„Waet schäöll ick mit soo vääl Tüech", hatte er gefragt, da er doch neu eingekleidet würde. Er mochte sich sein Spiegelbild in Uniform gar nicht vorstellen. Er dachte dabei an Hermann und das Treffen mit seinen Freunden am vergangenen Wochenende.

Dann hatte er die Sachen doch in den kleinen Handkoffer gepackt, den Opa Heribert extra vorbeigebracht hatte. Die Unterwäsche, die Cordhose, den warmen Pullover, die handgestrickten Socken und die Taschentücher mit dem handgestickten Monogramm: K. H.

An diesem Morgen war er noch früher aufgestanden als gewöhnlich, hatte noch einen kleinen Gang zur Kuhweide gemacht und den Wassertrog vollgepumpt. Danach ging er in den Pferdestall, wo die Stute mit dem Fohlen stand.

„Munter hollen", sagte er und gab ihm einen Klaps auf das Hinterteil. „Munter hollen", sagte er auch zu Nero, der wohl spürte, dass hier heute etwas anders war als sonst. Kalle streichelte ihm den Rücken.

Da hörte er seine Mutter aus der Küche rufen. Sie hatte für ihn ein extra Frühstück gemacht, gebratenes Brot mit Speck und Spiegeleiern, er liebte es. Damit er unterwegs nicht schon schlapp machen würde, hatte sie gemeint. Aber es klang nicht so leicht, wie es klingen sollte.

Regina und Reinhold waren schon auf dem Sprung, das Wichtigste war am Abend zuvor gesagt worden.

Sie mussten los. Mit dem Rad nach Werlte, wo Regina nun zur Mittelschule ging, und Reinhold musste am Bahnhof den Zug nach Sögel erwischen.
Es war noch die alte Hümmlinger Schmalspurbahn auf der Strecke Werlte–Ostenwalde–Waldhöfe–Sögel-Wahn-Lathen, wo es den Übergang auf die Normalspurbahn gab. Nur dass es in Wahn keinen Bahnhof mehr gab und der Zug nicht anhielt.
Heute würde Reinhold die erste Stunde Religion schwänzen. „Holl diene Ohren stief!", gab Reinhold seinem Bruder mit auf den Weg und versetzte ihm andeutungsweise einen Hieb in die Magenkuhle.
Obwohl Regina schon ein großes Mädchen war – und große Mädchen weinen doch nicht – liefen ihr dicke Tränen übers Gesicht.
„Mien Süsterken, ick kaome doch weer!", so versuchte Kalle sein Schwesterchen zu trösten. An den letzten Satz ihres großen Bruders würde Regina sich in den kommenden Jahren immer wieder klammern, jedes Mal, wenn sie Angst um ihren großen Bruder hatte.
Nun stand Kalle seinem Vater gegenüber.
„Pass gout up di up, mien Junge!" Dabei schloss Hinrich seinen Sohn fest in die Arme.
„Papa", sagte Kalle nur, so kannte er seinen Vater bisher gar nicht! Er konnte sich nicht daran erinnern, dass er ihn jemals so in seine starken Arme genommen hatte. Auf den Schoß ja, als er klein gewesen war – hoppe hoppe Reiter – und auch daran, dass er ihm mit seinem großen Taschentuch Rotz und Tränen abgewischt hatte. Dass Hinrich heute so anders war, machte ihm Angst.

„Haes du uck aals?", fragte Klara, sie wollte ihm eben noch den obersten Jackenknopf zuknöpfen.

„Laat man, Mama!"

Klara ermahnte ihn, regelmäßig zu schreiben. Jede Woche sollte er sie wissen lassen, wo er sich aufhielt und wie es ihm gerade ging.

Klara nahm ihn in den Arm, sie wollte ihren Ältesten gar nicht wieder loslassen. Auch dann am liebsten noch nicht, als ein Militärfahrzeug an der Straße hielt. Es war ein Bereitschaftswagen der Wehrmacht, mit dem noch weitere Rekruten eingesammelt und zu ihrem Standort hinter der holländischen Grenze gebracht wurden. Holland! Kalles Freund Anton war schon vor ihm eingestiegen. Er hob wortlos die Hand, er hatte den Platz neben sich freigehalten.

„Un denke dran, daett du schriewen dais", rief Klara ihm nach.

Kalle drehte sich noch einmal kurz um. „Jao Mama."

Dann klappte die Wagentür zu. Klara stand einfach nur da mit dem Blick in die Richtung, in der das Fahrzeug hinter der Kurve verschwunden war.

Hinrich fasste nach ihrer Hand. „Kumm, Klärchen!", sagte er, „föär us güff 't nuu masse tou doun."

Ja, es gab noch viel zu tun in der neuen Siedlung. Und alles war ungewiss.

Für Regina hatte bald darauf ein neuer Lebensabschnitt begonnen. Inzwischen war sie sechzehn und hatte gerade die Mittelschule beendet. Zum Glück! Es war von Tag zu

Tag schlimmer geworden mit dem Nazikram, dem Grüßen und dem Singen. „Die Fahne hoch ...!" Sie hasste es.
In Rastdorf gab es inzwischen auch schon ein Maiden-Lager mit den deutschen Mädchen, die zur guten deutschen Frau erzogen werden sollten. Und die HJ fehlte auch nicht in ihrem Dorf.
„Eein Schandaol is daet", sagte Hinrich jedes Mal, wenn sie am Küchentisch darauf zu sprechen kamen.
Regina hatte gehofft, sich vor dem Pflichtjahr beim BDM (Bund Deutscher Mädchen) drücken zu können, weil sie zu Hause gebraucht wurde. Doch es kam anders. Nun fragte sie sich nur noch, wohin man sie schicken würde. Doch wohl nicht als Flakhelferin auf den nahen Flugplatz. Bloß nicht! Auf gar keinen Fall würde sie da hingehen.
Und wie so oft holte sie sich Rat bei ihren Großeltern, bei Heribert und Gunda, die nun in Meppen wohnten. Heribert unterrichtete am dortigen Gymnasium.
In den Klassenräumen befand sich anstelle der Oberstufe nun ein Lazarett, das zunehmend mehr Pflegepersonal benötigte. Heribert nutzte seine guten Beziehungen, sodass Regina eine Stelle als Helferin im Sanitätsdienst zugewiesen bekam. Regina nahm die Herausforderung an.
„Ick bün doch nich uut deei Welt", sagte sie zu ihrer Mutter Klara, die einmal laut aufschluchzte und sich danach mit dem Schürzenzipfel die Tränen abwischte.
Gunda und Heribert waren froh darüber, Regina in ihrer Nähe zu wissen – sie würden sie nun häufiger sehen

und auf sie aufpassen. Doch die Sorgen um die beiden Brüder lagen ihnen schwer auf der Seele.

In Rastdorf wartete Klara jeden Tag auf den Briefträger, sie hoffte auf ein Lebenszeichen von Kalle. Doch sie wusste nur zu gut, dass auch die schlechten Nachrichten mit der Post kamen.
Erbarmungslos fanden auch diese den Weg bis in die neue Siedlung und in die Todesanzeigen, die danach in der Zeitung standen: *Gefallen fürs Vaterland.* Klara schloss die Augen. „Herr erbarme dich!"
Klara, die sonst zu allen Gelegenheiten einen passenden Spruch auf den Lippen hatte, wirkte häufig unentschlossen. Ihr wollten die richtigen Worte nicht einfallen. Sie jammerte nicht, sie beklagte sich nicht, auch nicht, als Regina an den Wochenenden nicht mehr regelmäßig nach Rastdorf kam, weil die Fahrerei zu umständlich und unsicher war. Klara lachte nur noch selten ihr herzerfrischendes Lachen, nur manchmal flog ein versonnenes Lächeln über ihr Gesicht. Immer häufiger sah man sie mit verweinten Augen:
„Kopp hoch, Klärchen", sagte Hinrich an solchen Tagen und am Abend hielt er ihre Hand, bis sie eingeschlafen war.

Reinhold besuchte das Gymnasium in Sögel. Seine Schulzeit hatte Ostern 1933 in Wahn begonnen. „In dem Jahr kam ich in die Schule und Hitler kam an die Macht."
Es war das Schicksalsjahr für Deutschland gewesen, woran nicht zuletzt auch all jene Wähler mitgewirkt

hatten, die der NSDAP, der Nationalsozialistischen Deutschen Arbeiterpartei, die Stimmenmehrheit verschafft hatten. Doch damals war noch nicht abzusehen gewesen, wohin das alles führen würde. Auch noch nicht, als am 10. Mai auf dem Opernplatz in Berlin die Bücher brannten.

„Könnt ihr euch das vorstellen, zwanzigtausend Bücher! In fast allen Hochschul- und Universitätsstädten haben damals solche Sammelaktionen stattgefunden. Auch in Bremen, Braunschweig, Münster, Göttingen und Hannover wurden Bücher auf den Scheiterhaufen geworfen und angezündet. Es geschah im Land der Dichter und Denker", hatte Reinhold gesagt. Im November 1938, als die Synagogen brannten, war er schon in Sögel zum Gymnasium gegangen. Schon kurz vorher hatten in seiner Klasse zwei Jungen gefehlt, die nicht älter waren als er selbst.

„Man hat nie mehr etwas von ihnen und ihren Familien gehört. Ihre Häuser und Läden waren über Nacht aufgebrochen und geplündert worden." In ganz Sögel war man damals entsetzt gewesen.

Das lag jetzt schon ein paar Jahre zurück. Er ging nun schon in die zwölfte Klasse. Ostern 1945 würde er sein Abitur in der Tasche haben.

Aber er war nicht blind und nicht taub und ahnte bereits, dass es anders kommen würde. Auch ihn würden sie nicht vergessen. Jetzt im Sommer 1944 nahmen sie die Jungs schon mit sechzehn und siebzehn Jahren an die Front.

Hinrich war einige Zeit nach den vier Jungs, den vier Vagabunden, noch einmal in Wahn gewesen. Eines Morgens kurz vor Weihnachten hatte er die Zeitung aufgeschlagen, und weil er sie meistens von hinten nach vorn las, war ihm sofort die Todesanzeige in die Augen gesprungen: ‚*Gastwirt Wilhelm Wulferding – Lathen vorher Wahn.*'

Der *Alte Wilhelm!* Er war 93 Jahre alt geworden. Und die Beerdigung sollte in Lathen stattfinden.

Hinrich wollte gern dabei sein, und es gab noch mehr ehemalige Wahner Männer, die so dachten wie er. Mit einem gemieteten VW-Bus machten sie sich auf den Weg. Weil es weit war und die Straßen rutschig, kamen sie mit leichter Verspätung an. Der Sarg wurde gerade hinabgelassen, aber das letzte Vaterunser war noch nicht gesprochen.

‚Sicher wäre Wilhelm lieber in Wahn beerdigt worden', dachte Hinrich, als der Pastor von Erde, Staub und Asche sprach und von der Auferstehung am jüngsten Tag. Sohn Willi war sichtlich gerührt, obwohl er seinem Vater die Ruhe gönnte. Das sagte er danach beim Beerdigungskaffee in seinem neuen Gasthof in Lathen, wo die Wahner Männer nahe zusammenrückten.

Sein Vater sei zuletzt ganz durcheinander gewesen, zweimal hätten sie ihn draußen stundenlang gesucht. „Ick will naa Huus", hatte er nur gesagt und sich widerwillig zurückbringen lassen.

„Nuu is heei touhuus ankaomen", sagte sein Sohn.

Auf dem Rückweg hatten die Männer in Wahn angehalten, es war ja kein Umweg. Hinrich war mit einigen anderen zuerst auf den Friedhof gegangen. Er ging zum Grab seiner Eltern und die anderen zu den Gräbern ihrer Verwandten, die hier ihre letzte Ruhestätte gefunden hatten. Und sie? Die Wahner Männer? Die hier nun standen? Wie würde es eines Tages mit ihnen werden? Und wie viel Zeit würde ihnen noch bleiben? Das dachte Hinrich, als sie danach die Straße überquerten.

Dann standen sie vor den Trümmern. Es war noch schlimmer, als Kalle es beschrieben hatte. Ja, Kalle! Was er wohl gerade machte? Hinrich machte sich große Sorgen um seinen Sohn. Der war doch viel zu jung für diesen mörderischen Krieg.

Als Hinrich so dastand, kam es ihm plötzlich vor, als würden die eingestürzten Mauern sich aufrichten und auf ihn zubewegen. Seine Füße wollten nicht weiter. Er drehte sich um.

„Ick gaa all vöäruut", sagte er. Die andern folgten ihm.

Wo Bauer Möhlenkamp nur stecken mochte? Er war gar nicht auf der Beerdigung gewesen. Und wenn sie schon mal hier waren, wollten sie wenigstens kurz bei ihm reinschauen. Der saß hier ja noch immer fest mit seiner Familie. Mitten in diesem Elend. Und sein Sohn war inzwischen im Osten.

Kein Wunder, wenn es Hermann bei dem ganzen Hin und Her nicht gut ging, so hatten sie es jedenfalls gehört.

Aber dann erschraken sie, als sie ihn so blass und eingefallen auf der Küchenbank sitzen sahen, dabei war er noch kein alter Mann. „Et sünd deei Sorgen", sagte er, „deei haebbt mi krank maoket."

An diesem Tag hatte Hinrich es sich geschworen: Er war zum letzten Mal in Wahn gewesen. Sein Dorf war für ihn gestorben.
Zu dieser Zeit war das Dorf Wahn bereits aus den amtlichen Registern gelöscht worden. Dem Reichsgesetzblatt war diese Tatsache gerade mal zwei Zeilen wert gewesen.
Der Name wurde danach von der Landkarte gewischt wie ein störender Fliegenschiss, so als hätte es dieses Dorf im Hümmling zu keiner Zeit gegeben.
Hätte eine Naturkatastrophe das Dorf verwüstet oder wäre eine Bombe auf Wahn gefallen, es wäre nicht weniger tragisch gewesen, aber es hätte einen Unterschied gemacht.

Nur die Toten durften damals bleiben. Noch sehr viel später konnte man diesen Satz immer wieder von den ehemaligen Wahner Dorfleuten hören. Übrig geblieben waren nur der Friedhof, das Kriegerdenkmal, die alten Kopfsteinstraßen – und Trümmerhaufen.
Die Trümmer danach waren das Schlimmste gewesen.

Esterwegen – „die Hölle im Moor"

Blick auf die Außenmauer mit „Not-Tor" und Wachtürmen, Juni 1955
Foto: Charles Brusselairs (DIZ-Archiv)

Blick auf das Häftlingslager Esterwegen, ca. 1935/1936
Foto: Unbekannter Fotograf (Bildarchiv Preußischer Kulturbesitz)

Häftlingsbaracken

Pinienhain

De Hoogen Steener

14
Das bittere Ende

Nachdem das Volk den Diktator Mussolini abgesetzt hatte, war die Freundschaft zwischen Deutschland und Italien zerbrochen. Das Land stand nun auf der Seite der Alliierten. Das nächste Ziel für die Wehrmacht lautete jetzt Rom. Mit einer Zwischenstation an der Etsch. Heribert wollte es nicht glauben: Da hatten die Truppen doch tatsächlich den Brenner überquert. Mit Panzern und Kanonen und die Kavallerie mit Pferd und Wagen für den Transport wichtiger Güter.
‚Viele Grüße aus Südtirol', schrieb Anton Lehmkuhl in diesen Tagen in einem Feldpostbrief an seine Familie nach Rastdorf. ‚Die Menschen in Südtirol sind sehr freundlich zu uns. Viele sprechen sogar Deutsch.'
Von der Maas bis an die Memel, von der Etsch bis an den Belt. Deutschland, Deutschland, über ...! Jetzt gehörten die Südtiroler auch wieder zum Deutschen Reich.
Die Post von Kalle kam jetzt aus Belgien, hier hatten sie den Westwall zu verstärken und zu verteidigen.
Hermann schrieb aus Norwegen: ‚Hier an der Grenze zu Sibirien ist es bitterkalt. Uns frieren fast die Füße ab.'
In Stalingrad hatte sich inzwischen eine unsägliche Tragödie abgespielt. Endlich im Februar meldete sich Hannes Huusmann wieder bei seinen Eltern in Rupennest. Schon vor Weihnachten 1942 hatte sein Geschwader, das KG Bölcke, die Versorgungsflüge zu den Eingeschlossenen im Kessel von Stalingrad aufgeben müs-

sen. Er war jetzt auf einem Luftwaffenstützpunkt in der Ukraine. Wann sie nach Wunstorf zurückkehren würden, sei ungewiss. ‚Liebe Eltern, macht euch keine Sorgen, noch ist Deutschland nicht verloren. Euer Hannes.'
Es sollte leicht klingen, aber die Eltern verstanden sehr wohl den Ernst der Lage.
In Italien lief es auf die Dauer auch nicht so gut. Die Wehrmachtstruppen hatten sich in den Mauern des Klosters auf dem Monte Casino verschanzt, von dort hatte Anton im Sommer eine Ansichtskarte geschickt. Darauf stand nur: ‚Viele Grüße, ich weiß nicht, wie es weitergeht. Euer Anton.'
Inzwischen hatten die Alliierten hier längst Verstärkung durch die polnische Exilarmee bekommen, sie agierte unter britischem Oberbefehl. Durch die Farbe ihrer Uniformen, mit dem Abzeichen des polnischen Widerstands, waren sie stets als die zu erkennen, die inzwischen einen langen, beschwerlichen Weg zurückgelegt hatten. Stolz trugen sie den polnischen Adler an ihren Kopfbedeckungen.
Zum Dank wehte nach dem Sieg über den Ruinen des Klosters auch die rot-weiße polnische Flagge mit der Kotwica, einer Verbindung der Buchstaben P und W für Polska Walcząca, für *kämpfendes Polen.*
Vielleicht hatte Anton sie vor der verlorenen Schlacht noch gesehen. Danach kam keine Post mehr von ihm.

Der D-Day in der Normandie im gleichen Sommer, als die Alliierten mit überwältigender Truppenstärke an den Küsten der Normandie landeten, hatte die endgültige

Wende gebracht. Dieses Mal war es in Frankreich für die Wehrmacht sehr, sehr schlecht gelaufen. Und die Soldaten auf beiden Seiten waren einmal mehr die Leidtragenden, die Opfer.
Auch Kalle musste es hier erwischt haben. Jedenfalls meldete er sich nicht mehr. Jeden Tag hoffte seine Familie auf ein Lebenszeichen von ihm, aber es blieb aus.
Reginas Bruder Reinhold war in diesem Jahr 1944 noch eingezogen worden. Er hatte das Gymnasium im Sommer mit Notabitur abgeschlossen und war zu einer Ausbildungskompanie nach Dänemark befohlen worden. Zu einer Zeit, als die Alliierten bereits versuchten, die deutschen Stützpunkte auf dem Luftweg auszuschalten. Reinhold wurde bei einem Angriff von einem Granatsplitter getroffen.
„Zum Glück der linke Arm", redete er sich immer selbst Mut zu, nicht wissend, ob er noch alle fünf Finger besaß, er bemerkte es erst später. Sie waren dran geblieben und ließen sich auch bewegen, aber ein Gewehr würde er mit seiner kaputten Schulter nicht mehr tragen müssen.
So stand es dann in seinem Brief, der aus einem Lazarett in Schleswig-Holstein abgeschickt worden war.
Bereits zu Weihnachten konnten Hinrich, Klara und Regina und auch Heribert und Gunda ihn in die Arme schließen.
„Nich soo stramm", sagte Reinhold, „mien Arm." Er trug ihn in einer Schlinge und mit einem dicken Verband, aus dem nur noch die Fingerspitzen hervorschauten.

„Daenn laat uus man deei Kessen ansticken", sagte Hinrich am Heiligen Abend, „un daorbi an uus Kalle denken."
„Un an daet Geburtsdaechskind", sagten Heribert und Gunda wie aus einem Mund. Regina wurde nun schon siebzehn.
„Woar is deei Tied blots blääwen", sagte Klara.

Nach Weihnachten verwöhnte Klara ihren Sohn nach Strich und Faden, sodass er sich bald erholte. Reinhold verschlang ein Buch nach dem anderen und Großvater Heribert sorgte für Nachschub, so gut es eben ging. Hinrich hatte es ja schon immer gewusst, dass in seinem Zweiten kein Bauer steckte, der Junge war gerade mal zum Eiersuchen und Schweinefüttern zu gebrauchen.
„Nuu laat doch den Jungen in Ruhe!" Klara wusste, dass er lieber mit dem Kopf arbeitete als mit den Händen, wie er selbst zu sagen pflegte. Seinen Plan, Jura zu studieren, hatte Reinhold längst aufgegeben, er glaubte nicht mehr an Gesetz und Gerechtigkeit. Stattdessen hatte er sich für den Lehrerberuf entschieden. „Die Zukunft liegt in den Händen der Kinder."
Die Nachbarn fragten sich manchmal, von wem er das eigentlich hatte, wenn er wieder mal so schlau daherkam. Dabei lag es doch auf der Hand, auch dass er plötzlich Lehrer werden wollte.
„Wenigstens einer aus der Familie!" Heribert begrüßte es sehr. Aber noch war Krieg. Die Schulen und Lehrerseminare waren geschlossen.
Und noch immer keine Post von Kalle.

Um Kalle machte die Familie sich nun schon seit Monaten große Sorgen. Dann zu Beginn des neuen Jahres kam ein Brief nach Rastdorf, der sehr amtlich aussah, mit verschiedenen Stempeln versehen.
An Hinrich Harms – Rastdorf – Kreis Aschendorf/Germany.
Klaras Herz stolperte einmal kurz, sie fürchtete schlechte Nachrichten. Sie öffnete den Umschlag mit einem Küchenmesser und las den Brief, still für sich. Dreimal, bevor sie die Mitteilung ganz verstanden hatte. Ihr Sohn lebte, das war ihr einziger Gedanke. Dann erst rief sie Hinrich, an ihn war der Brief ja eigentlich gerichtet.
„Uus Kalle lääwet!" Klara hielt ihm den Brief hin. „Ick glööwe, heei is in England."
Reinhold war hereingekommen, er schaute Hinrich über die Schulter.
„Lääs väör", mit diesen Worten reichte sein Vater den Brief an ihn weiter.
Reinhold überflog das Schreiben. „Jao, England", sagte er. Dann las er vor, was dort in wenigen Reihen stand. Dass Karl-Hinrich Harms sich in britischem Gewahrsam befinde und bei guter Gesundheit sei, er sich in Kürze persönlich bei ihnen melden werde. Das Schreiben trug Unterschrift und Siegel einer britischen Militärbehörde. Hinrich fasste nach Klaras Hand. Klara fiel ihm um den Hals und wischte sich danach ihre Tränen ab. Reinhold musste sich erst einmal setzen. Seine Schulter tat ihm weh.
Und dann – eines Tages – ein ähnliches Kuvert. Und mit Bleistift auf einem grauen Briefbogen Kalles Schrift.

‚Liebe Familie!
Mir geht es gut. Dasselbe hoffe ich von euch. Ich arbeite mit anderen deutschen Kameraden auf einer Baustelle. Es ist nicht zu schwer und wir haben satt zu essen.
Viele Grüße
Euer Kalle'

Fortan kam ein Brief pro Monat bei ihnen an, mehr sei ihm nicht erlaubt, hatte Kalle ihnen mitgeteilt. Auch wenn es bei kurzen Grüßen blieb, für Klara waren seine Briefe jedes Mal eine Erlösung von ihren Ängsten, die sie seinetwegen noch immer quälten, denn der Krieg war noch nicht zu Ende.
‚Der Kampf geht weiter, bis zum letzten Mann', so tönte es aus den Volksempfängern in deutschen Wohnzimmern und aus den Lautsprechern der Kinos, die in den Wochenschauen weiterhin den Krieg glorifizierten. Und den Führer! Die kampfstarken deutschen Soldaten und die gefallenen Helden. Und den nahen Endsieg!
Am Ende galt es, nur noch Berlin zu retten, indem man Jungen in Reinholds Alter und alte Männer vom Volkssturm an die Front schickte. Doch die deutsche Hauptstadt war nicht mehr zu retten, die Rote Armee stand bereits kurz vor ihren Toren.

Schon seit Langem hatten kanadische und britische Tiefflieger die Menschen in Angst und Schrecken versetzt.

Als der Kruppsche Schießplatz deswegen bereits 1944 stillgelegt wurde, waren die ehemaligen Wahner Dorfleute nahe daran, ihren Verstand zu verlieren. Alles war umsonst gewesen. Die Trümmer und die Tränen danach. Doch ein kleiner Funke Hoffnung war ihnen noch geblieben. Irgendwann würde auch dieser Krieg zu Ende sein. Dann würden sie Wahn wieder aufbauen, an gleicher Stelle, vielleicht ein wenig moderner als vorher, und mittendrin eine neue Kirche, die der alten ebenbürtig war. Dann würden auch die Schwalben nach Wahn zurückkehren. Ganz bestimmt.

Jetzt, im April 1945, bahnten sich britische und kanadische Panzer siegesgewiss ihren Weg zu norddeutschen Dörfern und Städten.

Nachdem man beim Eintreffen der Besatzer vielerorts bereits stillschweigend weiße Bettlaken nach draußen gehängt hatte, wurde in einigen Städten des Emslandes plötzlich gekämpft. Versprengte deutsche Einheiten, darunter ein Trupp Marinesoldaten und alte Männer vom Volkssturm, setzten sich gegen die eindringenden Truppen der schlagkräftigen kanadischen Berufsarmee zur Wehr.

Es kam zu unsinnigen Gefechten, die an einigen Orten schwere, vermeidbare Schäden anrichteten. In Meppen wurden wenige Tage vor Kriegsende etliche Häuser beschädigt und der Turm und das Dach der alles überragenden Propsteikirche fast völlig zerstört.

„Es war, als ob die Erde bebte", sagte Heribert nach Tagen zu einem Kollegen, den er auf halbem Wege traf.

„Aber es hätte noch schlimmer kommen können bei solchem Unverstand. Die Medaille des Krieges hat immer zwei Seiten: Provokation und Vergeltung", hatte der dazu gemeint.

Die nächste Straße zur Schule war gesperrt und von Soldaten bewacht. Die Schule war besetzt worden.

Klara machte sich große Sorgen um ihre Eltern, die Telefonleitung war tot und niemand wagte sich auf die Straße. Und bis nach Meppen war es ohnehin viel zu weit.

Regina war nach ihrem Pflichtjahr als Schwesternschülerin vom Meppener Krankenhaus übernommen worden und sehr froh darüber. Die Bilder aus dem Lazarett hatten sie zuletzt bis in ihre Träume verfolgt.

In diesen Tagen lag sie mit einer fiebrigen Mandelentzündung in ihrem Bett in Rastdorf. Sie hatte mal wieder einen Schutzengel gehabt, so drückte Klara es aus, denn das Krankenhaus lag mitten im Angriffszentrum, in unmittelbarer Nähe der zerbombten Meppener Kirche. Das hatte sich wie ein Lauffeuer herumgesprochen. Noch wusste Regina nicht, ob das Ludmillenstift dabei auch getroffen wurde.

Kurz darauf war der Krieg plötzlich auch in Rastdorf angekommen. Hier brannten an diesem Tag drei Häuser ab, eine junge Frau wurde hinter ihrem Haus von einer Leuchtkugel tödlich getroffen. Es war am 11. April, als kanadische Truppen den Ort besetzten. Einen Tag danach wurde ihnen das Dorf übergeben.

Reinholds Entlassungspapiere aus dem Lazarett bescheinigten ihm seine Untauglichkeit, so musste er sich zu Hause nicht verstecken. Und er trug seinen Arm noch

immer in der Schlinge. Seine Uniform lag gut verwahrt in einer Kiste auf dem Dachboden, doch die Kanadier zeigten kein Interesse.
Bald danach war Regina wieder gesund, aber es fuhr kein Zug nach Meppen. In Werlte war die Kleinbahn getroffen worden, es hatte Tote und Verletzte gegeben. Aber sie musste zurück, wenn sie ihre Stelle nicht verlieren wollte, doch auch das Krankenhaus war telefonisch nicht zu erreichen.

Es waren seit jenem Tag des Bombardements schon fast zwei Wochen vergangen, als der Wirt des neuen Gasthofs Regina anbot, sie im Auto nach Meppen mitzunehmen und sie bei Heribert und Gunda abzusetzen. „Nuu man kiene Angst", sagte er. „Ick bün jao bi di." Und er freute sich darauf, den Lehrer und seine Frau wiederzusehen. Sie waren ja alte Wahner Nachbarn.
Reginas Großeltern ging es gut, das sollte Bernhard danach auch in Rastdorf bei der Familie ausrichten. Am Tag darauf begleitete Heribert Regina zum Ludmillenstift. Dort wehte nach wie vor die Rote-Kreuz-Fahne auf dem Dach, das Krankenhaus war nicht beschädigt worden. Doch was Regina von der Kirche zu sehen bekam, war tausendmal schlimmer, als sie es sich vorgestellt hatte. Und sofort der nächste Gedanke: Ob es in Wahn so ähnlich aussieht? Nachdem man vor drei Jahren die Antonius-Kirche gesprengt hat? Sie mochte gar nicht dran denken.
Auch nicht, dass sie diesem Bild hier nun täglich begegnen würde. Und auf den Straßen rundherum den Solda-

ten, die sich die Bescheinigung zeigen ließen, die sie als Schwesternschülerin auswies.

Und dann eines Tages, als der erste große Schreck vorbei war und der April sich mit vielen Regentagen langsam verabschiedete, erhielten die britischen und kanadischen Besatzungssoldaten Verstärkung.

In Meppen konnten die Menschen nicht fassen, was sich da vor ihren Augen abspielte, wenn sie durch die Scheiben der eilig geschlossenen Fenster auf die Straße blickten.

Rot-weiße Fahnen, Soldaten in fremd aussehenden Uniformen, Panzer, noch mehr Soldaten, Wagenkolonnen, Soldaten. Es nahm gar kein Ende. Und vorneweg eine Militärkapelle.

„Das sind polnische Soldaten", sagte der Stationsarzt, der neben Regina und weiteren Krankenschwestern am Fenster stand. „Sie tragen den polnischen Adler an ihren Mützen."

Die offizielle Erklärung ließ nicht lange auf sich warten. Eine ganze polnische Panzerdivision war zur Verstärkung der Briten nach Norddeutschland abkommandiert worden, sie stand unter britischem Oberbefehl.

Doch es blieb friedlich in den Straßen von Meppen. Und auch in Rastdorf. Hier bezogen Angehörige einer polnischen Kompanie zunächst die zentral gelegene Südschule, einige wurden auch in Privatfamilien untergebracht. Sie rückten den Rastdorfern ganz schön nah auf die Pelle. Sie wollten nun auch Reinholds Uniform sehen. Er durfte sie behalten.

„In Ordnung, Kamerad." Darauf gingen sie ein Haus weiter.
Ausgerechnet die Polen. Und wo kamen sie überhaupt her? Polen existierte doch als Land schon seit jenem Herbst im Jahr 1939 nicht mehr.
Die Mehrzahl der polnischen Besatzungssoldaten zog weiter über die Nordstraße in den Landkreis Cloppenburg. Einige nahmen die Abkürzung durch den Eleonorenwald und erreichten danach Friesoythe.
Hier war es zuvor zu tagelangen schweren Gefechten der Kanadier mit Soldaten einer deutschen Fallschirmdivision gekommen. Als in Friesoythe wenige Tage vor Kriegsende der kanadische Kommandant getötet wurde, erfolgte darauf die Bombardierung des Ortes. Fast die gesamte Stadt wurde zerstört, viele Häuser waren angezündet worden.
Die Einwohner konnten vor dem Brand gerade noch rechtzeitig aus ihrer Stadt fliehen. So kamen Betroffene auch zu Verwandten nach Rastdorf und erzählten von den schrecklichen Ereignissen. Aber mit den Polen habe das nichts zu tun, sagten sie. Die hätten nicht geschossen, und als Besatzungssoldaten täten die da jetzt nur ihre Pflicht.
Auch in Neuvrees taten sie nur ihre Pflicht. Doch den Einwohnern der Ortschaft am Eleonorenwald wurde sehr viel abverlangt. Sie fragten sich fast täglich: Warum gerade unser Dorf? Besetzt von den Polen! Und umbenannt in Kacperkowo. Unfassbar!
Zunächst brauchten die befreiten polnischen Waldarbeiter aus dem Herzöglichen Arensberger Forst eine

Bleibe. Danach viele Hunderte polnische Zwangsarbeiter aus dem Kreis Cloppenburg, die dort in der Landwirtschaft geschuftet hatten. So entstand hier ein polnisches Dorf, das schließlich doppelt so viele Menschen beherbergte, wie Neuvrees Einwohner hatte. Die Neuvreeser mussten sich zähneknirschend den Anordnungen der Besatzer beugen und zusehen, wo sie unterkamen. Dass die Bauern ihre Höfe weiterhin bewirtschaften durften, das Vieh in den Ställen weiter versorgen durften, machte es nicht leichter. Der Anblick des polnischen Lebens, das sich vor ihren Augen und in ihren Häusern abspielte, war für sie unerträglich.
Und was wäre ein großes polnisches Dorf ohne eine katholische Kirche? In der man dem Herrgott auf Knien danken konnte. Für seine Gnade und sein Erbarmen. In Neuvrees – jetzt Kacperkowo – gab es keine Kirche. Kurzerhand wurde die Waldarbeiter-Baracke am Rande des Forsts abgerissen und auf einem privaten Grundstück an der *Ulica General Sikorskiego*, es war die Feldstraße, als Gotteshaus wieder aufgebaut, das noch um eine Sakristei und einen Glockenturm erweitert wurde. Mit einer Glocke, die man zuvor in einem Hümmlingsdorf abgehängt hatte. Die Soldaten hatten alles im Griff und unter Kontrolle.
In jenen Tagen, als die Einwohner ihr Dorf verlassen mussten, war der junge Pfarrer aus Rastdorf nach Neuvrees gerufen worden, um einem verstorbenen Bauern die Heilige Ölung zu spenden. Der Sohn des Bauern hatte den Pfarrer mit der Kutsche abgeholt. Der Pfarrer hatte danach die heilige Handlung vollzogen,

anschließend wurde der Sarg geschlossen. Am folgenden Sonntag hatte der Rastdorfer Pfarrer über das Unglaubliche berichtet, das sich vor seinen Augen abgespielt hatte.
Auch, dass er dort vor der Barackenkirche seinen polnischer Amtsbruder getroffen hatte. *Der Friede des Herrn sei mit uns,* habe der zu ihm gesagt. Der Rastdorfer Pfarrer hatte ihm die Hand gereicht. So schilderte er es den Rastdorfer Kirchgängern am folgenden Sonntag in der Predigt. Und ermahnte sie, für den Frieden in der Welt zu beten.

Jetzt, Anfang Mai 1945, hatte Deutschland den Krieg endgültig verloren. Bereits am 4. Mai war in Lüneburg die Teilkapitulation Norddeutschlands unterzeichnet worden, auf britischer Seite von Generalfeldmarschall Bernhard Law Montgomery.
In einer der ersten Aktionen war das Funkhaus des NWDR an der Rothenbaum-Chaussee in Hamburg besetzt worden. Der Einheitssender wurde abgeschaltet und mit dem Abspielen der britischen Nationalhymne neu in Betrieb genommen. Darauf folgte: ‚Here is Radio Hamburg, a Station of the Military Government' – und die deutsche Übersetzung.
Hinrich, Klara und Reinhold hörten es auch, als sie am Mittagstisch saßen.
„Ihr müsst sofort euer Radio einschalten", hatte Kaufmann Berens Klara nachgerufen, als sie die Ladentür schon in der Hand hatte. Und das hatten sie dann sofort getan. Reinhold hatte den Apparat mitten auf die An-

richte gestellt, danach den Stecker eingesteckt, am Schalter gedreht und die Mittelwellentaste gedrückt. Und danach hatten sie ihren Ohren kaum getraut. Nachrichten auf Englisch und Deutsch. Jedoch ohne *Deutschland, Deutschland über alles*. Der Reichssender Berlin war plötzlich ganz verstummt. Göbbels hatte keine Stimme mehr.
„Nuu is deei Krieg vöärbi", sagte Hinrich. Reinhold nickte. Klara war die Erleichterung anzusehen. Der Krieg war zu Ende.
Sicher würde Kalle nun auch bald nach Hause kommen. Und sie würden Regina und ihre Eltern wieder häufiger sehen können.

Aber worauf mussten sie sich denn jetzt zunächst einstellen? Bald darauf, in der Nacht vom 8. auf den 9. Mai, genau um Mitternacht, unterschrieben drei hochrangige Offiziere des Oberkommandos der Wehrmacht – von Friedeburg, Keitel und Stumpff – die bedingungslose Kapitulation aller Truppen. Für die Sowjets unterzeichnete Marschall Georgi Schukow und stellvertretend für die Westalliierten der britische Luftmarschall Arthur W. Tedder die Kapitulationsurkunde.
Der NWDR wiederholte seinen Bericht über den ganzen Tag verteilt als Sondermeldung. Und die Hörer? Was löste die Meldung bei den Menschen aus?
„Endlich", sagte Heribert und zog Gunda in seine Arme. So wie Heribert hatte auch Thomas Mann es von Anfang an gewusst, dass dieser Krieg kein gutes Ende nehmen würde. Thomas Mann war nach Amerika emigriert, von

dort wurden seine Kommentare zur tatsächlichen Lage der Nation einmal wöchentlich, verstärkt von BBC London, gesendet, immer um die gleiche Uhrzeit. Sie liefen immer wieder auf das Gleiche hinaus: Es wird keinen Sieg geben.

Heribert hatte es häufig geschafft, den Sender in seinen Apparat zu bekommen, obwohl Störsender aus Berlin die Qualität der Übertragung stark beeinträchtigten.

Aus sicherer Entfernung sei Thomas Mann keinerlei Risiko eingegangen, seine Meinung öffentlich zu machen, meinte Heribert einmal dazu. Erich Kästner hingegen war im Land geblieben, obwohl man ihn nach der Bücherverbrennung ständig im Visier behalten hatte. Wie von ihm beabsichtigt, wurde seine Anwesenheit in Berlin durchaus als Protest verstanden. Heribert hatte große Achtung vor ihm. „Hut ab vor Kästner", sagte er und zitierte ihn.

Was wäre gewesen, wenn wir den Krieg gewonnen hätten?

Diese Frage hatte Erich Kästner bereits nach dem ersten verlorenen Krieg gestellt und seine Antworten in ein langes Gedicht mit neun Strophen verpackt. Heribert kannte die letzte auswendig:

„Wenn wir den Krieg gewonnen hätten,
dann läge die Vernunft in Ketten
und stünde stündlich vor Gericht.
Und Kriege gäb's wie Operetten.
Wenn wir den Krieg gewonnen hätten –
zum Glück gewannen wir ihn nicht!"
(Erich Kästner 1918)

Nun lag Kästners Frage in leicht abgewandelter Form wieder auf dem Tisch. *Was wäre gewesen, wenn Hitler den Krieg gewonnen hätte?*

# Teil 2

1
Pfingsten 1945

In Meppen hatte es sich inzwischen herumgesprochen. Es war wirklich eine ganze Division polnischer Soldaten, die im norddeutschen Raum die militärische Besatzung übernommen hatte.

„Ungefähr 18.000 Mann stark und mit schwerem Gerät", hatte der Meppener Bürgermeister am Tag danach erklärt.

Über die holländische Grenze waren die polnischen Streitkräfte hereingekommen und hatten bereits die wichtigen Häfen in Emden und Wilhelmshaven übernommen. Und ganz Ostfriesland besetzt, mitsamt dem Schloss in Jever. So ähnlich waren auch die Worte des Bürgermeisters: „Unsere Stadt liegt ab heute in polnischen Händen – unter britischem Oberbefehl. Die Engländer geben die Richtung vor. Den Weg bestimmen die Polen, sie übernehmen die Verwaltung."

Die Meppener Bürger standen ziemlich ratlos vor den Tatsachen. Regina erlebte auf der Station fast stündlich entsprechende Äußerungen.

Die Polen sollen es nur nicht übertreiben. Die sollen man nicht vergessen, wo sie herkommen. Obwohl – sie bleiben immer höflich. Aber das mit der polnischen Sprache auf den Ämtern, wie soll das denn gehen? Oder versteht einer von euch etwa Polnisch?

Denn Polnisch sollte nun tatsächlich die Amtssprache werden. Die Bevölkerung musste jedoch davon ausgehen, in dieser Angelegenheit nicht gefragt zu werden. Die polnischen Besatzungssoldaten standen auf der Seite der Sieger. Egal, wie sie da hingekommen waren.

Und sie vermittelten auch nicht den Eindruck, als beabsichtigten sie, in Kürze wieder abzuziehen. Umgehend richteten sie sich mit den örtlichen Gegebenheiten ein, die Briten zogen im Hintergrund die Fäden.

Die polnischen B-Soldaten wurden auf die gesamte Region verteilt, mit Sitz des Oberkommandos in Meppen. Vor den Toren der Stadt fand nun auch der stillgelegte Kruppsche Schießplatz, dem das Dorf Wahn drei Jahre zuvor hatte weichen müssen, eine neue Verwendung.

Das konnte man mit einem Kopf doch gar nicht aushalten! So empfanden es die Bewohner der nahe gelegenen Ortschaften, als die polnischen Bataillone mit Panzern und Granaten vorbeizogen und sich das Gelände zu eigen machten.

Nahm das denn niemals ein Ende?!

Es war ein Kriegsnachspiel mit vertauschten Rollen, gegen das die Einheimischen sich verständlicherweise sträubten. Doch das polnische Kapitel im Emsland hatte gerade erst begonnen.

Wie in Meppen waren auch in Haren, dem schmucken Städtchen an der Ems, alle öffentlichen Gebäude von den polnischen Streitkräften besetzt worden. Auch hier wehte nun die rot-weiße polnische Flagge auf dem Rathaus. Der Bürgermeister blieb im Amt, vorerst jedenfalls, er wurde noch gebraucht.

Und sogar auf dem Dach des Krankenhauses, das ab sofort nur noch polnische Patienten aufnehmen sollte, flatterte sie im Wind. Nach und nach wurden alle deutschen Ärzte, Pflegekräfte und das übrige Personal entlassen und durch Menschen polnischer Nationalität ersetzt.

Dr. Dregger, er war ein angesehener junger Chirurg, hatte es daraufhin ins Ludmillenstift nach Meppen verschlagen. Die erste Begegnung mit der Schwester Oberin und ihren Mitschwestern war recht gut verlaufen. Heute, am Tag nach Pfingsten, stellte er sich nun den Meppener Kollegen und dem Pflegepersonal vor. Er begann mit ein paar Erklärungen zu seinem Stellenwechsel.
„Nur die Ordensschwestern durften bleiben", sagte er und berichtete von dem Unfassbaren, das sich am Pfingstsonntag in Haren zugetragen hatte. Die Nachricht über die bevorstehende Räumung der gesamten Stadt hatte sich verbreitet wie ein Lauffeuer.
„Ich mache es kurz", sagte er. „Alle Bürger haben innerhalb einer Woche die Stadt zu verlassen. Danach werden befreite polnische Kriegsgefangene aus den Lagern und von den Bauernhöfen der gesamten Umgebung in Haren einziehen. Unvorstellbar! Auch für mich."
„Oje", sagte Regina. „Haren! Meine Tante und mein Onkel wohnen in Haren! Ihnen gehört ein Textilgeschäft in Haren."
„Gehörte, Schwester Regina! Es ist bald Vergangenheit."
Dr. Dregger sei ohne Schaden davongekommen, weil er nur eineinhalb Zimmer in einer Pension bewohnt hatte.

Also musste er nur seine beiden Koffer packen. Und nun habe er ein Zimmer in einem Gasthof in Meppen. Nein, er habe keine Familie.

„Auf gute Zusammenarbeit", sagte er noch und ließ sich über die Station führen. Regina war angehalten, einige Dinge zu notieren, was sie ganz schön ins Schwitzen brachte. ‚Neue Besen', sie dachte den Satz nicht zu Ende.

Es lag an ihr, sie konnte sich einfach nicht konzentrieren, weil sie immerzu an Haren denken musste. An die Straße, die vom Markplatz zum Hafen führte, und das ansehnliche Haus mit dem Schriftzug *Textilgeschäft Bünnemeyer* über der Ladentür.

Die Besitzer waren Alfons und Marga, die eigentlich Margret hieß und Hinrichs jüngste Schwester war und somit Reginas Tante.

Sie hatten für Mitte Mai die Feier ihrer Silberhochzeit geplant gehabt, die auch die Silberhochzeit von Hinrichs älterer Schwester Ursula war. Auch sie war eine geborene Harms aus Wahn und verheiratet mit Otto Bünnemeyer aus Kathen, Alfons' älterem Bruder.

Damals, vor fünfundzwanzig Jahren, hatte es dort auf dem Hof in Kathen bei Lathen eine große Doppelhochzeit gegeben. Und trotz der schlechten Zeiten – oder gerade deswegen – sollte jetzt in Haren die doppelte Silberhochzeit ein wenig gefeiert werden. Wenn auch nur in kleinem Rahmen mit den nächsten Verwandten. Die Familie war wirklich nicht groß, denn Alfons und Marga hatten zu ihrem großen Bedauern keine Kinder. Ursula

und Otto hingegen hatten zwei Töchter und einen Sohn. Der war so alt wie Kalle, ebenfalls an der Front und hatte sich zuletzt aus Ungarn gemeldet.
‚Unsere Kompanie befindet sich seit ein paar Tagen auf dem Rückweg', hatte auf der Weihnachtskarte gestanden.
Nach der Besetzung Harens im April konnte aus der Feier nichts werden, sie war kurzfristig absagt worden. Das würden sie bald nachholen, so hatten die Silberpaare versucht, die Gäste und sich selbst über die unglücklichen Umstände hinwegzutrösten. Der Krieg war Gott sei Dank zu Ende, es konnte nur noch besser werden.
„Dann kommt ihr vier am zweiten Pfingsttag zum Kaffee zu uns nach Rastdorf", hatte Klara gesagt.
Als sie nicht kamen, hatte Hinrich Pfingsten mehrmals vergeblich versucht, aus der Rastdorfer Gaststätte bei seiner Schwester in Haren anzurufen, aber die Leitung war tot. Und auch zu seiner älteren Schwester in Kathen war er nicht durchgekommen.
Klara, Hinrich und Reinhold hatten danach besorgt und allein an ihrem Kaffeetisch gesessen. In der Mitte eine prächtige Buttercreme-Torte, aber ohne Gesellschaft wollte sie nicht so recht schmecken. Regina war bei ihren Großeltern in Meppen geblieben, der Zug nach Werlte fuhr mal wieder nicht.
Bereits am nächsten Tag drangen erste schlimme Nachrichten quer über den Hümmling bis nach Rastdorf. Aber noch war alles vage und schien völlig über-

trieben, sodass man nicht wusste, was man davon glauben sollte.

So erfuhren Regina und ihre Familie erst am Wochenende darauf – und jetzt aus erster Hand –, was tatsächlich am ersten Pfingsttag in Haren passiert war und wie hart ihre Verwandten davon betroffen waren.

An diesem Sonntag hatten sich alle gemeinsam auf dem Bauernhof in Kathen getroffen. Otto hatte es arrangiert, nachdem die beiden Obdachlosen bei ihnen auf dem Hof untergekommen waren. Marga brach in Tränen aus, als sie ihrem großen Bruder Hinrich gegenüberstand.
„Hinni, daett ih uus funnen haebbt!"
Sie setzten sich gemeinsam um den Küchentisch, Ursula kochte Kaffee und tischte frischen Butterkuchen auf.
„Man gout, daett ih aale heile blääwen bünt."
Klara wollte nun endlich wissen, was passiert war.
„Alles von Anfang an", sagte sie.

Marga begann mit dem frühen Morgen des ersten Pfingsttages.
Es war ungewöhnlich ruhig gewesen in der Stadt, bis dann die Glocken zur Frühmesse läuteten und erste Fußgänger und Radfahrer bei ihnen am Haus vorbeikamen.
„Wir wollten es langsam angehen lassen, es gab sowieso nichts zu tun. Unsere gesamte Ware war gleich zu Beginn der Besetzung von polnischen Soldaten beschlagnahmt und ausgeräumt worden. Also würden wir

auch zwischen zehn und zwölf nicht öffnen, wie an allen Sonntagen vorher."

Alfons hatte beim Frühstück gesagt: „Nützt jao nicks, daet Lääwen mött wietergaan."

Marga machte das Küchenfenster auf, sie hatte es gestern noch geputzt, und schaute nach draußen in den Vorgarten, den hatte Alfons gestern noch auf Vordermann gebracht. *Nützt jao nicks*, das hatte auch der Nachbar gemeint und den Bürgersteig gefegt.

Jetzt stand Alfons vorm Spiegel und rasierte sich. Danach würde er seinen besten Anzug anziehen und mit Marga zum Hochamt gehen.

„Marga, waet ist daa buuten los?", rief er und öffnete ein Fenster zur Straßenseite hin. In Unterhose mit Hemd und umgehängter Krawatte.

Das waren ganz andere Glockentöne, nämlich die von *Pingel Lui*, dem Stadtboten, der sich mächtig ins Zeug legte. Sicher waren es keine guten Nachrichten an solch einem hohen Feiertag.

Und plötzlich gingen überall die Fenster auf. Und plötzlich waren auch Leute auf der Straße. Der Stadtbote las es vom Blatt ab.

„Bekanntmachung: Auf Anordnung der Militärregierung ist der Ort bis zum 28. Mai, 24 Uhr von der Zivilbevölkerung zu räumen!"

Marga und Alfons hatten es beim zweiten oder dritten Mal erst begriffen.

Auf dem Weg zum Hochamt war es mit der Ruhe in der Stadt vorbei, auf dem Kirchplatz entstand ein regelrechtes Gedränge und man hörte recht laute Töne. Bis eine

Militärstreife auf sie zugekommen war. „*Miejsce tam!* Platz da! *Zaraz!* Sofort!"
Danach waren sie wieder auf dem Boden der Realität angekommen.
Marga sagte, sie habe es erst geglaubt, als der Pastor es vom Predigtstuhl runter noch einmal wiederholt hatte. ‚Zivilbevölkerung, das sind doch wir alle', habe sie gedacht, ‚und mit leichtem Gepäck, hatte er noch gesagt.'
„Ih käönt jou goar nicht vöörstellen, waet in deei Gesichter van deei Lüüe vöär sick güng", sagte sie.

Nach dem Hochamt hatten polnische Soldaten entsprechende Flugblätter verteilt und Plakate an Mauern und öffentliche Türen geklebt. Eines auch an die Schaufensterscheibe ihres Textilgeschäfts.
Am zweiten Pfingsttag, es war der 21. Mai und für die Polen ein Werktag, hatten die B-Soldaten ihr ganzes Haus beschlagnahmt und angefangen, das Wohnzimmer auszuräumen.
Alfons wollte noch ein paar Sachen ins Auto packen und nach Rastdorf mitnehmen. Der Offizier hatte nur gelächelt.
„Schlüssel", hatte er gesagt. „Beide. Und Papiere. *Zaraz!* Sofort!"
„Wir unten wohne, ihr oben!", hatte ein anderer gesagt und mit der Hand auf die Treppe gezeigt. Sie sollten ab sofort oben in der Dachkammer schlafen.
Alfons fuhr fort. Marga und er hatten ein paar Klamotten nach oben gebracht. Danach hatte Alfons die wich-

tigsten Papiere in seine Aktentasche gepackt und das Geld, nur die Scheine, in die Innentasche seiner Weste gesteckt. Den Schmuck hatte Marga schon an sich genommen, sie wartete draußen auf ihn.

Anschließend waren sie mit dem Rad zu Otto und Ursula nach Kathen gefahren, zuerst immer an der Ems entlang.

„Telefonieren kunnen wi jao nich! Nich naa Otto un uck nich naa Rastdäerp." Alle Leitungen seien tot gewesen.

Otto und Ursula hatten zuvor Glück gehabt. Sie waren aus dem ganzen Ärger mit der RUGES heil herausgekommen, weil es sich bei ihrem Besitz um einen Erbhof handelte. Und sie waren zuversichtlich, dass ihr Sohn und Hoferbe bald zurück sein werde. In Budapest waren inzwischen die Russen.

Jetzt am zweiten Pfingsttag hatten Otto und Ursula ganz große Augen gekriegt, als die beiden Geschwister mit ihren Fahrrädern ganz unerwartet vor der Tür standen. „Un woar haebbt ih joue Auto?" Sie hatten kein Auto mehr. Und dann brach es aus Marga heraus.

Ursula versuchte sie zu trösten. Und sie sollten über Nacht bei ihnen bleiben!

Marga lehnte ab, dann sei das ganze Haus morgen leer. Marga wollte zurück. Gleich nach der Tasse Kaffee. Zurück in ihre Dachkammer.

Drei Tage später hatte Otto ihn und Marga dann mit Pferd und Wagen abgeholt. „Mit kleinem Gepäck", sagte Marga ironisch.

Und weiß Gott, es war ihr todernst zumute. Mit kleinem Gepäck. Nach fünfundzwanzig Jahren Ehe. Fast alles blieb da. Nur ein paar Habseligkeiten durften sie mitnehmen. Alfons bestand auf den alten Lehnstuhl, in dem die Oma immer gesessen hatte. Der Pole nickte. Unterwegs hatte Marga sich immer wieder umgesehen und geweint wie ein kleines Kind. Noch immer fassungslos hatten sie dann gemeinsam die wenigen Sachen auf dem Hof in Kathen abgeladen.

Es sei doch ganz selbstverständlich, hatte Ursula zur Begrüßung gemeint, aber im Haus würde es jetzt eng werden, denn in die Aufkammer über dem Küchenkeller waren Flüchtlinge aus Pommern einquartiert worden, die nun mit ihnen gemeinsam am Tisch saßen. „Großmutter, Mutter und Kind", sagte Otto.

Sie selbst hatten auch noch eine Oma im Haus – die kriegte nun den Lehnstuhl – und das Zimmer für den Sohn sollte unbedingt frei bleiben. Nun konnte es ja nicht mehr lange dauern.

Ursula hatte das Mädchenzimmer im Dachgeschoss für Marga und Alfons hergerichtet. Die beiden Töchter waren schon aus dem Haus. Marga und Alfons nahmen es, wie es war – ziemlich eng, aber sie hatten ein Dach überm Kopf.

Dann müssten sie nun ein bisschen dichter zusammenkriechen, hatte Ursula zu ihrer Schwester gesagt und ihr dabei zugezwinkert.

Was die Harener Bürger unter leichtem Gepäck zu verstehen hatten, war ihnen unmissverständlich erklärt worden: Persönliche Dokumente, einiges an Wäsche und Bekleidung, die Federbetten und ein paar Töpfe, Pfannen und das Nötigste an Geschirr.

Alles Weitere hatten sie den neuen Bewohnern zu überlassen: die Bettgestelle und Matratzen, die Öfen und Küchenherde, die Möbel und den übrigen Hausrat, das gute Porzellan und das Silberbesteck, auch die Gardinen an den Fenstern. Ebenfalls die Einmachgläser und die letzten Kartoffeln, die Steckrüben im Keller und das Sauerkraut im Fass. Die Haustiere hatten vor Ort zu bleiben: die Hühner im Stall und das Schwein zum Schlachten, wenn es eins gab. Das alles geschah binnen einer Woche, der letzte Tag war der 28. Mai.

Die Bürger folgten dem Befehl mit knirschenden Zähnen. Es blieb ihnen nur die Hoffnung, dass dieser Spuk schnell vorbeigehen würde. Der Bürgermeister mit seiner Familie durfte bleiben – vorerst jedenfalls –, bis die Aktenlage geklärt war.

Und unmittelbar darauf begann das Unfassbare. Rund fünftausend verschleppte Menschen polnischer Herkunft, Kriegsgefangene aus den Lagern und von den umliegenden Dörfern, sollten hier von den Truppen der 1. Panzerdivision unverzüglich zusammengeführt werden, ohne Wenn und Aber.

Kurz darauf geschieht das Unvorstellbare: Die Ortsschilder an den Ein- und Ausfahrtsstraßen Harens werden ausgetauscht.

Die schmucke Stadt an der Ems mit dem Hafen und den Fischerhäusern, den Läden und Werkstätten, mit den Schulen und dem Krankenhaus und mit der weithin sichtbaren Sankt Martinus-Kirche in der Stadtmitte heißt nun

vorerst Lwów, der polnische Name für Lemberg, der den Sowjets allerdings von Anfang an ein Dorn im Auge ist.
Im Pfarrhaus neben der Kirche wohnt ganz selbstverständlich der polnische Pfarrer. Die Glocken von Sankt Martinus läuten wie immer, doch der Zutritt ist den polnischen Gläubigen vorbehalten, allesamt fromme Katholiken.
Alle Straßen in Haren werden umbenannt, sie tragen nun polnische Namen. Flugblätter dienen der Umorientierung, auf der Rückseite ist der neue Stadtplan abgedruckt, der auch den Weg zu den vertriebenen Harener Bürgern findet. Nichts als Ratlosigkeit, Zorn und Empörung.
Es gibt hier eine *Ulica Lwówksa*, die *Ulica Jagiellonska*, *Ulica Kopernika*, *Ulica Akademicka*, *Ulica Zygmuntowska* und, wie könnte es anders sein, eine *Ulica Dyw Pancernej*, sie führt vom Haren-Rotenbrock-Kanal vor der Kirche entlang und heißt im weiteren Verlauf nun *Ulica Artyleryjska*.
Nur die Ems bleibt die Ems.
Offiziell wird bekannt gegeben, dass das Emsland und die umliegenden Gemeinden mit ihren besetzten Behörden nun dem polnischen General Klemens Rudnicki, dem neuen Befehlshaber der 1. polnischen Panzerdivision, unterstellt sind. Er ist der Nachfolger des ausgeschiedenen Generals Stanislaw Maczek. Ihm zu Ehren wird Haren bereits im Juni 1945 umbenannt. Auf den Ortsschildern steht nun MIASTO MACZKÓW – MIASTO für Stadt.

Auch das macht schnell die Runde bei den ausgewiesenen Harener Bürgern. Alfons und Marga Bünnemeyer sind außer sich.

„Maczków! Waa schäöll daet blots wietergaan? Mit uus?"

In die Stadt an der Ems zieht nun polnisches Leben ein mit rund 5.000 polnischen *Displaced Persons*, die hier zwar am falschen Platz sind, aber endlich in ein normales, freies Leben zurückfinden sollen. Wie das Krankenhaus sind alle Schulen nun in polnischer Hand. Der Unterricht wird von polnischen Lehrern und Professoren übernommen, sie sind unter den ehemaligen Kriegsgefangenen reichlich vertreten. Hatte doch das NS-Regime die polnische Elite von Anfang an ins Visier genommen und sie auf Bauernhöfe verschleppt, in Fabriken und beim Straßenbau eingesetzt.

Entsetzt registrieren die B-Soldaten die Zahlen der kriegsgefangenen und verschleppten Polen, die Zahlen der Männer und Frauen, der Alten und der Jungen. Die Akten zu den Personen werden gewissenhaft geführt. Unter ihnen sind Schüler, die jetzt gerade mal dreizehn oder vierzehn Jahre alt geworden sind, sie sind seit dem Sommer 1944 in Deutschland.
In der sogenannten *Heuaktion* waren weit mehr als zehntausend polnische und weißrussische Jungen, darunter viele Pfadfindergruppen, von Warschau aus nach Deutschland verschickt worden, ungefähr ein Drittel da-

von ins Emsland. Zu besonderen Anlässen zogen sie nun in ihrer Kluft und mit geschwenkten Fahnen durch Harens Straßen.

Viele werden nach mehr als fünf Jahren Krieg endlich wieder einen geregelten Schulunterricht erfahren. Auch die Türen der Harener Gymnasien stehen den polnischen Mädchen und Jungen offen. Die deutschen Lehrkräfte sind nicht mehr in der Stadt. Einige sind nach Meppen versetzt worden, an Heriberts Schule.

Die Polen hätten die reinsten Schauermärchen erzählt, meinte ein Kollege.

Heribert hat sich darüber fürchterlich aufgeregt.

„Es sind keine Märchen! Was in Polen passiert ist, ist eine Schande – für uns alle!"

Alfons war nach dem Umzug noch einmal in Haren gewesen, mit Passierschein. Er hatte dort mit dem Bürgermeister noch ein Wörtchen zu reden. Aber der hatte nur die Schultern gezuckt.

„Nicht hier", hatte der gemeint. „Lass uns einen kleinen Gang machen."

Alfons willigte ein, doch schon nach wenigen Schritten war er völlig außer sich, was sonst gar nicht seine Art war. „Das ist nicht mehr Haren, das ist eine ganz andere Stadt, mit ganz anderen Menschen. Scheinbar genießen die ihr Leben in vollen Zügen."

„Dazu gehören auch Wein, Weib und Gesang – manchmal von allem etwas zu viel", meinte der Bürgermeister dazu – hinter vorgehaltener Hand.

Er berichtete über Tanzgruppen und Theateraufführungen und von dem bevorstehenden Konzert, dem alle entgegenfieberten. Denn kein Geringerer als der weltbekannte Geiger Yehudi Baron Menuhin, 1916 als Sohn russisch-jüdischer Auswanderer in York geboren, hatte sein Kommen angekündigt, begleitet von dem jungen britischen Pianisten Benjamin Britten. Der Bürgermeister wusste es so genau, weil er die fertigen Plakate schon gesehen hatte.

„Vorher werden sie zu einem Konzert ins KZ Bergen-Belsen reisen, wo die wenigen Überlebenden noch auf ihre Abreise warten."

Darüber hatte auch der NWDR ausführlich berichtet.

„Ein Jude im Emsland", sagte Alfons. Fast konnte er nicht glauben, dass es wieder möglich war. Gegen die Juden hatte er nichts, jetzt ging es um die Polen. Offensichtlich könnten die gut damit leben, dass ihr Glück auf dem Unglück anderer aufgebaut sei, stellte Alfons fest.

„Wenn es nach ihnen ginge, könnte hier dauerhaft eine polnische Enklave entstehen. Sie wissen doch nicht, wo sie hin sollen. In ihrem zerbombten Land, das nach den deutschen Truppen jetzt von den Sowjets besetzt ist, haben sie keine Perspektive."

Jetzt packte Alfons der Zorn. „Auf welcher Seite stehst du eigentlich, Otto?"

„Auf deiner Seite, Alfons, auf unserer Seite. Wir wollen unsere Stadt zurück. Aber wir brauchen Geduld."

Die Polen sind nun schon seit einigen Monaten im Land. Und wieder einmal findet in Meppen eine Militärpa-

rade statt mit allem Drum und Dran. Stationsarzt Dr. Wischnewski steht mit Dr. Dregger, seinem neuen Kollegen, und einigen Schwestern am Fenster des Stationszimmers. Fassungslos schauen sie dem Geschehen zu.
„*Jeszcze Polska nie zginęła*", klingt es durch die Straßen.
„*Noch ist Polen nicht verloren.* Es ist ihre Nationalhymne. Die Polen waren schon immer ein freiheitsliebendes Volk, das sich niemals gänzlich aufgegeben hat. Nach dem Ersten Weltkrieg erlangte das Land endlich seine Unabhängigkeit zurück."
„Weiter, Herr Kollege, sprechen Sie weiter. Die Patienten müssen warten", sagt Dr. Dregger.
„1919 war das Jahr der Wiedergeburt Polens und ein rabenschwarzes Jahr für Deutschland, das nicht nach seiner Meinung zu den Gebietsabtretungen gefragt wurde. In Versailles hatte Deutschland damals keine Stimme, ihm wurde die alleinige Kriegsschuld am Ersten Weltkrieg zugesprochen. Alles schon mal da gewesen, verehrter Kollege! Damals ging Oberschlesien an Polen. Ich hab es am eigenen Leib erfahren. Meine Familie ist danach ins Ruhrgebiet ausgewandert. Es hatte mit dem Bergbau zu tun. Und jetzt stehen die Polen wieder auf der Seite der Sieger, aber sie haben ihr Land und ihre Eigenständigkeit verloren. Das haben sie weiß Gott nicht verdient", so endete Dr. Wischnewski, der ältere Doktor mit den grauen Haaren.
Doch die Harener Bürger, allesamt fromme Katholiken, die wie Alfons und Marga Bünnemeyer guten Willens

waren, taten sich schwer mit der christlichen Nächstenliebe – und mit der Geduld.

Auch die Einheimischen der Ortschaft Neuvrees – die jetzt Kacperkowo hieß – fragten sich fast täglich: *Warum gerade unser Dorf? Und wann ist es endlich vorbei?*

2
Regina

Regina war siebzehn, als sie ihm zum ersten Mal begegnete. Im Ludmillenstift in Meppen, wo sie schon vor längerer Zeit ihre Ausbildung in der Krankenpflege begonnen hatte. Jetzt, im Frühjahr 1945, als das Emsland unter polnischer Besatzung stand, ging es allmählich auf den Sommer zu.
Nachdem die Militärregierung die benachbarten Hospitäler in Haren und Haselünne beschlagnahmt hatte, war das Ludmillenstift nun für die einheimischen Patienten aus der ganzen Umgebung zuständig und hoffnungslos überfüllt. Auch die zwanzig Betten des Reservelazaretts wurden nun freigegeben. Im Ludmillenstift war in diesen Tagen die Hölle los, so jedenfalls fühlte es sich für Regina an, und nicht nur für sie. Für die Ärzte und Schwestern war auf den Fluren und in den Zimmern fast kein Durchkommen mehr.
„Schwester, haben Sie heute Abend schon was vor?"
Das hatte Regina gerade noch gefehlt, dass dieser *Polacke* in Uniform sie von der Seite her anquatschte nach diesem anstrengenden Tag auf der Station mit den vielen jungen Frauen, die in den letzten Tagen hier eingewiesen worden waren. Allesamt Polinnen, angeblich aus einem Barackenlager in der näheren Umgebung, das Wochen zuvor befreit worden war. Zum Glück sprachen einige von ihnen ein wenig Deutsch, worüber Regina bislang nicht weiter nachgedacht hatte.

Jetzt waren sie also auch hier bei ihnen angekommen, obwohl die polnischen Patienten doch vorzugsweise in Haren behandelt und gepflegt wurden. Von polnischen Ärzten und Krankenschwestern, die sich unter den Kriegsgefangenen befunden hatten. Es hatte sich rasend schnell herumgesprochen, denn auch Dr. Dregger, der neue Chirurg, hatte in Haren sein Feld räumen müssen.
Und jetzt dieser Pole, der sie auf Deutsch angesprochen hatte und sie abwartend anschaute. Seit einigen Tagen tauchte er gegen Abend ziemlich regelmäßig hier auf, um die frisch operierte Patientin zu besuchen, für die man eilig ein Zusatzbett in die hinterste Ecke des Zimmers geschoben hatte. Sie sprach kaum, nickte meist nur oder schüttelte den Kopf. Sie jammerte auch nicht, obwohl sie Schmerzen haben musste, manchmal weinte sie leise in ihr Kissen.
Regina kannte sich mit Uniformen nicht aus, sonst hätte sie leicht erkannt, dass vor ihr ein polnischer Kapral stand, was einem deutschen Unteroffizier gleichkommt.
Gerade noch hatte er der ganz jungen Frau in dem hinteren Bett die Hände gestreichelt und sich von ihr verabschiedet.
„Do widzena Lena, alles wird gut", hatte er gesagt. Regina hatte nur die Hälfte verstanden, aber ganz deutlich ihren Namen. Lena hieß sie also. Und nun suchte der polnische B-Soldat offensichtlich ein Abenteuer.
‚Nicht mit mir', dachte Regina und warf ihm einen entsprechenden Blick zu.

Immerhin hatte sie ihn angesehen; nach einer leichten Verbeugung stellte er sich vor. „Pawel Wagner, oder einfach Paul." Jetzt lächelte er der Patientin noch einmal zu. „Lena ist meine Schwester." Regina glaubte ihm kein Wort.

Es war eng im Zimmer, sie drängte sich an ihm vorbei, bemüht, seinen Arm nicht zu streifen, und fuhr scheinbar unbeirrt mit der Verteilung der Tabletten fort, wobei sie nur mit Mühe bis drei zählen konnte.
„Nur drei, Schwester, nicht vier!", entrüstete sich die ältere Patientin im vorderen Bett.
Bereits in diesem Augenblick stand es für Regina fest: Sie würde nichts mit einem Polen anfangen, auf gar keinen Fall. Sie war doch kein Polenflittchen. Erst vor wenigen Tagen konnte man auf einem Plakat in der Nähe die Namen von einheimischen Mädchen lesen, die mit polnischen Soldaten gesehen worden waren. Das Emsland war streng katholisch, da wurde man als junges Mädchen schnell in eine bestimmte Schublade gesteckt, aus der es danach kein leichtes Herauskommen gab.

Der Kapral Wagner setzte sein Käppi auf – es stand ihm gut – und nach einem angedeuteten militärischen Gruß verließ er das Zimmer.
Wagner? Wieso Wagner? Und Paul? Und wieso sprach er Deutsch? Wenn auch mit einem etwas ungewohnten Klang. Und das Mädchen seine Schwester? Und warum

war sie, Regina, eigentlich rot geworden, als er sie so angesehen hatte?
Später hatte sie nichts Eiligeres zu tun, als in einem unbeobachteten Augenblick in der Krankenakte nach Lenas Namen zu suchen.
Wagner, Magdalena, geb. am 20.09.1928 in Beuthen, Oberschlesien.
Oberschlesien? War das nicht auch die Heimat von Dr. Wischnewski?
Regina verstand das alles nicht, sah jedoch, dass dieses Mädchen nur drei Monate älter war als sie selbst. Und da stand auch etwas über die Operation, von der sie sich nur sehr langsam erholte, auch sonst war sie in auffällig schlechter Verfassung.
Dass Lena zu den polnischen Frauen gehörte, die im Herbst 1944 im Warschauer Untergrund die Befreiung ihres Landes von den deutschen Besatzern erkämpft hatten, erfuhr Regina kurz darauf.
Dr. Dregger und Dr. Wischnewski standen mal wieder auf dem Flur und unterhielten sich angeregt. Und nicht über ein medizinisches Problem, sondern über den Warschauer Aufstand. Viel hatte Regina davon nicht mitbekommen. Warschauer Aufstand, Heimatarmee und Oberlangen hatte sie zunächst nur aufgeschnappt. Als sie wieder an ihnen vorbeimusste, blieb sie stehen und sperrte ihre Ohren auf.
„Kommen Sie ruhig näher, Schwester Regina", sagte Dr. Dregger. „Es geht um die Patientin von Zimmer 5."
Sie hatte es doch geahnt!

Zuerst schilderte er den Ablauf der Befreiung Oberlangens.

„Keine erfundene Geschichte, nichts als die Wahrheit", schickte er voraus. Als die gesamte 1. polnische Panzerdivision hinter der holländischen Grenze in Bereitschaft lag – sie stand unter britischem Oberbefehl – und noch auf ihren Großeinsatz in Norddeutschland wartete, hatte ein Offizier durch einen holländischen Zivilisten von der Gefangenschaft der polnischen Soldatinnen im Zweiglager VI Oberlangen erfahren. Es war der Truppe bislang völlig unbekannt gewesen. In dieser Endphase des Kriegs, in der sich schreckliche Dinge in den Lagern abspielten, galt es sofort zu handeln. Nach rund fünfzig Kilometern bereits am Ziel angelangt, durchbrach der erste Sherman-Panzer das Tor des Lagers Oberlangen am 12. April.

„Wenn Sie es hören wollen, erzähl ich Ihnen noch mehr darüber", hatte Dr. Dregger gesagt. „Aber nicht auf dem Flur. Später in der Kaffeepause."
Klar, dass Regina, Schwester Roswitha und Schwester Resi unter den Zuhörern waren, und selbstverständlich Dr. Wischnewski und auch eine der Ordensschwestern.
Es sei ihm eine Herzensangelegenheit, begann Dr. Dregger, und er erzähle ihnen nur, was er selbst gesehen habe.

Dr. Dregger war in diesen ersten Tagen nach der Befreiung des Lagers noch im Harener Krankenhaus ange-

stellt gewesen. Mit zwei weiteren Kollegen war er zu einer ärztlichen Visite nach Oberlangen abgeholt worden. Der polnische Offizier war ihnen sehr bestimmt, aber überaus höflich entgegengetreten, die bewaffneten Begleiter hielten sich im Hintergrund.
Erst nach dem Besteigen des Fahrzeugs hatte der Oberstleutnant sie umfassend über den Grund dieser Aktion aufgeklärt. Es ging dabei um eine erste Einschätzung des Zustands der geschwächten und erkrankten Frauen, bevor polnische Ärzte vor Ort sein könnten.
Das Militärfahrzeug war irgendwann von der Nord-Südstraße in die Lagerstraße abgebogen. Dann lag sie vor ihnen, diese riesige Barackenanlage, wo über dem Eingangstor in großen Lettern der Spruch prangte: *Die Treue ist das Mark der Ehre.*
Und ehrlicherweise mussten die drei Ärzte sich eingestehen, dass sie es nicht zum ersten Mal sahen, auch wenn sie nicht wussten, was sich innerhalb des Lagers in all den Jahren abgespielt hatte. Na ja, ab und zu war doch mal etwas nach draußen gedrungen. Die Männer vom Wachpersonal stammten ja größtenteils hier aus der Gegend und waren auch nur Menschen.
„Auch wenn man das im Nachhinein infrage stellen kann!", räumte er ein.

„Wir fuhren durch das Tor, zwei Soldatinnen, die dort auf Posten standen, grüßten auf militärische Art. Danach wurden wir von der Lagerkommandantin im Rang eines Majors in Empfang genommen. Die polnischen

Frauen führten das Lager in eigener Regie, und jetzt ohne deutsche Wachtposten."

Dann sahen Dr. Dregger und seine beiden Kollegen das unbeschreibliche Elend. Die schäbigen Baracken, deren Türen teilweise aus den Angeln gerissen und das Glas in den Fensterrahmen zersplittert waren. Die Löcher waren mit dreckigen Lappen zugestopft.

Und dann die vielen Frauen! In ganz unterschiedlichem Alter. Die jüngsten unter ihnen waren vielleicht sechzehn oder siebzehn Jahre alt. Gekleidet in Uniformen – oder in das, was davon übrig geblieben war.

„Armija Krajowa", erklärte ihnen der polnische Offizier, der sie begleitet hatte, „es heißt Heimatarmee." Sie seien im Untergrund als Melderinnen oder im Sanitätswesen eingesetzt gewesen und in Gefangenschaft geraten. „Nun sind sie schon seit Oktober letzten Jahres hier eingesperrt", fügte er hinzu.

„Wie viele Frauen sind es?", hatte Dr. Dregger gefragt.

„Es sind 1.726 Frauen. Ihre Namen stehen auf einer Deportationsliste für die Reichsbahn."

Der Offizier sprach ganz selbstverständlich Deutsch mit ihnen und in ganzen Sätzen.

„In zwölf Baracken?" Dr. Dreggers Kollege zur Rechten hatte sie inzwischen abgezählt.

„Ein ungeheuerliches Verbrechen gegen die Menschlichkeit!", sagte der dritte Kollege.

„Wir betraten das Gelände und sahen die Soldatinnen nun aus der Nähe. Zu ihren Uniformjacken, mit Schulterstücken und Rangabzeichen, trugen sie lange Hosen

oder unterschiedliche Röcke. Und wenn sie noch welche besaßen dazu Strümpfe, oft nur Socken, und immer abgetragenes Schuhwerk. Und als Kopfbedeckung das Käppi mit dem polnischen Adler. Sie trugen es mit Stolz. Offiziell waren die Frauen nun Ex-Prisoners of War, abgekürzt PWX.
Einige konnten sich nur mithilfe von Krücken auf den Beinen halten. Einige Mütter hatten ihre kleinen Kinder auf dem Schoß. Das jüngste konnte erst wenige Wochen oder Monate alt sein, es musste demnach hier geboren sein", so schilderte es Dr. Dregger.
Das war vor seinem Rausschmiss im Harener Krankenhaus gewesen.
„Aber die erschütternden Eindrücke sind haften geblieben", sagte er. „Und Sie alle müssen wissen, was allein im KZ Oberlangen geschehen ist – es war nur eines von vielen. Trotz des ganzen Elends wehte ein unbeschreiblicher Hauch von Freiheit durch das Lager. Anders kann ich es nicht ausdrücken."
Bei den neuen Kollegen und Schwestern fand der Arzt aufmerksame Zuhörer, also fuhr er fort: „Meine beiden Kollegen und ich waren an diesem Tag wie gelähmt, aber wir sollten hier doch etwas tun. Man führte uns in eine Baracke, wo nur kranke Frauen auf ihren Pritschen lagen. Ihre Gesichter waren schwer gezeichnet von dem, was man ihren Körpern und Seelen angetan hatte. Einige Notfallpatientinnen waren von den Briten bereits ausgeflogen worden."
Dr. Dregger und seine beiden Kollegen hatten an dem Tag nicht viel ausrichten können, sie hatten Diagnosen

gestellt, Injektionen gesetzt und starke Schmerzmittel verabreicht. Einige Frauen wurden noch am gleichen Tag ins Harener Krankenhaus eingewiesen.
„Zum Dank haben die Polen mich dann später rausgeschmissen, und deshalb bin ich jetzt hier. Machen wir das Beste daraus."
Dr. Dregger hatte auch die junge Frau aus Zimmer 5 operiert, für die man ein Zusatzbett aufgestellt hatte. „Kein Problem, Herr Kollege!", hatte Dr. Wischnewski als Stationsarzt gesagt. Regina hatte eilig das Bett frisch bezogen. Da wusste sie noch nicht, wer die Patientin war. Aber Dr. Wischnewski musste ihren Namen schon gekannt haben, und sicher wusste er, dass sie in Oberschlesien geboren war, nur viele Jahre nach ihm.

In den nächsten Tagen tauchte Pawel ziemlich regelmäßig auf der Station auf. Regina mochte sich nicht eingestehen, dass sie insgeheim schon darauf wartete. Aber noch immer sagte sie „Keine Zeit", wenn er sie ansprach. „Keine Zeit!" Nur diese beiden Worte, mit denen er sich zufriedengeben musste.
Paul Wagner quittierte ihr Verhalten mit einem Lächeln. Lenas Beschwerden besserten sich zusehends. Ihre Entlassung rückte näher. Dass sie nach dieser Operation keine Kinder bekommen würde, hatte man Lena – sie war erst 17 – jedoch verschwiegen, und ihrem Bruder auch.
Auf Lena wartete danach ein neues Leben, sie besuchte wieder eine Schule, ein Lyceum in Maczkow an der Ems. Während der deutschen Besatzung in Polen war

die Schulzeit der Kinder auf vier Jahre beschränkt gewesen: Lesen und Schreiben lernen und Rechnen bis 1.000, das musste reichen für die Kinder der unterprivilegierten Rasse.

Was Regina betraf, hatte Pawel Wagner beschlossen, seine Strategie zu ändern. Als er Lena an diesem Freitag ein letztes Mal besuchte, hinterließ er ihr einen Zettel.
„Von Pawel", sagte Lena, „es ist wichtig!"
Morgen Abend um acht im Casino.
Casino – so hieß dieser unscheinbare Gasthof jetzt, etwas außerhalb der Stadt gelegen, an der Landstraße zum Nachbardorf. Er war nun ein beliebter Treffpunkt polnischer Unteroffiziere, wo junge deutsche Frauen gern gesehen waren.
Regina las zweimal, was dort stand, darauf zerknüllte sie den Zettel und steckte ihn in ihre Schürzentasche.
Nein, sie würde nicht hingehen, auf keinen Fall.
Doch als sie am Samstag ihren Dienst beendet hatte und es Abend wurde, ging sie doch hin, und zwar nicht allein.
Unter den jungen Schwestern hatte es sich längst herumgesprochen, dass man dort ein bisschen Spaß haben konnte und die polnischen Soldaten durchweg Kavaliere waren. Ganz anders jedenfalls als die wenigen Kerle vom Land, die sie kannten. Und schließlich mussten sie hin und wieder auch mal raus aus dem Mief des Krankenhauses. Es gab noch eine Welt ohne Bettpfannen und eiterverklebte Verbände.

Zu dritt machten sie sich auf den Weg: Roswitha, Resi und Regina mit ihren Fahrrädern – Reginas war geliehen. So war man schneller da und konnte auch schneller wieder verschwinden. Sie wussten durchaus, dass Kontakte zwischen polnischen Soldaten und deutschen Mädchen eigentlich verboten waren. Vielleicht prickelte es gerade deshalb ein bisschen, und gemeinsam fühlten sie sich der Situation gewachsen.

Sie schlossen ihre Fahrräder gut ab – man konnte ja nicht wissen – und schoben sie hinter die Gaststätte.

Der kleine Garten hinter der Wirtschaft war mit Lampions erleuchtet, ein paar Soldaten standen herum und auch ein paar Mädchen. Die Hintertür zum Saal stand einen Spaltbreit offen – dort wurde getanzt. Die leise Musik kam von einem Plattenspieler. Noch hätten die drei Mädchen sich umdrehen und wieder verschwinden können, noch hatte niemand Notiz von ihnen genommen.

Das dachten sie jedenfalls.

Da kam Paul Wagner geradewegs auf Regina zu. „Hallo Schwester! Wie war noch der Name?"

Ihr war klar, dass er ihren Namen kannte, also sagte sie nur leise: „Hallo." Im Nu gesellten sich zwei seiner Kameraden zu ihnen – fesch sahen sie aus in ihren frisch gebügelten Uniformen – und führten sie an die Theke. Es gab tatsächlich Bier und Schnaps – oder war es Wodka?, – den sie nicht kannten und auch nicht probieren wollten. Sie entschieden sich für „dreimal Tango". So nannte man die Mischung aus Bier und dieser süßen rötlichen Brause, die im Emsland hergestellt und weit über seine Grenzen hinaus vertrieben wurde. „Sofort bezahlen", fügten sie hinzu. Aber sie waren eingeladen, wie der Wirt ihnen versicherte. ‚Mit Speck fängt man Mäuse', dachte Regina, sie würde sich vorsehen.

Geredet wurde nicht viel, Polnisch und ein paar Brocken Deutsch, man hörte auf die Musik und tauschte Blicke. Regina mit Pawel, so hatte Lena ihren Bruder genannt, und so nannten ihn auch seine Kameraden. Und wer war er für sie? „Gestatten, Wagner, einfach Paul", hatte er im Krankenzimmer zu ihr gesagt.

„Darf ich bitten!", forderte er sie jetzt zum Tanzen auf. Und sie war schon wieder rot geworden und ärgerte sich über sich selbst.

Regina hatte selten getanzt und keinen Tanzkursus besucht, er war ausgefallen. Nun trat sie ihm zuerst einmal auf die Füße. „Hoppla", sagte er und zog sie etwas näher zu sich heran. Sicher führte er sie über die ausgetretenen Eichendielen. Ihr wurde davon ein bisschen schwindelig. Oder kam es gar nicht vom Tanzen?

Was war nur mit ihr los? Und wenn sie jemand hier sah! Wenn ihre Großeltern es erfahren würden – sie wohnten ja in Meppen – oder die Nonnen im Krankenhaus! Sie drei mussten zurück ins Schwesternwohnheim, um zehn Uhr war allgemeine Sperrstunde in der Stadt. Bereits eine halbe Stunde davor wurde im Krankenhaus die Tür verriegelt. Danach blieb nur noch der Weg durch ein Kellerfenster, das sich nicht mehr schließen ließ. Also höchste Zeit für den Rückweg, möglichst unbe-

merkt das Lokal verlassen. Endlich an die frische Luft, denn drinnen wurde zu viel geraucht, englische oder amerikanische Zigaretten. Regina kannte sich damit nicht aus. Einmal hatte sie einen Zug aus Hinrichs Pfeife genommen und fürchterlich gehustet.
‚Mein Gott, Hinrich!' Ihr Vater! Und ihre Mutter! Wenn sie ihre Tochter so sehen würden.
Als Regina und ihre Mitschwestern noch mit ihren Fahrradschlössern beschäftigt waren, stand Pawel hinter ihr, er bot ihr seine Hilfe an. Einen kurzen Augenblick hielt er ihre Hand fest. Mehr nicht an diesem ersten Abend. Er hatte doch Augen im Kopf, sie war noch so jung.
„Bis zum nächsten Mal, hier, immer samstags um sieben", flüsterte er ihr ins Ohr und ließ ihre Hand los.
So hatte es angefangen. Immer samstags um sieben.

Regina und Pawel hatten sich seit einigen Wochen nicht gesehen, er werde mit seiner Einheit vorübergehend versetzt, hatte er ihr kurz und knapp mitgeteilt.
„Wohin?", hatte sie gefragt.
„Geheim, darf ich dir nicht sagen."
„Und was machst du da?"
„Aufräumen."
„Was aufräumen?"
„Mit den Nazis."
„Welche Nazis meinst du?"
„Die Landräte, Bürgermeister, Polizisten, Lagerkommandanten und das Wachpersonal, und nicht zu vergessen

die Lehrer. Von denen wurde schon die Hälfte entlassen."

„Mein Opa ist auch Lehrer. Aber kein Nazi. Ich schwöre es!"

In Verhören und Prozessen ging es derzeit um die Unterscheidung zwischen Tätern und Mitläufern. Wenn die Urteile gnädig ausfielen, war die Weste danach wieder weiß, wie mit Persil gewaschen. Dieser Persilschein war für die ehemaligen Parteianhänger zukunftsweisend, und bekanntlich ist Papier ja geduldig.

„Und was macht ihr mit den Nazis?"

„Verhaften und einsperren. Im Gefängnis können sie dann auf ihre Prozesse vor den Militärgerichten warten."

Regina schaute ihn ungläubig an.

„Vielen wird das Hören und das Sehen vergehen", sagte er, und einige würde es Kopf und Kragen kosten.

„Du meinst, sie werden hingerichtet?"

„Warten wir's ab. Aber für dich ist es besser, wenn ich dir darüber nicht mehr erzähle."

Regina nickte. Sie hatte schon verstanden. Sie war ja kein kleines Kind mehr.

Pawel wechselte das Thema. Er erzählte herzzerreißende Geschichten von den Kriegsgefangenen, die sie überall befreit hatten, in Wilhelmshaven, Emden und Ostfriesland. Er wusste, wo Bersenbrück und Cloppenburg liegen und wo die Grafschaft Bad Bentheim, und im Emsland kannte er sich inzwischen sogar bestens aus.

Regina konnte sich nur wundern. Er wusste in Norddeutschland besser Bescheid als sie. Letztens hatte er so ganz beiläufig die Lüneburger Heide erwähnt.
„Bis zum nächsten Mal", sagte er noch einmal, aber er könne ihr nicht sagen wann.
„Kommst du wieder?"
„Bestimmt!"
„Wann?"
„Bald."
„Do widzenia, Regina. Auf Wiedersehn. Bis bald!"
„Bis bald, Pawel."
Würde es überhaupt ein nächstes Mal geben? Sie wollte es glauben, obwohl sie nicht davon überzeugt war. Sie kannte ihn doch viel zu wenig.
‚Auf welchen Umwegen ist er eigentlich nach Deutschland gekommen?' Für Regina ergab das alles keinen Sinn. Beim nächsten Mal würde sie ihm Fragen stellen.
Sie konnte sich auch immer noch nicht erklären, warum er und Lena fast fließend Deutsch sprachen – wenn auch mit einem etwas ungewohnten Klang.
Eigentlich wusste sie nichts über Pawel Wagner. Nur, dass sie ihn wiedersehen wollte. Unbedingt!

3
Sorgen ohne Ende

Und als ob das Emsland nicht schon genug gestraft gewesen wäre, kam im Februar 1946 das Hochwasser aus dem Osnabrücker Land von der Hase in die Ems geschwappt. Als am Nachmittag des 11. Februar in Meppen zuerst der Mühlendamm brach und danach der Deich nahe der Werft, strömte das Wasser in die Stadt, bis es einen Meter hoch in den Straßen stand. Im Ludmillenstift lief das Wasser in den Keller und ins Schwesternwohnheim. Regina und ihre Mitschwestern schliefen tagelang auf dem Dachboden.
„Wie mag es nur zu Hause in Haren aussehen?" Marga Bünnemeyer mochte es sich gar nicht vorstellen. Wenn das stimmte, was man so mitbekam, hatte der polnische Major wegen des Hochwassers in Haren den Ausnahmezustand verhängt.
In Rastdorf war ebenfalls Land unter, Straßen und Wege waren überflutet. Eine Schlammschicht bedeckte Wiesen und Felder.

Klara saß am Küchenherd, die Füße im Backofen, und strickte Socken. Oder sie pulte schon mal die Pflanzbohnen aus, aber an pflanzen und säen war noch nicht zu denken. Also strickte sie Socken.
Gestrickt hatte Klara schon immer viel und gern, im ersten Winter in Rastdorf hatte sie gemeinsam mit anderen Frauen eine Handarbeitsgruppe gegründet. Sie trafen sich einmal in der Woche, mal bei Klara, mal bei

Margaretha Berens, bei Maria Rolfes, bei einer Tante von Huusmanns Hannes und bei Anton Lehmkuhls Mutter. Während des Kriegs hatten die Frauen Socken und Handschuhe für die Frontsoldaten gestrickt und sie dem Roten Kreuz übergeben. Und im Winter danach, als der Krieg zu Ende war und der Schnee in Rastdorf meterhoch lag, strickten sie mit flinken Fingern warme Kinderstrümpfe, Schals und Mützen für ein Waisenhaus.

In diesem Winter fielen die Temperaturen nachts unter minus zwanzig Grad. Die Ems und die Hase waren zugefroren, die Fischerboote und Frachtkähne froren im Eis fest. Die Schulen blieben tagelang geschlossen.
In den zerbombten Großstädten starben Menschen an Hunger und Kälte. Jeden Tag gab es neue Schreckensmeldungen im Radio.
Die Industrie war von den Alliierten lahmgelegt worden, die gesamte Wirtschaft lag am Boden, denn Deutschland hatte für die Kriegsschulden aufzukommen. Alles schon mal da gewesen, nach dem Ersten Weltkrieg.
„Und nichts daraus gelernt", fügten Leute wie Heribert hinzu.
In der Landwirtschaft wurde das ganze Ausmaß erst im Frühjahr sichtbar. Auf den Feldern und Wiesen hatte sich eine dicke Schicht Sand abgelagert, die sich nur mit Schaufeln und Schubkarren abtragen ließ. Hinrich war verzweifelt. Jetzt hätte er Kalle gebraucht, aber Kalle war noch immer in Gefangenschaft.

Eines Tages, als draußen die Sonne schien, legte Reinhold seine Bücher in die Ecke. ‚Wäre doch gelacht, wenn ich so eine Schubkarre nicht schieben könnte!', dachte er. Er war doch kein Krüppel!
Besonders hart traf es jene Rastdorfer Siedler, die noch gar nicht richtig Fuß gefasst hatten. Ihnen fehlte es an Maschinen, das Saatgut und der Kunstdünger waren knapp, und der Viehbestand in den Ställen war geschrumpft. Er unterlag der staatlichen Kontrolle – der Viehzählung – mit festgesetzten Quoten. Was übrig blieb, reichte knapp für den Eigenbedarf. Und das Schwarzschlachten war bei Strafe verboten.

Auf diesen Winter folgte ein heißer, trockener Sommer.
„Das Wetter spielt verrückt", sagten die Leute.
Auf den Wettergott sei auch kein Verlass mehr, sagte Hinrich.
„Hinni, laat uusen Herrgott bi Siete!" Klara meinte es ernst.

Entsprechend schlecht war danach die Ernte ausgefallen, die Keller und Scheunen waren im Herbst schon leer. Das Vieh musste notgeschlachtet werden. Die Lebensmittelkarten blieben zum Teil ungenutzt, denn die Regale in den Läden waren leer.
„Wi haebbt nicks mehr", sagte Kaufmann Berens. Sie hatten nur noch Eier von den eigenen Hühnern und selbst eingelegte Schnibbelbohnen aus dem Fass.
Doch die alliierten Siegermächte schauten nicht tatenlos zu.

Hilfsorganisationen schlossen sich unter der Abkürzung CARE zusammen und versorgten Nachkriegsdeutschland mit Lebensmitteln aller Art. Auch Zucker, Kaffee, Kakao und Schokolade. Die CARE- Pakete – fünf Millionen sollten es am Ende sein – wurden aufgenommen wie Geschenke vom Himmel. Klara sah es anders: Es gab doch jetzt auch noch Nächstenliebe unter den Menschen.

Die Flüchtlinge und Vertriebenen im Land bekamen die Not am stärksten zu spüren, sie machten in der britischen Zone zeitweise rund ein Drittel der Bevölkerung aus. Viele von ihnen waren in Notquartieren untergebracht. Auch in Rastdorf in der ehemaligen Russenbaracke.

Zuerst wusste man auch hier nicht so recht, wie man den Neuankömmlingen begegnen sollte.

Probleme hätten sie auch so schon genug, hatte Hinrich einmal geäußert und sich strafende Blicke von Klara eingefangen. Reinhold war ihm fast ins Gesicht gesprungen. Ihm ginge es wie vielen Leuten, die immer nur an sich selbst dächten.

„Vaader, denk doch maol n' bääten wieter!" Er wisse doch, wie das sei, wenn man von Haus und Hof gejagt werde.

Alles war umsonst gewesen, schlimmer noch – der Krieg hatte Deutschland in den Ruin getrieben und das deutsche Ansehen in der Welt schwer beschädigt.

Die britische Militärregierung war sich ihrer Verantwortung im norddeutschen Raum durchaus bewusst, so konnte es auf Dauer nicht weitergehen. Am 1. April

1946 setzten sie in der britischen Zone eine neue Gemeindeverfassung in Kraft. Sie kam auch im Emsland an – sogar in Lorup und somit auch in Rastdorf.
In Rastdorf hatte an der Ecke Hauptstraße/Birkenallee schon vor Kriegsende der Gasthof Konnemann eröffnet. Wochentags trafen sich hier abends etliche Männer auf ein Feierabendbier und sonntags nach dem Hochamt zum Frühschoppen. Dann ging es manchmal hoch her, und das Mittagessen konnte zu Hause auch schon mal kalt werden. Besonders, wenn es um Politik ging – und um die ging es in letzter Zeit fast nur noch.
Die ersten Gemeinde- und Kreistagswahlen standen bevor, mit neuen Parteien, und ganz vorn die SPD. Heiße Debatten wurden geführt – dafür und dagegen. Die Sozis passten nicht so recht in das Weltbild der Rastdorfer Männer, schließlich waren sie Katholiken und standen nach wie vor zur Zentrums-Partei.
Und dann kam der Wahlsonntag. Für die Rastdorfer stand die Wahlurne – es war ein Holzkasten – im Clubzimmer des Gasthofs. Da war was los! Alle wollten dabei sein – na ja, einige auch nicht.
Der Pfarrer hatte sie in der Messe noch einmal ermahnt, unbedingt ihrer Wahlpflicht nachzukommen, es sei ihre Christenpflicht.

Nun saß die Familie beim Mittagessen: Klara, Hinrich, Reinhold und Regina und als Gäste Marga und Alfons. Sie wohnten noch immer bei den Verwandten in Kathen.
Im polnischen Haren wurde heute nicht gewählt. Und aus Protest waren die beiden gar nicht zur Wahl gegangen.

„Wi höärt jao näärgens hen", hatte Alfons gesagt.
Regina verbrachte ihren freien Sonntag zu Hause. Zum Wählen war sie noch zu jung. Für Reinhold war es das erste Mal gewesen, Gesprächsstoff gab es also genug. Ein ganz großer Fortschritt sei das, hatte der Lehrer der Südschule heute beim Frühschoppen gesagt. Hinrich wiederholte es beim Mittagessen.
Reinhold legte seinen Löffel aus der Hand. „Es ist ein Aufbruch in eine neue demokratische Zeit!"
Regina hätte sich beinahe verschluckt. Sie war in Gedanken ganz woanders gewesen. Wie so oft in der letzten Zeit hatte Pawel mal wieder die Verabredung nicht eingehalten; seit zwei Wochen war er wie vom Erdboden verschluckt.
Klara wirkte heute entspannter. Und nicht nur weil Sonntag war und dem Besuch das Mittagessen geschmeckt hatte. Sie hatte an diesem Wahlsonntag neue Hoffnung geschöpft, weil es im Land aufwärts ging.
Man könne den *Tommys* gar nicht genug danken, sagte Klara. Jetzt werde auch Kalle sicher bald nach Hause kommen.
„Jao, Klärchen, nuu kaenn 't nich mäer aaltou lange düern", sagte Hinrich. Und am Abend hielt er ihre Hand, bis sie eingeschlafen war.

4
Verbotene Liebe

Als Regina ihre freie Zeit immer seltener bei ihren Eltern verbrachte – es war ja auch wirklich weit bis nach Rastdorf – und sie sich immer öfter sonntags bereits nach dem Mittagessen von ihren Großeltern verabschiedete, war sie angeblich immer mit ihrer Freundin Roswitha verabredet, die sie allerdings nur noch selten ins Casino begleitete. Dieser Paul Wagner hatte wirklich etwas ganz Besonderes an sich, das war ihr sofort aufgefallen. „Ich bin total verknallt in ihn!", hatte Regina ihrer Freundin eines Abends gestanden. Sie sprach dann bewusst von Pawel – Paul konnte ja jeder heißen. Jeder hier vom Hümmling.
„Aber behalt es für dich, bitte, Roswitha! Es darf niemand erfahren. Du musst es schwören! Hoch und heilig!"

Nach wie vor waren den polnischen Soldaten Beziehungen zu deutschen Frauen nicht gestattet, jedenfalls nicht auf dem Papier. Sie hatten jedoch keine disziplinarischen Maßnahmen zu befürchten. Währenddessen setzten die jungen Frauen noch immer ihren guten Ruf aufs Spiel, wobei die Wogen der Entrüstung im Laufe der Zeit nicht mehr ganz so hoch schlugen.
Regina vertraute Roswitha, sie arbeiteten täglich acht bis zehn Stunden zusammen auf der gleichen Station. Und wenn es bei Reginas Samstagsausflügen abends mal später als halb zehn geworden war und sie nicht

durchs Kellerfenster ins Schwesternwohnheim einsteigen wollte, übernachtete sie bei Roswitha. Die wohnte allein mit ihrer Mutter ganz in der Nähe. Ihr Vater war in Russland gefallen, schon 1942, als Roswitha gerade achtzehn war und ihre Mutter knapp vierzig.
Regina und Pawel trafen sich so oft es zeitlich ging, doch nur selten in ungestörter Zweisamkeit.
Manchmal sahen sie sich zwei oder drei Wochen gar nicht, er war noch immer Soldat. Sie kannte ihn nur in Uniform, noch immer stand er im Dienst der 1. polnischen Panzerdivision. Seine Vorgesetzten bestimmten über seinen Alltag und seine Freizeit. Über dienstliche Angelegenheiten sprach Pawel mit ihr nicht, nur manchmal erwähnte er ein paar belanglose Dinge.
„Weißt du eigentlich, wo Emstek liegt? Da gibt es in einem Gasthaus eine Unteroffiziersmesse, da sind wir ganz schön versackt." Regina wusste nur, dass es irgendwo bei Cloppenburg liegen musste.
„Warst du schon mal in Aurich? Da trinken die Kameraden statt Bier doch tatsächlich schwarzen Tee mit Kluntjes und Sahne. Natürlich nicht nur."
Zu den Ostfriesen wollte Regina immer schon mal gerne, aber wann denn?
„Wir könnten mal zusammen an die Nordsee fahren, nach Emden oder Wilhelmshaven. Aber dann darfst du keinen Schrecken kriegen, wenn du die Trümmer siehst." Trümmer? Regina wollte keine Trümmer sehen, nicht noch mehr davon.

Er druckste ein wenig herum, bevor er damit herauskam: „Ich muss noch mal weg. Nicht für lange. Mehr kann ich dir nicht sagen."
Da waren sie auch schon fast beim Krankenhaus angelangt, an der kleinen Brücke, es war schon dunkel geworden. Pawel schloss Regina ganz fest in seine Arme, sie wünschte sich, es würde ewig dauern. Er schob sie um Armeslänge von sich und hielt ihre Hände.
„Kocham cię – ich liebe dich."
„Ich dich auch, Pawel."
„Dobranoc, mala Regina – gute Nacht, kleine Regina. Śpij dobrze – schlaf gut!"
„Du auch, Pawel!"
Die Tür zum Schwesternheim war noch nicht abgeschlossen.

Fortan trafen Regina und Pawel sich ziemlich regelmäßig und verbrachten mehr Zeit miteinander. Wenn auch noch immer nur selten in ungestörter Zweisamkeit.
Hin und wieder fuhren sie sonntags mit dem Zug in einen Ort, in dem niemand sie kannte. Pawel mit Freifahrtschein, für Regina bezahlte er.
‚Er ist ein Kavalier wie man ihn im Emsland wohl lange suchen muss', dachte sie dann.
Manchmal luden sie Lena ein, sie zu begleiten.
„Sie muss da mal raus!" Pawel sorgte sich noch immer um seine kleine Schwester, die den Krieg, das Lager und danach die schwere Operation hinter sich gebracht hatte. Letztere nach ihren eigenen Worten auch dank Reginas guter Pflege.

„Danke für alles, Schwester Regina!", hatte sie erst letztens wieder gesagt.

„Regina, nur Regina, ich hab heute frei."

„Ja", meinte Pawel, „sonst säßen wir drei jetzt wohl nicht hier."

An diesem Sonntag waren sie zu dritt mit dem Zug nach Papenburg unterwegs. Lena war in Maczkow zugestiegen. Sie holte dort an einem Lyceum, dem ein Internat angeschlossen war, die versäumte Schulzeit nach.

Lena saß am Fenster, glücklich, ihren großen Bruder neben sich zu haben. Sie hatten einander viel zu erzählen, meist auf Deutsch, gemischt mit einigen Wörtern Polnisch. Plötzlich verstummte Lena, sie zeigte nach links. „Oberlangen!"

Pawel warf Regina einen vielsagenden Blick zu und nahm danach seine kleine Schwester in den Arm. „Es ist vorbei, Lena." Sie nickte und schmiegte sich an ihn.

Lena war bei ihrem Eintritt in die sogenannte Heimatarmee erst sechzehn gewesen und im Kurierdienst eingesetzt worden. Bereits zu Beginn des Warschauer Aufstands war sie mit vielen anderen Frauen in Gefangenschaft geraten.

Nach tagelangen Transporten in voll besetzten, vergitterten Güterwaggons der Reichsbahn kamen sie über die Grenze, ohne zu wissen, wo sie sich befanden. Und oftmals getrennt von ihren Kameradinnen, bevor sie im Dezember 1944 im Lager Oberlangen zusammengefasst wurden.

„Es war das schlimmste Weihnachten meines Lebens", sagte Lena.

Und dann kamen sie auf den Tag der Befreiung im April 1945 zu sprechen.

„Wir konnten es gar nicht glauben, als wir die polnischen Uniformen sahen. Wir liefen unseren Soldaten entgegen und jubelten ihnen zu."

Danach hatten die Frauen sich in den Armen gelegen. Sie hatten geweint und gelacht - beides gleichzeitig. *Heilige Madonna von Częstochowa, ein Wunder war geschehen!*

„Ich werde diese Minuten niemals vergessen."

Lena wischte sich auch jetzt ein paar Tränen ab, Freudentränen, wie sie betonte. Dann verschwand das Lächeln aus ihrem Gesicht. „Aber auch das andere nicht, immer wieder verfolgt es mich! Bis in meine Träume."

Pawel hatte damals erst einige Tage später erfahren, dass seine Schwester unter den Frauen war. Zu dieser Zeit wusste auch Lena nicht, wo Pawel sich befand, sie hatte seit Langem den Kontakt zu ihm verloren, und auch zu ihrer Mutter. Regina mochte sich das alles gar nicht vorstellen. Lena war so alt wie sie!

In Aschendorf war ungewöhnlich viel Militär auf den Straßen. Pawel sprach einen Kapral darauf an, den er offensichtlich kannte.

„Geheim, Kamerad", hatte der nur gesagt, und noch was auf Polnisch hinterhergeschoben.

„Sie suchen jemanden!", sagte Pawel, „ein hohes Tier."

Pawel spendierte Kaffee und Kuchen in einem ehemals deutschen Café mit Blick auf den Hauptkanal, das nun einen polnischen Namen über dem Eingang und auf der Speisekarte trug.

Auf der Rückfahrt wunderte Regina sich wieder einmal über ihrer beider Sprachkenntnisse. Mit welcher Selbstverständlichkeit sie zwischen Polnisch und Deutsch wechselten, als müssten sie nur schnell mal einen Hebel umlegen.

„Wir sind in Oberschlesien geboren", sagte Pawel, „an der polnischen Grenze, aber das ist eine lange Geschichte, die erzählen wir dir vielleicht beim nächsten Mal. Doch es gibt noch einen anderen Grund. Seit 1939 war Deutsch die Amtssprache im Generalgouvernement, selbst den Namen unseres Landes durften wir nicht benutzen. Und in der Schule lernten die Kinder als erste Sprache Deutsch. Danach Französisch oder Latein, falls sie überhaupt noch eine Schule besuchen durften." Diese Erfahrung hatte Lena selbst gemacht.

Bevor Lena am Ende der Fahrt in Haren/Maczkow wieder ausstieg, sagte sie noch: „Stellt euch das mal vor, letzte Woche Samstag war die ganze Stadt in Hochzeitsstimmung. In der Kirche wurden an einem einzigen Tag hundert polnische Brautpaare getraut. Viele Bräute ganz in Weiß. Ich stand mit anderen Mädchen auf dem Kirchplatz. Wir haben gesehen, wie glücklich sie waren."

Regina fing an zu verstehen, was die polnischen B-Soldaten antrieb. Sie wollten nur Freiheit für ihre Landsleute – und ein kleines bisschen Glück.

„Dreißigtausend Landsleute sind es allein in Norddeutschland ungefähr", hatte Pawel ihr vor einiger Zeit erklärt. Und auch, dass die meisten nur darauf warteten, wieder nach Hause zu kommen. Doch Polen war von den Sowjets besetzt. Hier hatte Stalin nun das Zepter in der Hand – oder war es etwas anderes?

Regina wollte nun noch etwas über Pawels Lebensweg erfahren. „Und wie bist du nach Deutschland gekommen? Du und deine Kameraden mit den vielen Panzern?"
„Ich wollte damals nicht zur Wehrmacht, als ich dazu verpflichtet werden sollte. Die Nazis waren lange vor Kriegsbeginn im deutschen Teil Oberschlesiens an die Macht gekommen. Als sie in Beuthen die Synagoge angesteckt hatten, mussten die Schüler und Studenten dort am nächsten Morgen antreten und mit ansehen, wie sie die Juden wegbrachten."
Dabei seien auch Schüsse gefallen.
„Und mein Vater war im September 1939 dienstlich nach Krakau unterwegs, als der Zug bombardiert wurde. Er war tot."
Das habe er der Wehrmacht nicht verzeihen können. Er war damals untergetaucht und hatte sich der Armia Krajowa angeschlossen. Da er sowohl die deutsche als auch die polnische Staatsangehörigkeit besaß, war es für ihn ziemlich einfach gewesen. Die polnische Regierungsmannschaft war danach mitsamt der Heimatarmee über Rumänien nach Frankreich geflohen, mit Sitz in Paris.

„Dann kamen die Deutschen: Sieg Heil, Sieg Heil! Das gleiche Geschrei wie zu Hause in Polen! Wenn die Wehrmacht uns erwischt hätte, säße ich heute wohl nicht hier." Kurz vor der Kapitulation Frankreichs hatte die polnische Exilregierung mitsamt ihrer Exilarmee die Einladung aus Großbritannien angenommen.
„Stell dir vor, ich war schon in Paris und London. Und danach in Italien, der Normandie, in Schottland, Belgien und in Holland. Von da aus haben wir dann den Rhein überquert und sind im Emsland angekommen. Unter der Führung von General Stanislaw Maczek."
„Aha", sagte Regina, „ich verstehe."
„Und dann habe ich dich getroffen."
Pawel schaute ihr in die Augen.
„Kocham cię – ich liebe dich, meine kleine Regina."
„Ich dich auch, Pawel!"

Regina kannte das inzwischen schon, dass er für einige Zeit untertauchte. Dann meldeten sich bei ihr jedes Mal leise Zweifel, ob sie ihn wiedersehen würde.
„Ich melde mich, sobald ich zurück bin. Irgendwie! Ganz bestimmt. Kocham cię – ich liebe dich, moja mała Regina." Dann drehte er sich um.
Regina machte es jedes Mal traurig, wenn sie nicht wusste, wo er steckte. Wieder ein Wochenende ohne ihn, es war nicht zum Aushalten. Dann fuhr sie auch mal wieder nach Rastdorf, sehr zur Freude ihrer Eltern und ihres jüngeren Bruders, der sich zu Hause – obwohl er überall mit anpackte – allmählich langweilte.

Dieses Mal wurde Reginas Geduld auf eine harte Probe gestellt. Auch am vergangenen Samstagabend, als sie mit Roswitha im Casino gewesen war, hatten sie nichts über Pawel und seine Abteilung in Erfahrung gebracht. Nur Schulterzucken als Antwort.
„Jetzt lauf ich ihm schon nach!" Regina fand es ziemlich daneben, aber die drei Jahre ältere Freundin meinte dazu: „Gegen wahre Liebe ist kein Kraut gewachsen!"
„Willst du mich veräppeln, das Sprichwort heißt doch: Gegen Dummheit ist kein Kraut gewachsen."
„Na, dann bestellen wir jetzt erst mal zwei Tango."
„Aber wir lassen uns nicht einladen. Wir bezahlen selbst. Saraz!"

Im Krankenhaus ging am Vormittag mal wieder alles drunter und drüber. Regina hatte gar keine Zeit für Liebeskummer. Endlich die wohlverdiente Mittagspause und danach ein bisschen an die frische Luft.
„Schwester Regina, ein Brief!", rief die junge Schwester an der Pforte ihr nach.
„Ein Brief?"
‚An Schwester Regina', und auf der Rückseite ganz unverdächtig nur ‚Wagner' als Absender. Es war Pawels Handschrift, die gleiche wie auf dem ersten Zettel, als Lena noch als Patientin in dem überfüllten Zimmer gelegen hatte. Das lag nun schon fast zwei Jahre zurück. Damals hatte sie ihn zerknüllt und war dann doch hingegangen. Mit Roswitha und Resi ins Casino. Zu ihrem ersten Tanz mit Pawel. Jetzt öffnete sie den Umschlag und fühlte dabei ihr Herz schneller schlagen.

‚Liebe Regina! Wie immer – P. W.'
Sie würde an diesem Samstag wieder hingehen, zu der kleinen Brücke hinter dem Krankenhaus, es war der verabredete Treffpunkt – für alle Fälle – sie konnte es kaum erwarten.

An diesem frühen Sommerabend begegnet Pawel den Freundinnen im Park, es ist vor der abgesprochen Zeit. Heute ist er das erste Mal halb in Zivil. Zur Uniformhose trägt er ein weißes Hemd, die Ärmel sind aufgekrempelt, sodass Regina sofort die dunklen Härchen auf der Haut auffallen. Zuerst geht Pawels Blick zu Regina, danach zu Roswitha.
„Wir kennen uns ja schon vom Casino", rettet Pawel die Situation.
„Ich glaub, ich muss dann mal nach Hause, meine Mutter wartet sicher schon." Sie steckt Regina schnell noch etwas zu.
„Aber nicht verlieren!", flüstert sie, dann schlägt Roswitha die entgegengesetzte Richtung ein.
Pawel hat nur noch Augen für Regina. Auch wenn es zur Begrüßung nicht einmal ein Küsschen gibt, nicht hier in der Öffentlichkeit, nur einen vielsagenden Blick und einen Händedruck, dann überqueren sie die Hauptstraße.
„In Haselünne war ich heute schon", sagt er und zeigt dabei auf das Verkehrsschild. Nun spazieren sie stadtauswärts zu der kleinen Eckkneipe, wo ein paar Tische im Freien aufgestellt sind. Fast alle sind besetzt und keiner der Gäste beachtet die beiden. Der Wirt kennt sie ohnehin schon. Pawel bestellt ein Bier, Regina entschei-

det sich für ein Glas dieser gelblichen Brause – ohne Bier.
„Eine Regina für Regina", lacht Pawel. Er selbst schätzt das schäumende deutsche Bier, das in Bremen gebraut wird.
„Zu essen gibt es später", sagt er und geht hinein, um zu bezahlen.
„Und was machen wir jetzt?"
„Ein Picknick im Grünen."
„Picknick? Was ist das, Picknick?"
„Du wirst schon sehen", dabei schwenkt er den Stoffbeutel, den er in der linken Hand trägt.
‚Den hatte er doch vorhin nicht', fällt es Regina nun auf, ‚darum hat es also in der Wirtschaft so lange gedauert. Und wie er mal wieder redet, wie ein Deutscher, der auch Ausländisch kann.' Bei anderen Gelegenheiten gebrauchte er Wörter wie Döskopp und Dämelack, sagte Mostrich statt Senf, was ihr alles irgendwie bekannt vorkam.
Heute sagt er: „Jetzt brauchen wir nur noch ein stilles Plätzchen, an dem uns niemand stört."
‚Aha!', das denkt Regina nur, sie sagt: „Ich zeig dir den schönsten Platz, den es hier weit und breit gibt."
Damit meint sie das Wäldchen bei der alten Wassermühle, die abgeschieden an einem Nebenfluss der Ems liegt, inmitten unberührter Natur. Hand in Hand gehen sie den schmalen Fußweg entlang, noch ist ihnen niemand begegnet. Sie küssen sich und fühlen sich so unbeschwert wie nie zuvor.

Langsam kommt Bewegung in das Flüsschen, die Radde fließt auf eine alte Wassermühle zu, unter einer Holzbrücke hindurch, welche zwei der Gebäude miteinander verbindet.

„Es klappert die Mühle am rauschenden Bach ..." Pawel stimmt mit ein.

„Du kennst das Lied?" Einmal mehr wundert Regina sich. Aber heute ist es hier ganz still. Das Mühlrad dreht sich nicht. Der Müller ist nicht zu Hause. Die Türen sind verrammelt.

Sie gehen langsam weiter. Plötzlich bleibt Pawel stehen, er zeigt auf eine Stelle im Schilf, wo halb versteckt ein kleines Ruderboot liegt. Festgebunden an einen Pfahl schaukelt es sacht vor sich hin.

„Der richtige Platz für ein Picknick", sagt er und führt Regina ans Ufer. Während er einsteigt wie ein geübter Fischer, zögert Regina noch. Er streckt seine Hände nach ihr aus: „Komm, meine kleine Regina", und hebt sie in den Kahn.

Regina spürt seine Nähe, als er sie zu sich auf den Boden zieht. Die schräg stehende Sonne scheint ihm ins Gesicht, und zum ersten Mal sieht sie die grünen Sprenkel in seinen Augen. Heute sind seine Küsse und Berührungen drängender als sonst. Und sie beide sind allein.

„Zu essen gibt es später", sagt er, als er Reginas Bluse aufknöpft.

Fast hätte Regina alles um sich herum vergessen, aber plötzlich ist sie wieder sie selbst. Sie, Regina Harms, die weiß, was sie will und was nicht.

„Nicht hier, bitte nicht, Pawel."
„Du hast recht, dann gibt es jetzt etwas zu essen. Liebe geht ja bekanntlich durch den Magen."
Regina kann es nicht fassen. Woher er nur all die deutschen Redensarten kennt! Und dann holt er doch tatsächlich ein großes Stück Käse und einen Knust Brot aus dem Leinenbeutel – und eine kleine Flasche Rotwein.
„Nur einen halben Liter", sagt er, „hat der Wirt mir geschenkt."
„Das soll ich dir glauben? Du spinnst."
„Ehrlich, für zwei Schachteln Zigaretten."
Regina muss laut lachen, sie hält sich die Hand vor den Mund, damit niemand sie hört. Und selbstverständlich hat Pawel sowohl ein Messer als auch einen Korkenzieher dabei.
„Gehört zur Standardausrüstung eines polnischen Soldaten."
„Und Gläser?"
„Nein, keine Gläser, nur einen Kaffeebecher." Er schenkt ein. „Erst du, dann ich."
Sie trinken abwechselnd und kauen und reden, sie küssen sich auf die Lippen und genießen die unbeschwerte Zweisamkeit in der Stille dieses Sommerabends. Nach diesem Picknick der besonderen Art schlendern sie gemächlich zurück, die untergehende Sonne im Rücken.
Heute ist es spät geworden, als sie stadteinwärts über die Hasebrücke gehen und in die Buchenallee auf dem alten Stadtwall einbiegen.
Pawel wundert sich, warum Regina es gar nicht eilig hat. Die allgemeine Sperrstunde ist inzwischen zwar aufge-

hoben, doch zu Reginas Schlafsaal gibt es nach wie vor nur bis kurz vor 22 Uhr Zutritt. ‚Das Ludmillenstift ist ein anständiges Haus', es war ein oft zitierter Ausspruch der Schwester Oberin.

Regina schmiegt sich an ihn und redet und redet, viel mehr als sonst.

„Sie werden dich aussperren, wenn wir nicht einen Schritt schneller gehen", sagt er.

„Ich bin doch gar nicht da, ich habe mich abgemeldet. Ich verbringe doch das Wochenende bei meinen Eltern in Rastdorf."

„Und wo wirst du übernachten?"

Sie blinzelt ihn vielsagend an. „Hier geht es lang, es ist nicht weit."

Pawel kann es nicht glauben. Ist das sein Mädchen? Seine kleine Regina?

Sie biegen in eine Seitenstraße ein, nach wenigen Schritten bleibt Regina stehen. „Hier ist das Haus. Wir nehmen den Seiteneingang und die Treppe nach oben. Da wohnt Roswitha, aber sie hat Nachtdienst, und ihre Mutter ist verreist."

Sie kramt mit der Hand zuunterst in ihrer Tasche. „Simsalabim – hier ist der Schlüssel, ich habe ihn nicht verloren."

Pawel geht ein Licht auf. Um den Schlüssel war es also im Park gegangen. Jetzt hat er alles verstanden. Regina erwidert seinen vielsagenden Blick.

„Regina, Liebste", flüstert er ihr ins Ohr. Er fasst sie bei der Hand, mit der anderen steckt er den Schlüssel ins Schloss und dreht ihn herum.

„Steck ihn nach innen", sagt Regina noch, und mit sicheren Schritten nimmt sie eine Stufe nach der anderen. Bis nach oben in einen offenen Vorraum. Sie zeigt auf eine schmale Tür zum Bad und geht weiter in die Küche.
„Ich kenne mich hier aus", sagt sie, „ich war schon oft hier. Aber nicht mit einem Mann", fügt sie rasch hinzu, als sie Pawels Blick auffängt.
Auf dem Küchentisch stehen ein abgedeckter Teller und zwei Gläser. Daneben liegt ein Zettel: ‚*Getränke hinter dem Vorhang unter dem Spülstein.*'

„Das kann warten", sagt Pawel, „ich will nur dich", und seine Stimme klingt fordernd und zärtlich zugleich.
Regina hat die Türklinke bereits in der Hand, die Tür führt in einen großen Raum unter der Dachschräge mit zwei neueren Kippfenstern.
Rechts eine Nähmaschine, ein Tisch mit einem Bügeleisen, ein Wäschekorb und ein Garderobenständer. Daran nur ein hellblauer Bademantel und darunter Reginas Tasche.
„Links ist die Besucherecke", sagt Regina und zeigt auf ein einladendes Bettsofa mit vielen Kissen und einer Wolldecke. Und seitlich davon ein Sessel und eine Tischstehlampe.
„Ist es nicht gemütlich hier?" Regina blinzelt Pawel an. Der umfasst sie mit beiden Armen, sie erwidert seine Küsse, ihr Herz klopft wie wild.

„Komm, mein Mädchen", sagt er und zieht sie zu sich auf das Sofa. Sie sind allein, umgeben von Stille. Zwei Verliebte, die sich ungestört ihren Gefühlen hingeben.
„Nur, wenn du es auch willst", flüstert Pawel ihr ins Ohr. Regina nickt. Sie spürt seinen Atem, seine Hände und die starken Arme, die sie halten. Sie drängt sich an ihn und lässt es geschehen, dass er sie nimmt. Behutsam – ahnt er doch, dass es für sie das erste Mal ist.
Regina vertraut ihm. Sie spürt einen kurzen, heftigen Schmerz, danach genießt sie seine Nähe und das unbekannte, beglückende Gefühl.
„Regina, moja miłość – meine Liebste."
Regina mag die Worte, die Pawel ihr ins Ohr flüstert.
„Kocham cię – ich liebe dich."
„Ich dich auch, Pawel."
Für Regina fühlt sich danach alles richtig an. Auch wenn sie nun keine Jungfrau mehr ist, aber daran denkt sie jetzt nicht. Pawel macht das Licht an und schaut auf seine Uhr.
„Es wird Zeit für mich!"
„Kannst du nicht bleiben? Bitte bleib noch!", bettelt sie. Sie blickt ihm tief in die Augen, und da sind sie wieder, die kleinen grünen Sprenkel, die sie so faszinieren.
Sie knöpft ihre Bluse zu, zieht den hellblauen Bademantel darüber, den Roswithas Mutter für sie genäht hat, und geht ins Bad. Blut!? Sie wäscht es ab.
Ein Blick zum Fenster sagt ihr, dass es draußen inzwischen fast Nacht geworden ist.
Als sie ins Zimmer zurückkommt, bringt Pawel gerade seine Kleidung in Ordnung und kämmt sich kurz durchs Haar.

Seine Zeit reicht nur noch für eine Flasche Bier. Dabei umfasst er Regina mit dem anderen Arm. Sie nimmt auch einen Schluck, jetzt ohne Limonade.
„Regina, moja miłość! Kocham cię!"
„Ich liebe dich auch, Pawel."

Regina begleitete ihn die Treppe hinunter. Seine Küsse zum Abschied fühlten sich für Regina anders an als vorher.
„Dobranoc, moja Regina. Und schlaf gut."
Als Regina den Schlüssel hinter ihm umdrehte, kam es ihr fast vor, als hätte sie das alles nur geträumt. Dabei war es heute passiert. Mit Pawel und ihr. Das, wonach sie sich gesehnt hatte.
Pawel war erst eine halbe Stunde vor Mitternacht gegangen. Regina vermisste ihn jetzt schon, als sie in das leere Zimmer zurückkehrte. Sie stand am Fenster und schaute in die Nacht. Und dann entdeckte sie ihn, den hell leuchtenden Abendstern. Aber warum war er ganz allein?
Sie spürte eine wohlige Müdigkeit, stellte sich ihren Wecker und kuschelte sich unter die Wolldecke. Auf dem Kissen haftete noch der Duft von Pawels Rasierwasser. Und noch mehr.
Am frühen Morgen machte sie sich eine Tasse Milch warm und tunkte zwei Zwiebäcke ein. Mehr brauchte sie nicht zum Frühstück.
Sie drehte Roswithas Zettel vom Küchentisch um und schrieb auf die Rückseite: ‚*Ich war im siebten Himmel. Gruß Regina*'.

5
Familienfeier

Nach Milch mit Zwieback hatte Regina den Schlüssel in den Briefkasten geworfen und sich auf die Socken gemacht, um rechtzeitig zum Bahnhof und anschließend nach Rastdorf zu gelangen, wo heute eine ganz besondere Familienfeier stattfinden sollte. Der freudige Anlass war die Rückkehr ihres Bruders aus britischer Kriegsgefangenschaft. Endlich war er wieder zu Hause angekommen.

Nach seinem ersten Brief aus England war noch viel Zeit vergangen – mehr als zwei Jahre – bis zu dem Tag in der vergangenen Woche, als er in Meppen aus dem Zug gestiegen war. Regina war ihm an diesem Tag schon kurz begegnet, gemeinsam mit ihren Eltern und den Großeltern hatte sie ihren großen Bruder auf dem Bahnhof in Empfang genommen.

Sie hatte ihn als Erste gesehen. „Kalle, Kalle!", hatte sie gerufen, war auf ihn zugerannt und ihm um den Hals gefallen – was unter Geschwistern eher die Ausnahme war. Ihr waren dabei Freudentränen übers Gesicht gelaufen.

„Mien Süsterken, kiene Traonen", sagte Kalle. Er hätte ihr doch gesagt, dass er wiederkommen würde.

Ein Taschentuch hatte er nicht bei sich. Regina nahm den Ärmel ihrer Bluse, um sich die Tränen abzuwischen.

„Junge, daet du wäär daa büsst", dann versagte Hinrichs Stimme.

Klara umarmte ihren Ältesten, sie wollte ihren Jungen gar nicht wieder loslassen. Sie musterte ihn vom Kopf bis zu den Füßen.

„Laat di ankieken, mien Junge."

Die Großeltern waren mit auf dem Bahnsteig. Heribert war unendlich erleichtert. Nun war auch für Kalle der Krieg endlich vorbei – mit einem guten Ende.

„Gott sei Dank!"

Gunda konnte vor Rührung gar nicht sprechen. Sie musste ihn immer wieder berühren, seinen Arm und sein Gesicht.

Auf dem Bahnsteig und danach auf dem Bahnhofsplatz sah Kalle die britischen Uniformen der B-Soldaten. Die Rolle der Briten als Siegermacht hatte er längst akzeptiert, er hatte keine Wahl gehabt. Und nun waren sie hier. Damit hatte er gerechnet.

Doch dann der Schock! Polnische Uniformen! Soldaten, zu Fuß und in Militärfahrzeugen – darauf war er nicht vorbereitet gewesen. Auch sie waren ihm schon andernorts begegnet, wo sie danach siegreich die polnische Flagge gehisst hatten. Aber hier auf dem Bahnsteig in Meppen wollte er sich das nicht länger mit ansehen. Hier nicht. Jetzt nicht!

Wie sie denn nach Rastdorf kommen wollten, das war es, was Kalle jetzt nur interessierte. Er wollte nach Hause, nur noch nach Hause.

Heribert hatte vorsorglich ein Taxi für die Familie bestellt. Regina blieb mit den Großeltern in Meppen zurück.

„Du kommst jetzt erst mal mit zu uns", sagte Oma Gunda. „Und nächsten Sonntag fahren wir gemeinsam nach Rastdorf."
Klara hatte die Einladung ausgesprochen, Reinhold werde dann auch dabei sein können. Für heute hatte er sich entschuldigen lassen. Kalle hatte zustimmend genickt.

Regina war schon zeitig angekommen, ihre Großeltern hatten es gerade noch rechtzeitig zum Mittagessen geschafft. Der Zug war unpünktlich gewesen und am Sackbahnhof in Werlte hatten sie lange auf eine Fahrgelegenheit nach Rastdorf gewartet.
„Aower nuu sünnt ih jao hier!", sagte Hinrich und forderte seine Schwiegereltern auf, am Tisch Platz zu nehmen.
„Endlich mal wieder ein Grund zum Feiern", sagte Reinhold. Er rückte dem Besuch die Stühle zurecht, bevor er sich zu Regina und Kalle auf die Bank quetschte, der saß nun in der Mitte. „Kalle!", sie alle konnten es noch gar nicht glauben.
Und er selbst auch noch nicht ganz. Wie sehr er seine Familie vermisst hatte, war ihm erst in den letzten drei Tagen bewusst geworden. Und er hatte auch Rastdorf vermisst. Selbst wenn er oft an Wahn gedacht hatte und an den Abschied von seinen Kumpels bei der Blauen Buche.
Kalle war guter Dinge, doch eher zurückhaltend, wenn es um Fragen zu seiner Zeit in England ging. An diesem

Tag wollte er sich nicht von der Vergangenheit einholen lassen.

Er hatte sie hinter sich gelassen, als er endlich wieder deutschen Boden betrat. Gemeinsam mit anderen Freigelassenen. Auf dem Fliegerhorst in Wunstorf.

Wie er sich gefühlt habe, als er in Hannover in den Zug nach Meppen gestiegen war. „Einen halben Zentner leichter."

Es hatte auch Phasen gegeben, in denen er sich nicht sicher gewesen war, dass es für ihn ein gutes Ende nehmen würde.

Danach erzählte er von seinen ersten Eindrücken, nachdem das Taxi das Ortschild von Rastdorf passiert hatte. Er hatte gar nicht glauben können, dass er tatsächlich wieder zu Hause war. Klara gab seine Worte so wieder: „Tou Huus! Mama, ick bün weer tou Huus. Papa, ick bün weer tou Huus!"

Kalle sagte, er habe sich gefühlt wie ein kleiner Junge, der nach langer Zeit wieder nach Hause kommt. Er hatte sich gewundert, wie hoch inzwischen die Birken gewachsen waren, an der Birkenallee, wo die neue Schule stand. Und Berens Laden mit der Barackenkirche. Und in den Seitenstraßen die Bauernhäuser. Als sie abgebogen waren, habe er sie abgezählt, das siebte war der Hof Harms. Eine Weile hatte er einfach davorgestanden. Dann hatte Klara sich bei ihm untergehakt: „Kumm, mien Junge."

Seine Mutter war an seiner Seite geblieben, Hinrich ging zwei Schritte voraus. Klara sprach von einer kleinen Stärkung, sie wollte die Hühnersuppe aufwärmen, Hinrich und Kalle sollten sich schon mal setzen.

„Laöter", sagte Kalle. Er wollte zuerst einmal durchs Haus gehen, von Zimmer zu Zimmer. Allein. Er hatte sich auf sein Bett fallen lassen, flach auf den Rücken, und hatte eine Weile an die Decke gestarrt, weil er es noch gar nicht glauben konnte. „Tou Huus!" Er war noch immer gerührt, als er es jetzt erzählte.

Nach der Hühnersuppe und Klaras berühmten Schnittchen musste er als Nächstes eine kurze Runde um den Hof drehen. Der Hund war angeleint, er bellte ihn kurz an wie einen Fremden, dann erkannte er Kalle an der Stimme und ließ sich zutraulich streicheln. Die Pferde und Kühe waren auf der Weide, die mussten noch warten. Denn plötzlich überkam ihn eine große Müdigkeit. Hundemüde sei er auf einmal gewesen. Er war ins Haus zurückgekehrt.

„Mama, toueierst will ick slaapen." Nur noch schlafen. Nackig, unter seinem weichen Federbett. Ohne diese gestreiften Klamotten. Schlafen und danach all das essen, auf das er in den vergangenen Jahren verzichten musste. Von Sauerkraut mit Stampfkartoffeln, Bohneneintopf mit Speck, Pfannkuchen, Milchsuppe mit Gries hatte er geträumt – das alles hatte zusammen auf einem Tisch gestanden. Dann war er aufgewacht, und der Tisch war nicht mehr da. Aber all das wollte er so schnell wie möglich wieder essen. „Nee, nich döärnanner. Aals fein naa deei Riege", sagte er zu sich selbst.

Und jetzt dieser Sonntag mit seiner Familie. Mit seinen Eltern und Oma und Opa. Mit Reinhold und seiner kleinen Schwester Regina, die inzwischen erwachsen geworden war.
Zur Feier des Tages gab es Schweinebraten und zum Nachtisch Schokoladenpudding mit Vanillesoße. Die Birnen waren noch nicht reif.

Die Familienstimmung war entspannt wie seit Langem nicht mehr. Und an Gesprächsstoff mangelte es wirklich nicht. Häufig ging es dabei um die alten Nachbarn aus Wahn, die auch nach Rastdorf gezogen waren. So wie die Familie Lehmkuhl. Kalle hatte sie tags zuvor schon besucht.
Anton, ihr einziger Sohn und einer von Kalles besten Kumpels, galt noch immer als vermisst. Umso mehr hatten sie sich gefreut, ihn wohlbehalten wiederzusehen. Doch trostreiche Worte für sie waren ihm nicht eingefallen. Dieser Scheiß-Krieg! Über das Schicksal von Hermann Holzenkamp gab es bislang keinerlei Nachrichten, auch durch das Rote Kreuz nicht. Nur Hannes Huusmann war bald nach Kriegsende wieder nach Hause gekommen. Ihn wollte er unbedingt nächste Woche treffen.
Aber heute stand er im Mittelpunkt, und es störte ihn durchaus nicht.
Nach einem Rundgang der Männer über den Hof wartete auf Heribert, Hinrich, Reinhold und Kalle im Wohnzimmer schon der gedeckte Kaffeetisch. Nun ging es im

Gespräch um die Zukunft, es musste ja weitergehen in Deutschland. Nach dem verlorenen Krieg.

Wo sie eigentlich mit ihren Gedanken sei, fragte Klara ihre Tochter, die schon seit einer Weile schwieg und sich gerade so viel Milch in den Kaffee schüttete, dass die Tasse fast überlief.
„Mama, ick haebb touhöärt", sagte sie, was nicht der Wahrheit entsprach.
Ihre Gedanken waren bei Pawel und dem gestrigen Abend mit ihm. Wie sollte sie es nur eine ganze Woche aushalten? Ohne ihn. Und was, wenn er mal wieder nicht kommen würde? Weil er mal wieder in geheimer Sache unterwegs war. Alles geheim! Auch ihre Liebe! Fast jedenfalls. Bis auf Roswitha. Aber die konnte schweigen. Und der Wirt von der Eckkneipe sowieso, dem musste es längst aufgefallen sein. Der hatte ja schließlich Augen im Kopf.
„Regina, träumst du?"
Ob Opa Heribert etwas ahnte? Er schaute sie so merkwürdig an. So von der Seite.
„Nein, Opa."
In Wirklichkeit fühlte sie sich ertappt.
‚Hoffentlich geht dieser Traum nie zu Ende', dachte sie.

Kalle hatte sich gerade erst wieder eingelebt, und überhaupt: Langsam ging es wieder bergauf im Nachkriegsdeutschland.
Mit der Neuordnung der deutschen Länder wurde noch im gleichen Jahr, schneller als erwartet, ein weiterer gut

vorbereiteter Plan der Alliierten in die Tat umgesetzt. Jetzt im November ging es dabei um Norddeutschland. Der NWDR berichtete am Freitagabend darüber in einer Sondersendung. Und bereits am Samstag stand es auf einer Extraseite in der Zeitung, die nun auch täglich wieder ihren Weg nach Rastdorf fand. Auch wenn sie oft nur aus zwei Doppelseiten bestand, weil Papier und Druckerschwärze noch immer knapp waren, gehörte sie wieder zum Alltag.
An der heutigen Ausgabe hatte man mit beidem nicht gespart. Reinhold breitete sie auf dem Küchentisch aus, winkte Hinrich und Klara zu sich und las vor.
„Der Vorschlag W. Köpfs zur Umgestaltung der Länder wurde mit großer Stimmenmehrheit angenommen: die Dreiteilung Norddeutschlands in Niedersachsen, Schleswig-Holstein und Nordrhein-Westfalen zuzüglich der beiden Stadtstaaten Hamburg und Bremen. Die neue Verordnung Nr. 55 vom 8. November 1946 tritt rückwirkend zum 1. November 1946 in Kraft." In Artikel 2 wurde Hannover zur Hauptstadt erklärt.
Es war die Geburtsstunde Niedersachsens.
Wilhelm Köpf war zum ersten Ministerpräsidenten des neuen norddeutschen Flächenstaates gewählt worden. Das neue Land reichte nun:
‚Von der Weser bis zur Elbe,
von dem Harz bis an das Meer.
Wir sind die Niedersachsen,
sturmfest und erdverwachsen.
Heil Herzog Widukinds Stamm.'

Im Radio spielten sie die Hymne jedes Mal nach den Nachrichten. Und am nächsten Tag gab es dazu einen Nachschlag. Ein Bonbon, das die neuen Nachrichten versüßen sollte.
Dr. Dregger hatte es in der OZ, der Osnabrücker Zeitung, gelesen, die war der Meppener Zeitung oft um eine Nasenlänge voraus. Während der Kaffeepause erzählte er es.
Der oldenburgische Ministerpräsident hatte sich bis zuletzt gegen die Eingliederung des Oldenburger Landes gewehrt, hieß es in dem Artikel. Doch anders als Konrad Adenauer war Theodor Tantzen in dieser Runde nicht stimmberechtigt. Konrad Adenauer hatte es so formuliert: „Ich möchte doch bitten, Herr Tantzen, Sie sind doch nicht anwesend."
Theodor Tantzen war kurz vor Kriegsende noch von der Gestapo inhaftiert worden, als kurz danach in Oldenburg die Adolf-Hitler-Straße wieder Heilig-Geist-Straße hieß und das Geburtshaus des Gauleiters nicht mehr Braunes Haus, und als die britische Militärregierung ihren Sitz im Landtagsgebäude hatte. Sie ernannte Tantzen jetzt zum Ministerpräsidenten des Freistaates Oldenburg.

Über das neue niedersächsische Landeswappen war man sich schnell einig geworden. Es musste zwingend ein springendes Pferd abgebildet sein, weiß auf rotem Grund. Das Sachsenross von Herzog Widukind.
„Ich werde fürs Stationszimmer so ein Wappen besorgen", sagte Dr. Wischnewski. Er war ganz begeistert.

„Wir sind die Niedersachsen, sturmfest und erdverwachsen ...", natürlich machte es im ganzen Krankenhaus die Runde, auch bei den Patienten. Regina nahm es nur halbherzig auf.
Regina hatte Liebeskummer. Seit zwei Wochen war Pawel wie vom Erdboden verschluckt, und sie machte sich Sorgen um ihn.
Würde sie Pawel morgen endlich wiedersehen? Zur gewohnten Zeit am gewohnten Ort?
Wenn nichts anderes ausgemacht war, trafen Regina und Pawel sich nach wie vor auf der kleinen Brücke im Park, gleich gegenüber vom Krankenhaus. Immer samstags um halb vier. Dann hatten sie den Nachmittag für gemeinsame Spaziergänge und den ganzen Abend für sich. Falls Regina Dienst hatte, wusste sie es im Voraus und sie verabredeten etwas anderes. So hielt er es in der Regel auch. Doch so manches Mal stand Regina allein auf der kleinen Brücke.
„Nur eine Viertelstunde, länger musst du nicht warten, wenn ich nicht da bin. Dann hat man mich wieder irgendwo hingeschickt. Dienst ist Dienst!"
Diesmal war er pünktlich, er kam ihr ein paar Schritte entgegen, die Hände auf dem Rücken.
Die Begrüßung fiel nicht gerade überschwänglich aus. Küsschen rechts, Küsschen links und ein vorwurfsvoller Blick aus Reginas Augen. Er hatte es auch nicht anders erwartet.
„Regina, meine Liebste! Ich ..."
„Pawel, wo warst du so lange?"

„Sei nicht so streng mit mir! Weißt du, wo der Harz liegt?"

„Klar weiß ich das – jedenfalls auf der Landkarte."

Dann müsse sie ja auch den Namen des Gipfels kennen, meinte er, erwartete jedoch keine Antwort.

Stattdessen streckte er ihr seine Hände entgegen.

„Eine Brockenhexe! Für dich, meine kleine Regina!"

„Danke!" Ihre Augen strahlten ihn an. „Eine Harzer Hexe auf einem Besen."

Dazu fielen ihr allerlei Spukgeschichten ein, auch die von der Walpurgisnacht.

„Komm, meine kleine Hexe, lass uns weitergehen, heute gibt es doch was zu feiern. Ich meine die Geburtsstunde Niedersachsens." Und als er hinzufügte „Die Russen in der besetzten Zone sind zum Glück ruhig geblieben", konnte Regina sich nun einiges zusammenreimen. Dass er sich heute – anders als sonst – zu dienstlichen Angelegenheiten äußerte, gab ihr zu denken. Irgendetwas schien ihn sehr zu beschäftigen.

„Sie hassen uns Polen genauso wie die Deutschen. Und die Engländer mögen sie auch nicht mehr, seit die uns mit unseren Panzern ins Land geholt haben."

„Aha", sagte Regina, davon verstand sie nicht genug.

‚Und wer weiß, wie lange die Engländer die Polen noch mögen?' Das dachte er nur.

Nun hatten sie doch ihre große Runde gedreht, Hand in Hand. Niemand war ihnen begegnet außer der alten Frau, die den Kopf geschüttelt hatte. Aber das kannten sie bereits. Es wurde schon fast dunkel an diesem

grauen Novembertag, als sie bei der kleinen Kneipe einkehrten.
Der Wirt kannte sie auch. Vorn war nicht viel los, trotzdem bot er ihnen einen Tisch im Clubzimmer an. Die anderen Gäste waren gerade gegangen. Er hatte nichts gegen die polnischen Soldaten, er wusste es zu schätzen, dass er seine Kneipe behalten durfte. Und die Kasse abends gefüllt war.
„Heute gibt's nur Bratkartoffeln mit Sülze", sagte er, „aber was wollt ihr denn auch mehr?"
‚Wie der wieder guckt', dachte Regina.
Pawel tat, als hätte er den Nachsatz gar nicht gehört.
„Sülze ist gut. Und noch ein Bier und eine Regina für Regina", sagte er.
Ihre Bestellung wurde prompt ausgeführt. Beim Abräumen der Teller sagte der Wirt: „Ich mach schon mal das Licht aus, aber ihr könnt gern noch bleiben."
Klar, dass er Trinkgeld erwartete oder noch lieber Zigaretten. Später verließen sie die Kneipe durch die Hintertür. Bis zum Krankenhaus schafften sie es in zehn Minuten. Die Tür zum Wohnheim war noch offen.

6
1947 – Abschied

Pawels letzter auswärtiger Einsatz hatte nur zwei Wochen gedauert und seitdem hatten sie sich jedes Wochenende getroffen. Und sie hatten es wieder getan. An einem stillen Plätzchen in der freien Natur oder wenn Roswithas Mutter nicht zu Hause war und Roswitha sich diskret zurückzog. Nach so einem Schäferstündchen verschwand Pawel dann hinter der nächsten Straßenecke und Regina im Schwesternwohnheim. Nur ein einziges Mal war sie durch das Fenster eingestiegen. Die Schwestern kriegten scheinbar mehr mit als die Mädchen angenommen hatten, denn eines Tages war es repariert worden.
„Die Nonnen schlafen doch um diese Zeit längst oder beten ihren Rosenkranz", hatten sie immer gelästert, aber da hatten sie sich wohl getäuscht.
Hin und wieder gingen die Mädchen noch zum Tanzen ins Casino. Soldaten und Krankenschwestern, das passte fast immer.
Allgemein hatte sich die Lage entspannt, die polnischen Soldaten und ihre Landsleute gehörten zum Alltagsbild in den Straßen. Regina hatte ihre Bedenken in den Wind geschlagen, mit Pawel gesehen zu werden. Vor Kurzem hatte Heribert sie von der anderen Straßenseite aus zusammen gesehen, er hatte ihr kurz zugewunken.
„Wer war das?", fragte Pawel.
„Mein Opa Heribert."
Dass er sie bei ihrem nächsten Besuch nicht darauf angesprochen hatte, legte Regina zu ihren Gunsten aus. Wie

eine Rückendeckung. Auf ihn könnte sie zählen. Immer. Egal, was kommen würde. Und auf Oma Gunda auch.

Wieder einmal wartete Regina sehnsüchtig auf den Samstagnachmittag. Eine ganze Woche ohne ihn, und immer die Ungewissheit. Es war nicht zum Aushalten.
Umso mehr wunderte sie sich, als sie mitten in der Woche ganz unverhofft seiner Schwester Lena gegenüberstand. Sie hatte einfach an der Krankenhauspforte nach ihr gefragt.
„Lena Wagner, ich war hier als Patientin. Bei Dr. Wischnewski auf Station 5. Ich möchte Schwester Regina sprechen."
„So, so, Lena Wagner, da muss ich mal nachschauen."
„Ich kann warten! Draußen vorm Eingang!"
Der Zeitpunkt war mit Bedacht gewählt. Kurz vor ihrer Mittagspause hatte Regina von dem unerwarteten Besuch erfahren. Und da stand sie tatsächlich. Regina hatte Pawels Schwester schon seit einigen Monaten nicht mehr gesehen.
„Meine Schwester ist sehr beschäftigt – ich glaub, sie hat einen Freund", hatte Pawel dazu bemerkt.
Nun war sie hierhergekommen. Mitten am Tag. Mitten in der Woche.
„Lena? Du hier?"
„Ja, ich muss dich sprechen. Dringend!"
Regina konnte es gar nicht glauben. Das war nicht mehr das hilflose Mädchen aus dem ehemaligen KZ Oberlangen, das sie auf der Chirurgischen gepflegt hatte. Und sie wirkte auch ganz anders als bei dem gemeinsamen Aus-

flug nach Papenburg. Aus ihren Augen war die Traurigkeit gewichen, auch aus ihrer Stimme. Lenas Haare glänzten in der Sonne und zum ersten Mal sah Regina die kleinen grünen Sprenkel in ihren braunen Augen. Ja, ohne Zweifel, sie war seine Schwester.
Inzwischen hatte Lena ihren Schulabschluss nachgeholt, bei polnischen Lehrern in polnischer Sprache, und als Fremdsprache Englisch gewählt. Und obendrein ein Seminar in deutscher Literatur.

Jetzt stehen Lena und Regina sich draußen vorm Krankenhaus gegenüber. Sie gehen ein paar Schritte.
„Geht es dir gut, Lena?"
„Ja, danke!"
„Hübsch siehst du aus!"
„Danke."
Lena trägt einen karierten Rock und eine hellblaue Strickjacke über der weißen Bluse.
„Selbst gestrickt", sagt sie. Um den Hals trägt sie ein silbernes Kettchen mit einem Medaillon. Sie ergreift es mit dem Daumen und zwei Fingern der rechten Hand und streckt es Regina entgegen. „Von Pawel", sagt sie leise. „Ein Schutzengel." Dabei kann sie ihre Tränen nicht zurückhalten.
„Nicht weinen, Lena! Alles wird gut! Ganz bestimmt."
Lena nickt. „Ja, Regina. Meine Zeit hier ist zu Ende."
„Wann denn, Lena?"
„Bald. In zwei oder drei Tagen. Alle Frauen, die mit mir im Lager waren, fahren bald zurück. Nach Hause."
Regina läuft es kalt über den Rücken.

„Lena, bist du deshalb gekommen?"
„Ja, ich musste in Meppen zu einer Behörde."
„Lena, was noch? Was willst du mir noch sagen?"
„Pawel schickt mich, mit einer Nachricht für dich."
„Was ist mit Pawel?"
„Er will dich treffen, unbedingt!"
„Wann?"
„Heute kann er nicht."
„Wann, Lena?"
„Übermorgen um fünf Uhr."
„Freitag um fünf?"
Lena nickt.
„Und wo?"
„Wie immer, hat er gesagt. Du wüsstest es dann schon."
Aber Lena ist auch gekommen, um sich zu verabschieden.
„Alles Gute für dich, Lena." Regina kämpft mit den Tränen.
„Auch für dich, Regina! Ich werde immer an dich denken."
Nach einer kurzen Umarmung hat Lena es plötzlich eilig.
„Aber jetzt muss ich zum Bahnhof. Da wartet meine Gruppe auf mich."
„Und wohin fahrt ihr?"
„Zuerst zurück nach Haren, in unsere Unterkunft. Mehr weiß ich selbst noch nicht. Do widzenia, Regina."
„Viel Glück für dich, Lena! Und richte Pawel aus, dass ich da sein werde. Freitag um fünf. Auf der kleinen Brücke im Park."

Lena überquerte die Straße, ohne noch einmal zurückzublicken. Für sie war es nun vorbei. Endlich vorbei, nach mehr als drei Jahren.

Regina hätte nicht auszudrücken vermocht, was sie in diesem Augenblick fühlte. Sie freute sich für Lena und dachte dabei an Pawel – und an sich. Es war kein gutes Gefühl. Bis übermorgen musste sie die Ungewissheit noch aushalten.

An diesem Freitagnachmittag hat Regina ihren Dienst mit Roswitha getauscht. Ungeduldig wartet sie auf ihn auf der kleinen Brücke, die über den Festungsgraben in den Park führt. Dann kommt Pawel endlich, mit Verspätung, was so gar nicht zu ihm passt. Und aus einer anderen Richtung als gewöhnlich. Nun erst sieht Regina den haltenden Jeep an der Straße und den Fahrer, der die Tür zuschlägt. Er ist also nicht allein gekommen. Deshalb geht sie ihm auch nicht über die Brücke entgegen wie sonst immer. Sie wartet und lässt ihn näher kommen. Jetzt stehen sie sich gegenüber. Er wirkt so unnahbar. Und todernst. Und dann sagt er auch noch: „Schön, dass du kommen konntest."
‚Wie zu einer guten Bekannten', denkt Regina.
„Pawel, was ist los?"
„Regina, meine Liebste." Er schaut sich noch einmal um, bevor er sie an sich zieht – fast so wie immer – und danach ihre Hände ergreift und sie auf Armeslänge von sich schiebt. Er schaut sie an, als müsse er sich ihr Gesicht für immer einprägen.
„Zeit zu gehen, meine kleine Regina."
Regina schaut ihn fragend an. „Wohin?"
„Nach Hause. Nach Polen! Unser Auftrag ist zu Ende."
„Kannst du nicht bleiben? Du bist doch Deutscher."

„Und Pole, beides. Würde ich sonst diese Uniform tragen?"
Regina schweigt.
„Und unsere Mutter ist polnischer Abstammung."
„Wo lebt sie?"
„Wir wissen es nicht. Lena und ich werden unsere Mutter suchen. Dass unser Vater tot ist, weißt du ja schon."
„Und Lena? Wo ist Lena jetzt?"
„Schon unterwegs, Richtung Ostsee."
Regina versucht, sich in seine Lage zu versetzen, es will ihr nicht gelingen.
Sie schaut ihn an und weiß nicht, was sie erwidern soll. Aber sie beginnt zu begreifen, warum Pawel für dieses Land gekämpft hat, und versucht zu verstehen, warum er jetzt nach Hause will. Aber Polen – das ist doch viel zu weit weg! Fast so weit weg wie der Abendstern.
Pawel hält noch immer ihre Hände. Er hat ihr mit wenigen Worten erklärt, dass sein Aufbruch unmittelbar bevorsteht – für Regina sind es Worte, die sie treffen wie Blitze vom Sommerhimmel.
„Ich liebe dich, meine kleine Regina. Kocham cię, Regina."
„Ich dich auch, Pawel."
„Nicht traurig sein, bitte."
Er zieht sie fest an sich. Und küsst sie ein letztes Mal. Sehr lange! Zu lange! Reginas Herz sticht. Sie muss atmen. Es tut weh.

Abrupt löst Pawel die Umarmung und holt ein Foto aus seiner Jackentasche, das den Soldaten Pawel Wagner in jüngeren Jahren zeigt.
„Damit du mich nicht ganz vergisst."
Regina steht vor ihm, sie schaut abwechselnd auf das Foto in ihrer Hand und in Pawels Augen. Noch ein Küsschen rechts auf die Wange, eins links, und eine flüchtige Berührung ihrer Lippen. Es ist vorbei. Vorbei wie für Lena und vorbei auch für Regina.
„Uważaj, mała Regina. Mach es gut, kleine Regina!"
Bei diesen Worten ist er schon auf dem Sprung, er hat es plötzlich sehr eilig. Schon hat er ihr den Rücken zugewandt und entfernt sich mit großen Schritten.
„Pawel, ich lieb dich doch", flüstert sie leise. Nur sie kann es hören.
Er geht geradewegs auf den Jeep zu, der Kies knirscht unter seinen derben Sohlen. Mit jedem Schritt, den Pawel sich weiter von ihr entfernt, beginnt Regina mehr und mehr zu begreifen, was soeben geschehen ist.
Und sie fühlt, dass es ein Abschied für immer sein wird.
„Mach's gut, Pawel!"
Regina wartet auf ein letztes Zeichen von ihm. Vergebens. Pawel blickt sich nicht ein einziges Mal um, auch nicht, bevor er zu dem Fahrer in den Jeep steigt. Er ist wieder im Dienst, wenn auch nur noch für kurze Zeit. In wenigen Tagen wird Pawel seine Uniform ausziehen, irgendwo in einer Sammelstelle in der Lüneburger Heide. Unter dem wachsenden Druck Stalins war die polnische Exilregierung in London inzwischen von der britischen Regierung aufgelöst worden, nun stand die gesamte polni-

sche Armee vor dem Aus. Pawels Division war bereits entwaffnet worden, ihre Panzer hatten sie der britischen Militärregierung übergeben.
Den Soldaten war auch die Möglichkeit eingeräumt worden, vorerst nach England oder Schottland zurückzukehren, da war ihre Division damals neu aufgestellt worden, denn in Polen waren jetzt die Russen. Auch General Maczkow lebte jetzt in Dublin. Angeblich verdiente er sich dort seinen Lebensunterhalt als Barkeeper in einem Pub, so war es bei seiner ehemaligen Truppe angekommen. Seine Männer waren außer sich gewesen. War das der Dank und die Anerkennung für seinen und ihren jahrelangen Kriegseinsatz? Und für den Einsatz seiner Division als Besatzungsmacht bis lange über das Kriegsende hinaus? Und was war mit ihnen und ihrer Zukunft? Was sollte nun aus ihnen werden, wenn sie im Emsland, in Cloppenburg, Emstek und Friesoythe und in Wilhelmshaven, Jever und ganz Ostfriesland nicht mehr gebraucht wurden?
Aber auch darüber hatte Pawel mit Regina nicht gesprochen.

In Meppen, auf der Straße hinter dem Park, ist Pawel soeben abgefahren, stadtauswärts. Der Jeep biegt nun ab, verschwindet hinter der nächsten Kurve. Nichts mehr von Pawel, nur die menschenleere Straße, und Regina wünscht sich, alles sei nur ein schlechter Traum gewesen.
Aber Regina ist wach, sie steht hier im Park und schaut ihm nach. Ein paar Regentropfen fallen vom scheinbar heiteren Himmel. Sicher ist ihm der Abschied nicht so

schwergefallen wie ihr. Nach langer Abwesenheit ist er voller Hoffnung, dass von Polen noch etwas übrig geblieben ist, für das sich sein jahrelanger Einsatz gelohnt hat. Ja, sie wünscht Pawel alles Gute, von ganzem Herzen. Auch wenn es weh tut.
In diesem Augenblick tut Regina sich selbst leid, hat sie doch von einer Minute zur anderen ihre erste große Liebe verloren. Aber bloß keine Tränen. Nicht hier.
Dann lassen sie sich nicht länger zurückhalten und mischen sich mit den Regentropen auf ihrem Gesicht.
Und was, wenn sie wirklich ein Kind kriegt?
Regina wird vorerst mit niemandem darüber reden. Auch mit Roswitha nicht, nicht bevor es keinen Zweifel mehr gibt. Bis dahin wird Pawel längst über alle Berge sein.

In den folgenden Tagen und Wochen lief diese Szene im Park immer wieder vor ihren Augen ab. Später fragte Regina sich manchmal, ob Pawel geblieben wäre, wenn sie es ihm an diesem Nachmittag gesagt hätte. Oder wäre er vielleicht zurückgekehrt? Irgendwann? Für solche Gedanken war es jetzt zu spät. Pawel würde es niemals erfahren, er würde sein Kind niemals sehen und ihr Kind würde seinen Vater nicht kennenlernen. Und sie – was sollte sie ihrem Kind später einmal von seinem Vater erzählen? Sie wusste doch viel zu wenig über ihn.
Pawel war nicht genug Zeit geblieben, ihr mehr von sich zu erzählen. Es wäre eine lange Geschichte geworden von den Menschen im geteilten Oberschlesien, wo die Landschaft damals geprägt war von Kohle- und Erzbergwerken, in denen es jedoch unter Tage keine Grenzen

gegeben hatte. Auch sonst gehörte der kleine Grenzverkehr zum Alltag der Bergleute, die daran gewöhnt waren, ihren Lohn je zur Hälfte in Reichsmark und Zloty ausgezahlt zu bekommen.

Von Beuthen hätte er Regina noch mehr erzählt und von dem Sender Gleiwitz in der Nähe und von Kattowitz, wo er vor dem Krieg eine Technische Hochschule besucht hatte. Aber über das alles hatte Pawel mit ihr nicht gesprochen. Und Regina kannte sich mit der deutsch-polnischen Vorkriegsgeschichte nicht aus. Und danach hatten die Nazilügen die Geschichte auf den Kopf gestellt.

Viel später, als Pawel schon längst fort war und sie nichts wieder von ihm gehört hatte, fiel ihr ein, dass Pawel und Dr. Wischnewski sich bestimmt auf Anhieb verstanden hätten.

7
Rückenwind

Beim Stammtisch in Rastdorf war es nach dem Krieg oft auch um die Naziverbrecher und die Nürnberger Prozesse gegangen.
Gustav Krupp von B. u. H. hatte dort mit anderen Großindustriellen, mit Medizinern, NS-Machthabern und hochdekorierten Militärs auf der Anklagebank gesessen. Das Verfahren gegen den Krupp Senior war aus gesundheitlichen Gründen eingestellt worden, bevor es begonnen hatte.
„Der hat wohl gute Ärzte gehabt", meinte jemand der Anwesenden aus der hinteren Ecke. Es blieb unkommentiert stehen.
In einem Nachfolgeprozess war sein Sohn und Erbe dann zu zwölf Jahren Haft verurteilt worden. Hatte er auch verdient. Über fünfzigtausend Zwangsarbeiter soll der beschäftigt haben. Sogar Juden hat er angefordert. Der Spiegel hatte auch darüber berichtet. Diese neue Illustrierte aus Hannover für gebildete Leute. Für Studenten wie Reinhold und Zeitungsmacher wie Heiko und Matthias. Wenn die zusammen am Tisch saßen, kam keine Langeweile auf.
Hinrich und Klara lasen lieber den Stern. Auf der Titelseite der Erstausgabe war Hildegard Knef zu sehen gewesen. Das war ganz nach Klaras Geschmack. Ihre Lieder mochte sie lieber als die von Zarah Leander. *,Ich weiß, es wird einmal ein Wunder geschehen'*, hatte die gesungen. Klara glaubte noch immer nicht an Wunder.

Doch was sich in Haren 1948 abzeichnete, grenzte an ein Wunder, das musste auch Klara zugeben. Marga und Alfons Bünnemeyer sollten in Kürze ihr Haus zurückbekommen. Endlich! Es hatte ja auch lange genug gedauert.

In Neuvrees war die Polenzeit schon früher zu Ende gegangen. Schon zu Weihnachten 1946 war das Dorf wieder polenfrei gewesen. Die Dorfbewohner kehrten damals erleichtert in ihre Häuser zurück.
Oh du fröhliche, oh du selige Weihnachtszeit.
Doch was sie vorfanden, ließ keine wahre Weihnachtsfreude aufkommen
Die Polenkirche wurde danach in die Ortsmitte versetzt, auf gemeindeeigenen Grund. Ohne den Glockenturm. Die Baracke wurde fortan für unterschiedliche profane Zwecke genutzt.
Die Glocke nahm der Bürgermeister in seine Obhut. Sie wartete darauf, eines Tages in ihr Dorf auf dem Hümmling – auf der anderen Seite des Eleonorenwaldes – zurückkehren zu können. Aber bis dahin brauchte die Glocke noch viel Geduld.

Im Verlauf des Jahres 1948 verließen die allerletzten polnischen DPs die Stadt Haren. In Maczków wurde umgehend der Name auf den Ortschildern ausgetauscht. Die polnischen Straßennamen waren gleichfalls im Handumdrehen verschwunden. Jetzt gab es wieder den Martiniweg gleich hinter der Kirche, den Mühlendamm, die Ankerstraße und die Straße Am Alten Hafen.

Nach fast drei Jahren Verbannung durften die Harener Bürger ihre Stadt wieder betreten – und ihre Martinus-Kirche, den Dom des Emslandes. Aus allen Himmelsrichtungen strömten sie herbei, um diesen Tag mit einem großen Fest zu begehen. Es begann mit einem festlichen Dankgottesdienst: ‚*Lobet den Herren, den mächtigen König der Ehren!*' Es war vorbei.

Maczków war nun Vergangenheit, eine polnische Episode, an die man nicht erinnert werden wollte. Also räumte man so gründlich auf, dass kein Hinweis auf die Polenzeit übrig blieb. Nur die Kirchenbücher und die Eintragungen beim Standesamt zeugten später von diesem Kapitel der Stadtgeschichte. Fast dreihundert Trauungen, fast fünfhundert Taufen und rund hundert Beerdigungen.
Die Bestandsaufnahme an den Gebäuden fiel danach verheerend aus, die schlimmsten Befürchtungen wurden noch übertroffen. Überall waren die Spuren des verheerenden Hochwassers sichtbar, und die Spuren der ungeliebten Polen.

Marga und Alfons Bünnemeyer schlugen die Hände über dem Kopf zusammen. In ihrem verwahrlosten Haus waren die Zimmer fast leer geräumt, die Möbel in dem strengen Winter 1945/46 wohl zerhackt worden und als Feuerholz in die Öfen gewandert. Alles sah genauso aus, wie man es von den *Polacken* auch nicht anders erwarten konnte, meinte Alfons zu seinem Nachbarn. Wie hatte der Führer sie noch genannt? –

Aber das durfte man jetzt nicht mehr sagen. Diese Zeit war Gott sei Dank vorbei.

Und da gab es noch ein Wunder. Marga und Alfons hatten sogar einen Nachfolger für ihr Geschäft bekommen. Ein Silberkind, geboren erst nach der Silberhochzeit, die damals ausgefallen war. Sie waren damals kurz nach Pfingsten bei den Verwandten auf dem Bauernhof in Kathen untergekommen.

Dann müssten sie, Alfons und Marga, jetzt eben ein bisschen dichter zusammenkriechen, hatte Ursula damals gesagt, und ihrer Schwester dabei zugezwinkert. Und dann hatte es noch geklappt mit dem Stammhalter.

Marga und Alfons machten sich unverzüglich an die Renovierung ihres Hauses. Für sich selbst und vorausschauend für ihren Sohn.

Die staatlichen Stellen sahen sich nun in der Pflicht. Den Harener Bürgern wurde eine angemessene Entschädigung zugesagt.

Für die ehemaligen polnischen Kriegsgefangenen gab es diese Nächstenliebe nicht, einige waren seit 1939 im Land gewesen. Sie gingen mit leeren Händen zurück, ohne einen Pfennig, aber das konnte den Harener Bürgern gleichgültig sein.

Heribert hatte sich eines Tages fürchterlich darüber aufgeregt, als er mal wieder in Rastdorf zu Besuch war.

„Bauer gut, Deutschland gut", sollten sie immer wieder gesagt haben! Hatte man dabei vielleicht versäumt, in ihre Gesichter zu schauen? „Deutschland nix gut", stand in den meisten geschrieben.

Regina dachte dabei an Lena Wagner. Und an Pawel.

Bald darauf war Reginas ganze Familie nach Haren eingeladen. Das Städtchen an der Ems machte schon von Weitem einen blitzblanken Eindruck.
Das Geschäft Bünnemeyer hatte eine größere Schaufensterscheibe erhalten und eine Marmorstufe vor der neuen, breiteren Ladentür. Das ganze Haus erstrahlte zur Einweihung in neuem Glanz.
Alois und Marga Bünnemeyer hatten ihre Entschädigung bereits in DM ausgezahlt bekommen. Die Deutsche Mark hatte die alte Reichsmark abgelöst, die am Ende keinen Pfifferling mehr wert war. Zuletzt hatte ein Pfund Butter sechshundert Reichsmark gekostet. Und die Lebensmittelkarten reichten kaum für das Notwendigste zum Leben.
Nach den Plänen der alliierten Besatzungsmächte sollte die Währungsreform drei Jahre nach Kriegsende, im Juni 1948, endlich den Aufschwung in Deutschland bewirken. Dennoch löste die Nachricht fast überall Panik aus.
Am Stammtisch in Rastdorf gab es in letzter Zeit nur ein Thema: Geld! Man musste die Scheine schleunigst unter der Matratze hervorholen und zur Bank tragen.
Danach konnte nur noch das Geld angerechnet werden, das auf Konten verbucht war. Die Banken sollten an diesen Tagen – auch am Sonntag – bis Mitternacht geöffnet bleiben. Noch wusste niemand, wie das neue Geld aussah. Verpackt in Koffern und Kisten und unter Polizeischutz waren die neuen DM-Scheine bei den zuständigen Behörden angeliefert worden.

Am Sonntag bildeten sich vor den Ausgabestellen lange Schlangen, viele Bürger verbanden den Empfang des Kopfgeldes mit dem sonntäglichen Kirchgang.
Für Hinrich und seine Familie gab es das Geld folglich in Lorup. Er wusste nicht recht, was er davon halten sollte. Man hatte sich ja an die großen Scheine schon gewöhnt. Und jetzt vierzig Deutsche Mark pro Kopf? Und überhaupt! Wie sollte das alles weitergehen?
„Hinni, du mousst naa vöärn kieken", sagte Klara, „un nich aaltied aechteruut!"
Kalle gab ihr recht. Es konnte nur noch besser werden. Und tatsächlich! Wie durch ein Wunder waren fast über Nacht die Schaufenster wieder gefüllt, es gab Dinge zu kaufen, von denen man seit Langem nur geträumt hatte. Zigaretten und Schnaps, Bohnenkaffee und Zucker, Apfelsinen und Bananen, es war fast wie im Paradies.
Auch im Laden von Kaufmann Berens in Rastdorf.

Nur in Berlin nicht, dort lag die Reichsmark noch in den letzten Zügen. Die Westalliierten hatten ihre Rechnung ohne die Sowjets gemacht. Sie waren strikt dagegen und machten daraufhin die Verkehrswege in den Westsektor Berlins dicht. Zwei Millionen Menschen waren von allem abgeschnitten, was sie zum Lebensunterhalt brauchten. Es ging ums Überleben. Auf dem Luftweg nahmen die Briten und Amerikaner die Versorgung der eingeschlossenen Berliner auf, die sogenannten Rosinenbomber starteten fast im Minutentakt von nahezu allen Flugplätzen, die noch in Betrieb waren.

Als im Oktober des Jahres 1949 die Deutsche Demokratische Republik amtlich wurde, mit der Hauptstadt Ostberlin, war damit die deutsche Teilung vollzogen. Bis auf unbestimmte Zeit oder endgültig? Niemand konnte es wissen.
Stalin sei genauso ein Verbrecher wie Hitler, den müsse man langsam mal aus dem Weg räumen, sagte Hinrich, als er die Zeitung las.
Das dürfe man aber nicht zu laut sagen, meinte Kalle. Er lobte die Amerikaner und die Briten für ihre Bemühungen. Sie hätten Deutschland wieder auf die Füße geholfen und auch ihre Kriegsgefangenen meistens fair behandelt. Hinrich horchte auf. Denn darüber sprach Kalle nur sehr selten.
Jetzt fiel es ihm nicht mehr so schwer, hin und wieder über seine Zeit in Gefangenschaft zu berichten. Über die verlorenen Jahre, wie er sie nannte. Kleine Episoden meist nur, die sich besonders eingeprägt hatten. Und ein paar Brocken Englisch hatte er auch behalten. Please! Thank you! Yes, Sir! No, Sir! Damit war man schon weit gekommen.
Seine Meinung zu den polnischen Soldaten hatte Kalle inzwischen geändert. Das waren doch genauso arme Schweine gewesen wie die deutschen Frontsoldaten, die zu ihren Einsätzen im Ausland nicht befragt wurden. Die Polen waren in diesem Krieg genauso verheizt worden wie sie. Mit dem Unterschied, dass sie am Ende auf der Gewinnerseite standen. Aber dafür einen hohen Preis gezahlt hatten. In ihrem Heimatland hatte nach den Nazis jetzt der Russe das Sagen.

Die Bedenken der Besatzungsmächte hinsichtlich eines neuen deutschen Staates waren inzwischen ausgeräumt. Noch im Mai 1948 verkündete Dr. Konrad Adenauer als Präsident des Parlamentarischen Rates das neue Grundgesetz der Bundesrepublik Deutschland.
„Die Würde des Menschen ist unantastbar!"
Als Nationalhymne wurde fortan nur noch die dritte Strophe gesungen: ‚*Einigkeit und Recht und Freiheit.*'
Der Größenwahn des Dritten Reiches war damit endgültig beendet, auch musikalisch. Heribert hatte es so ausgedrückt.

8
Polenkind

Nach dem überstürzten Abschied von Pawel wurde Regina das Gefühl nicht wieder los, tatsächlich schwanger zu sein. Als angehende Krankenschwester wusste sie etwas besser Bescheid als viele andere Mädchen ihres Alters. Zur ersten Monatsblutung gehörten Bauchschmerzen, Camelia-Binden und ein paar tröstende Worte der Mutter, dass es keine schlimme Krankheit sei. Das musste fürs Erste reichen, alles andere war tabu und hatte Zeit bis zur Hochzeitsnacht, für die man sich seine Unschuld zu bewahren hatte.
Regina wusste auch, dass sie es beichten musste, sie hatte sich gegen das Gebot der Keuschheit versündigt. Sie hatte Unkeusches getan, nicht allein, sondern mit anderen, so stand es zur Gewissenserforschung im Beichtspiegel. Doch sie wusste nicht, ob sie den Weg zum Beichtstuhl finden würde. Vorerst jedenfalls nicht! Und danach auch noch nicht. Irgendwann vielleicht. Sie fühlte sich nicht schuldig.
Aber fast täglich fragte sie sich, was nun aus ihr werden solle. Aus ihr und dem Kind. Sie wusste es nicht. Als sie die Ungewissheit nicht länger ertragen konnte, vertraute sie sich zuerst Roswitha an und danach einer Hebamme, die sie durch das Krankenhaus kannte. Und ihre Vermutung bestätigte sich. Sie war bereits im vierten Monat, es ließ sich unschwer nachrechen. Die Hebamme sprach ihr Mut zu. „Sie werden ihren Weg schon

machen", sagte sie, und dass von irgendwoher immer ein Lichtlein käme.
Roswitha hatte draußen auf sie gewartet. „Und? Was hat sie gesagt?"
„Dass ich ein Kind kriege und es schaffen kann."
Roswitha nahm sie in die Arme. „Du hast ja auch mich. Ich bin doch auch noch da. Für dich immer! Vergiss es nicht. Auch zum Reden."
Da sie wusste, dass reden nicht gerade Reginas Stärke war, schlug sie zunächst einen langen Spaziergang vor. „An der Hase lang, oder an der Ems. Du entscheidest."
Und tatsächlich: Unterwegs begann Regina, über ihre Gefühle zu sprechen, von ihren Ängsten und ihrer Sehnsucht nach Pawel.

Und dann kam der Tag, als Regina ein freies Wochenende bei ihrer Familie in Rastdorf verbrachte. Sie hatte sich vorgenommen, ihren Eltern alles zu sagen, ihnen von ihm zu erzählen – und von dem Kind. Sie wartete auf einen günstigen Moment. Doch ihre Mutter kam ihr zuvor. Klara musterte ihre Tochter mit einem prüfenden Mamablick, schaute auf ihren Bauch und dann in ihre merkwürdig glänzenden Augen.
„Waet is los mit di?"
„Nicks, Mama, waet schäöll daenn los wään?"
Sie hätte doch Augen im Kopf, meinte Klara.
„Ick krieg eein Kind, Mama."
Reginas flehenden Blick sah Klara in diesem Augenblick nicht.

Klara hörte ihre Tochter zunächst geduldig an, auch noch, als der Name Paul Wagner fiel. Paul, sagte sie jetzt – bis Regina von seiner Abreise und von Polen sprach und danach in Tränen ausbrach.
„Waet föärn 'n Unglück!" Und nach kurzem Schweigen: „Waa schäöll et daenn nuu wietergaan?"
Es war genau die Frage, die Regina sich selbst schon hundertmal gestellt hatte. Doch anders als sie hatte ihre Mutter darauf eine Antwort. „Kummp Tiet, kummp Raat", sagte sie, und dass Regina ja eine Familie habe, die für sie da sei. Dabei reichte sie ihr ein Taschentuch. Sie hätte es auch noch nicht benutzt.
‚Typisch Mama', dachte Regina, wischte ihre Tränen ab und schnäuzte sich, ihr war schon ein wenig leichter ums Herz.
Als Hinrich von draußen in die Küche kam und auf Regina zuging, ließ Klara ihn gar nicht zu Wort kommen. „Sett di daol, Hinrich", sagte sie, sie müssten was besprechen. Jetzt saß Regina ihrem Vater gegenüber am Tisch und versuchte sich vorzustellen, was er gleich sagen würde. Wörter wie Sünde, Schande, Polenhure, welches davon? Oder gleich alle drei.
Er sagte nichts davon. „Eein Polenkind", sagte er nur, erhob sich von der Küchenbank und, die Türklinke schon in der Hand, drehte er sich noch einmal um. „Nich unner mien Daeck!" Mit einem dumpfen Geräusch fiel die Tür hinter ihm zu.
Klara nahm ihre Tochter in beide Arme und drückte sie an sich – so wie damals, als Regina noch ein kleines Mädchen gewesen war.

Sie könne sich immer auf ihre Familie verlassen, ganz gleich, was kommen werde. Und das mit dem Unglück habe sie auch nicht so gemeint.

Trotzdem war Regina sehr unglücklich, sie war 19 und erwartete ein Kind, sein Kind.

Manchmal begegnete ihr Pawel im Traum, sie lief ihm entgegen und er fing sie auf mit seinen starken Armen.

„Kocham cię – ich liebe dich, mala Regina", hörte sie ihn sagen, bevor sie ihre Augen aufschlug. Aber er war nicht da.

Wäre Pawel geblieben, wenn er es gewusst hätte? Wären sie zusammen glücklich geworden nach dieser Vorgeschichte? Sie, das *Soldatenflittchen*, und der *Polacke*?

‚Mit deutscher Abstammung', hätte sie dann jedes Mal gesagt. Noch 1947 waren an einem öffentlichen Gebäude im Emsland dreißig einheimische Mädchen und Frauen auf einem Plakat namentlich als *Polenhuren* angeprangert worden.

Nun stand sie auch nicht besser da. Schwanger als Schwesternschülerin in einem katholischen Krankenhaus, geleitet von Ordensschwestern.

Sein Name *Ludmillenstift* ging bis in die Mitte des vorherigen Jahrhunderts zurück, auf Herzogin Ludmilla von Arenberg-Meppen. Auf die Adelsfamilie, der auch der Eleonorenwald zwischen Rastdorf und Friesoythe gehörte, mit der Abkürzung durch den Forst nach Neuvrees.

Damals hatte das Krankenhaus in Meppen mit zehn Betten, einem städtischen Arzt und mit zwei Ordensfrauen den Betrieb aufgenommen. Letztere gehörten der Kongregation der Barmherzigen Schwestern an, gegründet von Clemens Freiherr Droste zu Fischering, dem bischöflichen Generalvikar der Diözese Münster, wo das Clemenshospital zugleich das Mutterhaus des Ordens war. Fortan waren sie als Clemensschwestern in vielen Hospitälern des Bistums Münster anzutreffen. Gekleidet in ihrer Ordenstracht widmeten sie sich gottergeben und selbstlos ihren Patienten.

Als Reginas Babybauch sich nicht länger unter ihrer Schwesternschürze verbergen ließ und der voraussichtliche Geburtstermin bereits feststand, ließ sich das gefürchtete Gespräch mit der Schwester Oberin nicht mehr umgehen. Klara begleitete ihre minderjährige Tochter.
Die Unterredung verlief dann genau so, wie Regina es befürchtet hatte: In angespannter Atmosphäre und mit abschätzenden Blicken, denen der fehlende Ring an Reginas Finger nicht entging.
„Schwangerschaftsurlaub brauchst du also? Vor der Hochzeit?"
Regina nickte.
„Und der Vater? Wie steht er dazu?"
„Das geht nur mich was an." Regina sagte es mit sicherer Stimme.

Die Oberin schaute sie durchdringend an. Wie sie sich das denn vorstelle? In ihrer Situation werde sie in diesem Haus als Krankenschwester keine Zukunft haben. Klaras Einwand, dass sie sich als Großmutter um das Kind kümmern werde, ließ sie nicht gelten.
„Nein, ausgeschlossen, unter diesen Umständen."
Das lasse sich mit den Statuten des Ludmillenstifts nicht vereinbaren, sie seien ein anständiges Haus mit hohen moralischen Ansprüchen.
Regina hatte den Mund kaum aufgemacht, während Klara wiederholt „ja – aber" eingewandt hatte. Vergebens.
„Und mein Urlaub? Er steht mir doch zu."
Das werde sie dann noch schriftlich mitgeteilt bekommen.
„Der Herr möge dir verzeihen!" Dabei schaute die Oberin auf Reginas Bauch und wies mit der Hand auf die Tür.

Regina konnte es nicht glauben. Hatte sie das wirklich gesagt? Der Herr möge dir verzeihen? Und danach die Tür hinter ihnen zugemacht? Einfach so?
„Mama, werde ich jetzt entlassen?"
„Nein, ganz bestimmt nicht, sie wollte dich nur einschüchtern." Klara versuchte sie zu beruhigen, aber Regina wollte sich aufregen.
„Was hat sie sich bloß dabei gedacht, mich so zu behandeln?"
Im nächsten Gedanken war sie bereits bei ihren Großeltern, die ja nur drei Straßen entfernt vom Kranken-

haus wohnten. Die Meinung ihres Großvaters war Regina immer wichtig gewesen, schon in Wahn und danach in ihrer BDM-Zeit. Er hatte ihr auch zu der Bewerbung im Ludmillenstift geraten, und sie hatte es nie bereut. Sie bereute es auch jetzt nicht, aber es war nun eine andere Situation und ein Gefühl, als ob der Boden unter den Füßen ins Wanken geriet. Jetzt musste Opa Heribert ihr beistehen.
An diesem Nachmittag schüttete Regina ihm ihr Herz aus, sie redete und schluchzte und erzählte von Paul Wagner, Paul, sagte sie jetzt, und von ihrem und seinem Kind, das manchmal schon in ihrem Bauch strampelte. „Jetzt auch, fühl mal, Mama! Du auch, Oma Gunda!" Die hatte ihre Enkelin noch nie so aufgewühlt erlebt.
„Kind, du darfst dich nicht so aufregen!"
In den kommenden Wochen sollte Regina zuerst einmal bei ihnen wohnen. In ihrem Dreibettzimmer im Wohnheim sollte sie nicht bis zu ihrer Beurlaubung bleiben, und der tägliche Weg nach Rastdorf war ausgeschlossen. Regina war sofort einverstanden. Und außerdem fühlte sie sich in der Nähe des Krankenhauses sicherer. Trotz allem. Regina wollte keine Hausgeburt, auf gar keinen Fall. Und danach?
„Nich unner mien Daeck", hatte ihr Vater gesagt – auch wenn er es vielleicht nicht so gemeint hatte.

Doch zuerst ging es um ihren Dienst. Sie war im dritten Lehrjahr und nun stand plötzlich alles auf dem Spiel. Sie konnte ihre Ausbildung doch nicht einfach abbrechen. Ohne Examen! Auf gar keinen Fall.

Also schleppte sie Opa Heribert, den pensionierten Lehrer Reuter, zu einem weiteren Gespräch mit ins Krankenhaus. Nach einer längeren Unterredung mit dem Stationsarzt Dr. Wischnewski, zu der auch Dr. Dregger ganz zufällig auftauchte, hatte Regina ihr Selbstvertrauen zurückgewonnen. Im Büro der Verwaltung wurde Reginas berufliche Zukunft nun geklärt. Vertragsgemäß werde sie ihre Ausbildung nach der Entbindung fortsetzen und mit dem Examen abschließen können. Nur eben mit zeitlicher Verzögerung.
Heribert bestand auf einer schriftlichen Abmachung.
„Und die Schwester Oberin?", fragte Regina.
„Die Schwester Oberin wird es unterschreiben, kommen Sie morgen Mittag wieder, Schwester Regina!"
Am liebsten hätte Regina ihren Großvater danach auf dem Flur umarmt, vor all den Leuten, die sich auf dem Gang aufhielten.
„Opa, wenn ich dich nicht hätte", sagte sie stattdessen.

Seit Reginas letztem Wochenende bei ihren Eltern hatte es sich in Rastdorf bereits herumgesprochen.
„Du büs jao nuu bolle Opa", bekam Hinrich in Rastdorf hin und wieder zu hören.
„Wanneeier is et daenn soo wiet?" Und ob es denn auch bald eine Hochzeit geben würde. Hinrich stellte sich taub.
Ein Polenkind! Hinrich konnte sich an den Gedanken einfach nicht gewöhnen, er wollte nichts davon hören. Auch von Klara nicht, die aus ihrer Lethargie wieder erwacht war – schon seit Kalle wieder zu Hause war. Rein-

hold studierte in Münster, und nun das erste Enkelkind als neue Herausforderung.
Regina hatte die Herausforderung auch angenommen. Immer häufiger mischte sich in ihre Ängste ein Gefühl freudiger Erwartung.
Dann war es so weit. An einem Sonntag im Mai, kurz nach Mitternacht, wurde ihr Kind geboren, ein gesundes Mädchen mit welligen braunen Haaren.
Ein paar Sekunden lang dachte Regina wehmütig an Pawel, dann flogen ihre schweren Gedanken davon. Sie fühlte sich erschöpft und glücklich zugleich, sie hatte sich so sehr ein Mädchen gewünscht.
Sie würde ihre Tochter *Hanna* nennen, im Gedenken an Hinrichs Mutter Johanna. Sie war damals in Wahn gestorben, als Regina zwölf Jahre alt war.

Auf dem Formular am nächsten Morgen ging es in der dritten Zeile um den Vater des Kindes.
Regina bekam ganz kalte Hände. Klar, dass diese Frage kommen musste, aber was sollte sie darauf antworten? Die Wahrheit? Sollte sie seinen Namen preisgeben? Und seinen Beruf?
Ein polnischer Soldat deutscher Abstammung. Sollte sie das sagen?
Sie stellte sich die Resonanz vor.
Ein Pole also! Und wo hält er sich auf? So würde die nächste Frage lauten.
Ich weiß es nicht, würde sie kleinlaut zugeben müssen.
Also log sie, wohl wissend, dass sie damit Schande über sich und ihr Kind brachte.

Name des Vaters: Unbekannt.
Wohl fühlte sie sich dabei nicht. Dass sie ihn verleugnete, das hatte Pawel nicht verdient. Andererseits war Regina sich darüber im Klaren, dass die Wahrheit ohne Bedeutung war, außerdem ging sie niemanden etwas an.
Die Vaterzeile wurde durch einen Strich entwertet, exakt gezogen mit Tinte und Lineal. Darunter der Name der Mutter – die jedoch nicht die alleinige Verantwortung übernehmen konnte. Regina war erst 20 und damit noch nicht volljährig.
Also übernahm Hinrich den Gang zu den Behörden, wenn auch schweren Schrittes und nachdem sein Schwiegervater ihm vor ein paar Wochen gehörig den Kopf zurechtgesetzt hatte.
Dass er nur eine Tochter habe und um die ginge es jetzt, und um sein Enkelkind, hatte Heribert gesagt. Und dass er seine Tochter doch nun wohl nicht im Stich lassen wolle. Regina sei ein wunderbares Mädchen, das viel von ihm geerbt habe.
Damit war Heribert der erste Anlauf geglückt, doch er war noch nicht fertig. Was er ihm noch zu sagen hatte, klang wie eine deutliche Warnung. Und plötzlich redete er Hochdeutsch mit ihm. „Hinrich, setz den Familienfrieden nicht aufs Spiel. Du kannst dabei nur verlieren!"
Und die Leute! Die Leute fänden doch immer was zu reden, egal was es sei.
„Da gibst du doch sonst auch nichts drauf." Und nun wieder auf Platt. „Daet kaenn di doch an'n Moars väörbigaan!"

Regina sei es, die mit allem fertig werden müsse. Er, Hinrich, sei nur der Opa. Und er – Heribert – werde jetzt schon Urgroßvater. Und er freue sich, dass er das noch erleben dürfe.

Klara hatte ihrem Mann mit ähnlichen Worten den Kopf gewaschen, und zwar gründlich. Hinrich hatte sie sehr gut verstanden, und auf Klaras Drängen erklärte er sich dann auch bereit, die Vormundschaft zu übernehmen. Die Leute vom Jugendamt, die sich in ihre Familienangelegenheiten einmischten, bräuchten sie nicht.
Das Jugendamt gab sich schließlich zufrieden – Vater unbekannt –, man stellte keine weiteren Fragen mehr. Nur Reginas engste Familie kannte die Wahrheit – und Roswitha, unter dem Siegel der Verschwiegenheit.

Regina konnte das Wochenbett bereits nach einer Woche verlassen. Doch sie hatte Hinrichs Worte noch im Ohr.
„Eein Polenkind – nich unner mien Daeck." Der Satz wollte ihr noch immer nicht aus dem Kopf gehen, und wenn es drauf ankam, war sie mindestens so stur wie ihr Vater. Sie hatte beschlossen, das Angebot ihrer Großeltern anzunehmen, zunächst weiterhin, und nun mit Hanna, bei ihnen in Meppen zu wohnen, bei Oma Gunda und Opa Heribert.
Doch am Tag der Entlassung sollte das kleine Mädchen zuerst noch getauft werden. In der Hauskapelle des Ludmillenstifts. Ganz im Stillen.

Heute ist also der große Tag. Morgens nach dem Stillen darf Regina ihre Tochter bei sich im Zimmer behalten. Für gewöhnlich werden die Säuglinge bald danach von einer Krankenschwester abgeholt und im Säuglingszimmer, einem Saal mit weißen Gitterbettchen, aufbewahrt; abgeschirmt durch eine Glasscheibe, welche die neugierigen Blicke durchlässt, aber die Besucher auf Abstand hält.
Jetzt liegt das kleine Mädchen in Reginas großem Bett. Sie selbst zieht sich gerade an. Mein Gott, das Umstandskleid hängt an ihr wie ein Sack.
Roswitha steht vor dem Bett, sie hat sich heute freigenommen.
„Hanna guckt mich an", sagt sie – oder bildet sie sich das nur ein?

Dann klopft es, es ist Klara. Sie hat von zu Hause ein Paradekissen mitgebracht. Der weiße Bezug, verziert mit einem Häkeldurchsatz, hat außen herum einen Volant. Nein, darauf schläft man zu Hause nicht, es ist nur Dekoration, jeweils eines davon an den Kopfenden der Ehebetten.
Heute zur Feier des Tages darf ihre Enkeltochter darauf liegen, auf der glatten Seite, die Häkelei nach außen. Klara zieht der Kleinen das Taufkleidchen über, dazu setzt sie ihr ein passendes Mützchen auf. Beides aus Spitzenstoff, selbst genäht. Im Stillen wundert sie sich über die leicht krausen dunklen Haare – sie liegen so gar nicht in der Familie –, aber dazu sagt sie nichts. Stattdessen sagt sie, dass die anderen im übernächsten Flur vor der Kapelle warten.

Fehlt nur noch die rosa Seidenschleife, mit der alles zusammengehalten wird, fertig ist das Prachtkind. Regina kann es gar nicht glauben. Sie will ihre Tochter selbst tragen, aber Roswitha sagt, dass sie sich noch schonen muss, und nimmt ihr das Kissen aus der Hand.
Vor der Kapelle begrüßen sie Heribert und Kunigunde, die stolzen Urgroßeltern, und sie begrüßen Opa Hinrich, der seiner Tochter nur kurz ins Gesicht schaut und danach einen längeren Blick auf das Taufkind wirft, stumm. Reginas Bruder Reinhold ist auch extra hergekommen. Seine Schulter hängt noch immer ein wenig nach unten, sonst ist er guter Dinge. Mit dem Lehrerseminar hat er die richtige Wahl getroffen. Und Kalle steht da im Sonntagsanzug mit Krawatte, auch er sieht die Kleine heute zum ersten Mal. Für einen Moment ist er sprachlos, dann passt es wieder zu ihm.
„Daenn bün ick nuu woll Onkel woarn!"
Dann öffnet sich die Tür, es ist der Vikar, der sie über die Schwelle bittet. Aber weiter vorerst nicht.
Roswitha wird das kleine Mädchen übers Taufbecken halten. Und Kalle wird als zweiter Pate neben ihr stehen – eigentlich fühlt er sich dafür noch fast zu jung.
„Der Friede des Herrn sei mit euch", mit diesen Worten nimmt der Vikar sie in Empfang, die Familie und das Heidenkind.
„Wie soll dieses Kind heißen?"
„Hanna Kunigunde."
Der Vikar blickt kurz von seinem Blatt auf. Er setzt die Zeremonie fort.
„Was begehrst du von der Kirche Gottes?"

„Den Glauben."
„Was gewährt dir der Glaube?"
„Das ewige Leben."
Roswitha und Kalle antworten im Duett. Es klappt. Sie haben es vorher geübt.
Der Pfarrer haucht Hanna dreimal den Atem göttlichen Lebens ins Gesicht mit den Worten: „Weiche von ihr, böser Geist, und gib Raum dem Heiligen Geiste, dem Tröster."
Plötzlich stehen Hinrich wieder diese Sekunden zwischen Himmel und Hölle vor Augen. Von damals! Von dem letzten Sonntag in Wahn, als er in seinem Haus die Leiter zum Heuboden hinaufgestiegen war.
Regina hat ihren Vater noch niemals weinen gesehen, heute wischt er sich mit dem Handrücken übers Gesicht.
Jetzt dürfen sie weiter in den Raum eintreten. Die Schwester Oberin erwartet sie schon am Taufbecken, sie wird dem Pfarrer mit ihren Handreichungen zu Diensten sein. Ein kurzer Blick auf Regina, das Kind und die Familie – mehr nicht.
Bereit, das Sakrament zu spenden, legt der Pfarrer seine Stola an. Es folgen salbungsvolle Worte und Gesten.
‚Waeneeier kummp daenn daet Waoter?', denkt Kalle gerade noch.
„Hanna, willst du getauft werden?"
„Ja, ich will es", antworten Kalle und Roswitha wie aus einem Mund.

Die Schwester reicht dem Vikar ein silbernes Kännchen, damit schöpft er Weihwasser aus dem Taufbecken und lässt es über Hannas Stirn fließen.

„Ich taufe dich im Namen des Vaters, des Sohnes und des Heiligen Geistes. Amen."

„Amen."

Leicht abwehrend hebt Hanna ihre kleinen Fäustchen zum Gesicht, aber sie weint nicht und lässt es geschehen, dass man ihre Stirn vorsichtig trocken tupft.

Vor dem Altar brennt bereits eine einzelne Kerze, daran zündet der Pfarrer nun die Taufkerze an. Mit festem Griff nimmt Kalle sie entgegen.

Klara schickt ein kurzes Dankgebet zum Himmel. Dafür, dass ihre beiden Söhne hier heute stehen dürfen, dass Regina alles so gut überstanden hat und das Kind gesund ist.

Das Sakrament der Taufe ist vollzogen. Die Gesichter der Anwesenden strahlen im Kerzenschein.

‚Wie süß sie ist', denkt Regina, als sie Hannas Gesicht betrachtet. Ein Gotteskind ist sie nun. Dem lieben Gott wird es egal sein, dass ihr Vater ein Pole ist – mit deutscher Abstammung.

Im Blick der Oberin sucht sie vergebens nach freudiger Anteilnahme.

„Wollt ihr singen?", fragt Heribert.

Sie nicken und er stimmt das passende Lied an: *Fest soll mein Taufbund immer stehn.*

Danach ein letzter Segen.

„Gehet hin in Frieden."

„Amen."

Regina holt ihre Tasche aus dem Krankenzimmer und verabschiedet sich auf der Station. Da läuft ihr Dr. Wischnewski über den Weg. Er hat davon schon gehört und beglückwünscht sie. „Alles Gute für Mutter und Kind. Und bis bald, Schwester Regina!"
‚Bald?', denkt sie. Wie wird es hier für sie weitergehen? Jetzt nicht! Regina verscheucht die Gedanken. Heute gibt es Grund genug, froh zu sein.

Das Mittagessen findet bei den Großeltern statt, wo im Wohnzimmer auch schon das Babykörbchen auf die kleine Hanna wartet. Oma Gunda wärmt die Hühnersuppe auf, sie hat gestern schon alles vorbereitet. Zum Nachtisch gibt es Birne Kunigunde, ihre berühmten Birnenhälften unter einer dünnen Schicht Schokoladenpudding. Wie könnte es auch anders sein – an solch einem besonderen Tag.
Und Geschenke für Hanna gibt es von den Taufpaten auch. Von Roswitha ein vergoldetes Kettchen mit einem Kreuz als Anhänger, und Kalle wird den Kinderwagen spendieren, weil ein Sparbuch zur jetzigen Zeit keinen Sinn macht.
„Daet Geld is jao nicks meer weert."
Die Stimmung ist gelöst, nach Kaffee und Kuchen wird es dann auch Zeit, sich auf den Weg nach Rastdorf zu begeben. Ohne Regina und ihr Mädchen.
Vorsichtig streicht Hinrich der kleinen Hanna mit seiner großen Hand über den Kopf. „Eein lüttket Kind is eein Geschenk", sagt er.

Heribert versteht, was er damit sagen will, und wirft seinem Schwiegersohn einen versöhnenden Blick zu. Auch Regina hat ihren Vater verstanden, noch mehr kann sie wirklich nicht von ihm erwarten. Alles wird gut, das fühlt sie.
Klara sagt noch, dass die Tür in Rastdorf jederzeit für sie offen steht, und Kalle pflichtet ihr bei, er hat das letzte Wort.
„Kopp hoch, Süsterken, du weeist jao, woar wi waohnen dout!"

Regina hatte es danach nicht leicht gehabt. Fast ein halbes Jahr nach Hannas Geburt hatte sie ihre Ausbildung beendet und das Examen mit guten Noten und Glückwünschen von allen Seiten bestanden. Sie hatte es geschafft, trotz allem. Nicht zuletzt auch durch die Fürsorge ihrer Großeltern in Meppen, bei denen sie mit Hanna wohnte.
„Ih bruuket sülwes uck eein Telefon", hatte Heribert zu Hinrich gesagt, der hatte zugestimmt. So konnten sie sich über alles austauschen.
Doch dann war alles ganz anders gekommen. Regina wurde vom Ludmillenstift nicht übernommen. „Wir sind ein anständiges Haus mit hohen moralischen Ansprüchen", sagte die Oberin. Die fachlichen kamen demnach erst an zweiter Stelle.
Regina war bitter enttäuscht. Vorerst zog sie nun mit Hanna nach Rastdorf. Doch wie sollte es für sie weitergehen?

Mit ihrem guten Zeugnis würde ein Evangelisches Krankenhaus sie bestimmt einstellen. Das nächste war in Nordhorn, nach Oldenburg war es näher, und in Bentheim gab es das Paulinen-Krankenhaus, geführt von evangelischen Diakonissen. Aber wollte sie das wirklich? Und wie sollte sie das schaffen? Würde sie Hanna dann kaum noch sehen?
Ihre Freundin Roswitha hatte sich inzwischen auch ein Telefon zugelegt. Sie telefonierten häufig miteinander, meist nur kurz, damit es nicht so teuer wurde.
Nach einem längeren Gespräch, diesmal musste es sein, schöpfte Regina neue Hoffnung.
„Wenn du bei uns entlassen bist, schreibst du jetzt einfach eine ganz normale Bewerbung", hatte Roswitha ihr geraten. Die Oberin könne es nicht allein entscheiden.
„Und jetzt, wo viele Schwestern nach Haren und Haselünne zurückgehen, brauchen wir dringend neues Personal."
Außerdem war das Ludmillenstift durch die Errichtung einer Baracke – Mauersteine und Zement waren derzeit Mangelware – erweitert worden, in der nun die Kinderstation separat untergebracht war. Sehr ansprechend und alles auf dem neuesten Stand.
Hier sollte Regina sich nun bewerben. Zuerst schriftlich, so als sei sie eine Unbekannte. Und ihr Examenszeugnis sollte sie mitschicken. Und sich dabei das Gesicht der Schwester Oberin vorstellen.
„Mach's einfach. Ich drück dir beide Daumen", so sprach Roswitha ihr Mut zu.

Der Termin für ein Vorstellungsgespräch ließ nicht lange auf sich warten, da musste Regina jetzt alleine durch. Also fuhr sie nach Meppen.

„Ach, Fräulein Regina!", die Oberin nahm sie in Empfang.

Regina musste einmal schlucken, doch falscher Stolz war das Letzte, was sie sich jetzt leisten konnte. Dr. Möller, der nette Kinderarzt, war überrascht, sie hier in dieser Situation zu sehen.

„Alles dran und kerngesund", hatte er nach Hannas Geburt zu ihr gesagt und sie zu der gesunden Tochter beglückwünscht.

„Wo sind Sie nach Ihrem Examen eigentlich abgeblieben? Und wie geht es Ihrer kleinen Tochter?"

„Meiner Tochter geht es gut."

„Und Ihnen? Wie geht es Ihnen, Schwester Regina?"

„Ich will wieder arbeiten, unbedingt."

Und plötzlich hatte sie die Situation durchschaut. Sie war es, die den Rahmen abstecken konnte. Mit etwas kürzerer Arbeitszeit, wegen ihrer Tochter und ihres weiten Weges, und alle zwei Wochen ein ganz freies langes Wochenende.

Es war wirklich ein Glückstag! Oder ein Wunder. Regina wurde eingestellt, zum nächsten Ersten, auf der neuen Kinderstation.

Hanna sollte nun in Rastdorf bleiben, so hatte Klara es vorgeschlagen, und Kalle hatte seine Unterstützung zugesichert. Mit ihm könne sie jederzeit rechnen.

Kalle hatte sich inzwischen ein Auto gegönnt, einen gebrauchten Ford Taunus. Der Führerschein war für ihn

ein Klacks gewesen. Das hatte er mit links gemacht. So mussten er und seine Familie in Rastdorf nicht festwachsen. Außerhalb gab es ja auch noch eine Welt, und wenn es nur in Meppen war oder Cloppenburg und Friesoythe.
Sie würden das Kind schon schaukeln, sagte er zu Regina. Klara war begeistert, sie würde das schon machen. Hinrich fand die Lösung vernünftig und stimmte zu.

9
Weihnachten

Jetzt gegen Ende 1949 fühlt es sich in Rastdorf schon recht heimisch an, auch für die ehemaligen Wahner Familien. Und selbst Hinrich hat Frieden mit sich selbst geschlossen.
Doch nun ist erst mal Weihnachten, eigentlich erst morgen, das fünfte Weihnachtsfest im lang herbeigesehnten Frieden. Dem Frieden auf Erden, den der Engel damals – vor fast zweitausend Jahren – den Hirten auf dem Feld und der ganzen Menschheit verkündet hatte.

Heute am späten Nachmittag des Heiligabends ist es in Rastdorf still geworden. Regina, Hanna und die Großeltern sind gerade noch vor Beginn der Dämmerung bei der Familie eingetroffen. Platz ist in der kleinsten Hütte, hatte Reinhold gesagt und sein Zimmer zur Verfügung gestellt. Hütte ist allerdings nicht ganz zutreffend für das schmucke Bauernhaus. Während Klara noch mit dem Kartoffelsalat beschäftigt ist, steht Regina mit Hanna auf dem Arm am Küchenfenster, für Sterne ist es noch zu früh. Eine einzelne Taube fliegt vorbei.
„Da, Mama", Hanna zeigt mit dem Zeigefinger nach ihr.

Hinrich hat am Vormittag schon den Tannenbaum in der besten Stube aufgestellt und eigenhändig geschmückt. Das hat er sich nicht nehmen lassen, das ist schon immer so gewesen, auch damals in Wahn. Das letzte Mal 1941, vor acht Jahren. So lange ist das nun schon her.

Reinhold sitzt mit Heribert und Gunda am ausgezogenen Küchentisch. Sie reden über Gott und die Welt. Heribert ist mächtig stolz auf den Jungen, der mit seinem Studium gut vorankommt. Kalle hat sich zuvor noch einmal um die Pferde gekümmert, für die hat es eine Portion Hafer extra gegeben. Jetzt gesellt er sich zu den anderen. Seine Haare glänzen frisch gewaschen, zur Feier des Tages trägt er einen neuen Pullover.
Der Rahmen ist eher bescheiden, so wie sie es gewöhnt sind. Regina setzt Hanna auf Oma Gundas Schoß. Sie deckt den Tisch, stellt zwei große Schüsseln Kartoffelsalat auf den Tisch und Klara die heißen Würstchen.
„Fehlt noch der Mostrich", sagt sie und stellt zwei Gläser mit Senf dazu. Mostrich – das Wort hatte auch Pawel benutzt.
Sie lassen es sich gut schmecken, Nachtisch passt dazu nicht.
„Waet Söütet güfft et lääter!", sagt Klara.
Hinrich stopft sich seine Pfeife, Kalle zündet sich eine Zigarette an. Heribert will mit der Zigarre noch warten, Reinhold ist Nichtraucher.
„Mäötet ih all weer qualmen", sagt Klara, eine Antwort erwartet sie darauf nicht.
Inzwischen ist das Geschirr abgewaschen. Hinrich erhebt sich und schiebt den Stuhl unter den Tisch.
„Daenn laat't uus man deei Kessen ansticken", sagt er und geht ihnen voraus.
In der Stube brennt nur die Stehlampe neben dem Sofa. Hinrich nimmt sein Feuerzeug und zündet die erste

Kerze an. Die nimmt er danach aus dem Kerzenhalter und steckt damit die anderen an – um Benzin zu sparen.

„Pass up, et drüppelt!" Klara hat Angst um ihren guten Teppich.

Hanna klatscht in die Hände.

Obwohl es in den Läden nun fast alles wieder zu kaufen gibt, sitzt auch das neue Geld bei den Rastdorfer Siedlern allgemein nicht besonders locker. Deshalb hat Klara auch wieder mehrere Paar Socken gestrickt und für Hanna eine Mütze mit passenden Handschuhen.

Und dazu gibt's das Übliche, fast so wie jedes Jahr. Kalles Schlafanzug ist ohne Streifen. Für Klara liegt eine Flasche Tosca unterm Tannenbaum, weil Hinrich diesen Duft hinter ihrem Ohr noch immer mag. Er bekommt warme Unterwäsche. Reinhold hat sich Bücher gewünscht, Regina Bettwäsche für die Aussteuer, Gunda ein Paar Hausschuhe – sie hat die gleiche Größe wie Klara – und Heribert eine Schallplatte mit Opernarien aus der Zauberflöte, er hat sich kürzlich einen neuen Plattenspieler gegönnt, jetzt, da er endlich in Rente ist und Zeit für solche Dinge hat und die alten Schelllackscheiben von Vinylplatten abgelöst werden. Und zur Bescherung gehören bunte Teller mit Apfel, Nuss und Mandelkern. Und Schokolade gibt es – die mit dem Sarotti-Mohr – und Apfelsinen und getrocknete Datteln und Feigen von weit her.

Hanna kann schon laufen und für ihre anderthalb Jahre kennt sie auch schon viele Wörter. Sie hat ein Schaukelpferd bekommen und will gar nicht wieder absteigen. Beim Schaukeln schaut sie auf den Tannenbaum, ihre Augen strahlen fast so hell wie die Kerzen.
Dann schlägt die Wanduhr.
„Bim bam, bim bam", sagt Hanna und zeigt dabei auf das Pendel.
Achtmal schlägt die Uhr, Reinhold hat laut mitgezählt. Dann stimmt er das Geburtstagslied für Regina an. Alle stimmen mit ein.
„Hoch soll sie leben, hoch soll sie leben, dreimal hoch!"
„Und Schnaps soll sie geben", fügt Kalle hinzu.
Es gibt dann tatsächlich einen Klaren – reihum von Regina persönlich eingeschenkt. Da sagt selbst Reinhold nicht nein.
Danach Glückwünsche von allen Seiten.
„Blots daet Allerbeste föör di", sagt Klara und nimmt ihre Tochter in den Arm.
‚Mien Christkindken', denkt Hinrich, seine Gedanken gehen weit zurück. In eine andere Zeit und an einen anderen Ort. Zweiundzwanzig ist Regina heute geworden.

Im Ofen knackt das Holz. Das Spritzgebäck schmeckt in diesem Jahr noch besser als sonst, und natürlich darf der Braunkuchen auf dem Tisch nicht fehlen. Gebacken nach einem uralten Wahner Rezept aus Mehl, Butter, Zucker, Eiern und Rosinen. Mit Natron, damit er aufgeht, und mit Zimt, Piment und Nelken, damit er nach

Weihnachten schmeckt. Und mit Apfelmus verrührt, damit aus den Zutaten ein Teig wird.
Dazu trinken sie Johannisbeer-Wein. Heribert stimmt die alten Weihnachtslieder an.
‚Fast so wie früher', denkt Regina, ‚als ich noch ein Kind war.' Dabei hebt sie Hanna aus dem Schaukelpferd und drückt sie liebevoll an sich. Reinhold verlässt die gute Stube, kurz darauf kommt er mit einem Bilderbuch zurück.
„Für dich, Hanna, Mama soll dir abends daraus vorlesen."
Regina bekommt noch größere Augen als Hanna, sie kann es gar nicht glauben: Der Kleine Häwelmann. Ein Buch aus ihrer Kindheit. Reinhold hatte es am Tag vor dem Umzug oben vom Schrank geholt und in seine Schultasche gesteckt. Er hatte es gerettet.
Reinhold meint dazu noch, dass Theodor Storm es vor ziemlich genau hundert Jahren für seinen Sohn geschrieben hat – Reinhold ist wirklich ein ganz Schlauer.
Kurz darauf verlässt Regina das Zimmer. Hanna hat sie bei Oma Gunda auf den Schoß gesetzt. Auch sie hat beim Umzug ein Buch gerettet. Eine Fibel ist es. Eigentlich will sie sie ihrem Opa zurückgeben.
„Zeig her", sagt Kalle und schlägt es auf. Er hat die Seite erwischt, auf der die Erstklässler das große H und das kleine h lernen sollten.
Er erschrickt.
Das Bild zeigt marschierende Soldaten in braunen Uniformen, und vorweg einer mit einer Hakenkreuz-Fahne. Und am Straßenrand Kinder, die Hand zum Hitlergruß

erhoben. „Nicht zu glauben", sagt er und liest den Text vor: *„Heil heil, ei Uli Lene heil, o Uli hole Heini o.* Was für ein Schwachsinn."

„Gib her", sagt Heribert. „Das gehört in den Ofen." Und da wandert es dann auch hinein.

Regina muss nun zugeben, dass sie die nagelneue Fibel damals in der Wahner Schule stibitzt hat. Heribert hatte sie danach nicht vermisst, er hatte den Kindern weiterhin seine eigenen Texte an die Tafel geschrieben.

So war das Gespräch zu vorgerückter Stunde noch auf Wahn gekommen. Auf die Krippe, die schon früher auf der alten Kommode gestanden hatte. Die Kugeln am Baum waren auch noch die gleichen. Aber sonst war alles anders geworden, ganz anders als in Wahn.

Als sie an diesem Heiligen Abend am Ende noch auf die Firma Krupp zu sprechen kamen, sagte Klara nur: „Schluss! Vandaage is Wiehnachten!"

„Un ick haebb Geburtsdaech." Regina wollte es an diesem Abend auch nicht hören.

Die Kerzen waren schon weit heruntergebrannt. Das Geburtstagskind durfte sich schnell noch ein Lied wünschen, bevor sie ausgepustet wurden.

„Alle Jahre wieder, was sonst?"

Sie sangen alle Strophen im Chor, auch Kalle, der es mit Singen sonst nicht so hatte.

Nun wurde es auch schon Zeit für die Mitternachtsmesse – zum ersten Mal in der neuen Rastdorfer Kirche. Die Familie machte sich auf den Weg.

Von Anfang an waren die Rastdorfer Siedler sich einig gewesen, ihr Dorf brauchte eine Kirche als Mittelpunkt, einen gemeinsamen Ort des Zusammenrückens in der noch fremden Umgebung. Es waren die Herausforderungen des Neubeginns und ihr gemeinsamer Glaube, der sie ziemlich schnell zusammenwachsen ließ. Im Krieg war an einen Kirchenneubau nicht zu denken gewesen, aber danach nahm der Plan überraschend schnell Gestalt an, nicht zuletzt wegen der großen Spendenbereitschaft der Gemeinde, die noch vor der Währungsreform viele Scheine geopfert hatte. Gott sei Dank.

Die beiden barocken Seitenaltäre aus Wahn hatten hier einen neuen Platz gefunden, ebenso die kunstvolle fünfseitige Kanzel, über der noch immer – oder wieder – der Erzengel Gabriel schwebte. Neu war in der Mitte über dem Altar die Kreuzigungsszene mit Maria zur linken und dem Apostel Johannes zur rechten Seite.

Zu Pfingsten 1949 war St. Marien zu Rastdorf von Bischof Wilhelm aus Osnabrück eingeweiht worden, fast auf den Tag genau sieben Jahre zuvor war in der Wahner Kirche das ewige Licht gelöscht worden. Der Organist aus Wahn spielte jetzt in Rastdorf die neue Orgel.

Die Notkirche im Stall des Kaufmanns an der Birkenallee hatte damit ausgedient. Das Kreuz stand nun draußen vor dem Seiteneingang neben dem hölzernen Glockenturm.

In der Siedlung Lathen-Wahn, welche nun die Ortsteile Rupennest, Neu-Wahn, Ströhn und die Kathen-Siedlung vereint, werden die Menschen auch in diesem Jahr die Geburt Jesu gemeinsam in ihrer Barackenkapelle feiern. Auch Hinrichs Schwester Ursula und ihr Mann Otto. Klara hat mit ihrer Schwägerin telefoniert und der Familie gesegnete Weihnachten gewünscht. Für sie sei der Weg kürzer als zur Dorfkirche, hatte Ursula gesagt. Da könnten sie zu Fuß hin, und ihre Flüchtlingsfamilie werde auch dabei sein. Auch bei der Bescherung. Marga und Alfons seien ja jetzt wieder zu Hause in Haren, mit ihrem Sohn.

Außerdem freute Ursula sich auf viele bekannte Wahner Gesichter in der Mitternachtsmesse. Sie war ja ein Wahner Mädchen. Das hatte sie nie vergessen.

Die Barackenkapelle in Lathen-Wahn – früher Rupennest – war inzwischen deutlich aufgewertet worden. Bereits im Sommer 1947 war Bischof Wilhelm zur ersten Firmung in die neue Siedlung gekommen. Bald darauf war der neue Glockenturm eingeweiht worden.

Und sie alle hätten es nicht für möglich gehalten: Hier läuteten fortan wieder zu den unterschiedlichsten Anlässen die beiden kleinen Wahner Glocken aus dem Dom des Hümmlings. Man hatte sie auf einem Glockenfriedhof in Hamburg aufgespürt und somit nun endgültig vor dem Einschmelzen gerettet.

Lathen-Wahn hatte längst einen eigenen Pfarrer bekommen und ein nagelneues Pfarrhaus. Doch bis zur Einweihung ihrer neuen Kirche brauchten sie noch viel Geduld. Und viel Geld.

Auch die Rastdorfer brauchten Geduld, denn ihrem neuen Gotteshaus fehlte noch der Turm. Doch innen erstrahlte die Kirche in weihnachtlichem Glanz. Es vermittelte Geborgenheit und die Hoffnung auf eine segensreiche Zukunft.

‚Friede auf Erden und den Menschen ein Wohlgefallen.'

Regina war in dieser Heiligen Nacht zu Hause geblieben – bei Hanna, die schon in ihrem Kinderbett schlummerte. Wenn Pawel seine Tochter so sehen könnte! Sie holte sein Abschiedsfoto aus ihrem alten Puppenkoffer und betrachtete es eine Weile. Und danach die kleine Brockenhexe, die sie ebenfalls darin aufbewahrte.
„Frohe Weihnachten, Pawel!", flüsterte sie.
Sie nahm ihre Tochter zu sich ins Bett und las ihr die ersten Seiten vom kleinen Häwelmann vor. Eigentlich tat sie es mehr für sich, um innerlich zur Ruhe zu kommen, denn Hanna war gar nicht aufgewacht. In solchen Augenblicken kam es Regina vor, als hätte sie ihre Tochter um ihren Vater betrogen. Weil sie ihm damals nichts gesagt und auch danach nichts unternommen hatte, ihn ausfindig zu machen. Wie denn auch? Es war ihr völlig abwegig vorgekommen.

10
Post von Emmi

Pünktlich zu Weihnachten war in Rastdorf ein Brief von Emmi aus Ziggelmark eingetroffen. Regina und ihre Freundin hatten Wort gehalten und waren brieflich in Kontakt geblieben. Gesehen hatten sie sich seither nicht mehr, seit damals, als sie alle Wahn verlassen mussten.

Liebe Regina,
ich habe lange nichts mehr von dir gehört. Wie geht es der kleinen Hanna? Ich kann es noch immer nicht glauben, dass du eine Tochter hast!
Wir würden euch so gern mal besuchen, aber du kennst ja unsere Lage. Oder bekommt ihr gar nicht mit, was hier so passiert? Die Berliner werden noch immer aus der Luft versorgt, und bei uns sind die Läden leer. Wir stehen für alles stundenlang Schlange. Weihnachten fast ohne Geschenke. Aber Mama lacht manchmal schon wieder, das zählt zu Weihnachten am meisten.
Leider weiß ich gar nicht, wie es bei euch in Rastdorf aussieht. Aber ich stelle mir vor, wie du Hanna am Heiligen Abend auf dem Arm hast und sie die Kerzen am Tannenbaum auspustet. Und, liebe Regina, ich habe es nicht vergessen: Herzlichen Glückwunsch zum Geburtstag, du schaffst das schon, ich kenne dich doch.
Und frohe Weihnachten für euch alle und ein glückseliges Neues Jahr

*wünschen Bernd und Irmi, die beiden Jungs
und
Deine Emmi*

Es war damals ein schwerer Abschied gewesen, als Emmi mit ihrer Familie lange vor Regina Wahn verlassen hatte. Bernd und Irmi hatten sich für eine Siedlerstelle im Mecklenburgischen entschieden. In den Jahren danach hatten Regina und Emmi sich geschrieben. Sie hatten es einander beim Abschied versprochen, hoch und heilig. Regina hatte Emmis Karten und Briefe danach aufgehoben, in dem alten Puppenkoffer, wo sie auch das Poesiealbum verwahrte. Und Pawels Foto und die Brockenhexe. Deshalb war ihr die Karte vom Herbst 1941 – sie trug die alte Wahner Adresse – auch am Heiligabend in die Finger geraten.

*Liebe Regina!
Wenn ich ein Vöglein wär, flög ich zu dir.
Weil's aber nicht kann sein,
bleib ich all hier.
Wann sehen wir uns endlich wieder?
Vergiss mich nicht.
Deine Emmi*

Das hatte Emmi wenige Wochen nach der Umsiedlung geschrieben – es war schon im Krieg –, nur diese Zeilen auf einer Postkarte, und dazu hatte sie ein Vergissmeinnicht-Bildchen geklebt, wie man es aus Poesiealben kannte. Doch diese unbeschwerte Kindheit gab es nicht mehr. Plötzlich war alles anders geworden. Regina hatte ihr damals geantwortet, dass im Dorf schon viele Häuser leer seien, und sie gar nicht hingucken mochte, wenn sie an Emmis Elternhaus vorbeikam, das schon keine Fenster und Türen mehr hatte. Und von der schwarz-weißen Katze hatte sie Emmi geschrieben. Sie hatten sie damals zu sich in die Scheune geholt. Abends nach dem Melken hatte sie mit den eigenen Katzen aus einer alten Bratpfanne Milch getrunken. Damit hatte sie Emmi eine große Freude gemacht.

Der Briefwechsel zwischen Emmi und Regina war danach hin und wieder ins Stocken geraten, auch mal für längere Zeit, ganz abgerissen war die Verbindung jedoch in all den Jahren nicht.

Von ihrem Vater schrieb sie, dass sie Bernd auch noch zum Militär eingezogen hatten, ein halbes Jahr vor seinem Vierzigsten. Die kriegsbedingte Umsiedlung fiel jetzt nicht mehr ins Gewicht. Zum Glück seien ihre beiden Brüder noch zu jung für den Krieg. Das hatte Emmi 1944 geschrieben.

So ähnlich war es zwischen den beiden Mädchen eine Weile hin und her gegangen. Doch eines Tages kam Reginas Karte zurück, und auch der Brief, den sie bald darauf abgeschickt hatte. Postweg und Eisenbahnverbindungen waren unterbrochen. So hatten sie es von Clemens erfahren.

Erst einige Zeit nach Kriegsende kam endlich wieder ein Lebenszeichen von Emmi, die obligatorische Weihnachtskarte mit Glückwünschen für Regina zum Geburtstag. Und etwas später ein langer Brief, datiert mit Januar 1946.

Liebe Regina,
bei uns sind jetzt die Russen. Zuerst im Mai 1945 die Amerikaner und Engländer und danach die Russen.
Papa ist fast verrückt geworden, als er sie gesehen hat. An der Front war er den Roten kurz vor Schluss noch entkommen, irgendwo an der Grenze zu Polen. Und als er zurückkam, waren die Russen bei uns.

Ende August hatte Bernd eines Tages ganz unerwartet vor der Tür gestanden, er und noch zwei Kameraden. In alten, verschlissenen Klamotten, die sie irgendwo geklaut hatten, bevor sie ihre Uniformen vergraben hatten.

Regina las weiter:

Fast hätte ich meinen eigenen Vater nicht erkannt.
Inzwischen geht es Papa wieder ganz gut! Wenn nur die Russen nicht hier wären! Hauptsache gesund, sagt Mama dann zu ihm, obwohl sie selbst nicht damit klarkommt. Meine Brüder gehen wieder zur Schule. Ich weiß noch nicht genau, was ich mal machen werde.
Wie geht es euch? Bitte schreib mir!

Und Papa lässt fragen, was Clemens jetzt eigentlich macht, seit die Reichsbahn bankrott ist.
Viele Grüße
Deine Emmi

Später war Emmi Kindergärtnerin geworden. Inzwischen war sie längst mit Manfred verheiratet, der bei einer Behörde angestellt war, aber über die unterste Stufe nicht hinauskam, weil er nicht in der Partei war. Sie hatten einen Sohn und vor Kurzem auch noch eine Tochter bekommen. Emmi hatte ihr ein Foto mitgeschickt. Sie lebte mit ihrer kleinen Familie nun in Hagenow.
Der elterliche Hof war in Staatseigentum übergegangen. Der schöne neue Hof, auf den Bernd seine eigene und die Zukunft seiner Familie gesetzt hatte. Emmi schrieb, es sei zum Verzweifeln! Auch mit den Mitmenschen.
Die Leute ringsherum seien immer nur mit sich selbst beschäftigt und mit dem ganzen Klimbim, den der Staat veranstaltete.

Ich weiß nicht, wie das alles weitergehen soll, und hoffe, dass ihr es besser habt als wir.
Deine Emmi

Regina hatte daraufhin ein Päckchen gepackt mit allerlei Babysachen, die sie von Hanna aufgehoben hatte, und Klara hatte allerlei Lebensmittel beigesteuert, die in der DDR in jener Zeit kaum zu kriegen und deshalb heiß begehrt waren: Kaffee, Schokolade, Rosinen, Puddingpulver und Schmelzflocken – und für die Männer zwei Schachteln Juno-Zigaretten. ‚Aus gutem Grund ist Juno rund', so der Slogan. Aber dieses Päckchen war wohl nicht angekommen, denn es kam kein Dankeschön. So war es dann auch tatsächlich gewesen, als Regina Wochen später nachfragte.

Nein, sie hätten das Päckchen leider nicht erhalten, es sei eine Schande. Ihr Mann hatte vor Kurzem seine Stelle im Büro verloren, er arbeitete jetzt als Schichtführer in der Produktion. Ihre beiden Brüder müssten den ganzen Zirkus mitmachen, weil sie sonst nicht studieren dürften. Ihren Hof konnten sie wohl vergessen, der gehörte jetzt zu einer LPG. Wie ein Tagelöhner müsse man sich da vorkommen, hatte Bernd gesagt.
Irmgard arbeitete seit Neuestem als Verkäuferin in einem Konsumladen, sodass sie wenigstens satt zu essen bekamen. Und so endete dieser Brief:

Gut, dass viele Leute hier wenigstens auch noch Platt sprechen. Das Mecklenburger Platt ist fast so wie unseres, nur einige Wörter sind anders. Sie halten hier viel von Fritz Reuter, der ist hier in der Gegend geboren.
Wenn einer kümmt un tau di säggt,
ick maok dat allen Minschken recht,
denn sägg ick: leiwe Frönd mit Gunst:
O lern mi doch dei schwaore Kunst.
(Fritz Reuter)

Liebe Regina, wann sehen wir uns endlich wieder? Du weißt schon, bei der Blauen Buche.
Bis dann alles Gute
Deine Emmi

Ich weiß nicht, ob es die Blaue Buche noch gibt, hatte Regina darauf geantwortet. *Aber das Kriegerdenkmal gibt es noch. Wir treffen uns vor dem Kriegerdenkmal! Bald! Ganz bestimmt!*

Als Emmi diesen Brief in Händen hielt, konnte sie nicht ahnen, dass bis zu einem Wiedersehen mit Regina und den weiteren Wahner Familien, die in der Nähe geblieben waren, weitere Jahrzehnte ins Land gehen sollten. Damals konnte sie auch noch nicht ahnen, dass man zwei Jahre später eine Mauer durch Berlin bauen würde mit unabsehbaren Folgen für alle DDR-Bürger. Danach waren die beiden jungen Frauen für eine Weile verstummt.

Nach dem ersten Wahner Treffen im Jahr 1965 hatte Regina sich einen Ruck gegeben und den Kontakt wieder aufgenommen. Gerührt von den Erinnerungen an die gemeinsame Kindheit in Wahn hatte sie zum Füllhalter gegriffen.

Kurz darauf hielt sie Emmis Antwort in Händen.

Liebe Regina,
seit einer Ewigkeit haben wir nichts voneinander gehört und dann dein langer Brief, in dem du über euer Treffen in Wahn berichtest. Ich glaube, es war das zweite Mal,

dass Bernd gesagt hat: „Ich habe damals den größten Fehler meines Lebens gemacht."
Gedacht hat er es sicher schon tausendmal. *Er fragt, wen ihr sonst noch getroffen habt. Clemens vielleicht.* Er hat von den Doppelkopfabenden erzählt und ganz glänzende Augen bekommen.
Und wie geht es deinen Großeltern?
Liebe Regina, hoffentlich ändert sich bei uns bald mal was, es kann doch nicht ewig so weitergehen. Mit all dem, worüber ich hier nicht schreiben kann. Unsere Kinder lernen Russisch in der Schule – kannst du dir das vorstellen? Sie werden nach dem Unterricht dort betreut, sodass ich in einer Kinderkrippe mein eigenes Geld verdienen kann. Die Kleinen dort sind alle unter drei Jahre alt, die Mütter müssen arbeiten.
Es macht mir noch immer Spaß, obwohl man uns ständig auf die Finger schaut. Die Vorgesetzten und die Eltern, von denen man nie so genau wissen kann, wo sie stehen.

So endete dieser Brief:

Aber warum schreibe ich dir das eigentlich, du kannst dir sowieso nicht vorstellen, wie es hier ist.
Viele Grüße von mir und meiner ganzen Familie. Du musst auch alle von uns grüßen
Deine Emmi

Wenn Regina zu Hause von Emmis Briefen erzählte, kam Hinrich manchmal ins Grübeln. Warum hatte

Bernd sich damals nicht für Rastdorf entschieden? Dann wären sie wieder Nachbarn geworden. Oder gleich zu Anfang für Rupennest. Lathen-Wahn hieß das da jetzt. Die Siedlung hatte sich in letzter Zeit gewaltig herausgemacht. Und das sah Hinrich ganz richtig.
Da gab es jetzt fast alles, auch eine neue Schule. Die neue Sankt Antonius Kirche war 1954 auch endlich fertig geworden. Die wiederentdeckten Wahner Glocken hingen nun in dem vorgebauten Glockenturm, durch den eine überdachte Doppeltür in den Kirchenraum hineinführte.

Die Einweihung war Anlass für einen Besuch von Hinrich und Klara bei den Verwandten auf dem Bauernhof in Kathen. Auch Marga und Alois hatten die Einladung gerne angenommen. Von Haren aus hatten sie es ja auch nicht weit. Und sie hatten ihren siebenjährigen Sohn mitgebracht, der hier auf dem Bauernhof zur Welt gekommen war. Zwei Jahre nach ihnen war dann auch die Flüchtlingsfamilie weggezogen, sodass es jetzt wieder viel Platz im Haus gab.

Viele ehemalige Wahner Dorfleute wollten sich dieses feierliche Ereignis in dem neuen Gotteshaus nicht entgehen lassen. Begrüßt vom vertrauten Klang der Wahner Glocken knieten sie danach andächtig in den Bänken und schauten auf den Altar. Und – sie konnten es kaum glauben. Es war das Altarbild mit dem Heiligen Antonius, der von einem Raben gespeist wird. Sie waren überwältigt von den Erinnerungen an ihre Kirche in ihrem alten Dorf, die es schon lange nicht mehr gab. Einfach in die Luft gesprengt.

Hinrich hatte eines Tages ganz überraschend einen ehemaligen Wahner Nachbarn auf einer Veranstaltung des Landvolk-Verbands getroffen. Der war mit seiner Familie gerade noch rechtzeitig aus dem Mecklenburgischen ins Emsland zurückgekehrt. Er hatte es gewagt und noch einmal von vorn angefangen. Auf dieser Versammlung referierte er über die Situation der Bauern und Landwirte in der DDR.

Hinrich hatte ihn in der Pause auf Bernd angesprochen, den er doch kennen musste. Natürlich kannte er die Familie. Irmi und Bernd Bramlage könnten noch von Glück sagen, dass ihr Hof in Ziggelmark damals in sicherer Entfernung zur innerdeutschen Grenze lag, meinte er dazu.

Andernorts waren viele Landwirte nicht ungeschoren davongekommen, als man den Todesstreifen auf fünf Kilometer verbreiterte. Als man Waldstreifen rodete, Stacheldrahtzäune und Wachtürme errichtete. Abgeschottet und um einiges beschnitten lagen diese kleinen Dörfer jetzt im Scheinwerferlicht der deutsch-deutschen Grenze.

Alle hörten sehr interessiert zu.

„Und wenn es so gelaufen ist, kamen die Besitzer noch glimpflich davon. Entlang der fast 1400 km langen Grenze wurden nach der Grenzverschärfung zahlreiche Gehöfte geschleift und ganze Dörfer verschwanden aus der Landschaft."

Er hatte es mit eigenen Augen gesehen.

Kopfschütteln ringsum.

„Aktionen dieser Art trugen klangvolle Namen wie Aktion Kornblume, Aktion Frische Luft und – Aktion Ungeziefer. Für die Betroffenen drüben war es wie eine Ohrfeige mitten ins Gesicht."

Und entlang der Grenze hatte es Minengürtel und Wachtürme gegeben, die Tag und Nacht besetzt waren.

„Und mit den Schusswaffen gingen die DDR-Grenzer nicht zimperlich um. Aber nach außen taten sie nur ihre Pflicht."

Er selbst habe das nicht aushalten können. Er hielt kurz inne. „Haben nicht alle angeblich immer nur ihre Pflicht getan? Auch die Nazis?"

Die Zuhörer nickten. So wie er wären die meistern Wahner Umsiedler damals wohl gern auf den Hümmling zurückgekehrt, sagte der Redner abschließend noch.

„Wahn wieder aufbauen, auch mir wollte dieser Gedanke nicht aus dem Kopf gehen", sagte er. Aber das könnten sie sich nun endgültig aus dem Kopf schlagen – ein für alle Mal!

Es wurde laut. Und wieder einmal ging es um die Firma Krupp. Krupp junior war nämlich nach drei Jahren Haft im Rahmen einer allgemeinen Amnestie rehabilitiert und aus dem Gefängnis entlassen worden, das hätten sie sicher schon mitbekommen.

Aber inzwischen hatte er sein gesamtes Vermögen zurückgekriegt. Auch den ehemals Kruppschen Schießplatz. Und mit ihm die alte Dorfstelle Wahn und den umliegenden Grundbesitz der ehemaligen Wahner Bauern.

„Deei Düüwel schitt aaltied bi'n grooten Hoop", sagte Hinrich zu Bauer Lehmkuhl, der neben ihm stand. Anton senior nickte.
Der Referent kam zum Schluss. „Das war's dann, liebe Leute. Euren Besitz in Wahn kriegt ihr nicht wieder. Und es ist wohl mehr als ein Gerücht, dass die Bundeswehr sich für das Gelände interessiert. Aber das habt ihr nicht von mir. Munter hollen!"
„Munter!" „Munter!" „Munter!"

Wieder wurde es laut. Alle redeten durcheinander, mit Händen und Füßen. Hinrich erzählte zu Hause davon. Die ehemaligen Wahner im Mecklenburgischen taten ihm leid. Das hatte Bernd nicht verdient. Und die anderen auch nicht.
Er, Hinrich Harms, war nun endlich ganz in Rastdorf angekommen. Auch mit dem Herzen!

11
Hanna

Regina hatte damals alles richtig gemacht. Für sie klappte es gut in der neu eröffneten Kinderklinik – mit dem netten Dr. Köster. Mit Gunda und Heribert in der Nähe und Roswitha als verlässliche Freundin fühlte sie sich stets auf der sicheren Seite. Und ihre freie Zeit konnte sie mit ihrer kleinen Tochter in Rastdorf verbringen. Von Woche zu Woche staunte sie über Hannas Fortschritte. Und nur sie konnte es sehen – Hanna hatte die gleichen Augen wie ihr Vater.

Auf Kalle hatte Regina sich immer verlassen können. Nach seiner Rückkehr hatte er sich werktags von früh bis spät abgerackert. Am Samstagabend ging es dann meistens mit ein paar Kumpels auf Brautschau. Nachdem er nun ein Auto besaß, war ihnen kein Weg zu weit. Auch nicht bis zum Stoppelmarkt nach Vechta, da waren ihm die Mädchen ein bisschen zu schüchtern. Sie fuhren auch nach Leer zum Gallimarkt, die ostfriesischen Deerns wussten recht gut, wo es langging. Sein Glück fand Kalle schließlich auf dem Mariä-Geburts-Markt in Cloppenburg. Dort lernte er Gertrud aus Friesoythe kennen, sie hatte von allem etwas und wusste ganz genau, was sie wollte. Nach Jahresfrist wollte sie unbedingt einen Verlobungsring. Sonst könne er sich eine andere suchen.
Und das wollte Kalle nicht. Er wollte Gertrud.

Im Sommer darauf gab es in Rastdorf eine große Hochzeit – mit allem, was dazugehörte. Ein Kranz aus Fichtengrün vor der Dielentür mit roten und weißen Papierblumen. Mit Bier vom Fass und reihum Schluck aus immer dem gleichen Glas. Und Musik aus dem Schifferklavier und *Danz upp deei Daol* gemeinsam mit der Nachbarschaft.
Drei Tage später fuhren sie zum Standesamt und am Freitagvormittag mit der Kutsche zur Trauung in die Rastdorfer Kirche, wo sie von Glockengeläut empfangen wurden. Beim Betreten der Kirche spielte die Orgel in höchsten Tönen. Getrud und Kalle wurden von dem neuen Pfarrer getraut. Über ihn wusste man, dass er in der NS-Zeit nach Holland geflohen war. Nach einer Zwischenstation an anderer Stelle hatte er nun vor Kurzem sein Amt in Rastdorf angetreten.
Jetzt hielt er die Trauung.
„Ich frage dich, Karl Hinrich Harms, willst du die hier anwesende Gertrud Blömer heiraten, dann antworte mit Ja."
„Ja", Kalle wollte.
„Und du, Gertrud Blömer?"
„Ja", sie wollte auch. Laut und deutlich
Sie steckten einander die Ringe an. Wie das mit dem Kuss gewesen war, so in der Öffentlichkeit, wusste Kalle danach nicht mehr.
Regina war Trauzeugin und Gertruds Bruder der Trauzeuge, so gehörte sich das.
Als das Brautpaar die Kirche verließ, Kalle im schwarzen Anzug, mit weißem Hemd und weißer Fliege, einen

Zylinderhut in der linken Hand, und die Braut im langen, weißen Kleid mit Kranz und Spitzenschleier, waren sie wirklich ein schönes Paar, wie die Rastdorfer feststellten.
Hanna – sie war schon fast vier Jahre alt – streute dem Brautpaar Blumen auf den Weg. Sie trug ein rosa Kleidchen und ein Kränzchen in ihren braunen Haaren.
„Woar Reginas Kind blots düsse Hoore her häff?"
„Un deei Oogen?"
Nur gut, dass Regina das leise Getuschel der Umstehenden nicht mitbekam.
Danach feierte das jung vermählte Paar mit den lieben Verwandten, auch denen aus Friesoythe, ein großes Fest, über das man danach in Rastdorf noch lange reden sollte.
Der Stammhalter ließ nicht lange auf sich warten, bevor elf Monate vergangen waren – so manch einer im Dorf hatte nachgerechnet – wurde der kleine Hubert geboren. Hubert Harms.
Hinrich war stolz auf sein Enkelkind. Alle waren begeistert von dem Baby – auch Hanna, die nach wie vor ganz vernarrt in ihren Onkel war. Es beruhte auf Gegenseitigkeit.
„Onkel Kalle, kannst du nicht auch mein Papa sein?"
Das hatte Kalle danach nie wieder vergessen und sich immer rührend um sein Patenkind gekümmert.
Zwischen Regina und Gertrud gab es hingegen immer wieder kleinere Meinungsunterschiede, und als Gertrud wieder schwanger war, auch größere, die nicht immer lautlos verliefen.

Eines Tages ergab ein Wort das andere, und bei offenem Küchenfenster endete der Streit so: „Du bruukst di goar nich so upspäälen. Mit dien Polenkind."

„Mama, was ist ein Polenkind?", fragte Hanna wenige Tage später, als sie vom Spielen ins Haus kam. *Machet auf das Tor* hatten sie gespielt.

Die anderen Kinder hatten zu ihr gesagt, der Mann mit dem goldenen Wagen käme bestimmt, sie zu holen. Nach Polen.

„Du bist doch ein Polenkind. Haha, ein Polenkind."

„Die Kinder sind dumm", sagte Regina, „du bist doch mein Kind. Komm, wir backen einen Kuchen."

Jetzt war es also im Dorf rumgegangen. Früher oder später hatte es ja so kommen müssen. Und überhaupt! Regina war sich längst darüber im Klaren, es gab eine Frau zu viel im Haus! Und demnächst noch ein weiteres Kind, das Zuwendung brauchte.

Auch Klaras vermittelnde Worte konnten auf Dauer nicht viel bewirken. Nur sie selbst konnte das ändern. Und Regina wollte es ändern. Unbedingt. Und bald! So bald wie möglich! Für sie und Hanna war es Zeit zu gehen, um den Familienfrieden nicht in Gefahr zu bringen. Regina packte ihre wenigen Habseligkeiten und Hannas Spielsachen zusammen und Kalle brachte sie in seinem Auto nach Meppen.

Vielleicht sei es wirklich das Beste für Hanna und sie, aber die Tür in Rastdorf würde für sie beide immer offen stehen – jederzeit. Oma Gunda hatte diesem Umzug sofort zugestimmt, endlich würde neues Leben bei ihr einkehren.

Seit Heriberts Tod war es viel zu still im Haus, niemand las ihr beim Frühstück aus der Zeitung vor und kommentierte das Zeitgeschehen um sie herum oder spielte am Abend eine Sonate auf dem Klavier.
Jetzt würde Regina mit ihrer aufgeweckten kleinen Tochter bei ihr einziehen! Platz gab es genug, wenn man die beste Stube ausräumte, das Klavier und den großen Schreibtisch verkaufen oder verschenken würde. Reinhold zeigte sofort Interesse, sodass die Sachen weiterhin in der Familie blieben.
Regina war ihrer Oma sehr dankbar, nicht nur für das wunderschöne Zimmer, das sie sich nun mit Hanna teilte.
„Ich kann Hanna morgens zum Kindergarten bringen und mittags wieder abholen, mach dir nur keine Sorgen", hatte Gunda gesagt und die neue Herausforderung aus ganzem Herzen angenommen.
Für Regina war nun alles viel leichter geworden. Gunda brachte Hanna zum Kindergarten und holte sie auch wieder ab. Bis zum Ludmillenstift war es nur ein kurzer Fußweg. Manchmal wählte sie den Weg durch den Park. Die alte kleine Brücke gab es aber nicht mehr, sie war durch eine neue ersetzt worden.
Das letzte Stück führte am Stadtgraben entlang und dann auf die Kirche zu, der Wiederaufbau nach dem Bombenangriff war seit 1950 abgeschlossen. St. Vitus öffnete nun wieder sein Portal für die Gläubigen, die es sehr zu schätzen wussten.
In Rastdorf hielt Regina sich nur noch selten auf, gemeinsam mit Hanna, die auch mal ein paar Tage dort bleiben durfte. Gunda begleitete sie immer seltener.

„Ach, lasst mich man zu Hause bleiben. Grüßt sie alle von mir, sie sollen mich bald mal wieder besuchen."

„Mien Gott, waa deei Tiet vergaiht", sagte Hinrich, als er mit Klara und Kalle zu Hannas Einschulung eingeladen war. Kalle war mächtig stolz auf sein Mädchen. So nannte er seine Nichte gern: mien Wichtken.
Heute sagte er: „Waet föar eein grootet Wicht du all woorn büs" – und er überreichte ihr ganz außer der Reihe einen Umschlag mit einem Schein fürs Sparbuch. Hanna liebte ihren Onkel Kalle nicht nur dafür.
„Onkel Kalle ist der Beste", sagte sie manchmal ganz ohne ersichtlichen Grund. Ohne es selbst zu wissen, war sie ein bisschen eifersüchtig auf die Zwillinge – nach dem Sohn wurden auf dem Hof Harms zwei Mädchen geboren – und nicht nur auf sie. Insgeheim beneidete sie alle Kinder, die einen Vater hatten.
Hanna spürte, dass es bei ihrer Mutter eine Stelle gab, die sie nicht zu berühren wagte. „Mama, warum habe ich keinen Papa?", hätte sie ihre Mutter gern mal gefragt, denn in Hannas Leben kam dieses Wort nicht vor. Wenn sie sich von Regina ungerecht behandelt fühlte oder die Kinder in der Schule von ihren Vätern erzählten, dann hätte sie auch gern einen Vater gehabt, der sie mit seinen starken Armen ganz hoch in die Luft heben würde. So wie Onkel Kalle.
Aber sie hatte nur eine Mama, die sie manchmal auf den Schoß nahm, und Omi Gunda auch. Von Opi Heribert gab es nur noch ein Foto an der Wand über der

Anrichte. Wenn ihre Omi traurig war, zündete sie eine Kerze an.

In Meppen hatte Hanna neue Freundinnen gefunden, in der Schule war sie eine der Besten, im Diktat hatte sie fast immer null Fehler und rechnen konnte sie auch ziemlich fix. Und sie war eine richtige Leseratte. „Das hat das Kind von mir", sagte Oma Gunda, „und singen kann sie so gut wie Heribert."
Im Stillen dachte sie manchmal, aber da ist auch noch etwas, das niemand aus unserer Familie hat. Ihre Art, sich auf eine bestimmte Weise Geltung zu verschaffen und mit einem Lächeln im Gesicht auf ihrem Recht zu bestehen, das musste sie von jemandem geerbt haben, über den nicht gesprochen wurde.
In diesen Jahren lief alles bestens für Hanna und Regina, auch wenn ihr Dienst im Krankenhaus sehr kraftraubend war. Für Oma Gunda war es sicher auch anstrengend, doch sie wollte die positiven Seiten sehen. Trotz ihres Alters noch gebraucht zu werden und nicht allein zu sein, das machte sie glücklich und zufrieden. Und Regina wusste es sehr zu schätzen.
Zu Weihnachten waren sie noch gemeinsam in Rastdorf gewesen, so wie jedes Jahr. Oma Gunda hatte ständig gehustet und sich den Schweiß von der Stirn gewischt. Klara bestand auf einer Einweisung ins Krankenhaus, doch es war zu spät. Regina hatte bereits am Vormittag ihre Eltern in Rastdorf angerufen.
„Mama, ihr müsst kommen, sofort."

Die Schwester hatte eine Kerze auf dem Nachttisch angezündet. Klara und Hinrich und Kalle trafen kurz nach dem Pfarrer ein, der Gunda die Sterbesakramente gespendet hatte.

„Klara, du bist da", konnte Gunda gerade noch sagen, bevor sie ihre Augen für immer schloss.

„Möge sie ruhen in Frieden und das ewige Licht leuchte ihr", so lauteten die Segen spendenden Worte des Pfarrers.

Hanna war damals fast zehn Jahre alt. Sie durfte ihre Uroma noch einmal sehen, bevor der Sarg geschlossen wurde. Gunda wurde neben Heribert begraben.

„Nun gucken Oma und Opa vom Himmel auf uns herab", sagte Klara am Abend zu Hanna und deckte sie liebevoll zu.

Schon länger stand für Regina eine Veränderung im Raum. Jetzt, da sie sich ohnehin eine neue Wohnung suchen musste, fiel ihr die Entscheidung leichter. Regina nahm das Angebot Dr. Möllers, des Kinderarztes von ihrer Station, an, der sich in einem Vorort von Osnabrück mit einer eigenen Praxis niederlassen wollte.

„Kommen Sie mit, Schwester Regina, als Arzthelferin wird Ihr Leben auf jeden Fall leichter sein", bot er ihr an.

Und sie würde mehr Zeit für Hanna haben, das zählte für Regina am meisten.

Nun musste sie im Krankenhaus nur noch kündigen. Sie tat es schriftlich, und man legte ihr keine Steine in den Weg. Wenn Regina Harms sich etwas vorgenommen hatte, setzte sie es auch durch. Erst jetzt erzählte sie es zu Hause in Rastdorf.

„Du büs jao oolt nouch, üm tou wääten, waet du daist", sagte Hinrich. Die anderen lobten ihren Entschluss, auch Gertrud. Seit sie sich seltener sahen, klappte es mit den beiden besser.

Eine Wohnung hatte Regina auch bereits in Aussicht, jetzt machte sie Nägel mit Köpfen. Zwei Zimmer, Küche, Bad – ganz neu und nicht zu teuer – im Dachgeschoss, dazu ein Abstellraum im Keller. Ein paar Erbstücke konnte sie aus der Meppener Wohnung mitnehmen, neu war die Klappcouch fürs Wohnzimmer, auf der Regina schlafen wollte. Hanna sollte jetzt endlich ein eigenes Zimmer bekommen. Doch begeistert war ihre Tochter zunächst nicht. „Da in Osnabrück kenn ich doch niemanden!"

„Doch", sagte Regina, „mich und Dr. Möller, und Tante Roswitha wird uns besuchen und die Rastdorfer auch, und in der Schule wirst du viele Kinder kennenlernen."

Na ja, damit hatte ihre Mutter ja recht, nach Ostern stand sowieso ein Schulwechsel an. Hanna hatte die Aufnahmeprüfung für die Realschule bestanden. Bald darauf zeigte Regina ihrer Tochter Hanna die neue Schule in Osnabrück.

„Und schau mal, das ist die Hase. Du kannst also sogar nach Meppen schwimmen, wenn du Heimweh kriegst."

„Aber Mama, ich kann doch gar nicht schwimmen!"

„Dann schenk ich dir zum Geburtstag einen Schwimmkurs."

„Mama, du bist die Beste."

Aber Hanna musste versprechen, danach nicht in die Hase zu springen.
„Irgendwann kaufen wir ein Auto, damit können wir dann auch öfter mal zu Oma und Opa nach Rastdorf fahren."
„Mama, du hast ja gar keinen Führerschein!"
„Noch nicht! Aber irgendwann werde ich ihn machen."
„Bestimmt?"
„Ganz sicher! Ich schaff das schon! Hanna, wir beide schaffen das schon."

Inzwischen konnte Hanna längst schwimmen, sie war nach der sechsten Klasse aufs Gymnasium gewechselt, mit Französisch als zweite Fremdsprache.
„Ich zahl Ihnen einen Zuschuss zum Schulgeld", Dr. Möller war – wie immer – sehr großzügig.

Jetzt mit 16 hatte Hanna gerade die 10. Klasse abgeschlossen. Ihr Zeugnis war ausgesprochen gut ausgefallen, eine Eins in Deutsch und eine Zwei in Mathe.
‚Das mit den Zahlen hat sie nicht von mir', dachte Regina. Und unwillkürlich auch an ihn, an Pawel, um es danach gleich wieder zu verdrängen.
„Ich hab heute Nachmittag frei", sagte sie stattdessen, „wir beide könnten mit dem Zug nach Osnabrück reinfahren und Eis essen gehen."
„Gute Idee, Mama, ich brauch auch dringend neue Sommerschuhe."
Dann saßen sie vor der neuen Eisdiele. Zur Feier des Tages gab es zwei Eisbescher, und die milde Märzsonne schien ihnen ins Gesicht. Plötzlich verlangsamte

ein Fußgänger seinen Schritt und blieb an ihrem Tisch stehen. „Regina? Träum ich oder bist du es wirklich?"
„Heiko? Ich glaub's ja nicht."
„Schön, dass du mich noch erkennst."
„Wie lange ist es jetzt schon her?"
„Sehr lange."
Regina erinnerte sich sehr wohl an Heiko, den zimperlichen, blutjungen Reporter vom Meppener Tageblatt, dem sie damals den Fuß eingegipst hatte. Praktikant war er dort gewesen, weil er nicht fronttauglich war, und sie, Regina, war im ersten Lehrjahr. Im Winter 1944.
Nachdem er wieder ohne Krücken laufen konnte, hatte sie ihn noch dreimal getroffen, das war es dann auch schon gewesen, er war beleidigt abgezogen.
Heiko hatte irgendwann, als es wieder Papier und die Erlaubnis der Briten zum Drucken gab, als Lokalreporter bei einer Osnabrücker Zeitung angefangen. Die heutige Ausgabe trug er unter den Arm geklemmt mit sich herum. Regina dachte sich weiter nichts dabei.
„Was machst du denn in Osnabrück?", fragte er.
„Eis essen."
„Und wer ist das junge Fräulein?"
„Meine Tochter."
„Aha! Und wer ist der stolze Vater?" Eigentlich ginge es ihn ja gar nichts an, schob er hinterher.
„Es gibt keinen", sagte Regina.
‚Darf ich mich setzen?', wollte Heiko gerade fragen, als Hanna ihren Löffel im Eis stecken ließ, ihren Stuhl geräuschvoll nach hinten rückte und aufstand.
„Wo willst du hin, Hanna? Dein Eis!"

„Ich geh schon mal vor."
„Wohin?"
„Zum Bahnhof."
Und weg war sie, um die nächste Ecke verschwunden.
Heiko stutzte: „Habe ich was Falsches gesagt?"
„Nein, in dem Alter sind Mädchen manchmal so."
Er setzte sich und bestellte einen Kaffee.
„Und du? Was machst du so?"
Er ging kurz auf seinen Beruf ein.
Regina war neugierig geworden. „Bist du verheiratet?"
„War ich. Seit drei Jahren geschieden."
Sie tauschten ein paar Erinnerungen aus. Dann musste er aber los, und Regina auch. Aber auf dem Bahnhof war ihre Tochter nicht.
‚Sie kennt den Weg ja', dachte Regina, aber wohl fühlte sie sich dabei nicht. Hoffentlich würde sie Hanna gleich zu Hause antreffen.

Schon im Flur hört sie laute Musik vom Plattenspieler. Hanna liegt auf ihrem Bett und Regina fällt sofort auf, dass sie geweint hat.
„Mama, was willst du?"
„Hanna, es war doch nur ein Bekannter von früher."
„Lass mich in Ruhe, Mama!"
„Warum bist du weggerannt, Hanna?"
„Frag dich selbst! Meinst du nicht, dass es an der Zeit ist, mir von meinem Vater zu erzählen? Ich bin doch kein kleines Kind mehr."
„Es ist eine lange Geschichte."

„Dann fang an. Wir haben die ganze Nacht Zeit. Morgen ist Sonntag. Ich brauch nicht zur Schule und du nicht in die Praxis."
„Du hast ja recht, ich habe immer auf den richtigen Augenblick gewartet, jetzt ist er wohl gekommen."
Regina streicht sich eine Haarsträhne aus der Stirn und schaut ihre Tochter an. Dann setzt sie sich zu Hanna auf die Bettkannte und schiebt ihr ein Kissen unter den Kopf.
„Ich weiß nicht viel von deinem Vater, nur wie er so war, als wir uns getroffen haben. Da war ich nicht viel älter als du jetzt bist."
„Das ist nicht genug. Wo hast du ihn getroffen? Wie ist sein Name? ,Vater unbekannt', das steht in meiner Geburtsurkunde. Ich glaub dir kein Wort. Erzähl mir die ganze Geschichte. Sie ist auch meine Geschichte."
Regina verlässt kurz das Zimmer und kommt mit einem Foto in der Hand zurück. Hanna hat ihr die Wahl des richtigen Augenblicks abgenommen, den sie selbst immer vor sich her geschoben hat.
Sie streckt Hanna das Foto entgegen. „Für dich. Ich habe es für dich aufgehoben."
„Ist er es?"
„Ja, er ist es. Pawel Wagner! Oder einfach Paul. Er ist dein Vater."
Hanna schaut es lange an. Diese Ähnlichkeit! Ihr Herz macht einen Hopser.
Manchmal hatte Regina ihr Gewissen geplagt, ihr Schweigen kam ihr dann vor, als hätte sie ihre Tochter

um ihren Vater betrogen. Und manchmal, in kurzen Momenten, schlichen sich ein paar wehmütige Augenblicke in ihre Gedanken.

Doch jetzt geht es nicht um sie und ihre verlorene Liebe, darum geht es schon lange nicht mehr. Jetzt geht es um seine Tochter, und es ist Zeit für die Wahrheit, die ganze Wahrheit, von Anfang an.

„Warum durfte ich von all dem nichts wissen?"

„Das kannst du nicht verstehen, es war eine ganz andere Zeit damals."

Hanna fällt es sofort wieder ein, das Gleiche hatte doch Oma Klara gesagt. Ungefähr zwei Jahre war es her, seit sie gemeinsam mit vielen anderen an der ersten Gedenkstunde für das alte Dorf Wahn teilgenommen hatten. An dem Tag, als Opa Hinrich nicht mitwollte. „Ick bliewe hier", hatte er damals gesagt.

„Wissen Oma und Opa Bescheid?"

„Ja, aber das Foto kennen sie nicht."

„Und wer weiß es noch? ‚Polenkind' haben die anderen Kinder mir damals nachgerufen, und ich hab nichts kapiert."

„Nur unsere Familie und Roswitha."

„Und was weiß er von mir?", fragt sie jetzt.

„Er weiß nicht, dass es dich gibt. Sicher wäre er sehr stolz auf dich."

Hanna muss noch ein paar Mal schlucken, bevor sie etwas erwidern kann. Leise, aber bestimmt sagt sie: „Das Foto gehört jetzt mir, weil er mein Vater ist."

Hanna konnte an diesem Abend keine Ruhe finden.

„Können wir ihn denn nicht suchen? Hast du ihn denn gar nicht vermisst?"
„Eigentlich hätte ich von Anfang an wissen können, dass es keine Zukunft für uns gab, aber ich war doch noch so jung."
„Hast du ihn geliebt?"
„Ja, er war meine erste große Liebe, und danach kam nichts mehr. Danach hatte ich nur dich."
Hanna erkannte ihre Mutter an diesem Abend kaum wieder. So viele Worte machte sie sonst nicht um ein Thema. Es hatte ihr wohl in all den Jahren unausgesprochen auf der Seele gelegen.

„Und dein Vater hatte auch eine Schwester."
„Für heute ist es genug, Mama. Sonst können wir heute Nacht beide nicht schlafen."
Aber dann fiel es ihr wieder ein. „Nur noch eins, Mama. Wer war denn der vorhin bei der Eisdiele? Eigentlich war er ja ganz nett."
„Nur ein Bekannter von früher, ein Patient, der seinen Fußknöchel gebrochen hatte. Er wohnt jetzt in Osnabrück und schreibt für die OZ." Dass Heiko ihr so ganz nebenbei seine Visitenkarte in die Hand gedrückt hatte, verriet sie ihrer Tochter an diesem Abend nicht. Dafür war es nun wirklich der falsche Zeitpunkt. Es war mal wieder der falsche Zeitpunkt.
Es war zwei Tage später, Regina und Hanna saßen beim Abendbrot.
„Mama, du wolltest mir noch die Geschichte von der Schwester meines Vaters erzählen." Hanna blickte Re-

gina herausfordernd an. „Mama, ich kann nicht mehr länger warten."
„Ich weiß, es wird höchste Zeit."
Hanna setzte sich zu ihr aufs Sofa, zwischen ihnen lag ein Kissen.
„Ja, dein Vater hatte eine Schwester." Regina begann von Lena, vom Krankenhaus und den verschleppten polnischen Frauen im KZ Oberlangen zu erzählen.
„Mama, ich hab das nie gehört. Warum spricht niemand über das, was damals im Emsland passiert ist?"
„Ich versuch's doch gerade, auch wenn ich nicht alles darüber weiß."
Reginas Geschichte endete mit dem Abschied von Lena im Park in Meppen.
„An dem Tag hatte ich schon so ein seltsames Gefühl, dass er auch bald gehen würde. Aber ich wollte es nicht wahrhaben, ich war doch bis über beide Ohren verliebt."
„Und wie geht es weiter?"
„Er kehrte nur wenige Tage später nach Polen zurück, und ich ahnte bereits, dass ich schwanger war."
„Und weiter?"
„Dann kamst du auf die Welt."
Hanna sah die feucht glänzenden Augen ihrer Mutter, sie legte das Kissen beiseite und rückte zu ihr auf.
„Alles ist gut, Mama."

Nach Reginas zufälliger Begegnung mit Heiko waren damals einige Wochen vergangen, und wieder trafen sie sich rein zufällig, dieses Mal im Zug. Wenige Tage später ein gemeinsamer Kinobesuch, ein ausgedehnter

Spaziergang an einem Sommerabend, danach ein Glas Wein bei ihm zu Hause.
Verliebt, aber nicht verlobt und verheiratet, verbrachte sie immer öfter ihre freie Zeit mit Heiko. Und eines Tages, nach fast einem Jahr, machte sie auch ihre Rastdorfer Familie mit ihm bekannt. Sie hatte nichts zu verbergen. Auch wenn man es Sünde nannte, fühlte sie sich jetzt ebenso wenig schuldig wie damals, als sie Pawel geliebt hatte.
Kalle hatte es danach auf den Punkt gebracht: Man könne doch sehen, wie gut es Regina damit gehe, jemanden wie Heiko an ihrer Seite zu haben, auf den Verlass war. Und Reinhold hatte von Anfang an kein Problem mit dieser ‚wilden Ehe'. Regina hatte sich lange genug als Einzelkämpferin durchschlagen müssen, und es war nicht immer leicht gewesen.
Auch Hanna begrüßte die neue Situation aus vollem Herzen. Auch sie vertraute ihm. Er durfte es wissen, dass sie ein Polenkind war, zumal er über die geschichtlichen Hintergründe ziemlich genau Bescheid wusste.
Hanna hatte später ein glänzendes Abitur gemacht – und danach in Osnabrück Lehramt studiert mit den Hauptfächern Deutsch und Geschichte. Sie hatte alles verschlungen, was sie über Polen und die Geschichte des Landes auftreiben konnte, einschließlich der Polenzeit im Emsland. Da war sie bei Heiko genau richtig mit ihren Fragen, und davon gab es sehr viele.
Bald nach dem Examen hatte Hanna einen Kollegen von Heiko geheiratet. Es war Liebe auf den ersten Blick

gewesen, als Heiko sie einander vorgestellt hatte. Damals hatte sie als Studentin einen Ferienjob bei der OZ angenommen und sie waren sich fast täglich begegnet, auch nach Redaktionsschluss. Bis zum Standesamt sollte es aber noch dauern, bis sie beide eine feste Anstellung hatten. Anders als der Standesbeamte hatte Matthias kein Problem mit ihrem unbekannten Vater.
„Ich will doch dich heiraten, nur dich, Hanna Harms!"
Ihm hatte sie – anders als dem Standesbeamten – auch den Namen verraten.
„Pawel Wagner, mein Vater hieß Pawel Wagner." Keine Geheimnisse in der Ehe, sonst würde sie auf Dauer keinen Bestand haben, und nichts wünschte sie sich mehr als den sprichwörtlich sicheren Hafen.

Plattdeutsch hatte Hanna damals in Rastdorf nicht gelernt, sie konnte es nur verstehen. Und Osnabrückerisch wollte sie jetzt lieber auch nicht lernen. Ihrem Mann ließ sie es jedoch großzügig durchgehen, wenn er im Alltag so daherredete. Matthias wusste ja sonst besser als sie, wie man sich treffend auszudrücken hatte.
Hanna bekam es danach geregelt, Beruf und Familie miteinander zu verbinden. Sie hatten einen gemeinsamen Sohn und eine Tochter bekommen, die inzwischen beide schon fast aus den Kinderschuhen herausgewachsen waren.
Auch sie redeten manchmal in diesem Slang, der Hanna bei den Schulkindern oft ganz schön auf die Nerven ging. Besonders wenn sie Aufsätze zu korrigieren

hatte, wo es dann so heißen konnte: ‚Dem Mann sein Hund lief übere Straße.' ‚Genitiv!', schrieb sie dann in roter Tinte an den Rand, und ‚über die'. Das war eher noch harmlos. Aber meistens waren die Osnabrücker Leute gut zufrieden. Echt! Und nicht so stur wie im Emsland.

12
Ein bisschen Frieden

Viel hatte sich verändert in der Welt, doch der wahre Friede war noch immer nicht eingekehrt. Der Eiserne Vorhang trennte die Machtblöcke; auf beiden Seiten wurde ständig aufgerüstet, und die BRD lag der Gefahr am nächsten. Da trat die Bundeswehr auf den Plan – zur Sicherung der eigenen Grenzen – und A. Krupp von B. u. H. wagte sich wieder in die Öffentlichkeit. Er verkaufte den ehemaligen Schießplatz, auf dessen Gelände das alte Dorf Wahn von Rechts wegen lag und inzwischen zu einer Wüstung verkommen war, an die Bundesrepublik Deutschland.
Am 1. August 1957 wechselte das fast zehntausend Hektar große Areal den Besitzer. Die ehemaligen Wahner Bürger waren außer sich. Ihre Befürchtungen hatten sich also bestätigt, inzwischen waren Tatsachen geschaffen worden.
Noch im Sommer 1957 fiel der erste Schuss auf dem Platz. Die Bundeswehr belegte den Standort mit neuen Männern, von denen einige vielleicht auch die alten waren, die etwas von Waffen verstanden. Hier sollten nun die neuen getestet werden: schneller, weiter, genauer.

HALT!
SCHIESSPLATZ
SCHLAGBAUM UMFAHREN VERBOTEN

Die Bundeswehr zeigte allgemein Präsenz im Land. Die Soldaten marschierten im Gleichschritt durch die Straßen der neuen Standorte: eins, zwei, drei, vier – eins, zwei, drei, vier und sangen dabei in alter Manier: *„Wenn die Soldaten durch die Stadt marschieren, auf der Lüneburger Heide, in dem wunderschönen Land."*
Und sie sangen das bekannte Lied von dem schönen Mädchen aus dem Polenstädtchen: *„Sie war das allerschönste Kind, das man in Polen find', aber nein, aber nein sprach sie, ich küsse nie."*
Regina konnte es nicht fassen, als sie es zufällig am offenen Fenster mitbekam. Und sie wusste, dass es dazu noch eine weitere Strophe von der ‚Leiche im Teiche' gab.
Die Welt hatte in den Kriegsjahren doch wirklich genug Leichen gesehen. Zu viele Leichen.

Viel hatte sich seit Kriegsende verändert in der Welt, aber der wahre Friede war noch immer nicht eingekehrt. In Zeiten des Kalten Krieges schwebte die Gefahr aus dem Osten wie ein Damoklesschwert über der BRD und der westlichen Welt. Inzwischen wuchs eine neue Generation heran, die für neue Ziele und gegen die atomare Gefahr auf die Straße ging. In Ostermärschen blockierten sie die Transporte zu den nuklearen Endlagerstätten.
Und tatsächlich hatte während einiger Jahre ein Plan existiert, unter der alten Dorfstelle Wahn ein Endlager für radioaktiven Abfall einzurichten. Der menschenleere Ort und der unterirdische Salzstock schienen da-

für bestens geeignet. Die Presse hatte es groß herausgebracht, auch die OZ, für die Heiko und Matthias ständig unterwegs waren.

Aha, ein Salzstock! Als Kalle davon erfuhr, fiel ihm augenblicklich die Blaue Buche ein und dieser Abend, an dem er sich dort mit Hannes, Hermann und Anton getroffen hatte. Seitdem war viel Zeit vergangen.
Hermann Möhlenkamp war unter den Letzten gewesen, die Mitte der 1950er-Jahre aus russischer Kriegsgefangenschaft zurückkehrten; um mehr als die Jahre gealtert, die hinter ihm lagen.
Als Hermann endlich auf dem Aussiedlerhof seiner Familie im Osnabrücker Land ankam – den er noch gar nicht kannte –, lebte sein Vater nicht mehr.
„Die Sache mit unserem Dorf hat meinen Vater umgebracht", sagte er.
Die Mutter hatte danach mit seinen Geschwistern vor einem großen Sorgenberg gestanden und nicht gewusst, wie sie ohne den Vater darüber hinwegkommen sollten. Das erzählte Hermken beim ersten Wiedersehen mit den Jugendfreunden – Anton fehlte in dieser Runde. Bei den Gedanken an ihn, den vierten der Vagabunden, wurden sie sehr still und nachdenklich. Wo mochte es ihn wohl erwischt haben?
Auch Hermken hatte die Hoffnung fast schon aufgegeben gehabt, aus diesem Krieg heil wieder rauszukommen.
„In Murmansk, da oben hinter dem Polarkreis, war es auch nicht viel besser als in Russland. ‚Unternehmen

Polarfuchs' hieß unser Befehl, den eisfreien Hafen einzunehmen. Die Roten haben den Fuchs vorher abgemurkst. Und viele von uns."
Nachdem Hermken sich wieder gefasst hatte, musste er ihnen unbedingt etwas zeigen. Er führte sie in den Wagenschuppen, zeigte auf einen Holzbalken an der Seite.
„Na! Dämmerts bei euch?"
Es war der Balken aus dem Dachstuhl der Wahner Kirche, den er ihnen an ihrem letzten Tag gezeigt hatte, als in Wahn alles unter den Hammer kam. Sein Vater habe darauf bestanden, dass er mit aufgeladen wurde.
„Er selber konnte es schon gar nicht mehr", hatte seine Mutter zu ihm gesagt.
Wahn! Jetzt waren sie in Wahn angekommen.
„Brauchen wir überhaupt eine Bundeswehr? Brauchen wir neue Waffen?"
„Und ausgerechnet da, wo unser Dorf war, eine neue militärische Anlage? Neue Kriege brauchen wir ganz bestimmt nicht!"
Aber vor der Realität konnten auch sie ihre Augen nicht verschließen. Die Zeiten blieben unsicher und die Konflikte rückten näher.
In Berlin wurde während einer Demonstration gegen den Besuch des persischen Schahs Mohammad Reza Pahlavi und seiner dritten Gattin Farah Diba der Student Benno Ohnesorg auf offener Straße erschossen, am 2. Juni 1967. Jetzt erst recht! Die Studentenbewegung hatte dadurch neuen Auftrieb bekommen.

„Junge, nich daett du bi soowaet mitmaoken dais!",
hatte Hinrich zu Reinhold gesagt, als sie sich darüber
unterhielten.
„Kiene Angst, Papa, bit naa Münster kummp daet
nich."

Lange vor dem Schah hatte John F. Kennedy 1963 den
Weg in die geteilte Stadt Berlin gefunden.
„Better a wall than a war", das waren seine Worte beim
Anblick der Mauer gewesen, und vor dem Schöneberger Rathaus hatte er den unvergessenen Satz ausgesprochen: „Ich bin ein Berliner." Man konnte es auf
den Bildschirmen verfolgen. Der amerikanische Präsident kam gut an bei den Deutschen. Gemeinsam mit
Amerika gegen den Rest der Welt – insbesondere gegen die Russen.
Die Nachricht über seine Ermordung nur gut ein Jahr
später schockierte damals Amerika und die ganze
Welt. Auch in Deutschland wehten die Flaggen auf
Halbmast.

Es war eine schnelllebige Zeit. Längst hatten die Fernsehapparate die deutschen Wohnzimmer erobert. Auch
in Rastdorf und in Osnabrück. Die Samstagabende gehörten der Familie und den Unterhaltungssendungen:
Am laufenden Band mit Rudi Carrell, oder *Einer wird gewinnen* mit Hans-Joachim Kulenkampff. Und die Krimis
von Francis Durbridge.
Immer spannend bis zur letzten Minute wurde der jährliche *Grand Prix de Eurovision* damals ebenso zum Stra-

ßenfeger. Gestartet war das jährliche Fernsehereignis bereits im Jahr 1956, in Lugano in der Schweiz, mit sieben Teilnehmerländern. Damals hatte sich Lys Assia auf Platz 1 gesungen. Die Grand Dame des Chansons trat in ihrer Laufbahn vor Königin Elizabeth II., vor Eva Perón und dem ägyptischen König Faruk auf. Sie stand mit Marlene Dietrich auf der Bühne und tanzte mit Josephine Baker um die Wette. Darüber war an diesem Abend in einer Rückschau berichtet worden.
Auch heute, am ersten Samstag im Juni 1982, saß die Nation wieder vor den Schwarz-Weiß-Bildschirmen. Beim 27. Grand Prix im englischen Harrogate sollte Nicole mit ihrem *Lied vom Frieden* Deutschland vertreten. 37 Jahre nach dem Ende des Zweiten Weltkriegs ein Ereignis, das die Menschen aus achtzehn Nationen vor die Bildschirme lockte und auf besondere Weise vereinte.

In Osnabrück saß ein befreundetes Ehepaar mit Hanna und Matthias in deren Wohnzimmer. Die beiden Kinder waren schon halbwegs erwachsen und heute Abend außer Haus. Für sie war samstags Discotime.
Es sollte ein gemütlicher Fernsehabend werden mit einer guten Flasche Rotwein, Salzstangen und Käsespießchen. Der Fernsehapparat stand in einer Nische der Schrankwand. Nussbaum antik mit verspiegeltem Barfach und Bücherborden bis unter die Decke.
„Schön habt ihr es hier. Richtig geschmackvoll. Und so gemütlich."
Sicher würde es ein langer Abend werden.

In den Zwanzig-Uhr-Nachrichten brachten sie mal wieder etwas über den Golfkrieg, und in Übersee fand der Kampf um die Falklandinseln noch immer kein Ende.

„Gegen Great Britain und die Queen hat Argentinien keine Chance", meinte der Ehemann von Hannas Freundin, er war Englischlehrer.

„Und die Soldaten werden für die Machtspiele mal wieder verheizt", sagte seine Frau.

Der Wetterbericht für den Sonntag hörte sich vielversprechend an. Danach erschienen das Logo und die Erkennungsmelodie der *Eurovision*.

„Ein enormer Fortschritt", sagte Matthias. „Europa hat Zukunft."

Hanna schaute ihn schräg von der Seite an.

Die vier sparten danach nicht mit Lob und Kritik an der Sendung, allein schon wie einige der Sängerinnen und Sänger aussahen. Manchmal ein bisschen schräg, ein bisschen anrührend – es zog sich ganz schön in die Länge. Matthias öffnete eine zweite Flasche.

Dann endlich der deutsche Beitrag: Nicole, sie war siebzehn Jahre alt, sie war als Allerletzte dran. Das würde für das Mädchen nicht leicht werden, da waren sie sich einig.

„Daumen drücken", sagte Hannas Freundin, und das machten sie dann auch, alle acht Daumen.

Dann Nicoles Auftritt! Eine junge Deutsche mit blauen Augen und blonden Haaren auf einer englischen Bühne! Vor internationalem Publikum.

Brav sah sie aus in ihrem dunkelblauen, weiß gepunkteten Kleid, dem weißen Kragen und den weißen Ärmelmanschetten.

„Wie ein unschuldiger blonder Engel", sagte der Freund von Matthias.

Und so sang sie auch ihr Lied.

„Himmlisch!", sagte seine Frau.

Bei der Bewertung kletterte Nicoles Lied auf der Leiter immer weiter nach oben. Zwölf Punkte aus Portugal, der Türkei, der Schweiz und Zypern. Zwölf aus Spanien, Dänemark, Jugoslawien und Irland ... Und dann – man hielt den Atem an: „Our twelve points from Israel go to Germany."

„Notre douze points de Israel vont en Allemagne."

„Unsere zwölf Punkte von Israel gehen an Deutschland."

Unvorstellbar. Zwölf Punkte von Israel!

Als Letzte von achtzehn Bewerberinnen belegte Nicole den ersten Platz. Ein Riesenjubel und eine sichtlich überwältigte Sängerin, die noch einmal auf die Bühne gebeten wurde und die ersten Zeilen ihres Liedes in verschiedenen Sprachen wiederholte.

„Mit ihrem Lied hat Nicole Deutschland zu neuem Ansehen verholfen", sagte der Englischlehrer.

„Das Lied wird um die Welt gehen", meinte seine Frau.

Die anderen nickten. Und das hatten sie Israel zu verdanken. Es machte sie betroffen, als sie sich dessen bewusst wurden.

Die Eichmann-Geschichte drängte sich ihnen förmlich auf. SS-Obersturmbannführer Adolf Eichmann, verantwortlich für die Massentransporte der Juden in die Kon-

zentrationslager, war damals in Nürnberg zum Tode verurteilt worden. In Abwesenheit, denn er war ein Jahr nach Kriegsende aus amerikanischer Gefangenschaft geflohen und untergetaucht.
Der Englischlehrer erzählte die weitere Geschichte. „Die Einwohner eines kleinen Dorfes am Rande der Lüneburger Heide konnten es nicht glauben, als sie 1960 von seiner Verhaftung in Argentinien erfuhren, und danach sein Gesicht im Fernsehen auftauchte, wo sie den Prozess in Jerusalem verfolgen konnten. Der nette Herr Henninger, wie er sich genannt hatte, hatte jahrelang unerkannt als Holzfäller und Hühnerzüchter mitten unter ihnen gelebt."
Und es machte sie fassungslos, dass er gemeinsam mit den Einheimischen im Dorfgasthof die Nürnberger Prozesse im Fernsehen verfolgt hatte. Seine Dreistigkeit war nicht zu überbieten gewesen.
Er hatte sich nicht gescheut, Kontakt zu den polnischen B-Soldaten aufzunehmen, und auch zu den Überlebenden aus dem KZ Bergen-Belsen, die in einer nahen Kaserne auf ihre Weiterreise warteten. Bis zu dem Tag, als der nette Nachbar Otto Henninger, der zudem ausgezeichnet Geige spielte – Beethoven und Schubert – Anfang 1950 eines Tages spurlos verschwunden war.
Matthias hatte inzwischen die *Spiegel*-Ausgabe vom Juni 1960 in seiner Sammlung gefunden und zeigte auf die Schlagzeile.
„Hier steht es: ‚Monster vor Gericht. Eichmann wurde an Israel ausgeliefert und aufgehängt'."

„In Israel wird man es damals mit Genugtuung aufgenommen haben", sagte seine Frau.

Am Montag waren die Meldungen über Nicoles Lied und ihren Sieg schon bei Matthias in der Redaktion angekommen. Sie mussten zügig auswählen und die Berichte für die morgige Ausgabe zusammenschneiden. Sollten sie auch den Liedtext abdrucken? Sie entschieden sich dafür.

Matthias brachte die unfassbare Nachricht wenig später aus der Redaktion mit nach Hause. Nicoles Auftritt in Harrogate sollte noch ein glanzvolles Nachspiel finden. Israel hatte sie für ein Konzert eingeladen. Für ein Konzert vor israelischen Soldaten! Auf einem Kasernenhof in Tel Aviv! Hanna war zu Tränen gerührt, als sie sich dieses siebzehnjährige Mädchen in Israel vorstellte.
War das ein Zeichen? Für Versöhnung und für eine friedlichere Welt?

Doch dem Frieden wurden auch danach ständig neue Steine in den Weg gelegt – große Brocken, über die er stolpern musste.
Ein wiedervereintes Deutschland konnte sich damals kaum jemand vorstellen, am wenigsten die Bürger im Osten, die Sachsen und Thüringer und die Menschen im Mecklenburgischen.
Der Eiserne Vorhang, als Brandschutzmauer im Theater unerlässlich, trennte die Machtblöcke. Winston Churchill hatte diese Metapher 1946 in seiner berühmten *Iron-*

Curtain-Rede benutzt, ihm erschien die Oder-Neiße-Grenze unüberwindbar. Letzten Endes hatte er sich geirrt. Der Vorhang hatte Risse und Schlupflöcher bekommen, die Akteure wurden nach und nach ausgetauscht, und das Publikum applaudierte.
Die Scorpions, eine Rockband aus Hannover, waren schon zuvor durch den Eisernen Vorhang geschlüpft.
Heiko, Reginas Mann ohne Trauschein, stammte gebürtig aus Hannover. Er war ein begeisterter Fan der Gruppe um Klaus Meine. Er hatte sie auch wiederholt live erlebt und verfolgte ihre Auftritte mit großem Interesse.
„Ausgerechnet in Leningrad – so hieß die Stadt 1998 noch – erreichten die Scorpions mit ihren zehn Konzerten mehr als dreihunderttausend sowjetische Zuhörer", wusste Heiko. Und nach einigem Nachdenken: „Etwa dreimal so viele sind damals im Krieg in Leningrad verhungert, weil die oberste deutsche Heeresleitung es so geplant hatte."
Das war auch den Sängern sehr wohl bekannt. Sie hatten das Unmögliche möglich gemacht. Statt mit Panzern und Granaten kamen die Deutschen jetzt mit Gitarren und Liedern.
Und auf Leningrad folgte ein Jahr später Moskau – auch hier musikalisch. Die Scorpions erhielten eine Einladung zu dem großen internationalen Friedens-Festival im Moskauer Olympia-Stadion. Michail Gorbatschow und seine Frau saßen in der ersten Reihe – und spendeten Beifall.

Heiko wäre nur zu gern dabei gewesen, aber er durfte nur darüber berichten, und das tat er voller Hingabe. Zu Hause am Schreibtisch hörte er ihre Platten. Regina wurde es manchmal zu viel. Dann machte sie die Tür zu. An diesem Abend öffnete sie die Tür wieder. Ein ganz neuer Song?

„Noch mal von Anfang an", bat sie, und Heiko reichte ihr dazu die Plattenhülle mit dem abgedruckten Text: *The wind of change.*

„Regina, der Wind hat sich gedreht", Heiko gab ihr einen Kuss. „Es kann nur noch aufwärts gehen." Regina teilte seinen Optimismus. Sie wollte an eine friedliche Zukunft glauben. Auch wegen Hanna und ihrer kleinen Familie.

Und dann geschah das Unfassbare: Am Abend des 9. November 1989 tat sich ganz unerwartet die Berliner Mauer auf. Nach 27 Jahren Trennung lagen sich dort die Menschen in den Armen. Ein unbeschreiblicher Jubel und der Geruch von Freiheit lagen in der Berliner Luft.

Die Fernsehzuschauer im Westen waren für Sekunden sprachlos. Dann auch hier Freudenrufe. Auch Hinrichs Familie saß in Rastdorf vor dem Fernseher.

„Es wurde ja auch höchste Zeit", meinte Kalle.

Klara legte ihr Strickzeug beiseite.

„Wunder giff et doch", sagte sie.

Ein weiteres Weihnachtsgeschenk für die Berliner war die Öffnung des Brandenburger Tors.
„Regina, die Praxis bleibt zwischen den Feiertagen geschlossen", sagte ihr neuer Chef.
Regina schaute ihn erstaunt an. Ihr konnte das nur recht sein. Endlich mehr Zeit für die Familie. Sie wartete auf seine Erklärung.
„Ich muss nach Berlin. Ich habe da eine Schwester, die ich seit Jahren nicht mehr gesehen habe. Sie spielt Geige im Ostberliner Rundfunk-Orchester und hat mich zu einem Weihnachtskonzert eingeladen."
Am Telefon hätte sich ihre Stimme fast überschlagen.
„Stell dir vor, Bernstein wird ein Konzert im Ostberliner Schauspielhaus dirigieren, und ich bin mit unserem Orchester dabei", hatte seine Ostberliner Schwester geschwärmt. Leonard Bernstein. Regina war der Name Bernstein nicht unbekannt, von ihm war doch die West Side Story: *Maria, Maria*. Reinhold besaß eine Schallplatte mit dem Lied.
„Dann viel Spaß, Herr Doktor, in Berlin wird der Bär los sein", sagte sie und wunderte sich selbst über ihre Antwort.
Regina hatte dabei an den musikbegeisterten Dr. Dregger gedacht, der wäre sicher gern mitgefahren. Aber Dr. Dregger war längst nicht mehr im Meppener Krankenhaus, er war bei seiner Familie. Er hatte also doch eine!
„Meine Frau hat mir verziehen", hatte er damals nur geäußert. Ein Vierteljahr später hatte er sich von Meppen verabschiedet. Sie wusste es von Roswitha. Die war

noch immer im Ludmillenstift. Sie gehörte fast schon zum Inventar, selbst die neue Oberin war jünger als sie. Mit Roswitha traf Regina sich auch weiterhin. Sie waren enge Freundinnen geblieben. Auch, weil sie Hannas Patentante war.

Am zweiten Januar sind Dr. Möller und seine Frau aus Berlin zurück, noch immer überwältigt von den vielen neuen Eindrücken und von Leonard Bernstein. Er berichtet von Beifallsstürmen, die gar nicht enden wollten. Und von der Textänderung zu Beethovens Neunter Symphonie: „Freiheit statt Freude. *Eine Ode an die Freiheit* haben sie in Berlin aufgeführt. *Freiheit, schöner Götterfunken, alle Menschen werden Brüder*, und so weiter."

Er öffnete eine Schublade und holte etwas heraus, das wie ein weißes Herrentaschentuch aussah.

„Wir haben euch ein nachträgliches Weihnachtsgeschenk mitgebracht. Es ist kostbarer, als es aussieht", sagte er und wickelte das Geschenk aus. „Zwei kleine Brocken von der Berliner Mauer!" Die Überraschung war ihm gelungen.

Regina freute sich jetzt noch mehr darauf, dieses Wunder nun bald selbst zu erleben.

„Schatz, wir fahren in den Osterferien nach Berlin", hatte Matthias Weihnachten zu Hanna gesagt, als sie alle zusammen am Tisch saßen. Hanna war begeistert. Und an Regina und Heiko gewandt – Letzterer war schon eingeweiht –, fügte er hinzu: „Und euch beide nehmen wir mit."

„Nach Berlin?", fragte Regina.

„Ja, Schwiegermutter", er nannte sie sonst nie so, „es ist dein Geburtstagsgeschenk."

13
Fünfzig Jahre danach – 1992

Regina war Heiligabend vierundsechzig geworden. Seit dem ersten Januar war sie in Rente, Heiko schon drei Jahre vor ihr.

Wie jedes Jahr zu Weihnachten war auch von Emmi eine Karte eingetroffen. Die üblichen Grüße: „Und alles Gute zum Geburtstag, liebe Regina. Deine Emmi."

Emmi! Regina hatte Emmi schon im Jahr nach dem Mauerfall eingeladen, zu Besuch in den Hümmling zu kommen, aber sie hatte um Aufschub gebeten. „Bei uns ist alles im Umbruch, wir stehen mal wieder ziemlich ratlos vor der Zukunft."

Die jährliche Gedenkfeier auf der alten Wahner Dorfstelle hatte schon seit Jahrzehnten einen festen Platz im Kalender, *immer am dritten Sonntag im Juni*. Wie jedes Jahr hatte Regina diesen Tag bereits zu Beginn des Jahres in ihrem Kalender dick angestrichen, dieses Mal hatte sie eine Fünfzig dahinter geschrieben. Fünfzig Jahre – wo war die Zeit nur geblieben?

So viel Zeit war inzwischen vergangen, seit man ihr Dorf aus den amtlichen Registern gestrichen hatte – weggewischt wie einen Fliegenschiss.

Vor fünfzig Jahren hatte in der Antonius-Kirche das letzte Hochamt stattgefunden, und im Jahr darauf hatte die letzte Familie das Dorf verlassen. Danach war es allmählich zu einer Wüstung verkommen. Das Schlimmste waren die Trümmer danach.

In diesem Jahr sollte die Gedenkfeier in sehr viel größerem Rahmen stattfinden. Jetzt, da die innerdeutschen Grenzen gefallen waren, erwartete man dazu auch die Mecklenburger aus Hagenow, Zühr, Kisserow, Bennin, Gülsdorf, Groß Schwiesow, Schwan, Warnow, Klein Sien und Ziggelmark. Und all die anderen ehemaligen Wahner aus dem Bersenbrücker und Osnabrücker Land und jene, welche im Emsland geblieben waren. An sie alle hatte man Einladungen verschickt.
Wie immer wusste Regina über solche Dinge schon Bescheid, bevor sie in der Zeitung standen. Ihr Schwiegersohn Matthias arbeitete noch immer für die gleiche Osnabrücker Zeitung. Und wie immer wusste er genau Bescheid. Regina war nicht jedes Jahr dabei gewesen, aber in diesem Jahr durfte sie auf keinen Fall fehlen.

An diesem Abend klingelte ziemlich spät noch das Telefon. „Für dich, Regina. Es ist Emmi!"
„Was für eine Überraschung! Schön, deine Stimme zu hören."
„Regina, stell dir das mal vor: Wir haben eine schriftliche Einladung zum Wahner Treffen gekriegt. Und – Regina – wir werden kommen! Bernd, Irmgard, Manfred. Und ich komme natürlich auch."
Und, dass sie bei Verwandten in Haselünne übernachten könnten. Sie wollten eine Woche Urlaub im Emsland machen.
„Ruft an, wenn ihr angekommen seid. Ich freu mich auf euch!" Regina war ganz aus dem Häuschen.

„Und wo können wir uns in Wahn vor der Feier treffen?"
Emmi klang nicht weniger aufgeregt.
„Vorm Kriegerdenkmal, das gibt es noch", schlug Regina vor.
„Ja, Regina, wir treffen uns vorm Kriegerdenkmal! Ich kann es noch gar nicht glauben."

Dann ist der Tag gekommen.
Aus allen Himmelrichtungen strömen Menschen auf die alte Dorfstelle zu. Es sind so viele Menschen, die sich heute hier begegnen; viele sind aus dem Osten angereist. Jetzt, nachdem die Grenzen gefallen sind und sie endlich wieder in den Westen reisen dürfen, ist von ihrem Dorf kaum noch etwas zu erkennen. Doch sie könnten mit geschlossenen Augen beschreiben, wie es hier damals ausgesehen hat. Auch ganz Rastdorf scheint hier heute auf den Beinen zu sein.
Regina steuert auf das Kriegerdenkmal zu, begleitet von Heiko und Hanna. Dann steht sie einer Frau gegenüber, die so alt ist wie sie. Eine Weile schauen sie sich schweigend an.
„Kennst mi daen noch, ick bünn't, Emmi." Und dann eine lange Umarmung.
„Emmi! Du büsst et wücklig."
„Und das ist mein Mann Manfred", sagt Emmi. „Er versteht unser Hümmlinger Platt nicht."
„Das ist Heiko", sagt Regina.
„Und ich bin Hanna." Die Blicke wandern im Kreis.
Nun erkennt Regina auch Irmi und Bernd. Seit einem halben Jahrhundert haben sie sich nicht gesehen. ‚Sie

sind alt geworden', denkt sie. Bernd benutzt einen Handstock. Jetzt kommen auch Klara, Kalle und Reinhold dazu. „Ich hätte euch fast nicht erkannt", sagt Bernd. Händeschütteln und freudige Worte zur Begrüßung.
Vor ihnen auf dem Kirchplatz steht ein großes Zelt, wie zu einem Schützenfest. Rund tausend Gäste passen da hinein. Vorn ist ein Altar aufgebaut, die Kerzen brennen schon. Das Kolping-Orchester wird den musikalischen Teil übernehmen.
Die meisten Gäste haben einen Sitzplatz gefunden, viele Männer ziehen es vor, stehend zu warten. Dann zieht der Domvikar aus Osnabrück mit großem Gefolge ein. Als Gesandter des Bischofs wird er hier heute feierlich das Hochamt zelebrieren.
Die zahlreichen Vertreter von Presse, Funk und Fernsehen werden das besondere Ereignis für die Nachwelt festhalten. Unter den Zeitungsreportern ist auch Matthias.
„Dafür bin ich genau der richtige Mann", hatte er zu seinen Kollegen in der Redaktion gesagt. „Meine Schwiegermutter ist da geboren."
„Echt? Kommt die echt von da weg? Vonnen Hümmling is die her?", hatten sie sich gewundert.
Matthias wollte es unbedingt machen. Vorher unbedingt auch Regina fragen, wie es sich denn damals angefühlt hatte. Als sie das Dorf verlassen mussten. Das war ihm für seinen Artikel wichtig.
Die Versammelten beginnen mit einem Lied: *„Liebster Jesu, wir sind hier, dich und dein Wort anzuhören ..."*
Am Altar blättert einer der Geistlichen dem Domvikar die Seiten um. Die Liturgie ist neuerdings in deutscher

Sprache verfasst und kommt den Gläubigen damit nun näher als die lateinische.

„Der Herr sei mit euch."

„Und mit deinem Geiste."

„Erhebet eure Herzen."

„Wir haben sie beim Herrn ..."

In der Predigt werden viele gemeinsame Erinnerungen geweckt. Der Herrgott hatte ihnen einen neuen Weg aus ihrem Unglück gezeigt und sie danach in schweren Zeiten begleitet. Dank sei Gott!

So manch einer wischt sich verstohlen ein paar Tränen aus den Augenwinkeln. Noch ein letzter Segen: „Gehet hin in Frieden. Es segne euch ..."

Alle bekreuzigen sich.

„Amen."

„Frieden", flüstert Emmi Regina ins Ohr. „Frieden – heute und für alle Zeit."

Nach dem letzten Amen kommt Bewegung in die Teilnehmerschar, alle sind bemüht, noch einen Platz an den aufgestellten Tischen zu finden, auch Klara, Kalle und Reinhold.

Der Gedankenaustausch muss jedoch noch eine Weile warten. Die weltliche Feierstunde beginnt mit einer Begrüßungsrede des Bürgermeisters, und danach melden sich weitere Herren aus der Politik und vom Heimatverein zu Wort. Matthias schreibt eifrig Notizen auf und macht Fotos.

Nach dem offiziellen Teil spielen sich freudige Begrüßungsszenen ab. Lachen und Weinen liegen nahe beieinander. Bei Kaffee, Butterkuchen, Berlinern und be-

legten Brötchen entsteht eine lebhafte Unterhaltung, mal auf Platt und mal auf Hochdeutsch.
„Waa lange haebbt wi uus nich meer seeien?"
„Woar waohnt ih daenn nuu?"
„Lääwet jou Öllern noch?"
„Weeist du noch?"
„Väätet ih noch?"
„Ja!"
„Jao!"
Und plötzlich – nach fünfzig Jahren – kommen längst vergessen geglaubte Erinnerungen zurück. Viele gute, aber auch die anderen.
Heiko und Manfred hören interessiert zu. Hanna ist sehr schweigsam heute. Damals, als sie an der ersten Wahner Gedenkfeier teilgenommen hatte, war sie siebzehn gewesen. Da hatte Regina gerade ihr erstes Auto gekauft. Jetzt ist sie schon fast Mitte vierzig.
Matthias ist noch beschäftigt, er winkt ihr zu. In der anderen Hand hält er ein Mikrofon. Er geht zwischen den Reihen auf und ab und stellt den Gästen Fragen. Auf Hochdeutsch, er kann kein Platt.
„Sollen wir ein bisschen an die frische Luft gehen?"
Reinhold schaut fragend von einem zum andern. Alle sind dafür.
„Wir gehen zum Friedhof", flüstert Hanna ihrem Mann leise zu.
Es ist ein schöner Frühsommertag. Die Sonne scheint durch die Wolken, die Luft ist mild. Aber weit kommt die Gruppe draußen nicht, gerade bis ein paar Schritte hinters Zelt. Bernd und Irmgard sind entsetzt. Als sie da-

mals umgesiedelt wurden, hatte hier noch alles gestanden, auch die Kirche und die Schule.
„Ist das alles, was von unserem Dorf übrig geblieben ist? Schutthaufen unter Brennnesseln und Dornengestrüpp? Und sonst nichts? Nur die zugewachsene Kopfsteinstraße. Da weiter links war mal unser Hof."
„So schlimm hab ich es mir nicht vorgestellt." Emmi wischt sich mit dem Handrücken die Tränen ab und hakt sich bei Manfred unter. „Geht schon wieder", sagt sie und meint damit Regina zu ihrer Rechten.
Klara, Kalle und Reinhold sind ihnen gefolgt. Um zum Friedhof zu gelangen, überqueren sie die Landstraße.
„So wie früher", sagt Emmi. „Aber die Schilder standen hier damals noch nicht überall in der Gegend herum."
Sie waren ihr bei der Hinfahrt schon aufgefallen.

HALT!
SCHIESSPLATZ
SCHLAGBAUM UMFAHREN VERBOTEN

„Ja", erklärt Kalle, „der alte Friedhof liegt im militärischen Sperrgebiet." Bernd schüttelt nur den Kopf. Nachdenklich bleiben sie vor dem großen Findling stehen.
„WAHN, USE OLDE HEIMAT." Bernd spricht es langsam, Wort für Wort.
Nach wenigen Schritten stehen sie vor der Friedhofsmauer; das Tor ist geöffnet. Viele Gräber sehen noch immer gepflegt aus. Auf einigen stehen heute sogar frische Blumen, andere sind schon halb oder ganz verfal-

len. Vor einigen Gräbern bleiben sie stehen und gehen ihren Erinnerungen nach: „Ich seh' Kurt noch die Straße herunterkommen."
„Franziska hatte immer einen schicken Hut auf."
„Klaus ist damals viel zu jung gestorben."

In einer der hinteren Reihen befindet sich das Grab von Bernds Vater. Es ist von Efeu überwuchert. Der Name auf dem Grabstein ist mit Mühe noch zu erkennen: Bernhard Bramlage.
„Das wird auch auf meinem Grabstein stehen!", sagt Bernd.
Irmgard bückt sich und rupft eine Brennnessel aus.
„Ich war damals gerade zehn Jahre alt, als mein Opa 1938 gestorben ist", sagt Emmi. „Und bald danach wussten wir schon, was mit Wahn passieren sollte."
Ihre Oma hatte sich damals geweigert, mit ihnen nach Ziggelmark zu ziehen.
„Und wenn meine Schwiegermutter einmal nein gesagt hatte, blieb sie auch dabei." Irmgard sagt es mit einem Lächeln, Klara stimmt ihr zu.
Ja, so war sie gewesen, die Anna. Sie war damals bei der Familie ihres Bruders in Haselünne geblieben, in ihrem Elternhaus.
„Bei Omas Grab waren wir gestern schon", sagt Emmi, „und auch beim Grab von Onkel Günther. Der lebt auch schon nicht mehr."
Bernd meint dazu: „Und wir konnten noch nicht mal zu ihren Beerdigungen kommen. Zuerst war Krieg, und danach hatten sie uns eingesperrt."

‚Nur die Toten durften damals bleiben', geht es ihm durch den Kopf. Das hatte auch der Domvikar vorhin in seiner Predigt gesagt, und dass sie unvergessen seien. Die Gräber von Reginas Großeltern sind mit frischen Stiefmütterchen bepflanzt.
„Warum sind eigentlich Tante Marga und Onkel Alfons aus Haren heute nicht hier?", denkt Regina laut.
„Es wird doch hoffentlich nichts passiert sein!", sagt Klara und nimmt sich vor, morgen dort anzurufen.
Sie gehen zurück und begegnen Matthias, der seine Arbeit inzwischen beendet hat.
„Stellt euch vor! Hier sind heute ungefähr so viele Menschen versammelt, wie damals vor der Zerstörung hier gelebt haben. Rund tausend Besucher haben die Veranstalter gezählt."
Nun haben sie Manfred, Kalle und Reinhold wieder eingeholt. Sie überqueren erneut die Straße. Wieder kommen sie an einem rot-weißen Schlagbaum vorbei.
„So ein Wahnsinn", sagt Manfred. „Und was bedeutet eigentlich W. T. B.?"
„Wehrtechnische Betriebsstelle." Matthias nimmt Kalle die Antwort ab.
„Und was passiert da?"
„Da werden neue Waffen erprobt. Unsere Zeitung berichtet immer mal wieder darüber."
„Fast so wie schon zu Kaisers Zeiten, und danach von der Firma Krupp", fügt Reinhold hinzu.
„Sie und die Nazis haben Wahn auf dem Gewissen."
Bernd sagt es mit Bitterkeit in der Stimme.

„Wenn dort scharf geschossen wird, sind die anliegenden Straßen oft stunden- oder tagelang gesperrt", sagt Kalle.

„Und worauf schießen sie?"

„Auf alte Schrottpanzer zum Beispiel, es gibt hier ein Stück weiter einen Panzerfriedhof."

„Neue Waffen braucht das Land", sagt Reinhold, der ironische Tonfall ist nicht zu überhören.

„So ein Wahnsinn", wiederholt Manfred.

„Können wir nicht rechtsherum gehen?", fragt Emmi. „An der Valentinsklause vorbei?"

„Da steht jetzt die Muttergottes, darum ist sie in Marienklause umbenannt worden", erklärt Regina, „schon vor vielen Jahren."

Nun sind sie auch schon bei ihr angekommen.

„Die Madonna hat so ein bekanntes Gesicht", wundert sich Emmi.

Damit hat sie recht. „Der Holzschnitzer aus einem Nachbardorf hat sich die alte Tragemadonna zum Vorbild genommen."

„Was ist das, eine Tragemadonna?"

Manfred hat es gefragt, und das will Emmi ihm nun selbst erklären.

„Eine Muttergottes am Stab ist das. Sie wurde bei Prozessionen durch die Felder getragen. Sie hatte ein langes blaues Stoffgewand an, mit weißen Spitzen besetzt, und eine Krone auf dem Kopf."

„Ja", sagt Regina, „und das Jesuskind auf dem Arm. Weißt du noch ...?"

Klara unterbricht sie: „Zu der Klause, vor der wir stehen, gibt es eine Geschichte, die ihr noch nicht kennt. Wollt ihr sie hören?" Alle nicken.

„Die Valentins-Statue war irgendwann von ihrem Sockel gefallen. Nach dem Krieg wurde sie von einem Durchreisenden unter Schutt und Gestrüpp entdeckt. Der nahm sie mit, ließ sie auf seine Kosten restaurieren und schenkte sie dem Heimatmuseum in Sögel."
Kalle beginnt zu lachen.
„Da soll sie dann geklaut worden sein. Jedenfalls blieb der heilige Valentin bis heute verschwunden."
„Und die alte Tragemadonna? Wo ist sie geblieben?", möchte Emmi jetzt noch wissen.
„Die ist noch im Museum."
Rechts und links neben der Marienstatue brennen heute zwei Kerzen. Auf zwei Tafeln stehen die Namen der Männer, die in Wahn geboren und im zweiten großen Krieg gefallen sind.
„Ich hab sie alle gekannt", sagt Klara.
„Ich auch", sagt Bernd.
Weiter geht es hier nicht.

ACHTUNG LEBENSGEFAHR!
SCHLAGBAUM UMFAHREN VERBOTEN!

Die nächste Frage kommt von Emmi, sie geht ihr schon eine ganze Weile durch den Kopf. „Gibt es eigentlich die Blaue Buche noch?" Das hat Regina vorhin schon fragen wollen. Als sie vor der Madonna standen, sind ihr die Maiglöckchen für den Maialtar wieder eingefallen.

Die beiden Freundinnen aus Kindertagen sind gespannt auf Kalles Antwort.

„Wenn es sie noch gibt, steht sie im Sperrgebiet, da kommt man nicht mehr hin. Aber wahrscheinlich hat die WTB sie abgeholzt, dort gibt es in der Nähe eine Zufahrt zum Schießplatz."

Irmi reicht es jetzt. „Können wir es damit nicht genug sein lassen – für heute und die nächsten Tage?"

Sie will mit der Familie zuerst mal eine Woche Urlaub auf dem Hümmling verbringen und weitere Verwandte besuchen. Bernd meint, dass sie Clemens vielleicht noch treffen könnten. Er hat seinen ehemaligen Nachbarn und Kartenbruder hier heute vermisst.

„Clemens hat heute sicher Dienst", sagt Kalle. Er sei mit Hinrich ein paar Mal zu einem kurzen Besuch bei ihm in Dörpen gewesen. Die Eltern seien längst tot, die Kinder aus dem Haus und Clemens habe seit vielen Jahren eine feste Freundin – eine Witwe aus Aschendorf.

Bernd und Irmi haben heute auch Heribert und Gunda vermisst, sie hatten immer große Stücke auf die beiden gehalten.

Emmi und Manfred sind auch total neugierig auf den Transrapid, der von Lathen aus auf Stelzen über dem Hümmling dahinschwebt. Mit rasender Geschwindigkeit über die Felder und Wiesen hinweg.

„Wie viele km/h schafft der auf der Teststrecke?", fragt Manfred.

„Vierhundert und schneller." Heiko hatte mal einen Artikel darüber geschrieben.

„Teneriffa ist ganz scharf darauf. Die Bahn soll die beiden Flughäfen verbinden. Und aus China gibt es auch Anfragen."
Sie gehen ins Zelt zurück. Da gibt es jetzt Bier vom Fass und Bluna und Coca-Cola aus Flaschen mit Strohhalm.
„Wir müssen bald los! Hanna und ich sind noch nicht in Rente", scherzt Matthias, „wir müssen morgen früh wieder auf der Matte stehen." Sie schauen dabei auf Regina und Heiko, die mit ihnen zurück nach Osnabrück fahren müssen.
Reinhold ist schon zuvor aufgebrochen. Münster liegt ja auch nicht gerade um die Ecke.
„Für morgen seid ihr dann zum Kaffee in Rastdorf eingeladen." Kalle wiederholt die Einladung, und sie gilt selbstverständlich auch für Regina und Heiko, die haben ja Zeit genug. Sie sprechen heute die ganze Zeit fast nur Hochdeutsch, weil Matthias und Manfred keine Plattdeutschen sind. Aber Regina und Heiko klinken sich aus, sie haben sich anders entschieden.
„Wir nehmen eure Einladung von vorhin an und kommen euch bald mal besuchen. Ganz bestimmt."
„Ja, noch in diesem Sommer."
„Ganz bestimmt. Ich schwöre es. Hoch und heilig." Sie lachen.
„War so schön mit euch nach all den Jahren. Und fast so, als hätten wir uns letzte Woche noch gesehen", sagt Irmi, Bernd nickt zustimmend und Klara auch.
Also noch einmal Hände schütteln, eine letzte Umarmung der beiden Freundinnen, die Männer gehen schon mal vor. „Wir holen die Autos hierher."

Das mit der Einladung nach Rastdorf hatten Bernd und Irmgard eigentlich nicht anders erwartet. Bernd wollte unbedingt sehen, was aus der Walachei von damals geworden war. Dabei dachte er an die Spritztour von damals. Und – Bernd wollte unbedingt zu Hinrichs Grab.

Wie verabredet sitzen sie am Montagnachmittag in Rastdorf am Kaffeetisch. Der Butterkuchen ist Klara gut gelungen, Gertrud schenkt Kaffee ein und setzt sich zu ihnen an den Tisch.
„Meine Frau stammt aus Friesoythe."
Dann sprechen sie über Hinrich. Hinrich war im Alter milder geworden, hatte auch mal ein Wort mehr um eine Sache gemacht. Besonders dann, wenn es um seine Enkelkinder ging. Aber zu viel Gedöns nicht! Auch um ihn nicht, als er krank wurde.
„Laat mi man slaapen, Klärchen", hatte er am helllichten Morgen gesagt und war danach nicht mehr aufgestanden. Hinrich hatte seinen Achtzigsten nicht mehr ganz erreicht.

Die anschließende Hofbesichtigung ist unerlässlich. Klara will so lange ihre Füße hochlegen. Bernd sagt zu Kalle: „So sieht es bei uns im Osten nicht aus. Du kannst dir das überhaupt nicht vorstellen." Nicht, dass er es ihm nicht gönnt, er muss es nur einfach loswerden.
„Papa, lass es gut sein", mischt Emmi sich ein.
Danach fahren sie zum Friedhof. Mit dem Auto, weil er ziemlich weit außerhalb liegt. Zwei nach vorn in den Mercedes, vier nach hinten – „Passt woll", sagt Kalle.

In Rastdorf hatte es zunächst gar keinen Friedhof gegeben. Inzwischen war hier fast kein Platz mehr frei – nach fünfzig Jahren.

Immer wieder bleiben sie minutenlang vor einem der Gräber stehen. „Schon wieder ein Wahner Familienname!" Selbst Emmi kann sich an die meisten erinnern, Irmgard und Bernd auch noch an die dazugehörigen Gesichter: An die jungen Gesichter von damals, vor fünfzig Jahren, als sie selbst noch jung gewesen waren.

Dann stehen sie vor Hinrichs Grab. Klara stellt die Blumen in die Vase, die der Besuch mitgebracht hat. Bernd erwähnt die Doppelkopfabende bei Willi in der Kneipe und auch sonst geht ihm viel durch den Kopf.

„Hinrich, ich hätte dich so gern noch einmal getroffen", sagt er.

„Es sollte nicht sein", sagt Klara, „ich vermisse ihn auch noch fast jeden Tag."

„Vielleicht sehen wir uns ja irgendwann einmal wieder, in einer besseren Welt." Irmgard wirft einen Blick zum Himmel. Er ist blau heute, ein paar weiße Schäfchenwolken ziehen darüber hin.

Nun müssen sie aber auch weiter.

„Hier lang", sagt Kalle und bleibt nach wenigen Schritten vor einem der Familiengräber stehen. Bernd liest laut: „Familie Berens – welche Berens? Davon gab es doch jede Menge in Rastdorf."

„Die ohne h", sagt Kalle. „Hier haben unser Kaufmann und seine Frau Margaretha ihre letzte Ruhe gefunden.

Sie sind beide nicht sehr alt geworden, Heinrich nur 65. Sie ist sieben Jahre nach ihm gestorben."

„Auch viel zu früh", sagt Irmgard nachdenklich, „sie war doch etliche Jahre jünger als er."

„Ja!", sagt Klara. „Und weiß Gott, sie hat kein leichtes Leben gehabt. Mit einem blinden Mann, acht Kindern und dem Lebensmittelgeschäft."

„Acht Kinder?"

„In Wahn hatten sie schon fünf, und nach der Umsiedlung wurden noch drei Töchter geboren."

Bernd will es so nicht stehen lassen.

„Heinrich hatte es in seinem Leben weiß Gott nicht leichter. Er war schon blind, als er nach Wahn kam und Margaretha Langen heiratete. Schon in jungen Jahren hatte er nach einer schweren Verletzung und nachfolgenden Operationen beide Augen verloren."

„Aber er hatte doch Augen!" Emmi sieht das Gesicht des Kaufmanns wieder vor sich.

„Ja, aber sie waren aus Glas", sagt Klara.

Sie schweigen einen Augenblick.

„Und die beiden haben in Rastdorf wieder einen Laden gekriegt?", fragt Bernd. Das hatte er bisher gar nicht gewusst.

„Später, Bernd, später mehr", sagt Kalle. „Jetzt fahren wir erst mal zurück."

Bei einem anschließenden Spaziergang sind die Gäste sehr beeindruckt von den gepflegten Höfen entlang der Straßen Rastdorfs, und ganz besonders von der roten Backsteinkirche mit dem freistehenden Glockenturm in der Dorfmitte. Unweigerlich muss Bernd an die Spritztour von damals mit seinen Kartenbrüdern denken, als es hier aussah wie in einer Wildnis. ‚Mein Gott, ist das lange her!'

Bernd, Irmgard und Emmi können es gar nicht glauben, als sie die Kirche betreten. „Das sind die Seitenaltäre aus Wahn, und die Kanzel auch", flüstern sie, sie haben es sofort gesehen. Sie setzen sich für einige Minuten, jeder geht seinen eigenen Gedanken nach. Es fühlt sich an wie ein Stück Heimat. Verlorene Heimat! Unvergessen!

„Lasst uns eine Kerze anzünden für Hinrich, und noch eine zweite für uns alle", sagt Irmgard.

Emmi übernimmt es. Bernd wirft ein paar Geldstücke in den Opferstock.

Beim Hinausgehen tauchen sie kurz die Fingerspitzen ins Weihwasser und bekreuzigen sich. Aus alter Gewohnheit und aus Überzeugung. Manfred wird es langsam ein bisschen viel, er ist evangelisch. Ob Emmi es den anderen gar nicht gebeichtet hat?

Sie bleiben draußen vor der Kirchentür stehen, mit den Augen folgen sie Klaras Erklärungen.

„Das Anwesen mit der Schmiede schräg gegenüber hat der Wahner Schmied damals gekriegt. Und das andere da gehört dem Wahner Schuster."

„Und zu jedem Haus in Rastdorf gibt es eine Geschichte", fügt Klara hinzu, „aber das würde viel zu lange dauern."

„Links herum", sagt Kalle.

Nachdenklich bleiben sie beim Kriegerdenkmal stehen. Dort sind verteilt auf vier Tafeln 49 Namen zu lesen, viele der Männer stammen aus Wahn. Die anderen aus

den übrigen sieben Ortschaften, die in dieser Siedlung inzwischen zu Hause sind.
„Hier steht auch Anton Lehmkuhl. Er war mein bester Freund", sagt Kalle. „Vermisst!"
„Und das ist unsere neue Schule."
„Alles vom Feinsten", sagt Irmgard.
„Und jetzt rechts, zu unserem Kaufmann."
„Berens? Hier mitten im Dorf?"
„Ja, der älteste Sohn Josef und seine Frau Catharina haben das Geschäft damals von Heinrich übernommen."
„Josef? Er war jünger als ich", sagt Emmi zu Manfred, „höchstens sieben oder acht, als wir wegmussten."
„Ja", sagt Kalle, „lasst uns mal kurz reingehen."
Josef steht hinter dem Ladentisch und schaut ihnen entgegen.
„Ah, die Mecklenburger", sagt er sichtlich erfreut. „Ich hab euch gestern im Zelt schon gesehen. Kommt mit nach nebenan in die gute Stube."
„Wo kommt ihr denn her?" Catharina legt ihr Strickzeug beiseite und schaut Klara fragend an. Die stellt ihr den Besuch vor. „Schön, euch kennenzulernen", sagt sie, „ich bin ja nicht von hier. Ich bin aus Lindern." Irmgard kann gar nicht fassen, was sie dort in der Ecke stehen sieht. Einen Eierkarton randvoll mit selbst gestrickten Socken.
Catharina kommt ihrer Frage zuvor. „Wir Frauen vom Handarbeitsclub stricken Socken für Indien", sagt sie.
„Die von Klara sind auch dabei." Klara nickt.
In diesem Moment geht die Tür auf. „Oh, stör ich?"

„Nein, Leni, du störst nicht", sagt Josef, „was wären wir ohne dich? Leni war schon in Wahn unser Kindermädchen und ist dann in Rastdorf mit uns durch dick und dünn gegangen."
Sie hört es gern. Und nun erinnert sich der Besuch auch wieder an sie. Manfred natürlich nicht. Aber er hat sich noch keine Minute gelangweilt.
Josef möchte ihnen etwas zu trinken anbieten.
„Erst musst du unserem Besuch was zeigen", sagt Kalle. „Du kannst dir sicher denken, was ich meine."
Sie nehmen den Hinterausgang und gehen auf ein Nebengebäude zu.
„In dem Stall vor uns war damals unsere Notkirche. An der Eingangstür hängen noch das Kreuz und ein Schild zum Andenken."
„Acht Jahre lang", staunt Bernd.
„Und sogar einen Glockenturm hattet ihr."
„Ja, wenn auch nur aus Holz – bis auf die Glocke."
„Und ist das so, dass euer Vater das hier niemals gesehen hat?", fragt Emmi vorsichtig.
„Nein, hat er nicht, aber das hier bedeutete ihm sehr viel."
„Auch euch Kinder nicht?"
„Nein, auch uns und unsere Mutter nicht. Irgendwie ist Papa damit zurechtgekommen und wir auch. Geredet wurde über solche Sachen nicht viel. Es gehörte einfach zu ihm. Auch für die Rastdorfer."
Kalle wechselt das Thema.
„1949 wurde dann unsere Pfarrkirche eingeweiht. Auch der Kirchenneubau war eine Rastdorfer Eigenleistung,

finanziert nur durch Spenden. Öffentliche Gelder gab es dafür nach dem Krieg nicht."

„Das war lange vor meiner Zeit", sagt Catharina, die sich eher zurückgehalten hat. Und sie fügt hinzu, sie habe sich in Rastdorf von Anfang an wohlgefühlt, und Leni habe sich auch um ihre Töchter gekümmert. „Sie gehört zur Familie." Und: „Nein, einen Sohn haben wir nicht."

„Es gäbe noch so viel zu erzählen." Josef bedauert, dass sie nicht mehr Zeit mitgebracht haben. Aber sie müssen nun wirklich weiter.

„Munter hollen!"

„Munter!"

„Auf Wiedersehn."

Sie stehen wieder an der Birkenallee. Klar, dass es der Kirche gegenüber einen Gasthof geben muss. Und wieder fällt ihnen ein alter Wahner Name ins Auge.

Gasthof Bernhard Konnemann. „Welcher Konnemann? Davon gab es doch drei bei uns in Wahn." Bernd will es genau wissen.

Es sei der Tischler, der hier das Eckgrundstück mit der Gaststätte von der RUGES zugeteilt bekommen habe. „Er konnte nicht nur mit Säge und Hobel gut umgehen, sondern auch mit dem Zapfhahn und den Gästen. Aber heute, am Montag, hat der Gasthof leider geschlossen", sagt Kalle.

„So, so", es ist Manfred.

Klara meint dazu noch, dass der Wirt mit dem alten Wahner Bäcker verwandt sei, und mit Agnes, die sie vorhin auf dem Friedhof getroffen haben.

„Sie ist eine geborene Rolfes aus Wahn und mit dem Rastdorfer Viehhändler Sanders verheiratet", sagt Klara. „Kein Wahner Junge, obwohl es den Namen bei uns auch gab."
Emmi erinnert sich an die kleine Agnes. „Sie ist viel jünger als ich. Krömers Agnes haben wir immer gesagt. Bei uns in Wahn hatte doch fast jede Familie einen Beinamen."
„Lasst uns zum Auto gehen, ich habe zu Hause ein paar Flaschen Bier kalt gestellt, und den Damen kann ich ein Likörchen anbieten", wechselt Kalle das Thema.
„Ein Bier wäre nicht zu verachten", Manfred hat Durst. Auch wenn er fühlt, wie wichtig die alten Erinnerungen für Emmi und ihre Eltern – seine Schwiegereltern – sind, für ihn reicht es nun langsam. Den anderen reicht es offensichtlich auch. Sie sind wieder in der Gegenwart angekommen.

„Das Bier tut wirklich gut", meint Bernd nach dem letzten Schluck. Sie müssen aufbrechen zu den Verwandten nach Haselünne. Das liegt ja nicht gerade um die Ecke.
„Und als Nächstes seid ihr dran, uns zu besuchen."
„Dann bald", sagt Klara, „in meinem Alter soll man nichts auf die lange Bank schieben." Kalle ist auch dafür, aber er will noch etwas zu Rastdorf sagen.
„Habt ihr vorhin eigentlich unser Dorfwappen gesehen? Die Getreidegarbe mit den acht Ähren steht für die acht Orte, aus denen wir Siedler hier zusammengewürfelt wurden. In drei Wochen feiern wir unser fünfzigstes

Dorfjubiläum. Zwei Tage lang. Mit einem Festumzug und allem, was dazugehört. Schade, dass ihr nicht so lange bleiben könnt!"
„Dann bis demnächst."
„Bleibt schön gesund."
„Haltet euch munter."
„Munter holln."
„Munter."

Dorfstelle Wahn

Marienklause seit 1984
Standort der 1. Antoniuskapelle um 1500

14
Eine polnische Schwester

Seit dem Abend, als Regina Hanna das Foto ihres Vaters überlassen hatte, waren mehr als zwanzig Jahre vergangen. Nur selten war das Thema danach wieder berührt worden, Hanna wollte die neue Nähe zu ihrer Mutter nicht aufs Spiel setzen. Und aus Reginas Sicht schien alles gesagt zu sein. Hanna war es nicht genug, aber ihr Leben war mit anderen Dingen aufgefüllt; jeder Tag war eine Herausforderung. Klassen mit über dreißig Schülern, und hinzu kam der ganze Schreibkram zu Hause. Dazu die beiden eigenen Kinder – mit denen es auch nicht immer einfach war.
Als aufstrebender Journalist musste Matthias häufig unregelmäßige Arbeitszeiten in Kauf nehmen, die Redaktion kam immer zuerst – danach die Familie. Da geriet der Hausfriede auch schon mal ins Wanken. „Es liegt an meiner Ungeduld", sagte sie sich dann oft.

Als Lehrerin für das Fach Geschichte verfolgte Hanna die Entwicklung im Baltikum und besonders in Polen mit offenen Augen und Ohren. Bis ihr eines Tages klar wurde, was sie wirklich antrieb, und sie beschloss, ihren Vater zu suchen. Sie hoffte, irgendwo ein Lebenszeichen von ihm zu entdecken. Doch ihre ersten zaghaften Versuche verliefen ausnahmslos im Sande. Es lag an ihrer Geburtsurkunde.
Name des Vaters: Unbekannt.

Diesmal hatte sie sich gewappnet. Zunächst lief es wie immer: „Gehen Sie nach Hause", hieß es auf den Ämtern. „Sie haben doch nichts in der Hand."
„Doch, ein Foto!" Kurz zögerte sie, dann legte sie es dem Beamten vor.
„Aha! Ein Pole! Hat er auch einen Namen?"
Hanna scheute sich nicht, ihn auszusprechen.
„So, so. Wagner."
„Er hat deutsche Vorfahren."
„Und warum soll ich Ihnen das glauben? Außerdem ist es viel zu lange her."
Das war ihr letzter Versuch gewesen. Als sie nun doch Regina noch einmal darauf ansprach, lautete die Antwort: „Ich weiß gar nicht, was du dir davon versprichst. Er weiß doch nicht einmal, dass es dich gibt." Doch für Hanna war das Thema damit nicht beendet. Wie sagte doch Oma Klara immer? *Kummp Tied – kummp Raat!*

Die Zeiten hatten sich geändert.
Fünfzig Jahre nach Kriegsende, Hanna war nun auch schon fast so alt, war man beiderseits bemüht, die noch zaghaften freundschaftlichen Beziehungen zwischen Deutschland und Polen durch partnerschaftliche Kontakte zwischen Städten und Gemeinden zu vertiefen. Der jungen Generation war dabei eine wichtige Rolle zugedacht.
In diesem Sinne war auch die Stadt Osnabrück längst aktiv geworden. Schließlich waren die Bemühungen so weit gediehen, dass eine Delegation aus Olsztyn – früher Allenstein – der Einladung folgte, um Stadt und

Land kennenzulernen und mit deren Vertretern über einen angedachten ersten Schüleraustausch zu beraten.

Der Empfang im Rathaus war für den Mittwochabend angesetzt. Und ganz selbstverständlich musste die Osnabrücker Presse zugegen sein. Ein solches Ereignis mit polnischen Gästen gab es schließlich nicht alle Tage.
„Ich mach das heute Abend freiwillig", hatte Matthias auch dieses Mal gesagt.
„Und was steckt dahinter?", wollte einer der Kollegen wissen.
„Ich hab heute Abend nichts Besseres vor."
„Du hast nichts Besseres vor, du hast doch 'ne Frau zu Hause", wunderte der sich nur kurz, ihm kam der freie Abend sehr gelegen.
Dass er es gerade ihretwegen machen wollte, behielt Matthias für sich.

Die Türen des kleinen Rathaussaales werden geschlossen. An den hufeisenförmig angeordneten Tischen haben Mitglieder aus Rat und Verwaltung, die beiden Schulräte von der Stadt und vom Landkreis, sowie einige Vertreter der Schulen und Elternräte Platz genommen. Und die Gäste aus Polen – sie bekleiden ähnliche Ämter. Noch ein letztes Stühlerücken, dann ergreift der Oberbürgermeister das Wort. Er begrüßt die Runde, ganz besonders herzlich die polnischen Gäste.
„Sie werden sich uns gleich persönlich vorstellen. Ich bitte die Dame zu meiner Rechten, damit zu beginnen.

Sie wird heute Abend dafür sorgen, dass es mit der Verständigung klappt. Sie spricht fließend Deutsch."

Matthias horcht auf, reflexartig richtet er die Kamera auf sie. Sie erhebt sich von ihrem Stuhl und schaut einmal in die Runde. Für ein paar Sekunden hält Matthias inne. Dann drückt er ab. Und noch mal.
„Mein Name ist Tereza Wagner-Glowienka, ich habe in Breslau – für uns ist es Wrocław – Deutsche Sprache studiert. Heute werde ich Ihnen alles übersetzen, wenn es nötig ist."
Matthias kann es nicht fassen. Der Name! Fast hätte er vergessen, ihn zu notieren. Und ihr Gesicht! Träumt er? Oder hat sie wirklich die gleichen braunen Augen? Und dazu die Haare, die sich ihr leicht in die Stirn kräuseln! Nein, den Mund nicht, aber ihre Stimme! Sie klingt fast wie Hannas.
‚Matthias, du musst deinen Job machen', mahnt eine innere Stimme.
Er weiß es ja selbst, er muss morgen einen vernünftigen Artikel abliefern. Das erwartet man von ihm. Der Kollege von der Konkurrenz ist voll bei der Sache.

Währenddessen sitzt Hanna zu Hause am Schreibtisch und versucht, sich auf die Korrektur der Aufsätze zu konzentrieren.
‚Immer der gleiche Mist', denkt sie.
‚Dem Hund sein Halsband ist kaputt gegangen, aber der Junge konnt da nix für.' Sie klappt das Heft zu.
‚Wann werden sie es endlich begreifen?'

Dass ihre Nerven so gereizt sind, liegt jedoch nicht nur an den Aufsätzen. Sie weiß, worum es heute Abend im Rathaus geht. Sie selbst hat sich im Kollegium und bei den Eltern dafür engagiert, dass ihre Schule an dem Projekt teilnehmen wird. Nun ist sie sehr gespannt. Sie wird heute Abend noch erfahren, wie weit die Sache schon gediehen ist, und nicht erst übermorgen aus der Zeitung.

Das Telefon klingelt. Sie vermutet, dass ihre Tochter sie sprechen will, sie übernachtet bei einer Freundin. Ihr Sohn wird es nicht sein, der ist zurzeit bei der Bundeswehr.
Es ist Matthias.
„Hallo Schatz!"
‚Schatz? Sicher will er was von mir', denkt Hanna.
„Du musst kommen!"
„Wohin?"
„Zum Hotel am Dom."
„Zum Domhotel? Und warum?"
„Erklär ich dir später."
„Und wann?"
„Sofort. Zieh dir was Nettes an und komm."
„Und wie stellst du dir das vor, um diese Tageszeit?"
„Nimm dir ein Taxi."
„Ach so! Ein Taxi!?"
„Und bring das Foto mit."
„Welches Foto?"
„Das Foto von Pawel Wagner. Bis gleich. Ich muss wieder rein."

„Wo bist du?"
„Noch im Rathaus, danach im Domhotel."
„Warte in der Eingangshalle auf mich."
Er hat aufgelegt.

Hanna braucht danach ein paar Sekunden, bis sie einen klaren Gedanken fassen kann. Die Gäste aus Polen! Und es muss wichtig sein, wenn ihr Mann so mit ihr spricht.
Also umziehen, am besten den Hosenanzug, der ist praktisch und zugleich elegant, dazu die lindgrüne Bluse, es ist die Farbe, die ihr besonders gut steht. Und die neuen Schuhe mit den halbhohen Absätzen. So kann sie sich sehen lassen.
Noch schnell vor den Spiegel, die Kringel aus der Stirn zupfen, ein wenig Haarspray, einen Hauch Parfüm hinters Ohr. Auf Lippenstift will sie verzichten. Matthias zuliebe.
Sie greift ihre Tasche von der Garderobe und den Hausschlüssel, und Geld braucht sie noch fürs Taxi. Das ist soeben vorgefahren. Sie steigt ein.
Eigentlich hat Hanna immer ein Ziel vor Augen, sie hat es von ihrer Mutter geerbt. Jetzt hat sie keine Ahnung, worauf sie sich einlässt. Die Fahrt dauert nur zehn Minuten, deshalb ist der Preis auch eher niedrig, zwei Mark Trinkgeld kann sie wohl noch drauflegen. Als sie aussteigt, läuten die Glocken vom Dom Sankt Peter, es ist acht Uhr. Beim letzten Glockenschlag betritt sie das Hotel.
An der Rezeption nimmt Matthias sie in Empfang.

„Hallo, mein Schatz! Schön, dass du da bist."
„Nun sag schon, was los ist."
„Setz dich erst mal, ich bestell uns was zu trinken. Du musst dich noch ein paar Minuten gedulden, sie werden zum Abendessen hier erwartet."
„Meinst du die polnischen Gäste?"
„Ja, wen sonst?"
Er schaut sie mit einem ganz besonderen Blick an, so als würde er in ihrem Gesicht etwas entdecken wollen.
„Sitzt du auch wirklich gut? Unter den Gästen ist eine Frau, die Tereza Wagner-Glowienka heißt und die ..."
Weiter kommt er nicht. Der Portier hält den Ankömmlingen die Flügeltür zum Restaurant auf. Die Eintretenden unterhalten sich lebhaft, auf Polnisch und Deutsch. Die Tische sind bereits gedeckt, ein Kellner zündet gerade die Kerzen an.
„Da ist sie, neben unserem Bürgermeister." Matthias deutet mit einer Kopfbewegung in ihre Richtung.
„Du meinst die Frau in dem hellen Kostüm? Die fast so alt ist wie ich? Und die auch sonst ..."
Jetzt unterbricht er sie.
„Ja, die meine ich. Sie heißt Tereza Wagner-Glowienka und gleicht dir fast wie dein Spiegelbild. Ich muss noch ein paar Fotos schießen." Er schiebt seinen Stuhl zurück und steht auf.
„Danach werde ich sie ansprechen."

‚Ach, der nette Reporter ist auch noch da', denkt Tereza, ‚und wer ist die Frau neben ihm?'

Jetzt treffen sich die Blicke der beiden Frauen. Hanna erhebt sich. Mit etwas zögerlichen Schritten kommt Tereza auf sie zu. Dann stehen sie sich gegenüber, reichen sich zur Begrüßung die Hände.
„Ich bin Hanna, ich möchte mit Ihnen sprechen. Sollen wir uns setzen?"
Tereza kommt es vor, als würden sie sich schon immer kennen.
‚Worauf warte ich denn noch?', denkt Hanna, dann sagt sie: „Vielleicht sind wir miteinander verwandt. Ich habe nämlich einen polnischen Vater."
Und als der Name Pawel fällt, wird beiden klar, sie sind Schwestern. Daher die verblüffende Ähnlichkeit. Doch es ist noch mehr. Es ist ein Gefühl, das sie verbindet. Sie umarmen sich und schweigen.
Matthias kommt zu ihnen.
„Mein Mann", sagt Hanna. „Er hat mich zu Hause angerufen und gesagt, dass ich das Foto einstecken soll. Ich möchte es Ihnen zeigen. Oder sagen wir du?"
Tereza verschlägt es einen Augenblick lang die Sprache. Es gibt nur wenige Fotos von ihm aus diesen Jahren. Aber er ist es, ihr Vater. Und sie sind seine Töchter.

„Er wird nicht mehr erfahren, dass es dich gibt, unser Vater ist im vergangenen Jahr gestorben. Er war im Jahr zuvor gerade erst siebzig geworden."
„Und deine Mutter?", fragt Hanna.
„Sie lebt noch, sie heißt Agniezka. Und deine Mutter?"
„Sie heißt Regina."

Der Oberkellner unterbricht sie: „Frau Wagner-Glowienka, nebenan ist Ihre Anwesenheit erwünscht."
„Schnell noch ein Foto von euch beiden, ein einziges nur", sagt Matthias, der Reporter, der sich in das Gespräch nicht eingemischt hat. Er ist Zeuge einer Begegnung geworden, die nicht in die Presse gehört. Er ist ja nicht von der Bild-Zeitung.

Am folgenden Nachmittag hatten Tereza und Hanna sich noch für ein Stündchen in einem Café getroffen. Tereza war zwei Jahre jünger als Hanna und sie hatte auch noch einen Bruder.
„Du musst ihn sehen, unbedingt. Alex ist meiner Mutter sehr ähnlich, aber er hat auch viel von unserem Vater."
Darauf folgte eine Einladung nach Polen für den nächsten Sommer. „Gib mir deine Adresse. Ihr müsst uns unbedingt besuchen, du und Matthias, so darf ich ihn doch nennen? Ihm haben wir es zu verdanken, dass wir uns begegnet sind."
Eine Umarmung zum Abschied und danach viele kreisende Gedanken hinter Hannas Stirn.
Auch Regina kam darin vor. Sie musste es ihrer Mutter erzählen, bevor sie das Foto und Terezas Namen in der Zeitung entdeckte. Am besten noch heute – und nicht am Telefon.
Also fuhren sie und Matthias danach zu ihr.
Regina hörte ihnen zu und sie schaute auch die Fotos an, die Matthias ihr zeigte und erklärte. Den Film hatte er morgens gleich ins Labor gegeben, die Aufnahmen

waren allesamt geglückt. Hanna hatte sie schon gesehen.
„Mama, was sagst du dazu? Ich hab eine Schwester!"
„Ich geh erst mal in die Küche und koch' uns Tee."
Regina hatte danach nur zugehört, sichtlich berührt, aber sie hatte keine Fragen gestellt. Das kam viel zu plötzlich für sie. Und – das alles war doch schon so lange her.

In Osnabrück war noch vor der Jahrtausendwende die Deutsch-polnische Gesellschaft gegründet worden, und schließlich fand ein erster Schüleraustausch statt. Eine polnische Schulklasse verbrachte eine Woche an verschiedenen Osnabrücker Schulen. Und im Jahr darauf fuhren Schülergruppen aus Stadt und Land Osnabrück in den Bezirk Allenstein/Olsztyn, auch aus Hannas Schule – allerdings ohne Hanna, ihre siebte Klasse war dafür zu jung.
Erst drei Jahre später reisten Hanna und Matthias nach Polen, ganz privat und nach Absprache mit Tereza. Ihren Mann würden sie leider nicht antreffen. Sie aber freue sich von Herzen, dass sie ihr Versprechen nun einlösen wollten, hatte Tereza am Telefon gesagt. Die Anreise sei kein Problem.
„Ihr könnt bis Breslau – es heißt jetzt Wroclaw – fliegen, da hole ich euch ab." Und sie werde ihnen ein Hotelzimmer reservieren lassen, sie selbst bräuchte aber keins. Tatsächlich, Breslau hatte einen Flughafen – schon immer gehabt, auch im Krieg. Jetzt trug er den Namen *Nikolaus Kopernikus*, nach dem berühmten Astrologen aus Masuren.

Die Schwestern nahmen sich in die Arme. Matthias sah den Glanz in ihren Augen, auch er umarmte Tereza.
„Ich hab das Domhotel für euch ausgesucht. Das gibt's nicht nur in Osnabrück, sondern auch in Breslau", erklärte sie. Diese Überraschung war ihr schon mal gelungen.
Matthias wollte zunächst einen Leihwagen mieten.
„Nein, nicht so ein altes Modell", sagte er bei der Übergabe. Nur Achselzucken von seinem Gegenüber. Da fiel ihm dieses Sprichwort ein: ‚Sag's mir nicht ins Gesicht, sag's mir in die Hand.' Er wusste nicht mehr, wo er es gehört hatte. Er zog einen Schein aus der Brieftasche, seine Unterschrift auf das Formular, die Kaution obendrauf geblättert, und es funktionierte. Wenige Minuten später nahmen sie den blitzblanken VW Golf entgegen.
Sie fuhren zu dem Hotel in der Altstadt. Es hieß tatsächlich so, wie Tereza gesagt hatte, und lag auf der Dominsel. Gleich hinter dem Dom.
„Ist das schön hier", staunte Hanna.
„Die Stadt werde ich euch später zeigen."
Hanna und Matthias bezogen ihr Zimmer, es war mit Fensterblick auf den botanischen Garten.

Tereza hatte Wroclaw nicht nur wegen des Flughafens und des Hotels ausgesucht. Es hatte noch andere Gründe. Sie erzählte es anschließend bei einem kleinen Imbiss mit Piroggen zu einem Glas Bier.
„Ich bin in Breslau geboren. Pawel hat hier nach seiner Rückkehr zuerst seine Schwester Lena wiedergefun-

den, und dann haben wir unsere Mutter gesucht. Sie war hier in einem Vorort."
Sie hatte während des Kriegs in einer deutschen Großwäscherei gearbeitet, was sie vermutlich – anders als Lena – vor der Deportation bewahrt hatte.
Endlich gab es Antworten auf Hannas Fragen.
Pawel hatte seinen Abschluss an der Technischen Hochschule in Breslau nachgeholt und hatte danach Lena im Büro der gleichen Firma unterbringen können.
„Und in diesem Büro begegnete er Agniezka Kaczmarek, meiner Mutter. Später mehr." Sie winkte den Ober herbei: „Drei Wodka."
Und zu Hanna und Matthias: „Heute geht es nicht ohne, wir müssen doch anstoßen auf unser Wiedersehn. Twoje zdrowie! Prost!"
Danach der Rundgang durch die Stadt mit dem alten Marktplatz, den restaurierten Patrizierhäusern und den vielen Brücken über die Oder mit ihren Nebenflüssen.
„Für uns ist Breslau das Venedig Polens."
Es wurde ein entspannter Abend mit vielen neuen Eindrücken. So schön hatte Hanna sich Breslau nicht vorgestellt. Und plötzlich verstand sie, warum die Flüchtlinge und Vertriebenen ihrer alten Heimat noch immer nachtrauerten. Selbst dann noch, wenn sie den Neuanfang längst geschafft hatten.
Tereza riss sie aus ihren Gedanken. „Meine Mutter möchte euch sehen, am besten gleich morgen im Laufe des Vormittags. Ich werde auch da sein, ich geb euch ihre Adresse."

Hanna nickte. Damit verabschiedete Tereza sich. Sie würde bei ihrer Mutter übernachten.
Hanna schlief unruhig in dieser Nacht, und beim Frühstück hatte sie nur wenig Appetit.
An der angegebenen Adresse stand unter anderen der Name Agniezka Wagner auf einem Klingelschild.
„Bist du bereit?", fragte Matthias und drückte den Knopf. Es summte. Matthias öffnete. Hanna folgte ihm ins Treppenhaus. Tereza kam ihnen auf halbem Weg entgegen.
„Schön, dass ihr da seid. Dzień dobry."
Dann stand Hanna der Frau ihres Vater gegenüber. Agniezka streckte ihr beide Hände entgegen.
„Lass dich anschauen. Ja, du bist Pawels Tochter." Und nach einer Weile: „Ich habe damit kein Problem. Und mit dir schon gar nicht. Du bist doch unschuldig. Und Pawel auch, er hat nichts von dir gewusst." Und, dass es ihn wahrscheinlich gefreut hätte und er sich um sie gekümmert hätte, fügte sie noch hinzu. Und zum Abschied: „Hanna, schön, dass ich dich getroffen habe. Und, wenn du magst – Hanna, grüß deine Mutter von mir. Do widzenia, Hanna." Agniezkas Deutsch war nicht perfekt, aber Hanna hatte alles verstanden.
Kurz darauf standen Hanna und Tereza vor seinem Grab auf einem Breslauer Friedhof. Es hatte ihn wirklich gegeben, den polnischen Soldaten deutscher Abstammung mit dem Namen Pawel Wagner. Diese Bestätigung fühlte sich für Hanna an wie ein nachträgliches Geschenk zu ihrem fünfzigsten Geburtstag.

„Am übernächsten Weg ist das Grab unserer polnischen Großmutter, ich nannte sie Babcia." Sie standen vor ihrem Grabstein, Jozefa Wagner, geb. Kaczmarek.
„Unser Großvater Friedrich hat kein Grab, von ihm erzähl ich dir später."
Aber Pawel hatte nicht viel über diese Dinge erzählt. Nicht über den Krieg und auch nicht über seine Jahre in Deutschland. Man müsse die Vergangenheit ruhen lassen. Nicht vergessen, aber ruhen lassen, sagte er einmal.
„Und wie siehst du das?", fragte Matthias sie.
„Anders. Ganz anders als die Generation unserer Eltern! Sonst wären wir uns niemals begegnet und ständen jetzt nicht gemeinsam hier. ‚Lasst uns nach vorne schauen', hat unser Vater auch oft gesagt. Polen habe noch einen langen Weg vor sich. Sein eigener Weg ist nun zu Ende. Du hättest ihn gemocht, aber es sollte nicht sein."
Hanna unterbrach die Stille. „Er hatte doch eine Schwester! Was ...?", weiter kam sie nicht.
„Tante Lena lebt noch, sie ist zurzeit in Rom. Sie hat unseren Papst 1986 auf seiner Polenreise in Lodz erlebt und danach war meine Tante ein anderer Mensch. Sie war mit sich und ihrer Vergangenheit ins Reine gekommen. Wie umgewandelt. Jetzt erfüllt sie sich einen großen Wunsch. Eine Reise nach Rom!"
Matthias hatte sich sehr zurückgehalten. Nur ein paar Fotos zur Erinnerung, ganz privat.
Für den nächsten Tag war Oberschlesien geplant, es ging in die Heimat der Wagners nach Beuthen, Katto-

wice und Gleiwice. Sie standen vor Pawels Elternhaus in Beuthen, heute Bytom, es war unbewohnt.
Viel wusste Tereza darüber nicht zu berichten. „Nach dem Krieg waren hier die Russen. Die Menschen haben dort nach beiden Kriegen auf der Verliererseite gestanden." Nun erzählt sie auch von dem Tod ihres deutschen Großvaters, der auf der Bahnstrecke von Gleiwitz nach Krakau durch deutsche Bomben umgekommen war. Dabei sei er doch selbst ein Deutscher gewesen. „Für die Familie war es ein Schock, und es gab danach kein Grab. So, als hätte es ihn nie gegeben."
Bald darauf setzten sie ihre Fahrt – mit einem Zwischenstopp in Kattowice – fort durch das oberschlesische Bergland.
Unterwegs tippte Tereza Matthias plötzlich auf die Schulter. „Halt mal an! Hier in Wadowice ist Karol Józef Wojtyla geboren, der Polenpapst – Johannes Paul der Zweite. Bei Kriegsbeginn studierte er in Krakau. Nach seiner Gefangennahme arbeitete er als Zwangsarbeiter in einem Steinbruch, er durfte im Land bleiben."
Dann eine Kreuzung und ein besonderes Hinweisschild. Matthias nahm den Fuß vom Gaspedal.
„Auschwitz lassen wir heute aus", sagte Tereza. „Dafür braucht man mehr, viel mehr Zeit, als wir heute haben. Und danach kann man nicht einfach in einen normalen Alltag zurückkehren." Sie wollten ja heute noch ihr Hotel in *Krakau* – jetzt Kraków – erreichen, das Ziel dieser Tagesetappe.
Das gebuchte Hotel lag nur fünf Gehminuten entfernt von der Weichsel, und mit der Straßenbahn gelangte

man schnell und bequem in die Altstadt. „Rentner fahren umsonst!", sagte Tereza, „wir müssen bezahlen."
„Die paar Zloty tun uns nicht weh", meinte Matthias. Sie bummelten danach durch die Straßen.
„Krakau! Was für eine wunderschöne alte Stadt", schwärmte Hanna.
„Hier ist im Krieg fast nichts zerstört worden. Die Stadt hat sich den deutschen Truppen damals kampflos ergeben."
In Tereza erwachte die Fremdenführerin aus ihrer Studienzeit.
„Wir stehen hier auf dem alten Marktplatz, vor uns die Marienkirche unter der berühmten Tuchhalle, ein altes Handelszentrum. Wir gehen dann über die Oderbrücke zum Wawel, dem Schloss der polnischen Könige, mit einem wunderbaren Ausblick auf die Stadt. Hier oben auf der Burg baute die Wehrmacht sich schon zu Anfang eine neue Residenz. Von hier aus hat Horst Frank die Judenmorde geplant. Er wurde dafür gehängt."
Matthias und Hanna schweigen.
„Ich habe kein Problem damit, die Dinge beim Namen zu nennen", sagte Tereza. „Ich hab doch selbst deutsche Gene in mir. Schämen muss ich mich dafür nicht, aber wir müssen doch achtgeben, dass Dinge sich nicht wiederholen."
Matthias stimmte ihr zu. „Die braunen Geister der Vergangenheit lauern noch immer im Verborgenen, manchmal wagen sie sich sogar schon wieder ans Licht."
„Bei uns in Polen ist es genauso, leider. Aber lasst uns Platz nehmen, hier vor dem Brauhaus. Das dunkle Bier ist vorzüglich, das Essen auch."

Entspannt und gesättigt machten sie sich auf den Rückweg. Sie stiegen zwei Haltestellen früher aus und bogen in eine Seitenstraße ab.

„Ich möchte euch unbedingt noch den alten jüdischen Stadtteil Kasimierz zeigen, das ehemalige Krakauer Ghetto."

Sie kamen zu einem kleinen Platz, wo Menschen einer fremdartig klingenden Musik lauschten. „Klezmer-Musik, der Ausdruck jüdischer Lebensart", sagte Tereza. Die wurde auch in den schmalen Gassen vorstellbar. Viele der alten Häuser waren erhalten geblieben, zum Teil trugen sie Namensschilder der ehemaligen Besitzer. Es gab dort kleine Läden und Lokale, die auch koscheres Essen anboten.

„Und dieses rote Backsteingebäude hinter der Mauer, das war Schindlers Fabrik. Davon habt ihr sicher schon gehört", erklärte Tereza. Matthias war hin- und hergerissen, Fotos, Notizen, Fotos! Unglaubliche Fotos. Und danach bei einem Glas Wein ein wenig Zeit, an das Unvorstellbare zu erinnern, welches hier geschehen war.

Zum Abschluss der Reise, es konnte ja gar nicht anders sein, führte der Weg nach Tschenstochau, zur schwarzen Madonna auf Jasna Góra, dem Hellen Berg.

„Hier schlägt jedes polnische Herz höher. Die Schwarze Madonna ist die immerwährende Königin Polens, schon seit über fünfhundert Jahren." Dabei wies Tereza auf die endlos lange Schlange der wartenden Pilger auf ihrem Weg zur Gnadenkapelle.

Sie betraten die Kapelle und schlichen sich seitlich an den Pilgern vorbei, die sich im Mittelgang kniend und mit gefalteten Händen der Schwarzen Madonna näherten und danach den freistehenden Altar auf diese Weise umrundeten.
Hanna schaute gebannt auf die wundertätige Ikone, auf die Jungfrau Maria mit dem Jesuskind auf dem Arm. Seine Hände und sein Gesicht waren so dunkel wie das seiner Mutter, deren Gesicht von zwei Narben gezeichnet war. Sie trugen kostbar bemalte Gewänder und waren umgeben von einem goldenen Schein. Die Ausstrahlung ließ sich im Innersten spüren, so jedenfalls empfand es Hanna.

Sie ist ganz in sich selbst versunken – bis um Punkt zwölf Uhr eine Fanfare erklingt. Hektik kommt auf. Die Pilger begeben sich eilig auf ihre Füße, denn kurz darauf senkt sich ein silberner Vorhang von oben herab und verbirgt das Gnadenbild. Um sie zeitweise vor dem nagenden Zahn der Zeit zu schützen.
„Die Schwarze Madonna hat nun drei Stunden Pause", flüstert Tereza ihrer Schwester ins Ohr.
„Ich auch", meint Matthias, er hat das Flüstern nicht überhört.
Sie gehen nach draußen. Nach einigem Schweigen sagt Tereza: „Während des Kriegs war die Schwarze Madonna in einer Kiste versteckt. Vielleicht konnte sie Polen deshalb nicht retten."

15
Zukunft braucht Erinnerung

Seit ihrer Polenreise waren schon wieder drei Jahre vergangen. Inzwischen hatte Hanna mit ihrer Klasse an einem Schüleraustausch in Masuren teilgenommen, in Allenstein – heute Olsztyn, hier wohnte auch Tereza mit ihrer Familie. Sie und ihre Klasse waren mit vielen bleibenden Erinnerungen zurückgekehrt. Auch an die Gedenkstelle für Graf von Stauffenberg und seine Verbündeten in Rastenburg/Ketrzyn – vor der damaligen Wolfsschanze –, die nach dem gescheiterten Hitlerattentat am 20. Juli 1944 hingerichtet wurden. Auf einem Sockel ein steinernes Buch mit zwei aufgeschlagenen Seiten, die in deutscher und polnischer Sprache an den deutschen Widerstand erinnerten und ihn angemessen würdigten.

Es war nur eines von vielen einprägsamen Erlebnissen gewesen. Viele deutsche Namen waren unter den polnischen auf den Ortsschildern zu lesen, alte Kirchen in den Dörfern und Burgen und Schlösser auf den Hügeln. „Hier ist meine Oma geboren", hatte sich ein Schüler ganz aufgeregt zu Wort gemeldet. „Sie hat es mir vor der Reise erzählt und gesagt, ich solle unterwegs gut aufpassen, und wenn wir zufällig durch Lötzau kämen, solle ich ihre Heimat von ihr grüßen." Es war ganz still geworden, doch nur kurz, dann waren sie schon hindurchgefahren, ganz ohne Zweifel war der Bus viel zu schnell gefahren.

Die einmalige masurische Landschaft – mit den tausend Seen und den dunklen Wäldern – hatte bei allen bleibende Eindrücke hinterlassen. Hanna und Tereza hatten die Nähe voll ausgekostet, von ihnen war alles Fremde längst gewichen.

Aber um sie und Tereza ging es in diesen Tagen nur am Rande. Voller Genugtuung konnte Hanna miterleben, wie offenherzig ihre Schulklasse und die polnischen Mädchen und Jungen einander begegneten; trotz der sprachlichen Barrieren klappte es mit der Verständigung. Ganz ohne die überlieferten Vorurteile. Und bei dem Open-Air-Konzert am letzten Abend schienen nach diesen drei Wochen die letzten Berührungsängste überwunden. Umarmungen und Küsschen zum Abschied und Schwüre, miteinander in Kontakt zu bleiben. Hanna glaubte daran, stand doch ihre polnische Schwester neben ihr, mit Leib und Seele.

Und jetzt dieser Brief von ihr, so außer der Reihe, Hanna war gespannt auf den Inhalt. Zwei Seiten, eng beschrieben, kamen zum Vorschein, und bereits im dritten Satz kündigte sie ihre Reise ins Emsland an. Sie würde nicht allein kommen, sondern mit Tante Lena. Und dann kam sie zu dem Anlass, zu der Einladung jener polnischen Frauen, die damals im Lager Oberlangen den schlimmsten Winter ihres Lebens zugebracht hatten.

Sie habe ihrer Tante Mut gemacht, die Einladung anzunehmen, und versprochen, sie zu begleiten. Sie nannte noch das Datum und dass sie hoffe, Hanna bei dieser Gelegenheit zu treffen.

Und Matthias natürlich, und vielleicht deine Mutter, Tante Lena würde sich sehr freuen und lässt sie ganz herzlich grüßen.
Und viele Grüße an Euch
Eure Tereza.
Do widzenia, Hanna.

So hatte Hanna schon frühzeitig von der geplanten Einweihung eines Gedenkpavillons im Sommer 2015 in Oberlangen erfahren. Noch vor Matthias, der doch seine Ohren immer weit offen hatte.
Siebzig Jahre nach Kriegsende sollte er nun fertig werden. Nicht zuletzt wegen des unermüdlichen Engagements des Bürgermeisters und seiner Mitstreiter war es gelungen, in Archiven die Namen der mehr als 1300 polnischen Frauen ausfindig zu machen, die hier 1944/45 den schlimmsten Winter ihres Lebens verbracht hatten, bevor sie von den eigenen Landsleuten der 1. Panzerdivision befreit worden waren. Viele von ihnen waren vermutlich inzwischen gestorben.
Etliche Wochen waren seit Terezas Brief vergangen, die Vorbereitungen waren abgeschlossen, längst berichtete die Presse über die bevorstehende Einweihungsfeier, deren offizieller Teil allerdings den geladenen Gästen vorbehalten war. Danach sollte die Gedenkstelle der Öffentlichkeit übergeben werden.
Hanna und Matthias haben Regina an diesem Vormittag abgeholt – ohne Heiko, er ist zu Beginn des Jahres ganz plötzlich gestorben.

Gemeinsam haben sie sich auf den Weg ins Emsland begeben, immer nach Westen bis fast an die Ems, auf das ehemalige Lager VI Oberlangen zu.

„Oberlangen?", hatte Regina wiederholt geäußert und Lenas Namen genannt, ihr kam es unwirklich vor.

Kurz vor dem Ziel ist die Nord-Südstraße gesperrt, hier parken polnische Busse und etliche Privatwagen bekannter Marken mit dem Kennzeichen EL und OS.

Matthias stellt sein Auto in einem Waldweg ab, die letzten hundert Meter gehen sie zu Fuß bis zu dem Straßenschild *Lagerstraße*, Regina wundert sich, dass es dort steht.

Gleich zu Anfang an der linken Seite ein Findling mit einer Gedenktafel in polnischer und deutscher Sprache. Darauf einige Angaben zu den polnischen Kriegsgefangenen, die in wenigen Worten Zeugnis geben von dem, was hier geschehen ist.

... die hier unter unmenschlichen Bedingungen untergebracht waren und durch die Soldaten der 1. Panzerdivision unter dem Kommando von General Stanislaw Maczek befreit wurden.

8.5.1995   *Die Landsleute*

Der Gedenkstein ist heute mit einem rot-weißen Blumengebinde festlich geschmückt, in den polnischen Nationalfarben.

Sie folgen einigen letzten Besuchern, die auf Einlass warten. Der Zutritt ist ihnen jedoch nicht gestattet, sie können sich nicht als geladene Gäste ausweisen.

Also nehmen sie als Zaungäste an der Feier teil, die kurz darauf beginnt. Durch die Mikrofone hallen Bruchstücke der gehaltenen Reden zu ihnen herüber.
„Rückbesinnung – grausamen Zeiten – mit der Bitte um Vergebung von deutscher Seite – Aussöhnung und Frieden." Und immer wieder das Wort „Freundschaft".
Der offizielle Teil ist beendet. Auch ungeladene Gäste wie Regina, Hanna und Matthias dürfen sich der Stätte nun nähern.
Ergreifende Szenen spielen sich vor ihren Augen ab: Tränen und befreiendes Lachen und – Schweigen.
Etwas am Rand stehen Lena und Tereza, umringt von anderen Frauen. Matthias hat sie als Erster entdeckt, er macht ein Foto.
„Kommt", sagt er zu Regina und Hanna, „ich gehe vor."
Sie warten einen günstigen Augenblick ab, Hanna tippt Tereza sacht auf die Schulter. Tereza wendet sich ihr zu, sie umarmen sich. Matthias macht ein Foto.
Dann treffen sich Lenas und Reginas Blicke. Regina hätte sie nicht mehr erkannt, sie sind nun beide schon fast 90 Jahre alt. Aber die jüngere Frau an ihrer Seite, bei der sie sich eingehakt hat, sieht Hanna so ähnlich, als sei sie ihre Zwillingsschwester. ‚Pawels Tochter', durchfährt es sie. Schnell ist sie wieder ganz bei sich.

„Lena, bist du es wirklich?"
„Ja, Regina, ich bin's, seine Schwester."
„Wie lange es schon her ist!"
„Ja, schon fast siebzig Jahre, seit wir uns das letzte Mal gesehen haben. Weißt du es noch?"

„Ja, damals in Meppen, im Park."
„Und ich bin Hanna. Tereza wird Ihnen von mir erzählt haben. Sie waren ja damals in Rom."
Lenas Augen leuchten: „Ja, in Rom! Unser Papst ist ein Heiliger. Und du bist Pawels Tochter. Es lässt sich nicht leugnen. Komm, lass dich umarmen."
Und zu Regina sagt sie: „Aber er hat es nicht gewusst."
Regina streckt Lena beide Hände entgegen. So stehen sie sich eine Weile gegenüber und schweigen. Regina lächelt.
Nun stellt Matthias sich vor. „Ich kenne Sie schon von Fotos, die Tereza uns bei unserem Polenbesuch gezeigt hat – als Sie in Rom waren." Für mehr reicht die Zeit jetzt nicht.
„Wir können uns später sehen", schlägt Tereza vor, „am besten in dem Gasthof kurz vor dem Dorf. Da werden wir zum Mittagessen erwartet. Danach haben wir noch ein volles Programm."
So bleibt für Regina, Hanna und Matthias ausreichend Zeit, sich genauer umzusehen. Sie gehen nach links zu dem neuen Pavillon. Das Lagertor mit dem Spruch *Die Treue ist das Mark der Ehre* gibt es nicht mehr.
Lena war es trotzdem nicht leichtgefallen, diese Stätte zu betreten, das hatte Tereza vorhin erwähnt und sich gewundert, dass es hier keine Baracken mehr gab. Nichts mehr von dem, was sich bei ihr leidvoll eingeprägt hatte.

Regina, Hanna und Matthias betreten den halb offenen Pavillon, sie stehen vor seinen Holzwänden, auf denen

die Vergangenheit dieses Ortes eindrucksvoll dokumentiert ist.
Vom einstigen Lager gibt es gleich hinter dem neuen Pavillon nur noch ein paar klägliche Mauerreste mit einem verrosteten Türrahmen, durch den eine mannshohe Öffnung in einen unterirdischen Gang führt, der halb verschüttet ist. ‚Was mag sich dort zugetragen haben?', geht es Hanna durch den Kopf. Regina schweigt, Matthias macht ein Foto.

„Sonst ist alles weggeräumt worden", sagt ein Besucher neben ihnen, der sich hier scheinbar auskennt, aber wohl nicht so genau weiß, was er von der frisch eingeweihten Gedenkstelle halten soll.
Matthias will es genauer wissen.
„Über diese Geschichte ist doch längst Gras gewachsen!"
Die Mauern und Stacheldrahtzäune und die Baracken seien schon vor Jahren zum Verkauf angeboten und danach abgerissen worden.
„Nachdem alle Überreste beseitigt waren, wurde die Lagerfläche einen halben Meter tief umgepflügt und wir Bauern haben unser Land zurückbekommen. Wo einst zwölf Baracken standen, gibt es heute Roggen- und Maisfelder."
Er verabschiedet sich.
„Ick mott nuu wieter. Munter holln."
Hanna schüttelt den Kopf. „Wenn das so einfach wäre mit unserer Vergangenheit, bräuchten wir keine Ge-

denksteine", sagt sie. – Das hätte auch von Matthias sein können.

Matthias holt das Auto. Hanna und Regina steigen hinten ein. Sie fahren los, langsam – fast im Schritttempo – immer geradeaus.

„Hier haben zu beiden Seiten die Lagerbaracken gestanden", sagt Matthias, „man kann es sich heute gar nicht mehr vorstellen."

Nachdenklich blicken sie über die riesigen Felder, durchschnitten von einer schmalen, endlos erscheinenden Straße, der ehemaligen Lagerstraße, die ihren Namen behalten hat.

Sie fahren schnurgerade auf ein Waldstück zu. Nach einigen Kilometern kreuzt die Lagerstraße einen Forstweg. Hanna hat das Schild an der rechten Seite als Erste entdeckt: ‚Kriegsgräberstätte'. Mit den drei üblichen schwarzen Kreuzen als internationales Symbol.

„Hier?", sagt Matthias, so wie Hanna und Regina hat auch er noch nie etwas darüber gehört.

Das wollen sie auf gar keinen Fall heute auslassen.

Weiter geht es über einen Sandweg mit schlammigen Schlaglöchern, da sind sie auch schon an dem unscheinbaren Zaun mit der schmalen Eingangspforte vorbeigefahren. Im Rückwärtsgang erreichen sie eine Stelle, an der sie parken können. Regina möchte nicht aussteigen.

„Ich warte auf euch!", sagt sie. Sie will sich ein bisschen ausruhen.

Das Tor ist nicht verschlossen. Bereits beim Lesen der Informationstafel laufen Hanna und Matthias kalte Schauer über den Rücken: ‚Hier ruhen Sowjetische

Kriegsgefangene. Die Namen von 62 Toten in Einzelgräbern sind bekannt. Die Namen von 2.000 bis 4.000 Toten in Massengräbern und von zwei Toten in Einzelgräbern sind unbekannt. Die Gefangenen starben zum größten Teil an Unterernährung und Epidemien.'

Sie mussten demnach vor den polnischen Frauen und den italienischen Offizieren hier im Lager gewesen sein. Sie gehen ein paar Schritte und bleiben stehen, sprachlos nehmen sie zunächst das Bild in sich auf, das sich ihnen bietet. Für die Einzelgräber stehen über die Fläche verteilt gleichförmig bearbeitete Granitsteine, in welche jeweils ein orthodoxes Kreuz gemeißelt ist, ein Kreuz mit einem zweiten schräg gestellten Querbalken. Und unter der gepflegten Rasenfläche befinden sich die Massengräber der ungezählten Toten, ihre Zahl ließ sich danach nur schätzen.

Es ist ein langer Weg bis zu der hohen Säule im Hintergrund, worauf der Blick sich nun richtet und langsam wieder zur Ruhe kommt.

Hanna und Matthias halten sich an der Hand, sie haben nur wenig gesprochen und nur leise, als könnten sie die Ruhe der Toten stören. Sie schauen noch einmal zurück, bevor sie den eindrucksvollen Ort durch das kleine Tor wieder verlassen. Matthias macht noch ein letztes Foto.

Regina hat im Auto auf sie gewartet.

„Mama, du hast geweint?"

„Ist schon wieder gut", Regina wischt sich mit dem Ärmel übers Gesicht.

‚Wie Oma Klara', denkt Hanna.
„Mama, gleich werden wir Lena und Tereza noch einmal treffen."
Hanna steigt hinten ein und setzt sich neben sie.
„Lass dich einmal drücken", sagt sie, „an diesem aufregenden Tag."
„Ja, ein bedeutsamer Tag für unsere Freundschaft mit Polen", sagt Matthias – druckreif für die Zeitung – und weiter denkt er: ‚Hoffentlich bringt der Kollege die Sache in der morgigen Ausgabe auch wirklich auf den Punkt.' Matthias ist seit Kurzem in Rente.
Er wendet den Wagen, sie fahren die kilometerlange Lagerstraße zurück, werfen noch einen Blick auf den blumengeschmückten Gedenkstein und biegen rechts ab. Die polnischen Busse vor dem nahen Gasthof zeigen ihnen, dass sie hier richtig sind. Und drinnen erst recht. Es ist laut, weil die Tür zum Saal offen steht. Man hört fast nur polnische Töne. Hanna wirft einen Blick hinein. Alle Tische sind gedeckt, das Besteck klappert, das Essen scheint zu schmecken und das Bier auch. Ob es auch Wodka gibt? Nun hat Hanna auch Tereza entdeckt, sie verständigen sich per Handzeichen. Sicher wird es noch dauern, ihre Anwesenheit wird wohl noch gewünscht.
Vorn im Gastraum nahe der Theke ist der Stammtisch noch frei, sie setzen sich auf die Eckbank.
„Hier sitzen wir gut", sagt Regina.
Die Bedienung schaut sie genervt an. Noch mehr Polen!? Man kann es in ihrem Gesicht lesen.
„Essen ist aus", sagt sie.

„Ach, seien Sie so gut und bringen uns die Karte", fordert Matthias sie auf. Damit hat sie wohl nicht gerechnet, ihre Gesichtszüge entspannen sich.
Sie entscheiden sich für eine *Illustrierte Platte* mit Schinken, Wurst und Käse, dazu Brot und Butter.
„Und schwarzen Tee für die Damen, und für mich ein bleifreies Bier."
Das hat sie verstanden. Es dauert nur wenige Minuten, bis sie bedient werden. Auf Tereza und Lena müssen sie dann allerdings noch eine Weile warten.
Danach sitzen sie gemeinsam um den großen Tisch herum – wie eine Familie – und es gibt noch einiges zu erzählen. Lena kommt die deutsche Sprache nicht mehr so leicht über die Lippen. Nach dem Krieg hätten sie in Polen nicht mehr Deutsch gesprochen, sagt Tereza zu ihrer Entschuldigung.
„Aber Deutsch studieren konnte man schon."
Die letzten Gäste verlassen bereits das Lokal und strömen zu den Bussen.
„Zeit zu gehen!", mahnt Tereza.
„Noch nicht", sagt Lena, „noch einen Augenblick!"
Sie holt ein kleines Schmuckkästchen aus ihrer Handtasche, öffnet es und reicht es Hanna. „Ein Schutzengel. Ein Geschenk von Pawel. Aus Meppen!"
Regina hat das Medaillon auf den ersten Blick erkannt.
„Es gehört nun dir. Weil du seine Tochter bist."
„Danke." Mehr kann Hanna in diesem Augenblick nicht sagen. Sie lässt das Kettchen langsam durch ihre Finger gleiten, bevor sie Matthias bittet, ihr mit dem Ver-

schluss zu helfen und das leere Kästchen einzustecken.
Ob er manchmal an ihre Mutter gedacht hatte? Hanna traut sich nicht, danach zu fragen. Als ob Lena Gedanken lesen könnte und als hätte sie sich die Worte sorgfältig zurechtgelegt, sagt sie: „Regina, mein Bruder hat dich nicht vergessen. Nur ein kleines Beispiel." Sie beginnt zu erzählen.
Tereza hilft ihr weiter. „Einmal, als Tante Lena im Krankenhaus lag und wir beide sie besuchten, sprach mein Vater plötzlich von Meppen und dem Krankenhaus, wo Schwester Regina sie damals gepflegt hatte."
„Da sind wir uns zum ersten Mal begegnet. Ich, du und Pawel."
Hanna schaut ihre Mutter an, sie hat seinen Namen ausgesprochen.
„Und bei anderer Gelegenheit hat Pawel die kleine Brücke im Park erwähnt. ‚Wie es ihr wohl gehen mag, meiner kleinen Regina', hat er gesagt und dabei auf seine ganz besondere Weise gelächelt. Ich hab doch gewusst, dass ihr ein Paar seid."
Es heißt Abschied nehmen. Wieder einmal!
„Do widzena, Hanna! Do widzena, Matthias."
Regina und Lena umarmen sich, zwei alte Frauen mit weißen Haaren, die wissen, dass sie sich nicht wiedersehen werden.
„Ich werde oft an diese Reise denken. Und an euch!", sagt Lena.
„Do widzena."
„Auf Wiedersehn. Gute Heimreise."

Die Busse stehen zur Abfahrt bereit, mit laufenden Motoren.
„Komm, Tante, sonst fahren sie ohne uns." Lena hakt sich bei Tereza ein. Tereza hilft ihr beim Einsteigen. Sie winken sich noch zu, bis der Bus um die Ecke biegt.

Für die polnischen Gäste stand als Nächstes der Besuch einer weiteren Gedenkstätte auf dem Programm, auch dort wird die Geschichte des Lagers Oberlangen dokumentiert.
„Sie fahren jetzt nach Esterwegen!", sagte Matthias „Esterwegen – es liegt ganz nah bei Rastdorf", Regina verbindet es auch mit eigenen Erlebnissen. „Zwangsarbeiter aus dem Lager Esterwegen haben damals unser Land in der Siedlung kultiviert, und wir haben erst nach und nach begriffen, wie furchtbar sie gelitten haben."
„Esterwegen war die Hölle im Moor", sagte Matthias. Hanna bestätigte es. Sie war mit ihrer Abschlussklasse dort gewesen. Nach dem Abzug der Bundeswehr aus den vorderen Gebäuden war die Gedenkstätte um ein Dokumentations- und Informations-Zentrum (DIZ) erweitert worden mit einer umfangreichen Dauerausstellung zu allen zwölf Emslandlagern und noch dreien aus der Grafschaft Bentheim.
„Man ging früher durch das Tor mit dem Nazi-Emblem der SS oben im Giebel", sagte Hanna. „Furchtbar."
„SS steht für Schutzstaffel", erklärte Matthias. Diese SS sei ein schlechter Scherz der Nazis. Ein schlechter Witz, diese SS.

„Und wenn man herauskam, nichts als Moor, so weit man gucken kann." Hanna war diese Führung durch das KZ-Gelände damals tief unter die Haut gegangen.

Aber heute sind sie in Oberlangen.
Bei einer Tasse Kaffee lassen sie danach die Eindrücke des Tages noch einmal an sich vorüberziehen. Die Begegnung mit den Frauen des ehemaligen KZ Oberlangen. Und insbesondere das Zusammentreffen mit Lena und Tereza.
„Man kann sehen, dass sie deine Schwester ist. Ihr habt die gleichen Augen", sagt Regina.
Matthias mahnt zum Aufbruch. Osnabrück liegt ja nicht gerade um die Ecke. „Bitte einsteigen, meine Damen!"
„Mama, sollen wir noch einen Abstecher nach Wahn machen? Es ist nicht weit, nur zwanzig Minuten ungefähr."
Sie fängt sich einen verständnislosen Blick von ihrem Mann ein, der wohl gerade denkt, was ihre Mutter nun ausspricht.
„Nein, Hanna, heute nicht. Sonst wird es mir zu viel. Ich bin doch eine alte Frau."
„So alt nun auch wieder nicht", Hanna nimmt sie in den Arm.
„Ich weiß doch, wie es dort aussieht. Als sich das letzte Mal mit Heiko hingefahren bin, haben wir uns gewundert, wie gepflegt da jetzt alles ist." So hat Matthias es auch vor Augen. Jetzt schlägt er vor, gemeinsam zu ihnen nach Hause zu fahren. Man kann sie doch nicht allein lassen nach diesem Tag.
„Du kannst auch bei uns schlafen."

Der erwartete Protest bleibt aus.
„Meinetwegen", sagt Regina. Und kurz darauf: „Aber ich brauch doch ein Nachthemd."
„Das kann ich dir leihen, Mama!" Regina ist es recht. Hanna hilft ihr mit dem Gurt. Regina hält Hannas Hand fest. „Gut, dass ich euch habe." Sie lächelt so versonnen, wie Hanna es selten bei ihr gesehen hat.
„Mama, woran denkst du gerade?"
„An die kleine Brücke im Park."

Lagerstraße, ehem. Lager VI

„Russenfriedhof" Oberlangen

Epilog
Wahn – unvergessen

Use olde Wahn – so steht es auf dem Findling. Und etwas weiter gibt es eine Gedenktafel, die an das alte Hümmlingsdorf erinnert.
Aus Richtung Sögel kommend biegt man von der viel befahrenen Kreisstraße rechts ab und mit etwas Glück nochmals nach rechts in die alte Dorfstraße. Wenn man hingegen Pech hat, versperrt ein Schlagbaum die Zufahrt.

HALT! SCHIESSPLATZ
LEBENSGEFAHR

Wenn man trotzdem einen Blick hinüber wagt, sieht man die Militärfahrzeuge und mag sich vielleicht fragen, was die hier eigentlich zu suchen haben. Eine mögliche Erklärung lässt sich von einem Verbotsschild gleich hinter dem Schlagbaum ablesen.

Berühren und Aneignen von Gerät, Munition und Munitionsteilen ist verboten!

Aha! Vielleicht suchen sie danach. Doch es ist niemand zu sehen. Dieses Schild erklärt auch unmissverständlich, dass die WTD 91 das Hausrecht auf der alten Dorfstelle besitzt.

Bald nach der besonderen Gedenkfeier im Jahr 1992 hatte in Wahn damals das große Aufräumen begonnen.

Das erfolgte unter Mitwirkung der Wehrtechnischen Dienststelle, die mit allerlei schwerem Gerät das Grobe übernahm. Der Rest war mühsame Handarbeit gewesen, mit viel Herzblut und Fingerspitzengefühl – und mit viel Ausdauer.
Im Jahr 2000 war es dann so weit: Die Erinnerungsstätte Wahn wurde offiziell und feierlich eingeweiht.

Heute, am Sonntag, zeigt der Schlagbaum in den Himmel, die alte Dorfstelle ist für Besucher geöffnet, auch für Fahrzeuge. Und am Parkplatz gleich zu Beginn fällt der Blick auf das Kriegerdenkmal, das einzige Bauwerk, das damals nicht platt gemacht wurde.
Weiter gelangt man zum Kirchplatz, dort steht man vor den freigelegten Grundmauern der Antonius-Kirche. Auch der Standort des Glockenturms lässt sich an dem rundlichen Steinboden noch ausmachen. Das freigelegte Fußboden-Mosaik hatte bei allen, die glaubten, ihre Kirche in- und auswendig zu kennen, damals allgemeine Verwunderung ausgelöst. Es war in all den Jahren vor dem Abriss von einem Teppich verdeckt gewesen und so auf wundersame Weise erhalten geblieben. Bis heute.
Der Chorraum und das Kirchenschiff sind deutlich zu erkennen. Schon seit Jahren findet in diesem Rahmen die jährliche Messfeier statt. Jedes Jahr am dritten Sonntag im Juni zieht sie zahlreiche Besucher an, nicht nur die ganz frommen. Die ehemaligen Wahner – sofern sie nicht schon gestorben sind – und ihre Nachkommen reisen oft von weit her an. Und lassen sich be-

rühren von der feierlichen Zeremonie innerhalb der Mauern ihrer alten Kirche. Das große Holzkreuz im Hintergrund ist noch ziemlich neu.
„Ein Geschenk von uns Rastdorfern", sie betonen es immer wieder und nicht ohne Stolz.
Im Rastdorfer Heimathaus befindet sich auch die Wahner Stube. Die gerahmten Fotos an den Wänden vermitteln dem Betrachter viele Eindrücke von Wahner Häusern, Straßen und Bürgern und von der Antonius-Kirche mitten im Dorf. Etliche sakrale Gefäße und alte Messgewänder werden hier sorgsam gehütet. So auch das ewige Licht. Aber es leuchtet schon lange nicht mehr. Es wurde damals gelöscht – für immer und ewig. Damals, zu Ostern 1942.

Zurück in Wahn muss man sich entscheiden, in welche Richtung man zuerst geht. Auf keinen Fall sollte man den Pavillon auslassen, unter dessen Dach Größe und Struktur des altes Dorfes dokumentiert werden, und in einem kurzen Überblick auch seine Geschichte.
Danach laden die freigelegten Kopfsteinstraßen zu einem Rundgang ein. In unregelmäßigen Abständen – doch nah beieinander – stehen an beiden Seiten Tafeln mit Namen von den früheren Besitzern der Bauern- und Bürgerhäuser – typische Wahner Namen, die es oft auch doppelt und dreifach gibt. Deshalb machen die Beinamen durchaus Sinn.
Auf den alten Hofflächen haben Samen, die der Wind einst hierhertrug, Wurzeln geschlagen. Die Sprösslinge sind zu lichten Waldflächen herangewachsen.

Etwas weiter rechts eine alte Buchenhecke, sie hat es inzwischen auf Mannshöhe gebracht, weil sie niemand zurechtgestutzt hat. In Augenhöhe ein Vogelnest, es ist leer, die Vögel haben es längst verlassen.
Einfache Holzbänke laden hin und wieder zu einer Rast ein. Es ist still hier, zu still. Nichts bewegt sich heute – nur die Blätter im Wind, und lautlos ein Schmetterling.
Und geradeaus steht ein Baum, der Stamm so dick, dass man ihn mit zwei Armen nicht umfassen könnte. Nein, keine Linde – es ist eine Buche mit einem Herzchen, darin M + H und 1942. Ja, so lange ist das schon her.

Auch, seit man den letzten Sarg in die Wahner Erde hinabgelassen hat. Der alte Friedhof blieb damals verschont, er liegt jenseits der Kreisstraße – im militärischen Sperrgebiet. Auch hier wird heute nicht geschossen. Einige Grabsteine sind schon verfallen, viele Gräber mit Moos bewachsen.

Der alte Findling außerhalb der Friedhofsmauer fühlt sich glatt und kühl an.

        WAHN
        USE
        OLDE
        HEIMAT!

Die bronzene Tafel macht mehr Worte um die verlorene Heimat. Die Inschrift liest sich wie eine Liebeserklärung an das verschwundene Dorf:

‚*Auf diesen Feldern und Fluren stand einst Wahn.*
Eine blühende Hümmlingsgemeinde, die über Jahrhunderte Generationen Heimat war.
„*Ich rufe Euch alle*
mit himmlischem Schalle,
der Gott gefalle."'

So endet diese Tafel.

Doch das alles ist sehr lange her, und in Wahn ist nichts mehr, wie es einmal war. Nur die Sterne am Himmel sind bei Nacht noch die gleichen. Oder fehlt einer? – Seit jenem Unglücksjahr 1942?

„Wahn wieder aufbauen" – doch daraus ist nichts geworden.

Anlage von Frau Berens aus Rastdorf

Wahner Braunkuchen
nach einem hundertjährigen Wahner Rezept

5 Becher Mehl = 2 Pfund
2 Becher Zucker
½ Pfund Margarine
3 Eier
250 g Rosinen
2 TL Natron als Treibmittel
1 TL Nelken
1 TL Piment
1 TL Zimt
1 Prise Salz
2 Tassen heißes Apfelmus

Alles gut verrühren. Ergibt einen großen Kastenkuchen, wie Brot, oder drei kleine.

Backzeit: 55 bis 60 Minuten bei 195 Grad.

So schmeckt Heimat!

Anlage

Dei hümmelske Buur

Dei hümmelske Buur ist wall'n krossen[1] Mann,
wat frögg he naoh de häile Welt,
he häff sien Wallbestaohn;
man Gott un siene Obrigkeit,
de hollt he wall in Ehrn,
un wor'n Krüß an'n Wäge steiht,
licht't he sien Käppken geern.

(aus: Book, Heinrich: Hümmlinger Wörterbuch. Auf der Grundlage der Loruper Mundart. Emsländischer Heimatbund, 2006)

---

[1] stolzer

Literatur

1. Emsländischer Heimatbund e. V.: Wahn – Dorf, Erinnerungsort, Herausforderung. Emsländischer Heimatbund, Sögel 2016.
2. www.clemenswerth.de
3. www.noz.de/lokales/meppen
4. Faulenbach, Bernd und Kaltofen, Andrea (Hrsg.): Hölle im Moor. Die Emslandlager 1933-1945. 4. Auflage. Wallstein Verlag, Göttingen 2021.
5. www.lexikon-der-wehrmacht.de
6. Bistumsarchiv Osnabrück: schriftliche und mündliche Auskunft
7. Heimatverein Rastdorf e. V. (Hrsg.): Rastdorfer Heimatchronik. Rastdorf 1985.
8. Heimatverein Rastdorf (Hrsg.): Die schweren Kriegsjahre. Rastdorfer Bürger berichten ... Rastdorf 1995.
9. Landkreis Emsland, Schulverwaltungs- und Kulturamt Meppen (Hrsg.): Wege aus dem Chaos. Das Emsland und Niedersachsen 1945 – 1949. Goldschmidt Druck, Meppen 1987.
10. www.ndr.de/der_ndr/unternehmen/chronik/Radio-Hamburg-Der-erste-Sender-nach-dem-Zweiten-Weltkrieg,radiohamburg100.html
11. https://www.haren.de/buergerservice-und-rathaus/stadtgeschichte/haren-und-seine-ortschaften/
12. www.porta-polonica.de

13. Bernd-Brinkmann, Anne und Suhre, Helga: 150 Jahre Tradition und Fortschritt. Krankenhaus Ludmillenstift, Osnabrück 2001.
14. www.niedersachsen.de/startseite/land_leute/die_geschichte/geschichte_des_landes_niedersachsen/geschichte-niedersachsens-19804.html
15. www.noz.de/lokales/osnabrueck
16. www.ndr.de/geschichte/chronologie/kriegsende/Ein-Wiedersehen-im-Lager-Oberlangen,kriegsende256.html
17. www.use-olde-heimat.de
18. Book, Heinrich: Hümmlinger Wörterbuch. Auf der Grundlage der Loruper Mundart. Emsländischer Heimatbund, 2006.

Danksagung

Ich bedanke mich bei allen, die mich angehört und meine Fragen beantwortet haben. An erster Stelle bei den Zeitzeugen, die ich treffen konnte, bei Bernhard Kramer aus Lathen-Wahn und bei Hermann Möhlenkam aus Belm, es gibt sie wirklich.

Danke auch an Adele Oldiges aus Lathen, die mir am Telefon aus ihrem hundertjährigen Leben erzählte.

Mein ganz besonderer Dank geht nach Rastdorf. Dort traf ich Theodor Gehrs, der sich mit der Heimatgeschichte bestens auskennt.
Bernhard Konnemann in seiner Gaststätte, und die Eheleute Fatman-Schomaker, bei denen ich auf offene Türen und Ohren stieß.
Und ganz besonders erwähnen möchte ich Agnes Sanders – ein Wahner Mädchen – und mit ihr Catharina Berens (ohne h), die Frau des verstorbenen Kaufmanns Heinrich Berens. Mit ihnen saß ich bei Tee und Wahner Braunkuchen am Tisch, hörte ihnen zu und übte Hümmlinger Platt. – Nicht so einfach! Mit ihrer Einwilligung durfte ich auch sie bei ihren wahren Namen nennen. Nochmals danke!
Was wäre ich ohne die zahlreichen weiteren Informanten gewesen, ohne Dr. Georg Wilhelm vom Bistumsarchiv Osnabrück, Heiner Schüpp, Wilhelm Masbaum und Hermann Wichmann. Vielen Dank! Auch noch an Wilhelm Olliges, den ich ganz zufällig in Neuvrees traf, als

ich mich dort auf dem *Holzweg* befand. Von der Polenkirche gab es keine Spur mehr.

Nun zu den wirklich gut gelungenen/wunderbaren Fotos, die ich meiner Tochter Birgitt Blauth zu verdanken habe. Es war eine weitläufige, zeitaufwendige Angelegenheit. Vielen herzlichen Dank – auch für deine Geduld mit mir.

Und wie immer an dieser Stelle meine Danksagung an Inge Witzlau und Alfred Büngen vom Geest-Verlag. Was lange währt, wird endlich gut! Danke!

In eigener Sache:
Um den Ereignissen näher zu kommen und Zeitzeugen zu treffen, machte ich mich immer wieder auf den Weg: nach Wahn, Sögel, Clemenswerth, Lathen-Wahn und Kathen (zufällig). Nach Meppen, Haren, Oberlangen, Neuvrees und immer wieder nach Rastdorf.

Zuvor hatte ich schon Breslau und Krakau gesehen und – die Schwarze Madonna von Tschenstochau besucht.

„Heilige Madonna, beschütze uns in dieser schwierigen Zeit."